重返盛夏

SUMMER RELOAD

见归舟 / 著

羊城晚报出版社
·广州·

图书在版编目（CIP）数据

重返盛夏 / 见归舟 著. — 广州：羊城晚报出版社，
2022.8
ISBN 978-7-5543-1076-2

Ⅰ.①重… Ⅱ.①见… Ⅲ.①长篇小说 – 中国 – 当代
Ⅳ.①I247.5

中国版本图书馆CIP数据核字(2022)第098760号

重返盛夏
CHONGFAN SHENGXIA

责任编辑 黄初镇　张灵舒
特约编辑 岳鸾鸾　刘兆兰
责任技编 张广生
责任校对 杨　群
出版发行 羊城晚报出版社
（广州市天河区黄埔大道中309号羊城创意产业园3–13B　邮编：510665）
发行部电话：（020）87133824
出版人 吴　江
经　销 广东新华发行集团股份有限公司
印　刷 恒美印务（广州）有限公司
规　格 889毫米×1240毫米　1/32　印张 10.625　字数 330千
版　次 2022年8月第1版　2022年8月第1次印刷
书　号 ISBN 978-7-5543-1076-2
定　价 48.00元

十八岁的那捧密西根碎冰蓝玫瑰，花瓣渐变幽冷，枝叶苍翠有力。

送他玫瑰的人，也像玫瑰一样。

Summer Reload

"蓝玫瑰的花语是 单纯而美好的爱。"

…………

两双修长的腿越过一个个水坑，溅起滔天的水花和泥点。

在夏天的雷雨中，他们依偎在一起奔跑和大笑。

目录

CATALOGUE

正午的阳光透过窗户缝隙洒进房间，在地板上留下几道狭窄的亮处，窗帘微微摇晃。深灰色的被罩一半垂落地面，另一半高高隆起，勾勒出一个侧躺着的轮廓。

空调源源不断地输送冷气，床头柜摆放着被随意堆在一起的校服。

房间整洁中又透着些许凌乱。

一只细白的脚腕从被子底下探了出来，脚踝处凸起伶仃漂亮的骨节。

脚的主人不耐烦地一蹬被子，含含糊糊地对空气问道："几点了？"

叶橙的脑袋里充满了宿醉的疼痛，简直像昨晚被人暴打了一顿。

他是陆氏集团现任CFO兼执行副总裁，经总裁陆潇——这位他命中注定的冤家——一手提拔到了现在的位置。

他和陆潇从刚开始互相看不顺眼，到如今成为工作上的默契搭档、生活中的知心室友，已经过去了两年多的时间。

昨天是陆家老爷子的八十大寿，几乎半个行业的精英都去了陆家老宅祝寿。作为陆氏副总裁，叶橙接连跑了几家分公司亲自发红包和请柬，脚不沾地地忙碌了好几天。

当天晚上陆潇的爸妈都没有出席，只有大伯和二伯在，正被众人拦在大厅喝酒。

老爷子喝高了，拉着叶橙不肯撒手，一把鼻涕一把泪地控诉陆潇的不是。叶橙一边深情附和，一边偷偷看表。

其实当年若不是老爷子一眼相中他，叶橙也不会来到陆氏集团发展。

老爷子带着叶橙到书房，老泪纵横地摸着他那被供在家族相册柜上的 A 大毕业证书，醉醺醺地感慨——

"小叶啊，我这辈子最大的遗憾，就是没能看见那混账东西考个好大学。"

这话叶橙听了没个一百次也有五十次了。他随手理了理镶钻的手表，神情无比淡定："今天是您的大喜日子，别想这些了。"

老爷子的脸皱成一团："咱们家世代都不是读书的料，一个两个都是败家玩意儿，我实在是气不过啊！要是他早点遇上你就好了，也不至于和他爸闹成现在这样！"

大可不必。叶橙不动声色地一挑眉。

陆潇那顽劣性子，就算时光倒流，让他再读一遍高中，他也不一定考得上大学。但要是说到做生意玩人脉的话，陆潇还是有两把刷子的。

只能说人各有所长。

叶橙动了动嘴唇，正要哄哄老人家。

老爷子却一把抓住他的手道："小叶啊，以前是那小子犯浑，上学时净交往些不三不四的人，你别为这个和他闹矛盾。他虽然看着不靠谱，但并不是你想的那样……"

叶橙动作一僵，脸色随即冷了下来。

好家伙，难怪陆潇对他高中的事从来闭口不谈。

叶橙从楼上下来，就和楼下陪客的陆潇打了个照面。他也懒得和这厮打招呼，开始一杯接一杯地跟陆家长辈们喝酒。陆潇从第一杯开始就伸手去帮他挡，愣是被一巴掌抽在了手背上。

陆潇委屈了两秒，又再接再厉地上去挡酒。

大伯二伯一脸幸灾乐祸，端着高脚杯看热闹。

一晚上下来，叶橙自然还是喝醉了。

他记得在被陆潇扶上车的时候，自己揪着对方西装领口轻哼着问了一句："你个混蛋，听说公司新来的那小姚，之前是你相好？"

陆潇一听这话就发疯了，刚到车库便支开了司机，粗鲁地将叶橙从副驾拽出来，按在车门上问："谁跟你说的屁话？挑拨离间你也信？"

叶橙醉醺醺地警告他："少把你那些不正当关系带到公司来，小心我……"

他话音未落，一头栽倒，陆潇咬着牙扶住他。

叶橙平时冷傲淡然，一喝酒就折腾个没完。

临近天亮，他听见耳边隐约的叹息声。

"也就你敢这么跟我说话，真该让你见见以前的我，惯得你。

"说起来，要是能早点遇见你就好了。

"其实我还挺想和你一起读高中、读大学的，阿橙。"

阳光洒落一地。

随着大脑渐渐复苏，叶橙皱眉闭目，摸索着轻揉起胀痛的太阳穴。

空气里闻得到饭香气，八成是陆潇在做早餐。

自打去年两人做了室友，连陆潇的那帮狐朋狗友都纷纷感叹，昔日的纨绔子弟竟生生变成了"男德"标兵。

当然，陆潇本人是打死不肯承认的。

房门被敲了敲，门锁转动。

叶橙迷迷糊糊地掀开被子，嗓音带着隐隐的沙哑："把我衣服丢过来，陆潇……"

他话说到一半，被一个熟悉的女声打断了："橙橙，起来吃饭了。"

叶橙猛地睁开眼睛，一下子清醒过来。

高秋兰推开门走了进来，手上还套着沾满洗洁精泡沫的皮手套。她带着几分宠溺和无奈道："都十二点多了，太阳晒屁股了，还不赶紧起来……"

叶橙已经完全听不清她在说什么了。他迷茫地环顾四周，才发现自己正躺在以前和奶奶一起住的房子里。

床头贴着写满单词的便利贴，窗边的柜子上摆放着熟悉的校服，床头还有一本翻开的高中英语书。壁灯下面，是眼熟的转运符，上面写着"孔庙祈福，高考顺利"。

叶橙整个人都不好了。

"奶奶?"他无意识地喊了一声，却发现自己的声音有了细微的变化——

比成年后的要清澈几分，又带着变声后期独有的微哑，属于少年的味道。

高秋兰听见他呼唤，嗔怪地看了他一眼，催促道："别撒娇，快起床。你说了下午要去买书的，不然明天上学又没时间去了。"

叶橙："……"

高秋兰说了他几句，念叨着转身出去了。

徒留他五雷轰顶般地坐在床上，过了一会儿，才想起翻出手机看时间。

20×1年8月22日。

——是梦吗？

他竟然回到了高二那年。

接近九月的南都堪比火炉，宽大的梧桐叶将整条山海路遮得密不透风。

知了带来的听觉盛宴像是一座桥梁，连接着南都附中教室的桌椅和窗外熙攘的马路。

教室里大家都在自习，只有纸张和笔摩擦的声音。

叶橙坐在后排，桌上摆着本摊开的《小题狂做》，下面的手机亮着屏。

他试着用搜索引擎查了下陆氏的股东结构，除了几个眼熟的人名之外，其余都不认识。接着他又打开校园论坛，凭记忆搜索陆潇的网名，然而一无所获。

"橙哥，那个模拟志愿，你填了哪个学校？"同桌刘盼盼戳了戳他的手肘，问道。

附中的所有安排都提前于其他学校。高一下学期就进行了文理科的分班测评，而高二开学第一周，便组织他们模拟填报了高考志愿。一班是附中的文科尖子班，消息也最为灵通。大家都会有意识地避免内部竞争。

刘盼盼期待地望着他。

然而昨天这个时候……叶橙还在老爷子的晚宴上尽心尽力地应酬。

他只能凭着记忆随口道："A大。"

"我就知道！"刘盼盼激动地一拍桌子，惹得前桌转过来看他俩。

"之前我就猜你肯定会填A大，什么专业啊？"他好奇心爆棚地问道。

"医学。"叶橙并未多想，就给出了这个答案。

然而上辈子，出于某些原因，他最后被金融学院录取了。

陆氏集团的人都知道，叶总很喜欢研究中医，甚至打算半路改行。为此他还专程去考了证，陆总更是请了京院的大师来给他上课。

只不过几个月后，叶橙又乖乖回办公室坐着去了。

陆潇生怕他不高兴，赶紧问是不是老师不好，要不要换一个。

叶橙淡淡地说了句"隔行如隔山，错过就是错过了，当个兴趣了解看吧"。

后来，他就不怎么再关注这一块了。

前桌的人插话道："A大医学，你可真牛啊橙哥，我想都不敢想，不愧是咱们附中之光。"

叶橙在高一下学期拿下了两个主科满分，"附中之光"是他们给起的外号。

刘盼盼见他一副不咸不淡的样子，像是不太想继续聊下去，于是识趣地把话题引开了。

"对了，你们知道对面有个人退学了吗？"

叶橙握着笔的手顿了顿。

山海路位于久隆区最繁华的地段，隔断了本市最好的高中和最差的高中。

刘盼盼口中的"对面"，正是声名狼藉的十三中，也是陆潇所在的学校。

叶橙听陆潇提过，当年陆尧山和他妈离婚后，他就跟着一帮混子弟兄进了十三中。那会儿老爷子还在国外，因为这件事，和陆潇他爸差点气得双双心脏病突发携手离世。

高二下学期，陆潇退学了。一年后，他被家里送去了加拿大。

每当叶橙问起他高中的事时，陆潇总是轻描淡写地带过，叶橙只知道这成了老爷子的一个心结。

"谁退学了？"叶橙忽然插了一句。

刘盼盼和前桌同时看向他，本来以为他对这种八卦不感兴趣。

前桌立马兴奋地说："就是之前偷了他爸二十万，被他爸报警抓了的那个黄毛，这次好像是把一个女生的肚子搞大了。"

"所以说，十三中就是垃圾场。"刘盼盼撇了撇嘴道。

附中都是被学习逼疯的高中生，对八卦敏感度很高，两人热切地讨论起来。

叶橙突然觉得烦躁，原来十三中比他想的还要混乱不堪。

刘盼盼说："还有那个'一哥'，可嚣张了，听说开学到现在都没去上过课。"

"这么牛啊？不是，你怎么什么都知道？"

"我表妹是他们学校的，还是一哥的迷妹呢。"

"迷妹？"

"对啊，他是十三中校草。据说之前经常逃课，一回学校就被女生堵。"

"……噢噢，是联校论坛参选南都校草的那个吧。"

叶橙静静地听他们的对话。

刘盼盼说："对，就是他。"

"也真奇了怪了，我表妹说他家开迈巴赫来接人，还经常包场子请客。"刘盼盼奇怪道，"有这闲钱还去什么十三中啊，直接送出国不就行了。"

叶橙渐渐有种不好的预感。他看向刘盼盼："一哥是谁？"

刘盼盼被他今日的八卦欲深深震撼到了，愈发想炫耀自己的人脉，带着一丝得意回答道："就是那个传说中狂卷三千票的校草啦，陆潇。"

天，真是怕什么来什么。

叶橙已经不想说话了。

——毁灭吧。

旁边两人叽叽喳喳地聊了几分钟，就各自埋头刷题去了。

附中的氛围向来如此，甚至根本不需要老师坐班，因为谁都不想落后。

窗外的知了不知疲倦地呻吟，阳光逐渐偏向中空，已经到了快把梧桐叶烤焦的地步。

室内的气温急剧升高。叶橙坐在靠窗位置，被太阳光照耀。他皮肤又薄又白，不一会儿就有些泛红。

整一节自习他都没再说话，低头沉默地刷着手机。

刘盼盼悄悄瞥了眼同桌，觉得他今天不同寻常，但又说不上来哪里不对。

午自习的下课铃响起时，对面十三中也传来了隐约的铃声。

叶橙站起身，椅子和地面擦出刺耳的声音，好几个人抬头看他。

刘盼盼疑惑地看着他从后门走了出去，前桌转过头来问："他怎么了？"

"不知道，可能心情不大好吧。"刘盼盼摇了摇头。

叶橙放在桌肚里的手机屏幕还未关闭，上面显示着十三中的论坛界面。

楼主的头像是知名球星詹姆斯，发了个征友帖。

标题:【晚上十点，LAMA，有妹子吗？】

下面回复盖了快一百楼，楼主回了一条，只说是帮朋友过生日需要气氛组。

陆潇喜欢詹姆斯，十多年没变过。

叶橙双手插兜走过走廊，正逢下课，不少人都出来活动。

他目不斜视地迈着长腿，白净瘦削的脸庞半暴露在阳光下，眼珠被照成漂亮的浅褐色，眼尾微微上挑。整个人透着一丝格格不入的冷淡骄矜，惹得路过的女生频频瞩目。

即使是在学霸遍地的附中，大家也还是容易对叶橙这种学习拔尖又长得好看的男孩子产生好感。

他走进年级主任办公室时，高主任刚刚打完一个电话。

见他敲门进来，高主任招了招手说："来，过来坐，这几天正想找你呢。"

叶橙刚来附中那会儿，高主任知道他爸和校长是大学室友，还特地想请他们一家吃饭。

当然，叶橙他爸是没时间赴宴的，最后就变成了请叶橙吃饭。

"学校想请你在月考动员大会上说几句话，分享一下自己的学习经验。"高主任习以为常地对他说着，同时将桌上的一份文件推了过去，"看看这个。"

叶橙坐在高主任对面，两人中间隔了一张办公桌。他沉默了几秒，伸出手指覆在那份文件上，将之慢慢地推了回去，动作带着与年纪不符的从容。

高主任莫名其妙地看着他。

叶橙的语气冷静而沉着，注视着对方道："我找您也有点事。"

办公室里的空气安静下来，墙上的挂钟走针声显得清晰且突兀。

他清润的嗓音一如既往地平稳，说出来的话却险些让高主任直接从椅子上摔下来。

"我打算转学。"

高主任睁大绿豆眼瞪着他，嘴唇要动不动半天，问道："……你说什么？"

一句话四个字，还破了个音。

他一脸难以置信，声音颤抖："你，你要转学？是要去国外读高中吗？"

这不能怪他，他首先想到的就是叶橙家里嫌南都竞争太大，打算让人直接出国。

叶橙看着他煞白的双颊，略带不忍地说："不是，我想转去十三中。"

高主任的脸瞬间精彩纷呈。

叶橙的决定并不是一时冲动。

他自从意识到自己将从高二开始再过一遍自己的人生这件事后，就开始思考接下来要怎么办。

回到未来的可能性不是没有，但似乎短期内不太能实现。毕竟距离他醒来已经过去小半个月了，这个时空一点要动摇的端倪他都看不出来。

除了对身边事物的奇妙感受之外，叶橙最关心的要数陆潇。

他想起睡梦中陆潇的那些话，于是决定去十三中见他一面——看看高中时期的陆潇到底有多浑，能让老爷子和他爸都头疼不已。

然而叶橙没在十三中遇到他，倒是在那家叫LAMA的店附近碰见了。当时陆潇和一群人围在一起，看那阵仗绝不是要干什么好事。

后来，叶橙就开始接二连三地听到关于他的事，这些事无不在提醒自己，按照原有的时间轨迹，陆潇今年下学期就要辍学的事实。

陆潇和老爷子的脸不断在他脑海中交替闪现。他想起老人家是怎么卑躬屈膝、老泪纵横地拜托他扶持这个孙子的；也想起陆潇是经历了多少困难，才一步步在公司站稳脚跟的；以及陆潇的父亲是怎样逼得陆潇再也不肯回家，和母亲骨肉分离的。

这些后来发生的事，大多都是陆潇的辍学所导致的。

叶橙思忖再三，最后做出了一个足以让他获得感动中国十大人物奖的决定——他要转学去十三中，把陆潇拉回到正轨上。

半个月后，十三中教务处。

"欸，好的。您放心，我会跟他说的。"李主任穿着条纹衬衫，一边对着电话点头哈腰，一边飞快地擦汗。

十三中的教务处比附中的简陋很多，老旧空调上贴着掉色掉皮的海尔兄弟。办公桌两张拼成一张，上面乱糟糟地堆着A4纸和电脑。

叶橙身穿白色校服，肩线的颜色不再是附中标志性的蓝，连同裤子一起变成了黑色。胸前佩戴着十三中的校徽，以及刻着自己名字的铭牌。

他站在李主任面前，耐心地听他讲了十分钟电话。

李主任挂断电话后，抬起头看向叶橙，露出淳朴的笑容："不好意思，让你久等了。"

叶橙微微颔首。

李主任搓了搓手道："既然你父母那边没什么问题，那你就可以去班上了。唔，还有，我们学校今年也在申请保送名额，有消息我会第一时间通知你。"

叶橙不在意地"嗯"了一声，只听李主任又说："不过，你确定要去二十班？理科班里有两个还不错，可以随便你挑选。"

"不用了，谢谢主任。"叶橙说。

李主任用一种古怪的眼神看了看他，讪讪道："那好吧，以后你要是想换班级，可以再向学校申请。"

叶橙不用猜也知道，对方现在肯定打心底觉得自己脑子进水了。

从附中转来十三中，还非要去最差的二十班。

他抱着一摞新书走出来的时候，走廊上聚集了不少闻风而来看热闹的。

办公室对面是教学楼，叶橙一抬头，发现对面站满了人。

这架势，简直像在动物园围观猴子。

……真是够闲的。

二十班在五楼，他每上一层都能听见叽叽喳喳的声音。楼道里隐约有股烟味，地面脏兮兮的，不知道值日生偷懒多久没打扫了。

一群男生迎面走来，打打闹闹，互相推搡。

叶橙不动声色地皱了下眉。

这种氛围绝不可能出现在附中。

他仿佛闯进了一个全新的世界，一个充满烟火气的世界。

有两个女生跟了他一路，头靠头捂着嘴讲小话。

"真的？他真是附中校草？"

"我附中的朋友说的。妈啊，我上辈子一定拯救了人类，何德何能跟两个校草同校！"

"他好白，我的天，你说他跟一哥谁更帅？"

"不同类型吧，一哥那叫'行走的荷尔蒙'……啊，他转过来了！"

十三中的教学楼名叫思远楼，分为两栋，中间有过道连通，将理科班分成两个部分。

叶橙转过头，礼貌地问道："你们好，请问二十班怎么走？"

齐刘海女生红着脸，文文静静地说："我是十八班的，我带你去吧。"

"谢谢。"叶橙点了点头。

齐刘海女生顺势走到他旁边。

两个女生掐着彼此的手臂，你挤我一下我挤你一下，中途不小心撞到了叶橙。齐刘海女生赶忙小声道歉，叶橙没太在意。

恰逢课间休息时间，走廊上来人往，不时有人转头打量他们。

走廊尽头，二十班的牌子生了锈，挂在门框上摇摇欲坠。

叶橙走进班级，教室里短暂地安静了一瞬。

他几乎是毫不费劲地，没有任何间歇地，不需要辨认地，看见了坐在最后一排的陆潇。

十三中的教室没有配备空调，屋顶的风扇"呼啦啦"地把试卷吹得到处飞。

男生额前的碎发被风卷得乱翘，露出一小片饱满的额头，以及英挺桀骜的眉骨。

叶橙从来不否认，当年他从见到陆潇的第一眼起，就记住了那张帅脸。

脸部轮廓深邃如被雕琢而成，眼睛狭长，瞳孔漆黑，标准的"眉压眼"；鼻梁挺拔，嘴唇上翘时自带浓厚"渣苏"感。

偏偏笑起来又有酒窝。

这种坏里带点稚气的样子，是人是鬼都把持不住。

叶橙朝他的方向看了有两三秒，对方似乎察觉到了什么，敏锐地抬眼看了过来。

隔着吵闹的教室，两人的视线碰撞在一起。

如果换作真正的十七岁的叶橙，也许会出于礼节而移开眼睛。

但他已经过了那个知书达礼的年纪，于是坦荡荡地一直盯着看。

看起来比二十多岁时要瘦，不过隔着校服能看见隐隐的手臂肌肉。

就坐着的高度，应该还没到一米八九。

估计一米八三的样子。

好像个小屁孩，嗯。

第2章

孩子气

正常来说，人被一个陌生人盯了三秒以上后，就会激起心底的警惕感。

陆潇的目光肉眼可见地沉了下来。

幸好他没有读心术，并不知道此时的叶橙在想什么，否则可能当场暴走。

站在讲台上的班主任看见叶橙，对他招了招手道："怎么这么快就到了，不是让你去办公室等我吗？那你过来。"

班主任是个中年男老师，叫徐超，总是满脸通红，一副容光焕发的样子。

他简单和叶橙说了几句，便出声让大家回到自己座位上去。还有几分钟就上课了，下节刚好是他的数学课。同学们不大情愿地回到位置上，一个个好奇地打量着叶橙。

这个班上不少人都打耳洞、染头发，刚才走过去那个小太妹，手指上还有文身。

叶橙又看了眼陆潇，还好，头发是黑的。

徐超拍了拍讲台，大声道："安静，准备上课了。在上课之前，给大家介绍一下，这是我们班新来的转学生叶橙。"

他看了眼叶橙，示意他说两句。

叶橙瞬间受到无数注目礼，他从容地开口道："我叫叶橙，从对面'修道院'转来的，以后请多关照。"

话音刚落，底下就扑哧一声笑了出来。

徐超一脸尴尬。

南都校园联合论坛里，每个学校都逃不过被起绰号的命运。

"修道院"是附中的诨号，十三中则被"亲切"地称呼为"垃圾场"。

徐超清了清嗓子，转向他道："你去找个空位坐下，月考之后会重新安排座位，先凑合两天。"

放眼望去，整个班上只有倒数第二排有空位，这个位置在陆潇的斜前方。

叶橙走过去的时候，不出意料，再次和他四目相对了。这次对方眼里带上了一丝冷意。

男高中生被挑衅到的冷意，不吓人，有点傻。

叶橙自顾自转身坐下。

陆潇的同桌是个"锡纸烫"，压低声音问道："潇哥，你认识这个新来的？"

"不认识。"

"那你老看他干吗？"

"你有病吧，我什么时候看他了？"

"啊？我……我只是以为你们认识。"

叶橙不动声色地弯了弯唇角，将课本一本一本抽出来，放在书桌上。

开始上课后，他很快发现，十三中之所以升学水平这么烂，也不能全怪生源不好。

徐超讲课的思路完全是"晨读式"，一章节文字从头读到尾，连带概念和题目一个不落。

底下也没有几个真的在听的，睡觉的睡觉，玩手机的玩手机。

同桌把叶橙拉进一个群聊，应该是他们班群，上面的消息提示就没断过。

唐雨萱：关公怎么还在讲，我困死了我的妈。

姜维：干吗，你昨晚又通宵了？

唐雨萱：阿立请客包夜啊，啧，我看他怎么都不困呢。

叶橙看了看徐超，好吧，脸红扑扑的，是挺像关公的。

不一会儿工夫，他就连续收到了几个好友申请，看头像全是女生。

这个班上的女生，大部分属于胆大奔放的类型，有几个已经明目张胆地盯他好久了。

他往下滑去，看见了詹姆斯的头像，昵称是"嫌疑人X"，忽然间心念一动，向后偏了偏头。好巧不巧，正盯着叶橙后脑勺看的陆潇被逮了个正着，直直地望进他眼中，也不知道看了多久。

两个人似乎都没想到，陆潇更是很明显地压了下眉。

叶橙若无其事地转回来，手上的笔不小心在书页上画了一道。

他太熟悉这个表情了——明显是有点恼了。

啧。

临近下课，班上已经乱哄哄的了。

徐超扯着嗓子，试图维持最后一点秩序："再提醒大家一次，明天的月考，必须给我重视起来！晚上回去好好复习，不准作弊！一定不准作弊！听到了吗？"

众人拖长了声音："听到了——"

课间，班上吵得像炸了锅。

同桌伸个懒腰，问叶橙道："你书都搬过来了吗？"

叶橙说："教材不同，不用搬。"

"你走读还是住校啊？"

"走读。"

同桌像个好奇宝宝："你是久隆的？"

"白泽的。"叶橙简短回答。

"噢噢，二号线三站路，还挺近。"

他们聊了一会儿，同桌起身道："去上厕所吗？"

叶橙想熟悉一下环境，便站起来和他一起出了门。

后排的陆潇早已不在了，不用想也知道，八成是找哪个角落"透气"去了。

叶橙怀疑地眯了眯眼睛。

上课铃响了两遍。物理老师抱着教材，慢悠悠地晃进教室。

五分钟后，陆潇也慢悠悠地晃进来了。物理老师说了他几句，然后转头继续讲课。

陆潇扫了眼侧前方，转学生的位置居然没人。

"锡纸烫"神秘兮兮地凑过来道："潇哥，新来的被周凯堵在厕所里了！"

陆潇抬了抬眉毛："嗯？"

"蒋进，不要交头接耳。"物理老师点名道。

"锡纸烫"马上噤声。

过了一会儿，陆潇敲了敲他的桌面："接着说。"

蒋进连忙和他分享情报："周凯那个狗，说新来的给他戴绿帽子，跟他小女朋友走在一起。不知道是真的，还是想找借口挑事。"

"潇哥，我们要不要溜出去看热闹？"蒋进问。

"有什么好看的。"陆潇没好气道。

他在书上随手划拉了几笔，把纸面弄得脏兮兮的。

蒋进可惜地瘪了瘪嘴，继续在群里"云吃瓜"。

一分钟后，旁边的人站了起来。

"潇哥？"他疑惑道。

"出去尿尿。"

趁着老师写板书的工夫，陆潇从后门头也不回地走了。

蒋进挠了挠头，自言自语："不是刚去的吗……"

五楼的楼道拐角处，是他们一伙惯例的"聚居地"，旁边就是厕所。陆潇刚走近，就听见里面传来不小的动静。

这里离教室比较远，周围空无一人，男厕所门紧紧地关着。

他漫不经心地插着兜从厕所门口经过。里面的叫骂声逐渐清晰，夹杂着拳脚碰撞的声音。

陆潇眯起双眼，慢慢地吐出一口气。

厕所门猛地打开，从里面飞出来一个人，不偏不倚摔在他脚边。

陆潇停下脚步，垂眸看了一眼。是十八班的赖子，周凯的小弟。

赖子身上挂了彩，捂着脸哀号，抬头惊恐地看向厕所里面。

陆潇顺着他的目光看了过去。一个高高瘦瘦的人影冲出来，刹势不及，险些撞在他身上。

叶橙正正地和他打了个照面。

这是陆潇今天第三次看这张脸，也是第一次靠得如此之近地看这张脸。

比女孩子还要白的肤色，皮肤在光线下几乎看不见任何毛孔，额前绷着淡青色血管，似乎情绪不稳。几缕汗湿的黑色发丝贴在脸颊上，愈发显得他白得触目惊心。

浓密的睫毛遮住浅褐色的眼眸，尾端勾起一丝弧度，左眼下方有颗精巧的泪痣。

短短几秒，他只来得及记住这双眼睛，那里有一种易碎的漂亮。

叶橙脚底刹住车，堪堪在他面前停下来。

两人的距离仅仅十来公分，陆潇闻到了淡淡的海盐味道。

他的手指一点点蜷起，胸口似乎传来轻微的撼动。

这时，他看见叶橙的瞳孔紧了紧。

厕所里传来一声暴吼："你个狗东西敢打老子，看我今天不废了你！"

下一秒，叶橙突然浑身紧绷，弯腰蹲了下去。

陆潇沉浸在刚刚那一幕的蛊惑之中，怔怔地站在原地。

他还没弄清发生了什么，就见叶橙背后的周凯张牙舞爪地扑了上来。

"砰"的一声闷响，陆潇被一拳捣在了脸上。

——我去，周凯好像跪了。

——啥情况？

——字面意思，腿一软跪了。

——……??? 他给新来的跪了？

蒋进看见实时直播消息，惊得差点把手机甩飞出去。

难道他们都错了，转学生其实是个校霸？

这时下课铃响起，物理老师习以为常地看了眼空着的座位，摇着头走了。

不一会儿，陆潇大步流星地走进来坐下，动作狂躁，路过蒋进身边时甚至带起一阵风。同时一起进来的，还有看上去波澜不惊的叶橙。

蒋进仔细打量了叶橙几眼。

从头到脚没有任何打斗痕迹，连根头发丝儿都没乱。

他立刻跟陆潇分享："潇哥，这新来的可真牛！居然让周凯给他下跪了，是个狠角色啊！"

陆潇浑身笼罩着低气压，手指捏得噼啪作响，黑着脸没说话。

"你说他是不是很会……我的天，潇哥你脸怎么了？"蒋进后知后觉，惊恐地睁大了双眼。

他这一嗓子吼得可不小，前面几个人看了过来。

叶橙似乎也听见了，身体动了动，却没有转头。

陆潇咬牙道："闭嘴。"

蒋进："你……你跟人打架了？不对，你不是去上厕所吗，怎么会……"

他的声音越来越小，最后在陆潇瘆人的脸色下，把嘴里的话吞了回去。

应该……不会是……周凯打的……吧？

除非他活腻了！

当天下午，学校吃瓜群就炸了。

据小道消息传，十八班老大周凯要对付新来的转学生，谁知道新来的是一哥罩着的，一哥反过来把周凯揍得哭爹喊娘。周凯吓得屁滚尿流，连放学都是绕着二十班走的，恨不得连夜搬离南都。

叶橙坐在回家的地铁上，收到了新同桌战战兢兢的问候。

"原来你是跟一哥混的？能不能带我一个？我一直想跟他拉近关系，但人家根本不睬我。"

叶橙盯了屏幕两秒，回了个"……"。

同桌：你就别装了，瓜群都传开了！

叶橙：瓜群？

同桌这才想起来："哎呀，忘记拉你进去了，是我们年级的群。"随即麻溜地甩了个二维码，把他拉进一个五百人大群。

群名：地表最强猹栖地。

明天要月考，今天没有晚自习。这个点，大家都在看手机，群里消息刷得飞起，叶橙的加入并没有引起什么关注。

迪迦是光：所以一哥这是打算维护新人，要跟老琦闹翻的节奏？

久隆吴彦祖：切，周凯就是老琦的一条狗，仗着有主人才敢汪汪叫，就他也配让一哥动手？

小糖串儿：呃，srds（虽然但是），一哥跟老琦关系本来就很僵，这回感觉两栋楼又要触发大战了。

小豆包儿：所以他和新来的到底什么关系啊？好奇死了。

迪迦是光：我也好奇，有无人能讨一下。

久隆吴彦祖：那么好奇，问下@嫌疑人X，不就知道了。

叶橙看见这眼熟的昵称，眼皮跳了两下。没想到陆潇也在这个群里。

小糖串儿：切，有本事你当面问，谁都知道他不看群聊。

迪迦是光：哈哈哈哈，我也来@嫌疑人X

下面一排跟风"艾特"。唯独当事人不见踪影。

看起来这个群已经被陆潇屏蔽了。

叶橙对高中生的八卦没什么兴趣，正打算切换屏幕继续看月考资料。

突然，詹姆斯的头像蹦了出来。

嫌疑人X：不认识，不熟。

叶橙的手指停了下来。

小糖串儿：我去！诈尸了！

你妈买菜必涨价：？？？

久隆吴彦祖：这是活人？！

再借十三中五百年：哈哈哈哈哈哈，前排合影。

不认识，不熟？

很好。

叶橙慢慢抿住嘴角，手指在屏幕上点了点，看着他那黑不溜秋的头像。

地铁播报响起，白泽路站到了。叶橙随手关掉屏幕，起身下车。

白泽区和久隆区挨得非常近，前者是南都老城区，后者是新兴的中心区。老城区是旅游胜地，其中以景点白泽湖最为出名。

叶橙现在住的小区，就紧靠着白泽湖。越过黄昏落影下的喧嚣街道，入目的小高层被苍翠的爬山虎覆盖。紫藤花缠绕着分隔院落的工艺铁墙，隔壁邻居家大橘猫趴在墙头，懒洋洋地打了个哈欠。

天边云层逐渐压低，空气闷热不已，是即将下雨的征兆。

叶橙推门进屋时，闻到了辣子鸡的香味。

高秋兰听见动静，在厨房里扬声道："回来了？过来洗手吃饭。"

他应了一声，放下书包，去厨房里洗手，帮忙端菜。

高秋兰是四川人，因此他们家餐桌上总是一片红色的海洋。

"怎么样，开学还顺利吗？"高秋兰边给他夹菜，边慈祥道，"多吃点，你还在长身体，想吃什么就跟奶奶说。"

叶橙从记事起就跟在她身边，一年到头几乎见不到别的亲人几面。母亲去世了，他十来岁时他爸续弦，带着新妻子去了隔壁市生活。

"挺好的，都顺利。"叶橙边吃边回答道。

"那就好……"高秋兰欲言又止。

叶橙疑惑地看向她。

她犹豫了片刻，还是说道："你爸下周三要回来看你，给你买了衣服鞋子什么的，到时候放学了早点回来。"

叶橙："哦，知道了。"

高秋兰嗔怪道："你那什么表情，平时不是老想让他回来吗？"

今年叶高阳唯一回来的那次，就是在他决定转学那会儿。

曾经他以为只要凡事按照父母的意思来，就能得到他们哪怕一点点关爱，于是委曲求全，迎合父亲的喜好，选了个自己并不喜欢的专业。

然而，上辈子的经历给了他一个彻头彻尾的教训。

回来就回来吧，无非是客套地问两句能不能适应新学校。

高秋兰甚至没提到曲恬，估计这个后妈压根不想露面。

叶橙没多在乎这件事，吃完就回房间看书了。他花了三个小时，把主科要考的内容全过了一遍。之前附中用的是自己的教材，难度偏大。而十三中用的是南都官方教材，不是很难，但多了很多细碎的知识点。

明天上午八点半，第一门考英语。

他前世拿过数学、英语竞赛双省一等奖，于是在高三那年被附中保送A大，压根没经历过高考。时隔多年，重新拿到高中课本，还是有些许陌生。

好在他天生是个考试型选手，曾经靠两晚突击拿到了国家奖学金，这种小考试自然不在话下。

然而，人算不如天算。他怎么也没想到，自己第一次考试就睡过头了。

第二天睁开眼睛的时候，已经八点二十了。最要命的是外面还下起了小雨。

叶橙来不及收拾，抓起书包冲出去打车，暗骂该死。

上一次这么狼狈，还是他连续赶三个会议的时候。

外面雨水连绵，空气湿热黏糊。下车后，叶橙一路踩着水坑和满地的梧桐叶，径直狂奔进了学校。

空荡荡的校服衣摆被风掀起，校园广播里回荡着英语听力录音。

"Question 3: What's the price of the shirt？（问题3：衬衫的价格是多少？）"

叶橙喘着气跑上五楼，火速找到了自己所在的考场。

监考老师见怪不怪地瞥了他一眼，挥挥手示意他赶快进去。

这次的月考是以班级为考场，打乱座位顺序排列的。叶橙走向自己的座位，却意外地看见了他前面趴着的陆潇。

——是正儿八经的"趴"。

整条长臂垂落在桌上，甚至还侵占了一部分前排的空间，他前面的男生努力缩着身体不碰到他。另一只手蜷曲着搁在后脖颈上，头埋在臂弯里睡得昏天黑地，只留给全世界一截倔强翘起的发尾。

能在考场上睡得如此大摇大摆的，也就独他一个了。

监考老师可太认识陆潇了，不仅没管他，可能还觉得他能来考试就不错了。

叶橙在陆潇正后方坐下。他的鬓角都被雨水和汗水打湿了，短袖校服下的小臂也沾满了雨水，湿漉漉的很不舒服。

右边的女生看了看他，趁着监考老师在门口溜达，转身扔给他一包纸巾。

叶橙对那个女生点了点头，表示感谢，坐下拿起笔"唰唰"地写答案。

他左边坐的是蒋进，摊开的答题卡上全部涂了"C"，也不听听力，从叶橙进门后就一直偷瞄他。

这时候听力已经报到了第十五题。叶橙拿着笔，不慌不忙地从第一题开始写，一路流畅地写到第十五题。

他的坐姿很挺拔，丝毫没有这个年纪男生惯常坐得歪歪扭扭的样子，那姿态不像在考试，倒像在练书法。

蒋进眼睛都要瞪凸出来了，一会儿看看他那副冷淡的面孔，一会儿看看他桌上的试卷。

这……瞎写还能这么装模作样的？

没过几分钟，听力就报完了。大雨导致室内阴暗，监考老师打开教室里的大灯，伸了个懒腰，趿着凉鞋去走廊上看雨。

叶橙看了眼前方的背影。陆潇一动不动地埋着头，少年初显的宽肩撑起黑色边线。亮白的灯光下，背肌隐隐若现。

他静静地盯了几秒，忽然伸出手指，往那宽阔的背上戳了两下。

见状，旁边暗中观察的蒋进倒吸一口凉气。陆潇的起床气那叫一个尽人皆知。他曾经因为课间睡觉被吵醒，当场把桌子掀了。

蒋进被吓得不轻，赶紧挥舞手臂想制止。但叶橙的指尖已经戳了上去，而且力度不轻。

陆潇动了动，缓缓抬起脑袋。

蒋进："……"

时间像被按下了慢倍速。

陆潇偏过头，留给叶橙一个侧脸。

光是这个侧脸，就让人能感觉到他极其不耐烦了。

叶橙面无表情地开口道："你有2B铅笔吗？"

声音不大不小，清清冷冷，宛如往这个闷热黏稠的天气里，注入了一剂冰凉的盐汽水。

白炽灯下，陆潇线条清晰的下颌角微微凹陷，显而易见地咬紧了后槽牙。

然后他理都没理叶橙，转过身接着趴了回去。

蒋进颤抖着松了一口气，拍了拍胸口。幸好幸好，陆潇还记得这是在考场，忍住了没发火。

可是下一刻，叶橙的动作再次让他两眼一黑。

他再次伸手戳了戳陆潇的后背："喂，别睡了。"

蒋进被呛住了。

陆潇这次很快起身，侧过头从牙缝里挤出来几个字："少烦我。"

他的嗓音低哑，已经到了爆发的边缘。

叶橙眨了下眼睛，忽然拽住陆潇背后的衣服，顺手摇了摇。

这其实是一个刻在肌肉记忆里的动作，叶橙下意识做了出来。

陆潇非常不喜欢别人乱碰他，尤其是不熟的人。果然他马上被惹毛了，暴躁地转过身，一把扣住叶橙乱动的手腕。

少年白皙的腕骨微微突起，细得他一只手就能整个圈住，甚至还绰绰有余。

沾着水汽的指尖被迫抬起，陆潇的视线滑过那几根手指。椭圆形的指甲，甲根一片冷白，尖端泛着淡淡的粉色。

从来不知道，竟然有人的手能这么……

"2B铅笔，借我一下。"

叶橙的声音打断了他的思路。明明是偏冷的声调，看似是下命令的口吻，却暗藏着说不清道不明的意味，仿佛……在恃宠而骄。

陆潇被这个想法惊醒，瞬间整个人都僵住了。

周围的气氛一寸寸冻结，不幸围观全程的蒋进感到很窒息。

叶橙右边的女生恰好抬起头，看了看他们诡异的定格动作，下意识捂住嘴巴不让自己叫出来。

指腹底下的脉搏跳动了一下，如同冒尖的春笋，轻轻戳破了雨后的泥土层。

陆潇触电般甩开那只手，狠狠地瞪了他一眼，迅速转过身去。

叶橙猝不及防，手臂差点撞在桌角上。他握了握拳，蒋进连忙小声道："老师来了。"

监考老师背着手从后门走进来，大家都各自低头看试卷。

叶橙看着阅读理解冗长的句式，越看越心浮气躁。

就在监考老师走到前排时，一只2B自动铅笔砸了过来，"咚"的一声，不偏不倚，落在他的试卷上。

蒋进又被吓到了，惊慌失措地在两人之间瞟来瞟去。

叶橙抬头看向前面的人。对方连头都没回，坐得很直，背部微微紧绷。

接下来的几十分钟里，陆潇或许是瞌睡被赶跑了，没办法趴着睡觉了。

虽然不知道他有没有认真答题，但好歹动了几次笔。

上午的考试结束后，同桌李俊晓来找叶橙一起吃午饭，路上顺便跟他对了几题答案。

就算是二十班，也还是会有那么几个爱学习的，李俊晓就是其中一个。

他摇着头疑惑地表示："你这题答案跟英语课代表的不一样，可能写错了。"

雨已经停了，通往食堂的路上挤满了人。叶橙无所谓地"嗯"了一声，插着口袋往前走。

李俊晓看他的眼神带了点同情："你以前在附中应该压力很大吧，不然也不会转来我们学校。"

"还好。"叶橙平静地说。

"别太担心啦，就算你在附中排倒数，到这里来也能进前三百了。"

"但愿吧。"

李俊晓看他故作不在乎的样子，以为是戳到他痛处了，于是换了个话题道："对了，你跟一哥怎么回事啊？昨天他还说不认识你，今天考试又借你笔。"

叶橙的脚步慢了下来："你怎么知道，你不是坐在第二排吗？"

李俊晓不好意思地说："你旁边的女生……是我朋友。"

他那副表情，一看就不是普通朋友。叶橙在心里"啧"了一声，原来高中生都这么早熟。

陆潇应该也是这样吧，所以老爷子才会提到他的那些"往事"。

叶橙不屑地撇了撇嘴角。

这个念头盘旋了几秒，他还是忍不住问道："陆潇有女朋友吗？"

李俊晓一愣，似乎没想到他会直呼其名，不过很快反应过来道："好像没有，但喜欢他的女生挺多的，之前十八班班花还追过他。"

"说起这个。"李俊晓古怪地看向他道，"你和那个班花到底什么关系啊，我怎么听说你绿了周凯。"

叶橙表情比他更古怪："周凯又是谁？"

李俊晓："……"

他嘴角抽搐："就是昨天给潇哥下跪的那个啊，他没找你麻烦吗？我听别人说潇哥因为你，把他揍了一顿。"

"哦，是他啊。"叶橙云淡风轻地说，"陆潇没动手，是他自己跪的。"

李俊晓一脸"原来如此"，对叶橙道："不过你最近还是小心一点，那家伙不是省油的灯，说不定哪天放学会去堵你。"他想了想，又好心建议，"要不你以后放学跟潇哥一块儿走吧，让他罩着你。"

叶橙的太阳穴乱跳："你想太多了。"

李俊晓一本正经地说："潇哥虽然凶，但为人还是很仗义的。不像周凯那群人，他肯定会罩你。"

叶橙不想和他争辩这个问题，敷衍地点了点头："知道了。"

听到这句话，李俊晓才松了口气。他好像真的很担心叶橙被周凯报复。

事实证明，李俊晓的忧虑不无道理。月考结束的第二天，瓜群就有人说，周凯找了老琦，扬言要给新来的一个教训。

周三下午的体育课，老师组织三个班一起体测。

这次体测一共分成两部分，这节课测跑步，跑完之后，就可以自由活动。

男生要跑一千米，以班级为单位站在跑道上，不少女生都围在旁边观看。

李俊晓站在叶橙旁边，摆好姿势等待口哨，指了指旁边道："那不是周凯吗？他刚才在看你。"

"看呗。"叶橙连眼神都没分过去。

李俊晓说："他旁边那个是班花，也在看你。"

这回叶橙顺着他的视线望了过去，正碰上周凯杀人般的目光，以及眼熟的齐刘海。

原来是她啊，开学第一天给他带路的那个女生。

叶橙总算认清了自己的"绯闻对象"。

随着口哨响起，众人冲了出去。

叶橙个人对运动没什么兴趣，不像陆潇，整天举铁。他唯一喜欢的运动就是长跑，不仅可以释放压力，还能在跑步的时候思考一些工作上的问题。跟他相反的是，陆潇对跑步极其厌恶。每次叶橙想让陆潇陪自己夜跑，对方总是找借口溜号，要么假装忙工作，要么说自己膝盖疼。

第一圈过后，叶橙一骑绝尘，超过了跑在最前面的陆潇。

不喜欢不代表不擅长，陆潇的跑步速度和耐力都很不错，更何况男生的胜负欲可不分年龄和阶段。

还剩半圈，运动鞋和塑胶跑道摩擦的声音如影随形。

两人在最后一刻同时到达终点，围观的女生爆发出一阵细小的尖叫。

身边传来一声带着喘息的"啧"。叶橙边调整呼吸边回过头，看见陆潇带着不爽的后脑勺。

十几秒后，李俊晓"呼哧呼哧"喘着气跑到终点。

"我，我去，呼……你怎么跑这么快！"他撑着膝盖，胸口剧烈起伏。

叶橙除了脸颊有点发红，呼吸没有太大变化。

他望着陆潇的背影，皱了皱眉问："他怎么了？"

"谁啊……"李俊晓直起身子，看到朝老师走过去的陆潇，脸色顿时有点尴尬，"这……你不会不知道吧，潇哥是体育委员，之前体测一直是第一，可能……这次和你并列，脸上有点挂不住。"

这就挂不住了？好幼稚啊。

不知道为什么，叶橙有点想笑。

他见惯了雷厉风行的陆潇，处事圆滑的陆潇，霸道热情的陆潇。

但唯独没见过，如此孩子气的陆潇。

还挺有意思的。

老师宣布解散后，李俊晓提议去旁边打乒乓球。乒乓球桌在篮球场附近，他穿过篮球场去器材室拿球拍，叶橙便站在一边等待。

球场上，一群男生在打篮球，里面有陆潇。

陆潇接到传球，举起手臂腕部下压，精准地投了个三分。他戴着黑色发带和护腕，被汗水打湿的头发在阳光下显得充满少年气息。随着跃起的动作，白色的衣摆张扬飞舞。

球进篮筐的那一刻，周围的女生发出兴奋的喝彩。

叶橙看得太过专注，以至于没察觉到有个女生走到他面前。

"你好。"齐刘海的十八班班花拿着一瓶运动饮料，笑着打了个招呼。

叶橙的视线转向她，疑惑地挑了下眉毛。

对方像是很害羞，咬了咬嘴唇道："我叫许涵，之前的事情不好意思了，我替周凯跟你道个歉。"她将手里的饮料递过来，"这个给你喝。"

虽然叶橙没和女生交往过，但工作以后，他接触过形形色色的人。

他一眼就能洞悉面前这个小女生的心思，难免带点戏谑地打量着她。

许涵见他不接，不自然地说道："那个，你别误会，我和周凯没什么关系，只是怕他为难你。"

叶橙没有搭她的话茬，只随意道："不用，你自己喝吧。"

这时候，他看见场上的陆潇停了下来，似乎往这边看了两眼。

叶橙忽然心念一动，问道："你追过陆潇？"

许涵没有想到他这么直白，愣愣地说："啊？"

场上，陆潇一下接一下地拍着篮球。一局打完，大家都凑过来重新分组。

蒋进注意到他看的方向，惊讶道："哇，那个新来的胆子也太大了，光天化日下勾搭许涵呢。"

另一个人说："你又不是不知道许涵，见到帅哥就贴上去，也就周凯这种人才会被她耍得团团转。"

"就是，之前她围着潇哥转的时候，周凯连屁都不敢放一个。我看他就是想拿新来的开刀，树一下自己的威风。"

蒋进睁大眼睛，喊道："周凯走过去了！"

旁边拍打篮球的声音慢了几拍。

"我去，他们不是要在这儿打起来吧。"

"你猜谁能赢？"

"周凯吧，都带五个人了。"

"我感觉那新来的不像吃素的，我赌一包辣条。"

"那你输定了。"

叶橙看着面前流里流气的几人，为首的正是那天在厕所堵他的周凯。

当时他懒得跟高中生一般见识，直截了当地说不认识他口中那个"女朋友"。周凯却转口让他交保护费，说"新来的就应该守规矩"。

叶橙算是弄明白了，这二货单纯是想给自己来个下马威，挑明自己的地位。

然而那天好巧不巧，他一头撞在了陆潇的枪口上。

周凯根本不是吓跪的，而是逃跑的时候脚下没注意，摔了个大马趴。摔完之后，他头也没回，爬起来就屁滚尿流地跑路了。

剩下陆潇和叶橙大眼瞪小眼。

叶橙见状不妙，真情实感地说了句"抱歉"。毕竟陆潇是被牵连的。

神奇的是，陆潇居然没找他麻烦，一脸晦气地看了他一会儿，就转身走了。

大概也是自认倒霉。

齐刘海一瞅见周凯过来，麻溜地找了个借口跑了。

周凯见她这样，顿时更气。他阴着脸看着叶橙道："你小子挑衅我呢，还敢让她给你送水？"

叶橙盯了此人几秒。他的眼珠在阳光下呈现出浅淡的色泽，每当这么面无表情看人的时候，总给别人一种略带压迫的感觉。

这也是为什么当年陆氏的员工，光是看见他就腿肚子打哆嗦。但面对真正的大老板陆潇时，反而不像看见他这么畏惧。

周凯被他看得有点发毛，心里的火一拱一拱的。

叶橙冷冷地开口道："你想怎么解决？"

他甚至没有再解释一遍，也没有回避或者拿出老师来压人，没有任何拐弯抹角。这种处理事情的方式，完全不像是附中出身的学生能做得出来的。

周凯突然有种自己被完完全全看穿的感觉，这种感受让他的自尊心受到了不小的打击，就像是当着小弟的面，被扯下了最后一块遮羞布。

叶橙仿佛在用行动告诉他，你这种小伎俩我不屑应付，也不怕被找麻烦，因为我随时可以收拾你。

周凯立刻就爆炸了，上前一步拽住叶橙的衣领："怎么解决？在我的地盘，轮到你来问我怎么解决？"

叶橙看着他，眼神闪了闪。

突然间，有个篮球飞了过来，正正好好，"砰"一下砸在周凯的后脑勺上。

所有人都傻眼了。

周凯简直快喷火了，撒开手转头怒吼道："哪个砸的老子？没长眼睛啊！"

篮球弹在地上，接着被一只大手稳稳地抓住。陆潇迈着长腿走了过来，戴护腕的右手拍了几下球，身后跟了一群人。

他扫了眼叶橙，对着面如死灰的周凯扬了扬下巴，吐出三个字："我砸的。"

周凯像个被拔了电池的玩具，当场卡机在原地。他捂住后脑勺，呆呆地张着嘴巴。

跟陆潇一块儿打篮球的基本都是校篮球队的。一群人高马大的男生乌泱泱地围过来，把周凯连同另外五人密不透风地包围住。

周凯肉眼可见地萎了，结结巴巴地说："潇，潇哥……怎么是你……"

他条件反射地后退，却正撞在后方的蒋进身上。

陆潇将篮球放在食指上，漫不经心地转了两下，玩儿似的，说话的语气平静又张扬："这里，什么时候成你的地盘了？"

蒋进用肩膀撞了他一下，表情凶神恶煞："你当一哥不存在啊，跟我们班的人收保护费，你脑子被屎糊住了？"

叶橙怔了怔，这件事他没告诉过别人，却不知怎么就传开了。

其实从瓜群就能看出来，十三中这些小团体的"领地意识"极强。

在关乎面子里子的问题上，这些人不是为了帮他，只是单纯不想善罢甘休。

"潇哥，进哥，这真不关我的事，不是我的主意！"周凯慌忙辩解道。

那态度，和方才截然不同。

陆潇随手把篮球抛给身后的人，走到周凯面前。他比周凯高了接近半个头，居高临下地，像在看一只蝼蚁。

周凯小腿肚子控制不住地打战，面容扭曲。

"不是你的主意，那么就是张琦的了。"陆潇冷笑道，"带个话，让张琦自己来找我，少在背地里做偷鸡摸狗的事。下次再被我碰到，先打断你的狗腿。"

叶橙的眼皮快速地跳了两下。

周凯哆哆嗦嗦道："我……我知道了，潇哥，没别的事的话……我先走了。"

他急不可耐地想转头离开，却被按住了肩膀。

"站住。"

陆潇不怀好意的声音直接让他双腿一软。

"……潇哥，还有事吗？"周凯战战兢兢地回过头，看表情已经快崩溃了。

陆潇挑了挑眉："上次打我那一拳，你准备怎么还？"

叶橙心里咯噔一下。

果然，他就知道这人睚眦必报。

以前陆潇被公司合伙人坑过一次，后来以牙还牙给人下了个连环套，逼得那人差点跳楼。老爷子平日里吃斋念佛，多次让叶橙劝他收一收脾气。然而那时候的叶橙也有点感情用事，被冲昏了头脑，总是帮着陆潇在老爷子面前说好话、打掩护。直到有一次，对家被逼急眼了，找人在高速上撞了他们的车。

那次之后，陆潇终于有所收敛。

原来他的暴戾性子是有迹可循的，从小就这么横。

周凯要哭出来了，双手合十求饶道："我给您道歉，我真不是故意的，不会有下次了……"

蒋进他们纷纷哄笑。

"道歉有用的话，要警察干吗？你打了潇哥，二话不说就跑了，现在想起来道歉了？我可去你的。"

陆潇做了个手势，众人安静下来。

"我懒得跟你动手。"他勾起唇角。周凯眼睛一亮，也跟着赔笑。

可陆潇接下来的话，就让他笑不出来了。

"这样吧，你顶着这个篮球，站在操场正中央，站到放学为止。"

大家狂笑起来，蒋进起哄地吹了声口哨。

今天下午有好几节理科班的体育课，让周凯顶着球站在操场上，无疑是让他在理科班颜面尽失。

他身后五个人面面相觑。这比直接揍他一顿还要惨。

突如其来的奇耻大辱，让周凯握紧了拳头，双眼通红、浑身发抖。

蒋进拍了拍他的脸，说："收保护费的时候不是很嚣张吗？有种让你家主子来给你出气啊。"

陆潇冷冷道："不听话的话，你知道什么后果。"

周凯瞳孔紧缩，仿佛想起了什么非常可怕的事情。几秒种后，他垂着头捡起扔在地上的篮球，耷拉着肩，转身往操场方向走了过去。

"哈哈哈，废物！"

"就这，还想横行十三中？也不打听打听谁是你爹。"

一帮人吵吵嚷嚷，成群结队地走了。

陆潇插着兜经过叶橙身边，在即将走过去的时候，被拦了下来。

叶橙望向他道："谢了。"

陆潇跟叶橙总共也没说过几句话，最多是个点头之交的同班同学，不知道谢从何来。他随意点了点头，举步要走。

叶橙又说："你能不能……不要和那个张琦打架。"

陆潇侧身看向他，叶橙身高到他眉毛左右，两人面对面站着时基本能够平视彼此。

面前的人一副清傲好学生的调性，一板一眼地在这儿跟他说教。这架势不像是感谢他，倒像是在找茬儿。

陆潇觉得无比荒唐，甚至被气笑了："关你屁事。"

他面色不善地看了叶橙两眼，便大步走开了。

叶橙忍不住心想，是真的很叛逆啊。

好难搞。

体育课结束后，叶橙被徐超叫去了办公室一趟。

他刚开始以为是刚才的事有什么风声传到老师那里去了，结果发现徐超只是让他找人一起出黑板报。

"这一期板报要参加评选，你们最好今天就弄出来。"徐超安排道，"我看你字写得很漂亮，应该练过书法吧？"

叶橙心不在焉地点了点头："小时候学过几年。"

徐超满意地拍了拍他的肩膀，说："那辛苦你了，你可以找蒋进和你一起，他是学美术的艺术生，两个人很快就搞好了。"

下午最后一节是计算机课，两人得到特权，可以待在教室里出黑板报。

蒋进非常热爱逃课，高高兴兴地拿来了颜料和笔刷。

他一边在纸上画初稿，一边和叶橙侃大山："看不出来嘛，你还挺能打的，听说你在厕所里把赖子干翻了。"

叶橙从书包里拿出眼镜戴上。他近视一百多度，平时基本不需要戴眼镜。为了等会儿写粉笔字看稿子方便，这才提前戴好了。

他随口答道："打架不是衡量能力的唯一方式，也不能解决任何矛盾。"

蒋进不以为然地嗤笑："你搁这儿背政治呢，本来以为你挺有血性，果然还是'修道院'出来的。"

叶橙轻哼了一声："你如果真的对陆潇好，就该劝他别跟张琦斗了。"

他本以为蒋进会不屑一顾，却见蒋进放下笔，板起脸道："你懂个屁，不了解就别开麦，OK？"

如果换了别人，用这种方式说话，叶橙八成不会再理他了。但叶橙又有点好奇，那个张琦到底什么来头，能被陆潇这么记恨。

"那你给我科普一下？"他接着蒋进的话道。

蒋进警惕地看了他一眼："咋地，这么关心，你想加入我们？不过你小子确实挺能打的，遇事儿也够刚，难怪潇哥没为难你。"

叶橙忽然有了个想法——或许，瓦解敌人最好的方法，就是先打入敌人内部。

他努力摆出一副高中生应有的姿态，认真地询问："那你们还收人吗？要先交保护费吗？"

蒋进被噎住了，咳了咳道："什么鬼，你以为我们是老琦那群人啊，潇哥才不收保护费。"

"那要怎么才能加入你们？"叶橙难得锲而不舍地问道。

蒋进一时被考住了，挠了挠头发，索性摊牌："你到底想干吗？我看你也不是喜欢混社会的人吧。"

叶橙用手背抵住下巴，坦荡荡地说："想多了解你们潇哥一点，我很好奇他和张琦有什么过节。"

蒋进脸颊抽搐，总感觉他这句话哪里怪怪的。

"你想知道这个？其实也不是什么秘密。"他犹豫了片刻，还是说道，"潇哥以前有个玩得很好的朋友，是个闷葫芦，后来被张琦和周凯欺负，顶不住转学了。"

他顿了顿，接着说："高一的时候，张琦他们特别狂，连高三的保护费都收，还闹得有人退学。后来闷葫芦走后，潇哥彻底火了，把张琦打得在医院躺了两个月，从那以后大家都开始叫他'一哥'了。"

"你知道为什么他们都怕潇哥，但是没有一个人跟老师说过他不好吗？因为如果没有潇哥，十三中早就乱套了。"蒋进认真地说。

现在的思远楼分为一号楼和二号楼，一号楼是张琦的地盘，二号楼则归陆潇罩着。确实如蒋进所说，陆潇在班上很受欢迎。不管是联合校草投票时，那么多人一水儿地投他，还是体育课大家都很服从他，都能看得出来。

怕他的人很多，喜欢他的也很多。

叶橙静静地听着。原来陆潇的人生里，有那么多他不曾参与过的爱恨情仇。

他隐约记得陆潇提过，高中时认识一个学习很好的兄弟，本来还能帮他补补课，可惜后来转学走了。

当时陆潇还开玩笑说："要是那哥儿们不走就好了，说不定我就能跟你考上同一所大学了。然后，我就要让你做小伏低！"

叶橙觉得他在吹牛，嘲弄说："就算你一门心思学习，也不可能考上 A 大，还是下辈子吧。"

当然"做小伏低"也是痴人说梦就是了。

如今叶橙亲耳听到这些"往事"，难免有种异样的感受。

说话间，一个身影从后门走了进来。蒋进看过去，差点没把自己舌头咬掉。

说曹操曹操到，陆潇懒洋洋地走进教室，瞟了他们一眼，将计算机课本扔在桌上。

"潇哥……你不上课了吗？"蒋进在背后说了关于他的话，有点心虚。

陆潇靠在椅背上，揉了揉后脖颈，说："无聊死了。"

蒋进耸了耸肩膀，赞同道："是挺无聊的，也不让打游戏。"

他见陆潇也没有要接话的意思，就把画好的稿子放在后面的桌子上，开始和叶橙一起画黑板报。两人站在椅子上，先用粉笔勾勒线条，然后用刷子蘸取颜料上色。因为需要涂抹的面积很大，叶橙也拿起刷子帮他一起涂。

蒋进很有美术生的原则，宁可自己脏兮兮，也不能让画面脏兮兮。

于是二十分钟后，他们的双手都沾满了五颜六色的颜料，整张桌子也被糟蹋得一塌糊涂。

陆潇反向跨坐在椅子上，面对着他们用Switch游戏机玩游戏，并时不时抬头点评几句蒋进的画功，哪里色度不够，哪里阴影太重。

蒋进饱受折磨，好不容易喘了口气，赶紧从椅子上跳下来，对叶橙道："我去换盆水，你先接着涂。"

他一离开，陆潇就不说话了，闭上嘴安静地打游戏。

叶橙背对着陆潇画，两人谁都没理会谁。

教室里转动的风扇偶尔发出一点噪音，蝉鸣填补了中间寂静的空隙。窗外飘来若有若无的不知名的花香，在空荡荡的座位间上下浮动，伴随着微风时不时翻动书页。

叶橙忽然转过身说："陆潇，能不能帮我扶下眼镜。"

他第一次在这个陆潇面前直呼其名，其实颇有些胆大包天。

双唇微微嘟起，舌尖抵住上颚，两个并不陌生的字眼，便轻而易举地从喉间滑出，如同练习了千万遍，连叶橙自己都觉得自然得有些过分。

陆潇抬起眼眸，看见叶橙的银框眼镜挂在挺翘的鼻尖上，正摇摇欲坠地往下滑。他蹙眉看了一会儿，没好气地说："我们很熟吗？"

不是陆潇不近人情，是他实在搞不懂，这个转学生有什么毛病。

明明只见过几次面，却每次都要用一种跟他认识了八百年的口吻说话。

而且，还总提一些在他看来有点出格的要求。

他这人表面看起来大大咧咧，其实很排斥跟不熟的人有肢体接触。更别说推眼镜这种事，听起来就快要上"亲密无间"的级别了。

叶橙张着五彩斑斓的手掌，为了保持眼镜不掉下去，只能略抬着头，没法看陆潇。

他诚实回答:"不熟。"

至少,和十七岁的他不熟。

陆潇从这个角度看过去,刚好能看到对方精巧的下巴,以及一小块凸起的喉结。由于仰着头,叶橙稍稍张开了泛着水色的嘴唇,其间隐约能瞥见一闪而过的舌尖。

陆潇突然觉得呼吸不畅,不耐烦地回敬他道:"你在挑战我的耐心?"

他不太明白这种动摇为何物,只是觉得自己有点想揍这个转学生。

太碍眼了。

叶橙脸上出了点汗,眼镜滑落得愈发厉害。他一动不动地说:"不是。"

陆潇:"……那你说个屁。"

叶橙无奈道:"可是我的眼镜真的要掉了。"

他的声音带上了几分类似着急,又类似委屈的语气。不过也可能只是错觉,这个人大概率不会觉得着急和委屈。

然而这句话就像是附在玫瑰藤上的软趴趴的刺,不轻不重地往陆潇的胸口上挠了一下。

陆潇沉默片刻,最终忍无可忍地站起身,一脸暴躁地向叶橙走了过去,那架势如同要干架。叶橙稳了稳身体,才控制住自己没有躲开。

陆潇的臂展很长,即使和叶橙差了一个椅子的高度,也能轻松够到对方的面部。他抬了抬手,神情和动作看起来都没什么耐心的样子,刻意将视线落在了那副银框眼镜上。

叶橙配合地压低上半身。修长的手指虚虚地笼上来,掌心正对着他的口鼻。无意中,他嗅到了一丝清爽的海盐气息,夹杂着阳光,渗透了皮肤纹理,海绵般包裹覆盖了整张脸。

随着中指推动镜框的动作,温热的指腹擦过他的鼻尖。

陆潇似乎有些不适应,迅速用力,把眼镜推了上去。这力道没轻没重,支架在叶橙的鼻梁上狠狠刮了一下。

"嘶。"他忍不住发出抽气声,原本白皙的鼻梁骨瞬时红了一小片。

陆潇没想到他这么细皮嫩肉,本意也没有想整他,于是条件反射地碰了碰那片被染红的地方。

"呃,不是故意的。"他讪讪道。

手指触到薄薄的皮肤，微硬突出的鼻骨略有些硌手。

门口忽然传来不小的动静，两人同时转头看了过去。蒋进端着一盆水，瞠目结舌地看着他们："你们在干吗?"

陆潇果断收回手，握着拳头放进校服口袋里。

不知道为什么，叶橙有一种被教导主任抓现行的诡异感觉，明明他们什么也没干。陆潇好像比他更敏感，冷着脸头也不回地走了出去，和蒋进擦肩而过时，还用力撞了一下他的肩膀。

蒋进看了看陆潇离开的背影，又看了看若无其事的叶橙，欲言又止。

这俩……

晚自习时，教室里一片懒懒散散。

班长坐在讲台上，毫无威信地让大家不要讲话，好好自习。然而没人理他，第一排在打王者，第二排在分零食。

李俊晓边做题边和前面的人对答案，时不时看两眼手机，和对叶橙声称的那个"朋友"互发消息。

直到徐超抱着一摞试卷走进来，众人才放下手里的各项"业务"。

所有人的目光都集中在他手中的卷子上，气氛陡然紧张了不少。

李俊晓小声哀号道："不是吧，这么快就出成绩了，我还想过两天安生日子呢。"

"按老徐的尿性，肯定今天回去就要让家长签字，救命啊——"前排的人也哭道。

"你担心个头，你上次帮十几个人模仿过签名好吧。"李俊晓垮着脸说，"可惜我爸是教职工，呵，根本躲不掉。"

大家都在交头接耳，如丧考妣，连南都市医院的Wi-Fi密码都查好了。

徐超姿态安逸地靠着讲台，自带一种威严的上帝视角，表情如同法官宣布审判结果："数学课代表过来把卷子发下去，大家今天晚上回去自己订正一下，拿给家长签字，明天上课讲这套试卷。"

底下一片哗然。

"能不能不签字啊，救救孩子吧!"

"反正都要开家长会，就别签字了嘛!"

徐超用手指点了点他们："别跟我讨价还价，反正都要开家长会，你们还怕签字？有些人不要打什么小算盘，谁签的我一眼就能看得出来。"

李俊晓疯狂祈祷："一定要上九十，一定要上九十……九十！九十！"

他瞥见旁边的叶橙居然还在整理笔记，见了鬼似的："你不紧张吗？不害怕吗？"

叶橙在画思维导图，一边勾勒一边抽空回答："嗯。"

李俊晓吸了一口凉气："你数学很好？"

"不算好。"叶橙说。

李俊晓用看同类的眼神看着他道："真是家人啊！我数学也不好，主科最差的就是数学，只要能上九十我就谢天谢地了。"

叶橙认真地想了想，说："我最差的也是数学。"

"呜呜呜，我们真是同病相怜。"李俊晓简直想和他抱头痛哭。

理科班的学生，数学是弱项，真的是致命打击了。

数学课代表将答题卡放在他们桌上，诧异地看了一眼叶橙。

李俊晓从手指缝里看见了自己的分数，低吼道："YES！九十五分！我爸不会揍我了啊啊啊！"说完，便激动地埋头狂按手机。

叶橙看了眼答题卡，在上面写了两笔，然后随手压在笔记本下面。

讲台上的徐超环顾底下的表情，不由好笑地说："现在这个场景我真想给你们录下来，等以后高考完了拿出来放，看你们后悔不。"

数学课代表苦着脸说："这次卷子好难啊，老师。"

徐超哂笑道："难你个头，你们知道最高分多少吗？"

有个好奇宝宝问道："多少？上次于坤考过一百三，这次不会也是他吧。"

"再猜。"徐超故意吊他们胃口。

"难道比一百三还高？谁啊，这也太反人类了。"

"明天你们就知道了，好好订正吧。"徐超神秘一笑，留下教室里不满足的好奇声音，转头离开了。

李俊晓发完消息，开始四处找人要答案。一张卷子从后排传了一圈，来到他的手上。他啧啧感慨道："潇哥天天打瞌睡，还能考一百二十七，我要是也有这天赋就好了。"

叶橙有点意外，没想到陆潇的数学竟然还有救。难怪有几次他数学课睡觉，徐超只是用粉笔头把他砸醒，却并未真的为难他。

叶橙伸手去拿那张卷子："我看看。"

"你先等我抄完你再抄。"李俊晓一把护住卷子，望向他道，"话说你考了多少？很差吗？怎么都不好意思订正。"

叶橙轻描淡写道："有点粗心了。"

李俊晓投来同情的目光，心下估计他连八十分都没到："别太难过啦，下次好好努力就是了。"

经过数学考卷的洗礼，大家的精神明显都萎靡了许多。

第二天早上，第一节课是王莉莉的英语课，不少人由于昨晚被混合双打而格外蔫儿了吧唧。王莉莉是个心直口快的中年妇女，走进教室看见他们这副死样子，顿时气不打一处来。

她把课本一丢，抱着手臂开始说教："还好意思打瞌睡，知不知道你们考成什么样了？"

"客观题分数已经出来了，你们知道你们班平均分多少吗?!"她的表情十分严肃，"选择题总分九十五，平均分只有四十多!"

李俊晓捂着嘴学她讲话："我看你们是热昏头了吧!"

王莉莉："我看你们是热昏头了吧!"

李俊晓："你们是我带过最差的一届!"

王莉莉："你们是我带过最差的一届!"

叶橙一个没忍住，"噗"的一声笑了出来。

王莉莉瞪了他一眼，接着说："不过这里我必须表扬一个人，全年级唯一一个选择题满分，就在我们班。"

话音刚落，全班轰然炸开。

"谁啊？这丫抄答案抄翻车了吧……"

"笑拉了哈哈哈，蒋进，不会是你吧？"

"去你的，老子选了十个 'C'，你觉得可能吗？"

李俊晓惊掉了下巴："满、满分？好变态啊……"

王莉莉看了眼名册，四处张望："叶橙同学，在哪里？"

四周倏然安静下来。一秒，两秒，三秒——全班炸开了锅。

李俊晓目瞪口呆地望着身边的"变态"，感觉自己的心情像坐了一趟过山车，看他的眼神渐渐由恐惧变成了崇拜。

王莉莉和举手的叶橙四目相对，表情一时间有那么点抽搐。

片刻后，她及时救场："好的，我记住你了，听徐老师说，你拿过省级英语竞赛奖，的确很厉害。"

就在大家疯狂议论之时，她再次冷脸道："知道你们班平均分为什么这么低吗？因为除了这一个满分，居然还有两个人给我考零分！"

一波未平一波又起，班上笑得要抽过去了。

"牛啊我说，满分和零分都在我们班！"

"哈哈哈哈哈，王姐别生气了，这边建议去买个彩票。"

"太Drama（戏剧化）了吧，哈哈哈哈。"

蒋进没忍住笑了出来："妈呀，弱智吗？用脚趾头写也不会零分吧。"

陆潇走神地转着笔，没搭理他。

王莉莉越想越气，尖锐地点名道："黄旭佳，缺考零分。还有你，陆潇，别转笔了！全校只有你一个人选了四十个'B'！这四十道题偏偏没有一个'B'，你但凡选点其他的，也不会零分啊！"

众人齐刷刷转头看向最后一排，憋笑憋得差点背过气去。

此时蒋进一口气呛着喉咙，惊天动地地咳嗽起来，声音格外粗犷夸张。

大家再也憋不住了，全班哄堂大笑。

叶橙没跟着转头看陆潇的表情，只是抬起指节抵住上扬的嘴唇。

没想到陆潇的英语会这么差，难怪他在加拿大待了几年，回国后还是一口塑料英语。每次出国谈商务的时候，要么带着他，要么带着翻译。

叶橙搁在抽屉里的手机不停收到新消息，瓜群已经闹开了。

蒋进仗着陆潇屏蔽了群聊，那叫一个幸灾乐祸。"久隆吴彦祖"连着刷了二十条"一哥英语零分，哈哈哈哈哈"，差点被群主踢出去。

到午饭时间，他们班只用了一个上午便成了全年级"世界的参差"之典范。

而蒋进也因为嘲讽得太厉害，被陆潇发现后，踢群销号暴打，一键三连。

上午上完课后，徐超把叶橙叫去了办公室。刚进门，叶橙就听见徐超问他吃不吃喜糖。原来是同办公室有一位数学老师结婚了。

观察了几天，叶橙发现，十三中的师生相处模式和附中差别还是挺大的。比如徐超，尽管时不时就去站后门口吓人，但私下里都会跟学生们打成一片。这种"打成一片"并不是只对某几个学习好的，而是对每个人都一视同仁，和叶橙以前的班主任完全不一样。

"找你过来呢，主要说两个事情。"徐超让他坐下，双手交叉道，"第一个是关于你这次的考试，你感觉考得怎么样？"

叶橙还不知道其他科目的成绩，便说道："正常发挥吧。"

徐超笑了起来："我问过其他老师了，你的总分是年级第一，各科都非常拔尖。不说别的，就数学能只错一道填空题，咱们学校也很难找出第二个人了。"

他不经常这么直白地夸人，说完后却看见叶橙脸上没什么波动，心下不禁又是一阵感叹。

这么好的苗子，怎么就来十三中了？

徐超没再多想，直接说出了重点："我考虑了一下，打算让你当班长，你看可以吗？"

他解释道："现在的班长是分班后临时选的，他这次成绩一般，也跟我反映不是很想继续当班长了。"

叶橙是个不爱管闲事的人，也没工夫每天帮老师看晚自习。他想了想，委婉地说："我不太擅长与人沟通，恐怕不能胜任。"

徐超一顿，不死心地说："那数学课代表呢？我希望你能在擅长的科目上，多帮一帮别人。"

叶橙已经推辞过一次，不好再推第二次，便答应了。

徐超露出欣慰的表情，清了清嗓子说："那就好。还有一个事，因为马上要重新安排座位了，所以想提前跟你商量一下。你现在的同桌成绩不算太差，我想让你多带带成绩不好的同学，你愿意吗？"

一般来说，班主任都会把成绩最好的和最差的放在一起。

叶橙想到了什么，心念一动，问道："您想让我和谁坐？"

"蔡旭佳吧，他这孩子心思不在正道上，各科都不太行，不过还是看你的意思，你不同意就不换。"徐超善解人意道。

叶橙诚恳地建议道："要不，让我和陆潇同桌。"

徐超哽了一下，没想到他会主动提名这个小霸王。要知道，他们班敢和陆潇做同桌的人屈指可数。

当然，女生肯定有愿意的，不过十三中规定了只能同性做同桌。

"陆潇……他的总分，我没记错的话，应该不是倒数。"徐超含蓄地劝道。

说实话，他有点怕这个文绉绉的好学生被陆潇欺负。

叶橙想起来瓜群里说的，徐超应该还不知道他英语零分的壮举。

于是他一脸认真地解释道："陆潇英语非常不好，四十题全蒙'B'，您见过比他学习态度更差的吗？"

这时，徐超的视线晃了晃，落在了他身后敞开的办公室门上。

陆潇象征性地屈起食指在门上敲了敲，冷冷道："报告。"

叶橙瞬间僵在原地。

完了，他在门口站了多久……

叶橙从办公室出来时，徐超让他把门带上。虽然心里翻江倒海，但他总不好站在门口偷听，只得先行回了教室。

回到班上后，才发现四下已经天翻地覆。

蒋进带着一群人将他团团围住，那阵仗如同买票进了侏罗纪公园，下一秒就要掏出相机拍照。

"我说，你是来十三中支教的吧？"蒋进仰视着他道。

"你知道你总分断层第一吗？甩了第二名整整六十分！"

"呜呜呜，橙爹，你就是我们二十班的骄傲！我们班从来没出过年级前五十，这回简直一雪前耻！"

蒋进抱住他的大腿："这声爸爸我先叫了，以后作业能不能都借我抄？看在我和你说了那么多八卦的份上！"

李俊晓喊道："他是我同桌，要借也得先借我，爸爸看看我！"

叶橙："……"

在理科班众多男生心里，"橙爹"一夜成名，迅速从"新来的装腔作势还比我受女生欢迎的转学生"，变成了"他的答案就是标准答案，坐他旁边稳赚不亏的大佬"。

——什么人，语文一百三十九分，作文被挂在校展览架上作为范本；数学一百九十五分，只错了一道填空题；英语客观题全对，仅作文扣了四分，而且听力还是迟到路上边跑边听的。但凡占一项他就是个学霸，三项全占那他就是神啊！

就牛，就离谱。

当天论坛热帖：【高二（20）班，首个年级第一?!】

叶橙被当作奇货，哄抢了一整个中午。直到午休后，徐超把新的座位表贴在了后排黑板上。

一石激起千层浪。顷刻间，无数少男少女的梦想惨遭无情毁灭。

"为什么要换座位？为什么？Why？！"李俊晓欲哭无泪，"还把我换到第三组，我跟橙爹隔了一条银河啊！"

蒋进泪流满面："橙爹坐我前面，太顶了！太顶了！"

叶橙趁着教室里乱糟糟的，鬼使神差地扭头看了眼陆潇。不幸的是，陆潇跟装了感应雷达似的，立即迎上了他的视线。

对视的刹那间，叶橙有那么一丝丝的尴尬。不过很快，陆潇就率先移开了眼睛，嘴唇僵硬地抿成一条直线。

叶橙的座位从第二组最后一排，换到了第一组倒数第二排。

其实叶橙不太喜欢坐在靠窗处，因为这个位置总有一段时间，会被夕阳的余晖照射到。他向来不经晒，皮肤很容易变得通红。

以前有次和陆潇去马尔代夫度假，他忘记涂防晒，结果当天身上就爆皮了。后来每次去海边，陆潇总要按住他，给他全身涂好防晒才准出门。

当他收完东西挪过去的时候，发现陆潇已经占住了过道的位置。见他就差把"别惹老子"四个字写在脸上了，叶橙便自动坐在了靠窗的一边。

下午整整四节课，陆潇有一半时间都是在打瞌睡，另一半则用微信号带蒋进王者上分。

叶橙总算见识到了什么叫"成绩越烂，装备越全"。

陆潇专门把他最爱的那只理查德红魔腕表支在桌子上，方便倒计时下课时间。桌上摆着阅读架，笔袋上还配备了一个小风扇，也不知道他买这么多玩意儿是要干吗。

但他并不是完全不听课，有时候物理老师出了道很难的题目，他就会赏脸在草稿纸上写几笔。其他不感兴趣的课，诸如语文和历史，一概不给分毫注意。

叶橙一边暗中观察，一边感觉自己像个提前育儿的沧桑父亲。

怎么会这样……而且还一上手就是这种十七岁的逆子。

为了不激起陆潇的反抗，他只偶尔才瞄几眼，尽量让自己的视线不被察觉到。本来还想趁着课间解释一下办公室的事情，但陆潇是个坐不住的，一下课就跑得没影儿了。

平安无事地相处了一下午，到晚自习时，出了点小状况。蒋进在底下玩手机，被从后门进来的徐超逮了个正着。

按理来说今天是周四，徐超要开班主任会议，是不会来查晚自习的。偏偏蒋进倒霉，被他抓了现行，揪着耳朵拎到办公室去了。

平时晚自习下课后，叶橙都会早早地回家。但今天蒋进不在的话，陆潇应该是一个人回去。叶橙刚好可以跟他说清楚那件事，免得误会越来越大。

十三中的晚自习九点下课。

八点四十分左右时，陆潇就开始不断地回微信。

过了十分钟，他动作粗鲁地按灭屏幕，将书包甩到左肩上，毫无预兆地从后门走了。叶橙没有犹豫地将书扫进书包里，然后快速跟了上去。

还没有打下课铃，走廊上一个人也没有。

外面夜色如水，对面教学楼灯火通明，灯光下聚集着嗡嗡乱叫的蚊虫。

他正准备上前叫住陆潇，却见后者将手机举到耳边："说了在学校，一直打电话烦不烦？"

陆潇的语气极其烦躁，仿佛已经到了发火的边缘。

叶橙脚步一顿。

"我不回去，住同学家里。

"他来不来关我屁事，你爱觍着脸去就自己去，别打过来了。"

陆潇没说几句，就挂断了电话。

这时他正好走到五楼拐角处，也是远离教室和办公室的地方。

角落里，一声不怀好意的冷笑打断了他急促的步伐。

"哟，这不是我们一哥吗？"

张琦的声音非常有辨识度，据说他跟人打架的时候被划伤了喉咙，说话总是带着咯痰般的嘶哑。

陆潇的脸立刻沉了下来，表情不爽地看着前方。长得跟瘦猴似的张琦，从角落的阴影中走了出来，跟在他后面的还有几个手里拿着木棍的人。

这里的楼梯道堆放了很多不用的课桌，显然这些木棍是从上面拆下来的，也显然他们就是在这里蹲他的。

张琦向后勾了勾手道："你们两个，去那头拦着，别让人过来。"

两个小弟立马跑向走廊的另一头。

陆潇似乎已经对这种事见怪不怪了，身上寒气逼人，冷冷地盯着他们。

张琦的目光落在他身后的叶橙身上，似笑非笑地说："怎么，年级第一，你也想一块儿挨揍？"

在这之前，叶橙只在男厕所里见过张琦一次，但他好像早已经把自己的情况都摸清楚了。

听见这句话，陆潇这才偏了偏视线，看见叶橙。

灯光将他的侧颜照得轮廓凌厉，他皱眉道："跟着我有事吗？没事就快滚。"

他连头都没回，左手搭着肩上的书包带，右手插在裤兜里，一副"老子不用你操心"的跩样。

叶橙看了看前面的六个人，又看了看他们手上的六根木棍。

"有事。"他淡然而清晰地说道。

"嗤。"张琦突然笑了一声，眼神渐渐变得凶狠起来，"你们跟我耗时间呢？那行，今天一个都别想跑，全给我上！"

自古反派死于话多，偏偏张琦是个人狠话不多的。

话音刚落，他右手举起木棍，直直地往陆潇头上挥去。

叶橙站得并不近，都能听见风声被木棍带动的呼啸。

眼看棍子就要结结实实砸上去，陆潇一个漂亮的侧肩闪身，上半身急速避开木棍，顺势抬腿扫向张琦的下盘。

张琦没想到他反应这么快，险些没站稳，被身后上前的小弟堪堪扶住。

陆潇直起身子，将肩上的书包甩到一边，扯了扯领口沉声道："找死是吧，正好老子今天有火没处发。来，一起上！"

论起打架，十三中小霸王就没怕过谁。

叶橙一听这语气，知道他是真生气了。他每次动怒的时候，语气都平静得可怕。

可是大哥，你就算再生气，也不能让他们一起上啊！他们六个人啊！

叶橙欲哭无泪。

仿佛为了验证他的想法，六根木棍齐刷刷地扑了上来，那阵仗宛如天女散花。叶橙都没来得及细想，一个箭步冲上去，举起书包砸在了他们脸上。

正巧，叶橙今天把英语词典带上了。板砖一样的词典当头砸中了张琦，痛得他号了一嗓子，连忙捂住迸出鼻血的鼻子。

后面的人疯狗似的前赴后继，大家扭打成一团。

叶橙已经很久没有这样打过群架了，他甚至看不清对方的脸，拳头就自动招呼了上去。

这帮人明显跟周凯他们不同，一个个都是练家子。

陆潇两拳放倒张琦，接着又一个背摔干掉另一个。动作行云流水，丝毫不拖沓，仿佛一打十都不在话下。

叶橙忽然间明白他为什么嫌自己碍事了。

正在混战中，另一边的走廊上传来怒吼。

"你们在干吗？哪个班的？快给我住手！"教导主任气急败坏地喊道。

与此同时，几道手电筒的灯光直射过来，所有人都愣住了。

叶橙突然被一只手抓住手腕，来不及反应，那只手的主人就带着他狂奔起来。这几乎是发生在一瞬间的事，根本容不得反应。他被拉着打了个趔趄，而那人稳稳地扶住他。

身后教导主任大喊："站住！都别跑！你们这帮小兔崽子，给我站住！"

陆潇拉着他冲进了楼梯间，随后回过身，潇洒地一脚踹上了楼梯间大门。跟在他们后面逃跑的人整齐地扑到门上，狂怒地大骂。

"走。"陆潇转过身，简单地说了一个字。

叶橙被他拉着从五楼跑到一楼。黑暗中，每一层的声控灯光陆续亮起。两个人的喘息声充斥着楼梯间，伴随着纷杂的脚步声，和炽热的呼吸一同蒸腾、燃烧。

从教学楼出来后，又小跑了一段路。确认教导主任没有跟上来后，他们才不约而同地在围墙边停了下来。

陆潇松开了手，路灯下，鬓角被汗水打湿，汗水顺着额头流下。他"呼哧呼哧"喘着气，胸口上下起伏，转过头时，对上了同样气喘吁吁的叶橙。

昏暗的路灯下，叶橙的脸比平时红了不止一个度。唯独那双眼睛，在黑夜中熠熠生辉，像一块润泽灵动的水晶。

那块水晶在看着他，仿若一触即碎。

他靠着墙调整呼吸，却觉得呼吸越来越不顺畅。过了许久，胸前擂鼓般的响动才算平息。

"糟糕，书包忘记拿了。"叶橙喘匀了，率先打破了沉默。

夜风拂过他周身，汗湿的校服凉飕飕的。不知是不是因为太久没有这样独处，他难得感到了一丝紧张。

陆潇动了动藏在黑暗中的右手，将趁乱带出来的书包递给叶橙。

"这点经验都没有，亏你也敢打架。"他轻飘飘地说道。

斗殴时不留下证据，这是身为校霸的基本素养。

叶橙接过书包，好笑道："你好像很有经验？"

陆潇没有回答他，而是咄咄逼人地反问："你让我别打架，那今天又为什么要参与？"

叶橙收敛笑意，面无表情地说："都骑到头上来了，还忍个屁。"

陆潇觉得有点想笑，这人表面看起来骄矜清高，实际身体里却藏着一个不守规矩的灵魂。

有时候他觉得自己触到了叶橙的底线，但其实离那底线还有十万八千里。

这种感觉就像是在剥开巧克力的糖纸，你完全不知道下一刻是甜蜜还是苦涩，是惊喜还是意外。

"没想到你这样的人，居然会打架。"他将书包甩到肩上，哂笑了一声。

叶橙沉默了，他总不能说，是你教我的。

他的拳击和散打的确是陆潇手把手教的。

两人并肩走在围墙下。

叶橙想了想，还是开口道："今天在办公室，我没有说你坏话。"

"我知道。"陆潇目视前方，说道。

叶橙略感诧异，看向他："你知道？"

陆潇没有看他，不太自然地说："你想和我同桌。"

没想到他全都听到了，叶橙一时间不知道接什么好。

只听他又继续说："我看见你上课的时候在偷看我。"

叶橙："……"

距离叶橙上一次这么尴尬，还是上一次。

叶橙满脑子都是"他竟然发现了""我该怎么糊弄过去""他该不会以为我对他有所图吧""虽然我确实"。

就在他皱眉不语时，陆潇清了清嗓子，询问道："你是不是想跟我混？"

……叶橙瞬间觉得自己浪费感情了。男高中生的脑子可能只有鸡米花那么大。

"算……是吧。"他硬着头皮道。

偏偏他的肯定，助长了陆潇的得意。

"下次有人欺负你，报我名字就行。"陆潇淡然又臭屁地说。

叶橙："……好。"

第二天，十三中论坛有个帖子突然火了。

发帖者带着炫耀的口吻：【摄影社投稿 | 我这构图什么水平？】

主楼附图是一张像素清晰的照片——静谧舒适的午后，思远楼伫立在耀眼的阳光下。对面的教室里端坐着千姿百态的学生，还有几个教室是空的。

一开始底下的评论还很正常，有人把思远楼P到了快乐星球上，还有人把女明星P成了老师。

从第十楼开始，事情变得不对劲起来。

10L：我去，这是什么？！

附带一张放大的截图，里面一个男生站在教室的后黑板前，踩着板凳低着头。另一个男生个子很高，正抬手去碰他的脸。

11L：WHAT？这是在干吗？[斜眼笑.jpg]

12L：这不是我们班吧，是二十班？

十分钟后，楼主放大原图亲自破案了。

21L（楼主本人）：啊啊啊啊！这是我男神！救命，谁来殉我！

附带高清原图，照片上，陆潇正在帮叶橙推眼镜。

22L：天哪，这个角度好绝，潇哥神颜杀我！

23L：另一个是他同桌，叫叶橙，这次的年级第一。见过真人，清冷美人挂。

24L：救救……他们都好帅……谁能懂我？那个年级第一有正面照吗？

下面有人放了叶橙在附中时的证件照，登时引起轩然大波。

35L：好漂亮啊，叶漂亮有！

36L：哈哈哈哈不要泥塑！虽然我也觉得漂亮，眼睛狠狠勾魂了。

37L：啧，是时候开始第二次校草评选了。

……

50L: 笑死，终于有人发现他们了。话说我今天还看见他俩一起打游戏。

51L: 楼上展开说说？管理员拜托别再删我帖了！

52L: 我20班的，我作证，他俩正在讨论谁上谁下。

53L: 啊，这是在搞什么啊？

54L: 实时转播，潇哥："我上你下"，叶漂亮："我上"，潇哥："还是我上吧"，叶漂亮："你在下面！"

55L: 你们好有毒……

蒋进看了看屏幕上疯狂的回帖，又回头看了看后面。

两个人正在聚精会神打游戏，讨论谁走上路谁走下路。

陆潇一脸烦闷："你能不能奶我一口？"

叶橙比他更烦："你都浪到对面脸上去了，我拿什么奶你，母爱吗？"

陆潇深吸一口气："你有礼貌吗？"

叶橙冷冷地说："刚才是谁泉水指挥官？我比你有礼貌谢谢。"

蒋进下巴都要掉了，他眼神复杂地看着叶橙在冷静和暴怒之间来回切换，原来真的有人打游戏时会变成另一种人格。

最后，陆潇把手机一摔："不打了。"起身从后门出去了。

蒋进偷摸回头，看见了手机屏幕上的"十连跪"战绩。

他小心翼翼地开口："橙哥，你别生气，他玩游戏就这样。其实已经……很温柔了。"

真的很温柔了，如果这十连跪发生在自己身上，陆潇可能已经把他祖宗十八代都问候个遍了。

叶橙意兴阑珊地关掉手机，说："无所谓。"

他对此心里有底。过去他和陆潇一起打游戏，常常因为打法不同吵得不欢而散。两个人都会玩，但配合总是相当不默契。

陆潇又是个胜负欲特强的人，输了就要喷，才不管他什么脸色。

以前是这样，现在也是这样。

蒋进安慰他道："别不高兴嘛，昨天潇哥带我的时候，差点往我脑门上砸榴莲。"

叶橙抬了抬眼皮："他昨天去你家睡的？"

"嗯，潇哥还说你很仗义呢。"蒋进对他眨巴着眼睛。

叶橙若有所思地问:"他为什么要去你家?"

蒋进有些犹豫,不过还是说道:"这不是要开家长会了嘛,他爸回南都了。他们关系不太好,每次他一回来,潇哥都会去我家里住。"

叶橙点了点头,没再多问。

他心知肚明,陆潇跟陆尧山岂止关系不太好,那简直是跟仇人一样。

当年陆潇刚刚接管集团总裁职位,陆尧山就派人送来了一份文件。要不是老爷子拦着,陆潇可能当时就要冲到老宅去和他拼命。

到现在叶橙也不知道那份文件的内容是什么,但是有一点他很清楚——陆潇的人生是陆尧山一手造成的。

包括他高中辍学、后来出国留学,全都跟陆尧山脱不了干系。

难怪他这几天心情这么不好。

不过目前看,陆潇并没有要退学的迹象,而且和同学都相处得挺好的。

到底为什么他会退学呢,叶橙百思不得其解。

吃过午饭后,叶橙从抽屉里掏出颈枕,准备休息一会儿。他向来有午休的习惯,那样可以让下午的工作更加高效。

旁边一阵凉风吹过,夹杂着熟悉的味道。

叶橙皱着眉转过去,陆潇将手机掏出来,注视着他:"你的号发我一下。"

叶橙动了动眉毛,表示疑惑。

陆潇略微别扭道:"说了要带你上分,你睡你的,我用你号玩一会儿。"

其他人都午休了,他说话的时候,声音压得很轻。锋利的眉宇间透着些许不耐,但语气却带着一丝妥协。

叶橙静静地看了他两秒,然后伸手将他的手机推了回去,淡淡地说:"不用了,午睡时间还是睡觉吧。"

陆潇怔了怔,似乎没有遭遇过这样的拒绝。他还想说什么,可叶橙已经背对着他趴下了。

窗外的阳光斜射入教室,叶橙把校服领口竖起来,遮住了后脖颈。滚烫的光芒洒落在短袖下的手臂上,他的肤色白到反光,只有手肘处泛着红晕。

上课铃响起的时候,叶橙有点睡蒙了,眼神茫然,汗湿的头发粘在脸上。这个座位风扇只能扫到一点风,他热得浑身汗涔涔的,胳膊也被晒红了一片。

陆潇突然站起身，说："起来一下，换个位置。"

叶橙刚睡醒，大脑运转得很迟钝，下意识"啊？"了一声。

"起来，我坐那边。"陆潇又重复了一遍。

叶橙没明白是怎么回事，但还是本能地随着他站了起来。

他们的课桌都是单人桌，为了方便，陆潇直接搬起自己的课桌，跟他换了座位。

移动桌子的动静不小，蒋进和前桌都看了过来。

"你们要换座位？哇，潇哥在我正后方了，嘿嘿。"蒋进单纯地开心道。

叶橙站在一边，渐渐回过味儿来。

陆潇迅速将两张桌子拼好，若无其事地坐下来玩手机。

"潇哥，你是不是舍不得我，所以才换到我后面来的。"蒋进比了个心，深情款款地说。

"滚，恶不恶心。"陆潇头也不抬地骂他。

叶橙坐在椅子上，看了他一眼，然后拿出手机，打开昨天刚添加的微信好友的聊天界面。

片刻后，陆潇的手机振动了几声。他点进去，看见了两条新消息。

克制一下：账号yc0121@163.com，密码chichengzi0214

克制一下：谢啦。

他转过头去看叶橙，对方已经拿出下节课的教材，低头翻看起来。

陆潇无意识地舔了舔干燥的嘴唇，漫不经心地把消息截屏保存下来。

晚上放学后，叶橙回到家的时间已经快九点半了。刚一进门，就看见了玄关处的黑色男式皮鞋。他在原地站了一会儿，拎着书包走进去。

恰好高秋兰端着果盘从厨房出来，叫住他道："橙橙，你爸爸回来了。"

意料之中。叶橙并没有太惊讶。

高秋兰熟练地接过他手上的书包，把果盘塞给他，对着书房努了努嘴道："在里头呢。我的小祖宗，你就抽个五分钟去敷衍他一下吧，他念叨一下午了，烦死个人。"

叶橙本来面无表情，被她给逗笑了。

"好，我知道了，奶奶。"他扶了扶高秋兰的手臂，示意她放心。

高秋兰不确信地盯着他："不用我跟进去吧？你们爷俩好久没见了，多聊一会儿，别每次不到三句就没话讲了。"

叶橙心想这也不是我能控制的，随口把她哄回了房间。

在推开书房门之前，他深呼吸了几次，然后礼节性地敲了敲门。

"请进。"里面传来叶高阳一贯温和的声音。

叶橙推开门，看见一个穿着白衬衫的熟悉背影。叶高阳戴着无框眼镜，手腕上是劳力士黑水鬼手表，衬衣袖口挽起到小臂。

在家里还这副装模作样的精英打扮，也就他不嫌累了。

尽管叶橙不想承认，但很多时候，他总能在长大后的自己身上看见叶高阳的影子，同样外表冷漠，同样醉心事业。

大概最大的不同，就是他比叶高阳多了那么点人性的温度。

"回来了？"叶高阳瞥了他一眼，继续翻着手上的《拜伦诗选》，"你们晚自习结束得还挺早，我记得附中得九点半才下课吧。"

"嗯。"叶橙没什么好说的，走过去应了一声。

叶高阳把书合上，对他说："刚才我给李主任打了个电话，他说你这次考得不错。但也不要松懈，我看你犯了不少能避免的错误。"

如果是放在以前，叶橙可能会被这句"考得不错"迷惑心神。但此刻他内心毫无波动，甚至懒得追究他擅自翻了自己放在抽屉里的试卷。

"行了，我就等你回来看你一眼。"叶高阳将书放回原位，"别给自己太大压力，学习的同时要学会放松。"

"你曲阿姨前段时间出国玩，给你买了些衣服鞋子，放在你衣帽间了。我赶明早的飞机，晚上就不住家里了。"他拍了拍叶橙的肩膀，举步往门外走去。

果然，他们的对话不会超过三个来回。

叶橙忽然开口道："爸，过两天学校要开家长会。"

叶高阳愣了一下，随即点了点头："哦，好。你和奶奶出门注意安全，别碰着了。"他停了停，又说，"过段时间，爸爸再回来看你。"

叶橙垂下眼眸，嘴角扯出一个略带讽刺的笑。

他记得，这个"过段时间"，直接就过到了他十八岁生日，还不是真的回来看他，而是为了他母亲的遗产。

身后书房门被拉开，然后又轻轻关上。

他慢慢地在椅子上坐下，看着桌上签好字的试卷。鲜红的分数旁，是高秋兰略显吃力的字体。

从小到大，叶高阳都没有出席过他的家长会。每次老师说出叶橙是第一名的时候，都是高秋兰坐在下面，笑得很开心。

但当报到第二名时，第二名的那个小孩被他的父亲高高举起来庆祝。

那是叶橙最羡慕第二名的时刻，他曾经也幻想着有一天，叶高阳能那样把他举起来。

小时候，因为这个片区靠近白泽小学，附近住了很多小朋友。叶橙经常在放学后，抱着小书包蹲在门口的台阶上，也不进去，就蹲在门口看书。

过了一段时间，有个新搬来的小男孩，每天傍晚都拍着篮球路过他家门口。

那小男孩晒得人畜不分，黑不溜秋像块炭一样。

有一天，他走过来问叶橙："你老坐这儿干吗呀？"

叶橙抬头看了看那块炭，又埋头继续看少儿版《西游记》。

小男孩见他不理自己，蹲下来凶巴巴地说："喂，跟你说话呢。"

叶橙嫌他碍事，不情愿地答道："我在等我爸爸。"

小男孩看他愿意理自己了，态度又好了起来："那你可以回家等啊，外面好多蚊子。"

"我在这里才能接到他。"叶橙很固执地说。

第二天小男孩路过的时候，发现叶橙坐在台阶上抹眼泪。

他扔掉篮球就跑了过去，手足无措地问："你怎么哭了，谁欺负你了？"

叶橙把头埋在膝盖上，抱着双腿，声音很小："我考试没考好。"

小男孩挠了挠头，赶紧安慰他："没事没事，我还考过倒数第一呢，别哭嘛。"

"我爸爸会失望的。"叶橙吸了吸鼻子，眼泪挂在粉扑扑的脸蛋上。

小男孩也开始替他着急了："你考得很差吗？要不，找人帮忙签个字什么的。"

叶橙满脸失落："第三名，我从来没考过第三名。"

小男孩张着嘴巴，傻了，一时语塞，不知道怎么安慰了。

思忖半天，他从兜里掏出一个芒果，递给叶橙道："别哭了，小妹妹，再哭就不漂亮了。第三名已经很好啦，我连第三十都没考过呢。喏，这个给你吃。"

叶橙看看芒果，再看看他，脸色瞬间垮了下来。

第一，他芒果过敏；第二，他不是小妹妹。

但是看着那颗黄澄澄的芒果，他心里忽然动了动。

如果他生病住院了，那爸爸是不是会回来看看他？

小男孩见他接过了芒果，大着胆子捏了捏他的脸。滑滑嫩嫩，像块豆腐。

叶橙不大情愿，但还是没躲开。

当天晚上，他吃了那个芒果，被救护车连夜送到医院。

后来，那个小男孩估计是被家里批评教育了，再也没出现过。

叶高阳接到高秋兰的电话后，也只是简单地嘱咐了两句，完全没有要回来看他的意思。

两天之后，知名影星曲恬，被拍到和丈夫、女儿一起在海边冲浪。

很多事情，那时候不懂，认了死理就往里面钻。

现在想想当时的弱智举动，叶橙只想冷笑。

口袋里的手机"嗡嗡"地振动起来，他以为是叶高阳，拿起来一看，却是蒋进的语音电话。叶橙接通了，放在耳边："喂，有事吗？"

那头听着非常嘈杂，传来了蒋进气喘吁吁的声音："橙哥，你有空吗，能不能过来永光路一趟？"

"没空，你们自己玩吧。"那里是酒吧街，叶橙没什么心情理他。

蒋进堵着耳朵，大着舌头说："不是，不是玩儿，潇哥……被灌醉了。我家……来了几个长辈，我妈催我回去，这也不好把他带回去，你能不能收留他一晚上？"

叶橙正烦着，随口道："不能，你带他开房去。"

蒋进苦着脸哀号："我也想啊，但借不到身份证，我的在我妈那儿。"

叶橙："……"

妈耶，他完全忘了这两人是连身份证都不能自己保管的年纪。

叶橙出门的时候，墙上的时针指向十点。客厅里只留了一盏昏暗的壁灯，高秋兰已经睡下了。他打车从白泽到永光路，路上听着电话里蒋进的抱怨。

蒋进稍微清醒了点，语气很是愤懑："靠，这群小子是真能喝，一个个都对瓶吹！潇哥今天也是被阴着了。"

叶橙哼了一声："都是自找的，他不愿意，别人还能强行灌他？"

那头传来一阵闷响，夹杂着蒋进的"我去，潇哥你冷静点，有话好好说别动手"。叶橙无语地挂断电话，看来是根本没听见他说什么。

出租车在灯红酒绿的酒吧街停下，两旁的门前都站着拉客的门童。酒吧风格各种各样，灯牌装饰浮夸绚丽，里面传来震耳欲聋的蹦迪神曲。

叶橙对这一带轻车熟路，很快就找到了马路牙子上的一群人。

几个头发染得花花绿绿的男男女女，正站在路边上说话。陆潇坐在马路牙子上，一声不吭地撑着头，手肘抵着膝盖。旁边站着蒋进，和一个烫着波浪卷的女生。

尽管被好几个人围着，但他还是人群中最显眼的那个。

叶橙三两步走过去，在他面前站定。

"橙哥，你来了！"蒋进宛如看见救星，赶紧对叶橙挥手打招呼。

那些人停下闲聊，满脸好奇地打量他，显然觉得他们不是一路的。看这架势，叶橙明白蒋进为什么急着找自己了——大概是怕这群女生把陆潇吃了。

陆潇慢悠悠地抬起头，视线从眼前的鞋子向上移动。

往上一点，是被黑色校服裤包裹的长腿。

再上一点，是那双印象中冷冰冰的眼睛。

蒋进见叶橙不说话，忙道："我帮你把潇哥送上车吧，他喝多了不让人碰。"说着，就想去拉陆潇的胳膊。

他的脸上红了一块，不知道是不是刚才被误伤的。

叶橙抬了抬手，表示制止。蒋进有些不知所措地看着他。

陆潇的醉酒分为两种情况。

第一种是微醺，每当这时候，他就会演到你流泪。不要脸地撒娇威胁，肆无忌惮地做平时不敢做的事，这也是叶橙最烦他的时候。

第二种就是现在这样，醉得跟条死鱼似的，眼珠子都凝固了，一眨不眨地看人。这时的陆潇看似无公害，实则攻击力爆表。除了亲近的人，谁都不给碰。

以上两种有个共同点，前者是骚话多，后者是屁话多。

总之就是话多。

在他喝醉一小时之后，这一特征会被无限放大。

叶橙看了看蒋进脸上的巴掌印，很体贴地说："还是我来吧。"

波浪卷女生欲言又止，蒋进张了张嘴巴。下一秒，叶橙提住陆潇的后衣领，把人从地上拽了起来。那动作熟练无比，仿佛已经做过很多次一样。

众人全看傻了。

蒋进吓得倒吸一口凉气，预感马上叶橙就要挨上一记铁拳。然而，他担心的事并没有发生。

更让人惊掉下巴的场景出现了。

陆潇被拉起来后，整个人散发着攻击性气场。可当他相当不爽地看了眼来人之后，周身的气焰肉眼可见地一点点降了下去。

叶橙和他对视了片刻，伸手从背后推了他一下，毫不客气地说："走，回去了。"

陆潇发出低低的嘶吼，似乎想反抗，却又被推了一次。

"快点，师傅还停在路口呢。"

蒋进："……"

大家傻眼地目送他们远去，一时间都成了哑巴。

蒋进咽了口口水，突然有点后悔："潇哥不会有事吧，我怎么感觉他反应迟缓了好多……"

"能有什么事，你别瞎说话。"波浪卷女生白了他一眼，语气很冲。

"呵呵，开玩笑，开玩笑啦。"

路口处，叶橙把人塞进后座，然后自己打开副驾车门坐了上去。

司机大叔忐忑地看了眼后视镜，说："帅哥，要不你坐后面照顾他一下？我怕他吐车上。"

"不会，他要吐也是半夜吐。"叶橙淡定地说道，顺手系上安全带。

司机大叔仍有点担心，摇了摇头，一脚踩下油门。

车内充斥着酒精的味道，后座的人喘着粗气，微恼又乏力地靠在窗边。窗外的夜景闪动掠过，夏季的夜风带着一丝躁动，拂过滚烫的脸颊。

这样的陆潇简直让人太熟悉了，熟悉到叶橙都产生了刹那的恍惚。

仿佛回到了一个多月之前，也是叶橙开车去接这样一个喝得烂醉的人，任凭他哼哼唧唧地在街上拖住自己。

当然，现在的陆潇是不会拖着叶橙的，只会像一头被侵占了领地的野兽，眼中含着警觉和抵触。他靠在车窗上打量叶橙的侧脸，似乎在判断这人对自己有没有危险。

车内的氛围一度很诡异，司机大叔不时在他们之间看来看去，也不敢开口说话。

到小区门口后，叶橙把陆潇从后座扶出来。他本来想让这厮搭着自己肩膀走，谁知道陆潇不领情，一把甩开他。

"你谁啊，别动我！"陆潇口齿不清地皱眉道，口气带着三岁小孩的蛮横。

叶橙的脸顿时黑了下来——开始了。

距离陆潇醉酒过去一个小时，他的本性完全暴露了出来。

第5章
有点酸

　　早在很久以前，叶橙就在一次"十佳合伙人"采访中大肆抱怨过。

　　当时那个记者在采访结尾问他："叶先生，您对您的事业伙伴有什么未来的期许吗？"

　　叶橙诚恳地对着镜头说："希望他戒酒，每次喝醉都太烦人了。"

　　记者的脸色开始肉眼可见地变得慌乱起来。

　　"还有少抽烟，睡觉别打呼。"叶橙继续说。

　　"如果能回到他年轻的时候，我一定会尽我所能，帮他改正这些恶习。"他的语气彬彬有礼。

　　导播慌忙切换镜头。

　　要命了，这可是"十佳合伙人"访谈，不是什么"合伙人吐槽大会"，怎么能说这些呢！

　　……

　　叶橙注视着陆潇摇摇晃晃的背影，有种想把这家伙一脚踹进人工湖的冲动。

　　但他懒得跟一个酒鬼废话，上去强行拖着人往自己家走。

　　陆潇平时力气很大，此刻发挥不出三成。他一边心不甘情不愿地被拽着走，一边疑惑地打量四周，眼神迷离："到家了？那个篮球场，好眼熟，还真到家了……"

　　叶橙就当他在说胡话，走上台阶时，拍了拍他的后背道："小声点，我奶奶睡了。"

　　陆潇也拍了拍他的后背，一本正经地说："小声点，不要吵到奶奶。"

　　"我们等下去打篮球吗？"陆潇回头看了眼远处的篮球场，压低声音道。随后他又有点兴奋："我能摸篮板，要不要我教你？"

曾经有那么几次，叶橙因为实在受不了他天马行空的屁话，恨不得把他轰出家门。他可以上一秒纠结于他们的金毛为什么随地拉屎，下一秒就决定把这坨屎运到西伯利亚去当化肥。

叶橙看着他茫然的双眼，一字一句道："你再说一句废话，就不用进去了。"

陆潇意识到现在谁才是主人，委屈中夹杂遗憾地看了看篮球场，耷拉着脑袋跟在叶橙后面进了屋。

客房没有收拾，叶橙便把陆潇安置在了沙发上。随后他只是去厨房冲了杯蜂蜜水，出来就看见陆潇用茶几上的桌布，把自己裹成了一条虫子。

叶橙按住突突乱跳的太阳穴，翻出一条毯子。

"用这个。"他试图去扯走那块滑稽的碎花桌布。

陆潇警惕地在沙发上后退，长腿摩擦皮质表面，发出"噗"的一声。

他立马瞪大眼睛，望向叶橙："你放屁了？"

说着他腿蹬了两下，又是"噗""噗"几声。他的表情严肃起来："你怎么还放？真没素质。"

叶橙整个人都要疯掉了，随手把毯子砸在他脸上："你爱盖不盖。"

他要是再理会这家伙一次，就是脑子进水了。

他把陆潇一个人扔在客厅里，回自己房间去了。等冲了个澡出来后，才发现手机里有好几条新消息和未接电话。

叶高阳：小橙，我的外套好像落在家里了，你看看在不在书房。

叶高阳：我身份证在外套口袋里，你能不能帮忙送到酒店来？

叶高阳：这么早就睡了吗？看见了给爸爸回个电话。

正在此时，外面传来密码锁开门的声音。

叶橙一个激灵，连鞋都没穿，立刻跑了出去，但还是迟了一步。

客厅里，叶高阳和陆潇大眼瞪小眼。

一个站着，一个坐在地毯上。

陆潇裹着碎花桌布，拧眉看着他，眼神有点凶。

叶高阳足足愣了好几秒，转头看见叶橙，嘴角抽搐道："这是你同学？怎么让他睡地上？"

叶橙不愿再多看这个画面一眼，于是飞速道："爸，你的外套在书房的椅子上。"

叶高阳还在审视着陆潇。陆潇突然从地上爬起来，朝他走了过去。

叶橙见势不妙，赶紧上前，将叶高阳往书房里推。

陆潇站在原地，浑身弥漫着低气压，像在围护自己的领地："你是什么人，来我家干吗？"

叶高阳震惊地看着他，表情难得有些失态。

"爸，他有病，你别管他。"叶橙已经放弃挣扎了，扶着额头道。

叶高阳眼神古怪，转身进了书房。等他拿着外套出来时，刚刚飞扬跋扈的陆潇正端坐在沙发上，一脸不爽。

也不知道叶橙是怎么让他平静下来的。

"小橙，我先走了。"他按捺住好奇，对儿子道。

叶橙把他送到门口，他终是没忍住说："爸爸不是想干涉你的生活，但你们还在上学，朋友压力再大也不能让他出去乱喝酒。"叶高阳咳嗽了一声，"别让那孩子睡地上了，像什么样子，实在不行跟你凑合一晚吧。"

"知道了。"叶橙尴尬得不行。

他再次回到客厅，陆潇已经躺在沙发上睡着了。那张帅脸贴在桌布上，薄唇微微张开，一副人畜无害的样子。

叶橙盯着他的睡颜，咬了咬后槽牙。

怎么不喝死算了。

第二天一大早，陆潇是闻到饭香味醒来的。

他头疼欲裂地睁开眼，看见了陌生的天花板和吊灯，上面绘着中世纪的天使油画。清晨的阳光洒满客厅，家具都是清一色欧式田园风。玻璃窗外垂挂着爬山虎和梧桐叶，鸟啼蝉鸣透过半开的窗户传进来。

厨房里响起叮叮咚咚的声音，皮蛋瘦肉粥混着炸物的香味飘荡在空气中。

陆潇的肚子"咕噜"叫了一声。

"奶奶，早啊。"叶橙一边整理校服领口，一边背着书包从房间里走了出来。在晨曦的微光中，愈发显得唇红齿白。

刚一抬眸，他就和沙发上的陆潇对上了视线。

陆潇坐了起来，局促地说："早上好。"

他的头发睡得乱翘，偏生表情又跩又酷，看上去有几分好笑。

叶橙放下书包，漫不经心地看了他一眼："早。"

两人从家里出来，一起往地铁站走去。

氛围安静得很奇妙。陆潇诧异地打量四周，似乎想说什么，但又憋了回去。

快走到地铁口时，叶橙率先开口道："你昨晚断片儿了？"

陆潇清了清嗓子，瞄了他一眼："我不太记得发生了什么，不过谢谢你，我没给你添麻烦吧？"他难得有点客气。

叶橙眯了眯眼："也不算太麻烦，不过就是发酒疯满屋子乱跑，还差点跟我爸干了一架。"

陆潇脚下一顿，转头看向他。

叶橙扬了扬手机："罪证都记录下来了，你打算怎么赎罪？"

"不是吧，"陆潇试探地问道，"我真这么干了？"

叶橙一言不发地望着他。

陆潇的声音逐渐低了下去："抱歉……你想要什么补偿都可以。"

叶橙挑眉道："真的？"

"……真的。"

陆潇这人虽然叛逆，但家教传统，对待长辈还是很尊重的。刚才在他家里吃早饭，高秋兰给他盛粥，他接连说了好几次"谢谢"。

对于昨晚的不敬，他心情很凝重。

叶橙点了点头，说："那你期中考个年级前五百吧，如果考到了，我就把视频删了。"

陆潇猛地看过去，才发现那双浅褐色的眼眸中含着笑意。

他抿了抿嘴唇："你骗我。"声音却没有丝毫恼怒。

"你说的，什么都可以。"叶橙说。

陆潇忍不住笑了，"啧"了一声："你为什么对我的学习成绩这么感兴趣？"

"乐于助人，不行啊。"

"行吧。"

他们扫码进了地铁站，二号线地铁缓缓进站。越过拥挤的人群，两个少年插着兜站在靠门的位置聊天。

为什么对你的成绩这么感兴趣？

不是乐于助人。

是因为有个人曾经在深夜，和他埋怨："怎么办，我老觉得自己和你差距好大。"

"为什么这么觉得？"叶橙反手去摸摸他。

陆潇有点郁闷："晚上你那个同学聚会，全是高考四百分以上的，你们班长还说那个戴眼镜的帅哥是你校友。"

叶橙"扑哧"笑了，顺了顺他的头毛："干吗，现在后悔高中没努力了？"

"后悔。我真的很想跟你念一个大学，没开玩笑。"陆潇说。

"想和你一起上课，一起去图书馆占座位，一起参加学生会选举，一起在竞赛上拿奖。"他嗓音沉闷。

从陆潇回国的那一天起，他接下来所有的时光，都与叶橙有关。

然而叶橙的这四年人生，却是他错过的最美好的年月。

在其他人口中，大学时代的叶橙，锐气又洒脱，冷傲间又透着些许孩子气。

光听描述，就能想象到有多耀眼。

热情，明媚。

那是陆潇未曾见过的叶橙。

既然你有这样的执念，那么这一次，就让我来填补你的遗憾吧。

叶橙抬头看着满脸不屑的人："你看上去还挺有信心。"

"前五百，太容易了。"陆潇抱着手臂靠在车门上，长腿懒洋洋地屈起。

"哦？没考到的话，怎么办？"

"要是考到的话，怎么办？"

"你提个要求，什么都可以。"

"都可以？"

"嗯。"

从那天把陆潇托付给叶橙开始，蒋进就逐渐感到好像哪里不对劲了。

周末他喊陆潇去网吧，居然被拒绝了。理由是要写作业。

蒋进觉得晴天霹雳，陆潇要写作业？

他不是从来都微信转账三百元，找人代写的吗？

物理老师也深受震撼，因为陆潇已经两次上课没睡觉了。

更可怕的是，有一回蒋进想转头借支笔，竟然看见陆潇在问叶橙题目。

久隆吴彦祖：……友友们，你们知道被下降头后有什么反应吗？

迪迦是光：？

陆潇低声道："我这个解法没问题吧，为什么答案跟你不一样？"

叶橙凑过去看他的解题思路，好半天才发现，是一个公式代错了。他顺手拿起笔，右手从陆潇的胳膊下穿过去，在那张草稿纸上写了起来。

"这里不对，这条线不是切线，你不能用距离公式代。"

这个姿势其实有点别扭，但他一做题就会很投入，完全忽视了自己的动作。

叶橙靠过来的瞬间，陆潇浑身的肌肉都绷紧了。他桌上放着一杯苦橙拿铁，讲题目的时候，若有若无的橙子香气萦绕在鼻尖。

他垂眸扫过靠近的叶橙，对方好像挺久没剪头发了，黑色的发丝半遮住眼睛，淡淡的风铃草香笼罩在周围。

陆潇记起上次在他家浴室，看见的那瓶风铃草洗发水。

他下意识抽了一下胳膊，想退开点。叶橙按住他的手臂："别动，快写完了。"

陆潇僵在了原地。

"连接这两点就能继续往下做了，会了吗？"

会个毛会，陆潇烦躁地想。

蒋进再次回过头，手机"啪嗒"掉在桌上："潇哥，你很热吗？"

这一声不大不小，引起了前面几个人的注意。叶橙还没反应过来，就感到和他挨着的手猛然抽开了。

笔掉在桌上，发出清脆的响声。

陆潇不动还好，这么一动，好几个人都扭头看了过来。

蒋进不明所以地挠了挠头，换来陆潇的一记眼刀。

"潇哥，你没事吧？"他不知死活地问道。

这脸红脖子粗的，眉宇间还散发着戾气，好像和"降头"完美对上了。

"你闲出屁了？"陆潇没好气地说，伸腿从桌子下面踹了一脚他的椅子。

蒋进被这么一踹，稍微清醒了点，灰溜溜地转过头去。

陆潇将笔扔还给叶橙，说："这题我会了。"

"我都没解完，你就会了？"叶橙怀疑道，他感觉陆潇有点心不在焉。

"会了。"陆潇的尾音干脆利落。

叶橙遂没再说什么，拿回笔继续做题。

看热闹的人都转了回去，窃窃私语。

叶橙专注地盯着草稿纸，这道题的解法有好几种，他又向来喜欢举一反三，于是拿出手机搜索其他解法。

刚打开小猿搜题，上方就弹出了新的微信消息。

黄胜安：橙子，你转学了？？

看见这个熟悉的名字，叶橙的手停了下来。

黄胜安是他的小学同学，两人算是发小，后来又考上了同一所大学。当年叶橙刚拿到陆氏集团的Offer，黄胜安就去国外读研了，还找了个混血女朋友。

他竟然给忘了，黄胜安是在高二这年，转学回附中来的。

果然，这小子一来就是疯狂消息轰炸。

黄胜安：不是，你也太不够意思了，这么大的事都不告诉我。

黄胜安：我听人说你转去对面了，啥情况啊，不会是他们驴我吧？

叶橙：你已经到附中了？

黄胜安：我刚到！本来想给你个惊喜的，谁知道你居然不在！

叶橙：微信上说不清，中午有空吗？出来吃个饭。

陆潇的余光瞥见叶橙在打字，不禁多看了一眼——他很少会在学习的时候和别人聊天。

黄胜安：那必须的！你得请我，我被你玩弄了感情[大哭.jpg]

叶橙：你又没说你要转过来。

黄胜安：还不是因为我爸，突然调来久隆这边了。

黄胜安上初中后，就去了隔壁S市。而他父亲这次调任回南都，担任的是青山精神病院院长。

没错，确实是精神病院院长。叶橙第一次知道他爸的工作时，还以为他在开玩笑。

临近中午放学，叶橙跟李俊晓说了一声，午饭不和他们一起吃。

陆潇看着他头也不回地走出去，表情有些探究的意味。

出了十三中，山海路整条街全是馆子，每到饭点就涌进许多学生。

叶橙站在枝叶茂盛的梧桐树下等待，没过多久，就看见许久不见的黄胜安挥着手从对面跑了过来。

"橙子！"他剃了个极短的寸头，露出俊朗有神的眉眼，穿过马路跑到叶橙面前，一见面就揍了他一把。

"我去，你真转到十三中了？"黄胜安难以置信地望着叶橙身上的校服。

十三中烂得全市闻名，不止升学率堪忧，学风也和附中有着天壤之别。

自从他在国外定居后，叶橙就鲜少再见到他，眼神在他身上停留了一会儿。

"是你疯了还是我疯了！"黄胜安一副很难接受现实的样子。

叶橙笑了笑，说："走吧，去吃饭，边吃边聊。"

他们沿着林荫道，拐进了旁边的巷子里。黄胜安一路上叽叽喳喳，跟叶橙说着自己的近况。他爸从副院长升为院长了，刚接手青山这边的事务，忙得不可开交，把他往学校一扔，就什么都不管了。

这条巷子里有家小龙虾做得很好，叶橙知道他好这口，带他到这家店，点了几盘配菜和一盆小龙虾。

在等菜的工夫，黄胜安忍不住道："快跟我说说，你到底为什么转学？"

叶橙轻扣着玻璃杯，端详里面的橙汁："压力太大了，受不了附中的氛围。"这也是他给叶高阳的说辞。

黄胜安瞪大眼睛道："你糊弄鬼呢，就你那成绩还压力大？谁压得过你啊，你自己就一高压锅。"

叶橙顿了顿，面不改色地撒谎："主要是不喜欢那里的环境，总觉得压抑。"

黄胜安的眼神渐渐变了，仔细看着他道："你不会是……"

叶橙："啊？"

"你不会有心理问题吧，需不需要让我爸给你预留个床位？"黄胜安认真道。

叶橙翻了个白眼："你自己留着吧，我不需要。"

"兄弟，咱们都这么多年了，有什么要帮忙的，你可一定要跟我说。"黄胜安惴惴不安地说。

他从小耳濡目染，见过不少有精神问题的病人，是真情实感地担心着自己哥们儿。

叶橙见这个话题绕不开了，趁着菜陆续上来，拿起筷子道："吃饭也堵不上你的嘴？"

"叮叮咚"，门口的铃声响起，有人推门进来了。

老板娘热情地招呼："同学们，想吃点什么？来盆十三香不？"

蒋进找了个位置，坐下开始点菜。"潇哥，你不吃辣的吧，给你点蒜……"他说到一半，突然卡住了，"咦，那不是橙哥吗？"

陆潇顺着他的视线望去，看见了坐在大厅角落里的叶橙的后脑勺。对面是一个陌生的男生，穿着附中校服。两人有说有笑，那个男生戴着手套剥小龙虾，顺手把剥好的虾肉放进叶橙的碗里。

蒋进只看了一眼，就低下头继续点菜："蒜香的行吗，你不讨厌吃蒜吧？"

旁边没有任何回应。

他迷惑地抬起头，却发现陆潇正直勾勾地看着大厅角落。

"潇哥，潇哥？"他接连喊了两声，陆潇才移开视线看过来。

"蒜香小龙虾OK吗？"蒋进扬了扬手机上的菜单，问他。

"不想吃小龙虾，别的随便。"陆潇沉声回道，脸色有点臭。

这家餐馆的名字就叫"一品小龙虾"。不吃小龙虾，进来干吗……

蒋进被噎了一下，只好依言点了其他菜。

另一桌。

叶橙说："你自己吃吧，不用给我剥了。"

他倒不是怕麻烦对方，只是单纯对小龙虾没什么兴趣。南都人一到夏天就离不开啤酒和小龙虾，吃了那么多年，他早就腻了。

黄胜安也不跟他客气，继续边剥壳边唠："奶奶最近身体还好吗？我周末去你家瞧瞧她。"

"挺好的，如果我爸不气她的话。"叶橙淡淡道。

黄胜安看向他："你爸回南都了？哦，也对，你转学这么大的事，他肯定得回来。"

他小时候经常去叶橙家蹭饭，因此对叶橙家里的事情了解不少。

"对了，你妈那笔遗产怎么办，你那个后妈不会跟你抢吧？"黄胜安担心地问道。他说话向来是个直肠子，这也是叶橙和他玩得好的主要原因。

"不知道，我还没满十八，暂时也无法继承。"叶橙摇了摇头。

其实，确实如黄胜安所言，后来曲恬对那笔遗产是动了心思的。只是自己当年太单纯，没有想那么多。

叶橙的眼神闪了闪。他决不可能再让曲恬拿走任何属于他的东西。

黄胜安吸了口可乐，感慨道："我以前一直觉得，你就是个无忧无虑的小少爷，谁知道家家都有本难念的经。"

叶橙注视着他，优雅地擦了擦嘴角，道："所以，知道我的难处后，你想把这顿结了？"

"……"黄胜安立刻骂骂咧咧，"你们有钱人都这么抠的吗？人家大老远地跑过来，人生地不熟的，你还好意思……"

叶橙毫不留情地打断他："你在我家蹭了有四五年饭了。"

两人互相瞪着对方，最后决定掷骰子，谁输了谁请客。

黄胜安运气差，掷了个"1"，气得摔桌子去付账。

从饭店出来后，两人找了家星巴克午休，准备等下午上课时再回学校。

黄胜安的手机快没电了，便问叶橙借手机打游戏。叶橙把手机给他，自己问店员要了条毯子，趴在桌上昏昏欲睡。

黄胜安忽然道："糟糕，你的号自动登录了，我好像把别人顶下来了，是你找的代打吗？"

叶橙快要睡着了，迷糊着说："没事，你玩吧。"

窗外阳光盛大，有不少像他们一样的高中生聚集在这里，其中小情侣居多。

叶橙睡了半个小时，直到闹钟响了，才揉着肩膀苏醒过来。

黄胜安把手机还给他，恼火地说："刚才不知道为什么，你被你的战队踢了，那个队长绝对有大病。"

"什么？"叶橙有一段时间没上过号了，也不知道自己什么时候加的战队。

黄胜安安慰地拍了拍他道："没事，我把你拉进我的战队了，以后我带你玩儿。"

二人在路口分别，各自回到自己的学校。

下午第一节是物理课，叶橙刚坐下，陆潇就走了进来。扑面而来一阵微风，裹挟着清爽的味道，拂过叶橙的面颊。

上次他们做完那个约定之后，他趁势又提出，让陆潇在下次考试前不要再和别人鬼混，更不要再喝酒了。陆潇也在他的激将法下答应了。

万幸陆潇现在还没有养成抽烟的恶习，不用再多加一项戒烟。

上课铃响起，物理老师许杰抱着书走了进来。大家懒懒地从桌子上爬起来，喝水的喝水，翻书的翻书。

　　因为讲课声音洪亮，许杰又被称为"大喇叭"，隔着两间教室都能被他震醒的那种。

　　"醒醒，都醒醒。"他刚进来，就开始拍桌子，"再过几周就期中考了，你们一个个的，还有心思打瞌睡。"

　　班上没什么反应，鸦雀无声。

　　"每次下午第一节课都是这副德行，真服了你们了。"许杰恨铁不成钢。

　　叶橙翻到他上节课讲的地方，却瞥见旁边的陆潇习惯性地趴了下去。

　　作为物理课"钉子户"，他十节课有九节都在睡觉。见状，叶橙用手肘戳了他一下。

　　陆潇没理他。

　　许杰抖了抖习题册，说："我们先跳过昨天那道大题，留着最后讲，接下来看前面的第十三题。"

　　叶橙扭过头，陆潇背对着他，长臂弯曲支撑脑袋，右手抓着笔装模作样。从这个角度看过去，能看见他校服下宽阔的直角肩，以及随呼吸起伏的蝴蝶骨。

　　还趴着，想干吗？叶橙又碰了碰他。

　　谁知，陆潇竟往旁边挪开了些许，像是在避开他。

　　许杰扫了一眼后排，说："已知波源S1和波源S2相同，求解……咳咳。"

　　他清了清嗓子做出提醒，但没有引起两人丝毫的注意。

　　叶橙心里奇怪，干脆伸手摇晃他，低声说道："上课了，快起来。"

　　陆潇呼吸一紧，烦闷地放下手抬头看过来。

　　许杰拉下脸道："叶橙，你来回答这题，告诉我用哪个知识点去解。"

　　叶橙心里咯噔了一声，撑着桌子缓缓地站了起来。

　　他刚才完全没听，只依稀记得许杰说跳过之前讲的，但没听到具体是在说哪道题。前排的人没听见他流利的回答，纷纷疑惑地回头看了两眼——学神竟然还有不会的时候。

　　叶橙硬着头皮，悄悄用食指敲了敲陆潇的课桌，意思是"提示一下"。

　　结果陆潇仿佛完全没收到他的信号，目不斜视地看着习题册。

　　好吧，他刚才也在睡觉，肯定是没听。

　　叶橙无奈了。

　　前面的蒋进慌忙把游戏机藏好，头埋得老低，生怕许杰牵连无辜。

"不要以为上次考得好，上课就可以随便走神了。"许杰严肃道，"同桌那个，你起来回答一下，我看你们刚才小动作挺多啊。"

果然，开始"牵连"了。前面几排齐刷刷把头低了下去。

陆潇不紧不慢地站起身，清晰地答道："'波的干涉'。"

叶橙倏然转头看向他。

许杰盯了他片刻，冷哼道："都坐下吧，好好听课，别老讲小话。"

叶橙坐下来，有点不爽："你知道答案?"

——知道还不提醒他。

"蒙的。"陆潇言简意赅地说，一副拒绝和他交流的样子。

他的脸色看起来不太好，叶橙不知道谁又惹到这小子了。

真是喜怒无常。

下一节是体育课，作为体育委员，陆潇刚下课就率先去操场了。

他一如既往地和篮球队的人一起玩。

叶橙和李俊晓结伴往网球场走去，经过篮球场时，看见一个卷发女生正在把一瓶水递给陆潇。

叶橙的脚步慢了下来，认出她就是那天晚上站在陆潇身边的女孩。

"怎么了?"李俊晓注意到他的变化，问道。

叶橙的脸冷了下来："那女生是谁?"

李俊晓看了一眼，随口道："给一哥送水那个吗? 如果没记错的话，是篮球啦啦队的，九班的江怡蓉。"

陆潇接过她手上的水，动作熟练且自然。叶橙的眼神更冷了。

"怎么，你觉得她漂亮吗?"李俊晓回过头，只见叶橙已经大步走进网球场。他忙喊道，"你走那么快做什么，等等我。"

球场上，陆潇将手上的水瓶抛给蒋进，满脸无语："成功了记得给我发红包，真搞不懂你看上她什么了。"

蒋进嘿嘿一笑："谢谢潇哥，哎呀我就喜欢这种暴力甜心。你别看她脾气跟你一样坏，其实可纯了呢。"

陆潇："王莉莉也挺纯的，英语没考好还会给你栗子吃，你怎么不喜欢她。"

"我谢谢您了，放过小弟我吧。"蒋进差点被他说萎了。

他又对陆潇谄媚道："今晚就靠你了，潇哥。"

陆潇不屑地嗤笑。

下午放学后，叶橙去吃了个晚饭，回来发现旁边的座位空了，前面的座位也空了。这两人一起逃了晚自习。

李俊晓拿着数学作业来问他，瞥了眼两个空位，自言自语道："他俩真都去了啊。"

"去哪儿?"叶橙问道。

李俊晓说："江怡蓉组了个局，刚才还在群里说呢。"

叶橙放在作业上的手微微用力，纸张瞬间皱成一团。

"他们关系都很好?"他问。

"是的，老熟人了。今天好像在新开的那家MoonShine（月耀）。"李俊晓拿出手机给他看。

叶橙瞳孔微缩。果然，瓜群里聊得热火朝天。

小糖串儿：[图片][图片]蓉姐今天好大手笔，上来就是大包厢。

久隆吴彦祖：你们都到了? 我们还要十分钟。

坚强地活下去：快来，气氛组已就位，就等你们啦。

迪迦是光：啊啊啊，你们背着我组局! 在哪里在哪里? 我也要去!

嫌疑人X：[定位]

迪迦是光：一哥也去了?

叶橙深呼吸了几次，试图平复心情。

很好，晾了他一下午，转头就跑去玩儿了。

真有你的，陆潇。

李俊晓点开定位，说："这家店在做开业活动，测量腿长有折扣呢，橙哥，我们下次也去玩玩吧。"

话音刚落，他就看见叶橙开始收拾书包。

"……现在就去? 也不急在一时，他们打折活动到……"李俊晓有点傻眼。

叶橙把自己的数学作业扔给他，拎起书包道："老师问的话，就说我发烧请假了。"说完，飞快从后门消失不见了。

李俊晓呆立在原地，喃喃道："他们俩也跟班长说发烧请假，一连三个发烧……我们班是不是要被隔离了?"

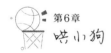

Moon Shine距离山海路不远，走路只消十来分钟就到了。

夜幕降临后，白日里车水马龙的街道全然变了模样。两旁矗立的梧桐树上亮起七彩夜灯，整座城市笼罩在与白天截然不同的氛围中。来往的车辆熙攘喧嚣，高楼大厦灯火辉煌，不愧是登上过全国夜景排名前十的城市——南都。

然而叶橙丝毫没有欣赏的兴致，一路上都在给自己做心理建设：冷静，待会儿一定要冷静。可当他走到门口的时候，抬头看见那块熟悉的灯牌，所有的心理防线顷刻崩塌。

——这里其实是他和陆潇初次见面的地方。

Moon Shine标榜是家音乐餐厅，有舞台表演，还有可以唱歌的包厢。零点前做做普通餐饮，零点之后为了炒热气氛，也会整点花活。很多人不知道这一点，误入之后大受震撼。

叶橙上大学之后，偶尔会和同学来这里放松一下，像他这种级别的脸，一进去如同羊羔进了狼窝。但他通常只在卡座跟朋友喝酒聊天，夜深了就走了。

陆潇后来声称，他当时就是被朋友骗进去的。

那一年他刚回国，身边围绕着一群投其所好的富二代。陆潇穿着一身高定黑衬衫，一米八九的男模身材分外打眼，路过他们卡座时宛如行走的荷尔蒙，吸引了无数目光追随。

叶橙的朋友立马提议，继续刚才的大冒险游戏，谁输了谁去问刚刚那个"天菜"要微信。在混乱的音乐和人群中，叶橙隔着几个座位对上了那人的视线。

陆潇的眉头皱得死紧，显然并不知道这里还有"午夜场"。

叶橙笑了起来，说："你确定要他的？感觉他挺没兴致的，他旁边那个混血看起来都更靠谱一点。"

"不要白不要嘛，就算被拒绝也能和他说说话，好久没见过这种极品帅哥了。"朋友发出"嘶哈嘶哈"的声音。

他们开了一轮骰子，万万没想到，叶橙输了。

朋友满脸羡慕地看着他："加油加油，要到的话记得共享！"

在几人的怂恿下，叶橙只得硬着头皮准备过去。可就在他抬头的时候，陆潇忽然起身朝这边走了过来。

其他人发出惊恐的抽气声，眼见着他越走越近，最后在叶橙面前站定。

"打扰一下，能不能加个微信？"陆潇拿出手机说道。

他的声音低沉且磁性，似乎整个空间都为之静了下来。

后来叶橙才知道，原来那天他们桌也在打赌。那个混血是这里的常客，认识叶橙，也知道叶橙从来不给别人微信，所以故意对陆潇恶作剧。陆潇这人一如既往地经不起激，一冲动就答应了。

结果到了第二天，最让叶橙咬牙切齿的事情发生了。

当时宿舍都在调侃他，只有他自己知道，昨晚那个主动让自己扫二维码的人，到现在都没通过他的好友申请。

合着被丫耍了。

叶橙怀揣无语的心情，起了个大早去陆氏集团报到。

他跟着一群人走进电梯，电梯门正缓缓合拢，突然开门键又被按了一下，一个眼熟的身影走了进来。

"陆总早。"那个开门的人热情洋溢地打招呼道。

其他人也纷纷向走进来的人道："陆总早。"

狭窄的空间内，叶橙抬起头，与一身西装的陆潇互瞪着彼此。

气氛陷入了极度的尴尬之中。

再次看见这家店，叶橙登时新仇旧恨一起涌上心头。敢情陆潇所谓的"误入"都是骗他的，其实他高中时期就来过这里了。

气血翻腾的叶橙没有注意到现在才八点不到，他熟悉的"午夜场"压根还没开始。

他随手把校服上的校徽和铭牌摘了，带着怒意推门进去。

这个时间段还没有什么人，气氛不算很热闹，台上有个驻唱歌手在表演。

接待朝这边走了过来。叶橙不等他开口，便说自己有朋友在这里聚会，让他帮忙引个路。

周围的卡座人丁稀疏，估计他们是去了包间。

接待查了订单，问他对方是不是一位姓江的女生。

叶橙冷着脸点点头，跟在人后面走进过道。

刚到包间门口，就听见里面起哄的声音和震耳欲聋的音乐声。叶橙毫不犹豫地推开门，扑面而来的烟味熏得人睁不开眼睛。

包间内坏境昏暗，奢靡暧昧，一帮人坐在沙发上吞云吐雾。他依稀能辨别中间的那个是陆潇，没抽烟，只是揣着手在笑。两边坐着蒋进和江怡蓉。

晚自习不上，来这种地方，旁边还有一堆乱七八糟的人。

叶橙的脸色沉得吓人。他径直快步走了过去，抄起桌上的酒，二话没说，扬手"哗啦啦"泼了陆潇一脸。

包间里顿时一片哗然，女生们捂着嘴尖叫起来。场面十分混乱。

陆潇屈尊当了蒋进半小时的"僚机"，突然间受到无妄之灾，火气"噌"地一下蹿了上来。

"我×，你找死？"他想都没想，站起身一把抓住对方的衣领，隔着茶几将他扯了过来。

这一下用力到叶橙领口的扣子都崩掉一颗，骨碌碌地滚到了地上。

两人瞬间靠得极近，少年精致的脸庞撞入眼帘。

猝不及防。

即使周遭灯光幽暗，那双淡漠又愤怒的眼眸还是直击人心，低垂的睫毛微微颤动，带着纤长而细密的脆弱感。不知道为什么，看着他眼角那颗泪痣，陆潇倏忽产生了一种似曾相识的感觉。

这个眼神……总觉得好像在哪里见过。

支离破碎的画面闪现眼前。

似乎有个隐秘的声音在告诉他，每当叶橙露出这样的表情时，就一定是自己做错了。

是他的错。

他不应该和他冷战，不应该一声不吭地翘掉晚自习，不应该和他说好了要好好上课学习又食言。

这种荒唐的意识像脱缰的野马，逐渐侵占了陆潇的脑海。

叶橙早在来之前，就做好准备要跟陆潇干一架了。他下意识地握紧了拳，眼底燃烧着怒火："你知不知道自己在做什么？"

他早就想揍这个不知好歹的混蛋了。

旁边的蒋进已经认出了叶橙，惊得连忙站起身想劝架。

谁知，下一秒，陆潇本能地松开手护住头，脱口而出："对不起，我错了！"

所有人都安静了，傻眼地看着他们。

包厢内死一般的寂静。空气都凝固了。

陆潇猛然意识到自己刚才说了什么。

我去……

怎么回事，他刚才是怎么了？为什么会有那么离谱的举动……

一瞬间，他觉得自己像是被肌肉记忆控制了。

潜意识那个声音告诉他：认尿准没错。

可恶。

陆潇感到天打五雷轰，他骄傲的十来年人生当中，从来不知道"尿"字怎么写！

为什么会变成这样？！

二十分钟后，山海路上，微冷的夜风使得焦躁的头脑冷静下来。

陆潇铁青着脸，梗着脖子说："事情就是这样，你还有什么要说的？"

叶橙眼神复杂，语气也没好到哪里去："但你也不应该来喝酒，你说话都那么出尔反尔的吗？"

"我没喝酒。"

"那你身上这么大酒味？"

"你泼的，谢谢。"

陆潇说完这句话后，就别过头去不看他了，似乎有点委屈。

叶橙噎了一下，冷着脸不说话。

陆潇在凉风中等了将近一分钟，没听见对方说一个字。他难以置信地指了指自己湿透的T恤："你不跟我道歉？"

不知道是不是在这具高中生身体里待久了，叶橙觉得一和陆潇说话自己就急剧"降智",并且情绪极度容易波动。

他面色不善地说:"我为什么要道歉?你上课的时候明明知道答案还不告诉我,你怎么不道歉?"

如果这番对话被蒋进听见,绝对会怀疑这俩同时脑子被门挤了。这种幼稚的吵架,小学之后他就没见过了。

可陆潇不这么认为,他漆黑的眼眸里甚至闪过一丝受伤的感情。

他沉默了许久,忽然答非所问地说:"叶橙,你密码都随便给人的?"

没头没脑的一句话,让叶橙愣住了。

陆潇说完,也不等他回答,转过头就走了。

他的背影处处透着"老子不爽",被酒水打湿的头发倔强地翘起来一撮。

有那么一点可怜,也有那么一点好笑。

叶橙满脸疑问地站在原地。这跟密码又有哪门子关系?

那天之后,陆潇乖乖回来上课了。但两人还是谁也不和谁说话,课桌中间甚至挪开了长达十厘米的距离。每次晚上值日生把桌子排列整齐后,第二天就会发现,中间又隔了一道空气三八线。

蒋进第一时间察觉到了不对劲,不过他以为是那天二人发生摩擦的缘故,便没太放在心上。直到这种状况持续了三天,并且城门失火,殃及池鱼——叶橙不给他抄作业了。蒋进顿觉天塌地陷,实在扛不住英语阅读连错十题的噩梦,壮着胆子在自习课给陆潇发消息。

久隆吴彦祖:潇哥,你要不就原谅橙哥吧,他也是出于好意嘛。

陆潇不理他。蒋进继续孜孜不倦。

久隆吴彦祖:咱也不能太小心眼不是,要不我搭个线,约你们中午一起吃个饭?

陆潇低头看了眼手机,正要打字。

久隆吴彦祖:这几天他都和上次龙虾店那哥们儿出去吃,刚好大家也都认识认识。

久隆吴彦祖:就约那家店怎么样?

他等了五分钟,陆潇还是没回他。

蒋进忍不住了,打字道:"潇哥?"

刚一发出去，聊天框蹦出一个红色感叹号。

蒋进："……"

陆潇把他拉黑了。

当天论坛又传出热帖:【一号楼和二号楼现在什么情况？又又又又开战了？（禁止在本帖内骂人）】

主楼：这两天一号楼相当不太平啊，老琦接二连三被找麻烦，一哥吃火药了？他以前也不会因为这点小事故意找茬儿吧。

1L：放个耳朵。

2L：谢邀，老琦先作死的，他跟别人造谣，说一哥怕同桌，传到一哥耳朵里就被教育了。

3L：啥啥啥？一哥的同桌，不会是上次那个叶橙吧？

4L：上面的，没错，就是叶漂亮。

……

22L：哈哈哈我真服了老琦了，不愧是十三中第一嘴贱。所以有证据吗？我也想看看。

23L：就是没证据才被教育的啊，他说叶漂亮吃江美女的醋，冲进包间泼了一哥一身酒。事后一哥追出去，哄了半天。

24L：我去哈哈哈哈哈。

……

38L：这楼带节奏的不要太多，有那个大病？

39L：只有我一个人的重点是，一哥被当众泼酒，居然没有把那个人揍进医院?!

蒋进看着底下的回复，心里咯噔了一下。

再看看陆潇把他拉黑的界面，又咯噔了一下。

这是周五的晚上，没有晚自习，大家都很闲地在论坛刷屏聊天。

隔壁黄胜安一下课就跑来十三中门口，等叶橙放学。高秋兰买了龙虾和牛骨，特地让叶橙喊黄胜安来吃晚饭。

两人先拐去了巷子里买现做的烤鸭。

黄胜安歪头看着一路沉默的叶橙，好奇地问道："你怎么了，满脸都写着'不高兴'三个字，谁惹到你了？"

叶橙这几天确实挺郁闷的。

本来以为凭他对陆潇的了解，他能轻松掌控这家伙的变化，结果反倒把自己搭进去了。

归根结底是他忽视了一点。

十年后的陆潇，和现在的陆潇到底还是有很大的不同。

十年后的陆潇会坦白自己的心情，而现在的陆潇却会把情绪深埋在心里。

毕竟是敏感期的小男生。

叶橙上下打量着黄胜安，直到把他看得起了鸡皮疙瘩。

也对，这儿不就有个十七岁的高中生吗？

"如果你的朋友突然生气，还拒绝和你沟通，那应该怎么让他别生气了？"叶橙认真地问道。

黄胜安被他这个充满青春疼痛的问题震惊到了，好一会儿才说："他为什么生你气啊？"

叶橙想了想，说："好像是因为我把密码告诉别人，但我似乎没干过这样的事。"

黄胜安无语凝噎："游戏密码吗？这都要管，是你女朋友？"

"……不是。"叶橙难以跟他解释。

他们提着烤鸭穿过人烟稀少的巷子，迎面走过来几个叼着烟的人。

叶橙正低头寻思要怎么说，就听见一个耳熟的声音："我说是谁走路不看路呢，原来是我们年级第一啊。"

那破锣嗓子，那欠揍语气，让人听过一次就难忘。

叶橙抬起头，看着面带嘲讽的张琦。

张琦看见黄胜安身上的校服，撇了撇嘴道："怎么，最近不跟姓陆的一块儿玩，和这个小白脸一起了？"

黄胜安不明所以地皱眉瞪着他。

叶橙冷淡地看了他一眼，正准备越过他离开，张琦突然一耸肩膀撞了上来，顺势捞了一把叶橙手上提的塑料袋。叶橙没料到他突如其来的举动，手中的袋子飞出去，烤鸭连汤带肉洒了一地。

"哎哟，抱歉，不小心撞到你了。"张琦立刻举起双手作投降状，没脸没皮地说道。

"喂，你这人怎么这样？不道歉吗！"黄胜安来火了，怒道。

叶橙拦住他，看着张琦说："不用道歉，赔我一份新的。"

张琦阴沉沉地笑道："你敢让我赔你？"说着，抬手就想去扯叶橙的衣领。

谁知叶橙反应比他还快，迅速反手挡开他的胳膊，顺势借着力道将他的双臂剪在身后，猛地按在了墙上。

一连串的动作发生在短短几秒内，谁都没来得及做些什么。

"有什么不敢的？"叶橙压住他的肩膀，冷声说道。

骨头碰撞间，传来轻微的响声。

"我×你大爷！"张琦疼得从牙缝里挤出一句。

他身后的几个人这才反应过来，全都冲了上来。黄胜安一看架势不对，立马啐了一口，作势要跟他们开干。

就在这时，几个人影从巷口走了过来。叶橙将张琦甩到一边，看见了打头的身影。

是陆潇。

张琦僵在原地，显然也看到了陆潇。其他几个人在注意到张琦的眼色后，都待着不敢动弹了。

"张哥，这是在干吗呢？"蒋进了看了看一地的狼藉，冷笑着问道。

陆潇没有看叶橙，而是和张琦面对面站着。两人的氛围有些剑拔弩张。

张琦哼了一声，阴恻恻地说："没干吗，我不小心碰掉了他的烤鸭而已。"

蒋进看了眼陆潇，说："哎呀，都是同学嘛，碰掉了赔一只不就好了。是吧，橙哥？"他对叶橙眨了眨眼睛。

张琦嘲弄道："赔啊，我当然要赔了。"

"不用赔。"陆潇的声音响起，周围都静了下来。

叶橙猛地看向他，垂在身侧的五指微微收拢。

蒋进更是目瞪口呆，就差把"不是吧你不会要帮张琦吧"写在脸上了。

张琦没想到他会这么说，脸色也十分精彩。

陆潇动了动嘴唇，下一句话就让张琦如坠冰窖："浪费粮食多不好，把地上的给我吃了。"

空气再次一片死寂。张琦喘着粗气，眼底的愤怒彻底被激了起来。

跟真正的校霸比怎么样让人受辱，他还是差了一截。

蒋进见势不妙，赶紧打圆场道："那个，潇哥，你不是来买烤鸭的吗，我们快去吧，还得排队……都要六点了。"

陆潇依然一动不动地看着张琦，叶橙从这个角度能清楚看见他的表情。

眉毛压得很低，黑色的眼眸闪烁着冷意，鼻翼微张，是发怒的样子。

张琦盯了他一会儿，咬了咬牙道："陆潇，你别太嚣张。"

他又看了叶橙一眼，带着人怒气冲冲地转身走了。

陆潇没有拦他。

等他走后，蒋进心有余悸地拍了拍胸口道："潇哥，冷静一点。你俩上次在教务处做了保证的，再打架就得处分了。"

旁边和他们一起的男生是篮球队队长，那个叶橙见过的混血男生，开口劝道："就是，为了这种臭鱼烂虾不值得，别忘了那帮老头子上次说了什么。"

陆潇没说话，视线越过地上的烤鸭，落在了叶橙身上。他看了看叶橙，又扫了一眼他身旁的黄胜安，沉着脸转身走了。

叶橙微不可查地皱了皱眉。

蒋进对他挥挥手，连忙转头去追陆潇："潇哥，你不买烤鸭啦?"

那个篮球队队长对着叶橙笑了笑，也跟上他们离开了。

黄胜安连连摇头道："真是晦气！没想到十三中那么乱，你说说你，为什么要转学。"他捡起地上的烤鸭扔进垃圾桶，又说，"刚才那几个是你们班的?还挺讲义气的。"

"嗯。"叶橙低下眼帘，应了一声。

黄胜安奇怪地问他："我怎么感觉那个最帅的好像对你有点意见，你是抢了他班草的地位吗?"

叶橙本来有点低落，差点给他逗笑了："什么班草，是校草好吧。"

黄胜安来了八卦的兴趣："啧，你居然能承认一个人比你帅，真难得。十三中的校草，有点意思，他叫什么啊?"

叶橙说："陆潇。我可没承认他比我帅，只是陈述事实而已。"

黄胜安怔了怔，脸色忽然变得有些诡异。

"他叫陆潇?"他难以置信道。

"怎么了?"叶橙看向他。

黄胜安嘴角抽搐:"那天游戏里踢掉你的人,你给他的备注就是陆潇。"

叶橙:"啊?"

黄胜安如鲠在喉,犹豫着说道:"你说的那个生气的朋友,不会就是他吧?我怎么觉得……他是在酸我俩关系好呢?"

黄胜安的这句话,让叶橙足足走神了一个小时。

且不说他和陆潇目前只是"不太熟的同桌",就算很熟,陆潇看着也不像是会乱吃朋友醋的人吧。

总而言之,这句话简直就是天方夜谭。

到达白泽湖附近,黄胜安夸张地举起双臂,深深地吸了一口气。

"还是老味道,好怀念小时候跟你一起放学的日子。"他说。

同样的夕阳下,也曾有两个小学生,在这条一模一样的路上,分享过同一包辣条。叶橙不由想起童年时遇见的那个小黑皮,不知道他现在去哪儿了。

"可惜很快就要没有了。"叶橙感慨道。

"什么?"黄胜安疑惑地问。

"没什么。"叶橙说,"走吧,奶奶要等急了。"

自从他上大学之后,南都就开始大面积征用土地,实行房屋拆迁。这一带变成了时尚的商业街,篮球场和老小区都被重新规划了,他和高秋兰也搬离了这里。

回到家,黄胜安笑嘻嘻地凑上去抱高秋兰。

"奶奶,我想死你了。"他一个大个子在高秋兰身上蹭来蹭去,惹得叶橙翻了个白眼。

高秋兰乐呵呵地点了点他的脑门:"我看你是嘴馋了,哪里是想我。"

黄胜安是南都本地人,但从小在叶橙家养成了吃辣的习惯,反而觉得自家饭菜不合胃口。他和叶橙出去吃火锅也很合拍,完全不需要戳川渝人肺管子地点鸳鸯锅。

"刚回来能适应吗?跟同学处得怎么样呀?"高秋兰给他夹麻辣兔头,关心地问道。

黄胜安用手抓着啃,点了点头说:"还成,不过确实像橙子说的那样,附中的气氛太压抑了,课间都没人上厕所的。"

高秋兰连连摇头："现在的孩子竞争太大了，我们隔壁那个小孩儿，一年到头的都在补课，上个小学还要笔试加面试，这谁能受得了啊。"

她对叶橙从来没有过成绩上的要求，唯一担心的就是他学习太累。

黄胜安羡慕不已，撇嘴道："要是我爸也有您这觉悟就好了，您怎么就不是我亲奶奶呢。"

叶橙敲了敲他的碗："说话就说话，别痴心妄想。"

高秋兰慈祥地笑了起来，也给叶橙夹了一筷菜，说："橙橙只有跟你在一起，话才比平时多一点，你以后一定要常来啊。"

"放心吧，奶奶，我在学校也经常去对面找他。"黄胜安嘿嘿一笑。

高秋兰像是想起了什么，笑着问道："你去学校找他，有没有发现他跟哪个女孩子走得近的？"

叶橙一听这话瞬间无语，放下筷子道："奶奶，我都说了，那是我同学送给他朋友的。"

上次谭晓琪过生日，李俊晓要找代购买几支口红。叶橙大概能猜到李俊晓的心思，便当顺水人情帮了个忙。结果高秋兰不小心把快递拆了，一度还怀疑他是不是早恋了。

"你可别骗我了，要说你们学校没有小姑娘追你，是个人都不会信。"高秋兰哼了一声道，"胜安，你可得帮我看着他点，大学之前不要谈恋爱。小小年纪不能图刺激，那样对人家姑娘不负责。"

黄胜安扑哧一声笑了："所以您不让他早恋，是怕他影响人家妹子学习？"

高秋兰一本正经地说："不然呢，谁跟他谈恋爱还能有心思学习的？天天光顾着看他去了！"

"奶奶！"叶橙的脸瞬间红了。

"好了好了，不说了，他脸皮薄。"高秋兰笑道。

黄胜安憋住笑看了他一眼。

吃完饭后，两人出门去超市采购。

学校前几天通知，下周一秋游，去本地的一个风景胜地爬山。与其说是秋游，不如说是完成任务，还得顺带写一篇作文。

为了省事，这次秋游，附中和十三中两个学校是一起组织的。

黄胜安边挑选零食，边忍不住问道："你真没搞对象？奶奶说你偷偷给小女生买口红。"

"你搞了我都不会搞。"叶橙懒得理他。

他说的是实话。黄胜安谈恋爱的时候,他刚认识陆潇,两人之间水火不容。

"扯淡吧你就,秋游的时候我要去监视你。"黄胜安眯着眼睛说道,"我不信没人追你。"

叶橙把一盒蔓越莓牛轧糖放进购物车里,说:"有人追我就一定得答应?"

黄胜安:"……你别显摆啊,我告诉你。"

叶橙单手推着车,迈着长腿往收银台走去:"结账。"

黄胜安瞅了眼购物车,惊奇道:"你怎么买这么多甜食,你不是不喜欢吃甜的吗?"

叶橙低头看了一眼,这才发现自己不知不觉拿的都是陆潇喜欢吃的。这家伙的身影已经在脑海中盘旋一整天了,挥之不去。

叶橙按了按太阳穴,敷衍道:"随便买的。"

当天晚上,叶橙经过一番内心煎熬,还是打开微信给陆潇发了条消息。

克制一下:今天谢谢了。

那边很快出现了"正在输入"四个字,他静静地等待了几分钟。

嫌疑人X:嗯。

叶橙不禁咬了咬嘴唇。

"嗯"是几个意思,这副拿腔拿调的样子,看起来居然真的有点像在吃醋。

他犹豫了片刻,还是打字道:"你上次那句话,是什么意思?我那个号的战队是你建的?"

那头又是"正在输入",足足输入了五分钟,陆潇才回复。

嫌疑人X:那是我的战队。

嫌疑人X:没什么意思,既然你的号可以随便给人,应该也不需要我来上分了。

……!

叶橙脑袋里只有一个感叹号。

妈呀,他真吃醋了。

这种阴阳怪气又认真较劲的语气,跟十年后的陆潇不能说毫不相关,只能说一模一样。

以前有次他同时收到了陆潇和另一个同事送的香水，同事买的那款他没用过，便随手试了一下。结果下午开会陆潇闻到了，冷笑着对他说："哟，我送的你不用，这么喜欢别人的？行啊，那你别用了，扔了吧。"

想到这里，叶橙忽然灵光一现，记起那些哄他惯用的招数。

对付二十啷当岁的闷骚男一用一个准，不知道对十来岁的灵不灵。

他打了几个字，那边也一直显示着"正在输入"。显然对方没有离开过聊天界面，是在等他回复。

叶橙心一横，最终按下了发送键。

克制一下：不行。

嫌疑人X：？

克制一下：我就要你帮我上。

那次陆潇吃醋的时候，他认真解释了好半天。结果这混账压根没听他说的话，自顾自地继续生气。后来这种事多了，叶橙发现，只要他稍微把语气放软一点，陆潇就自动被哄好了。

如同一只生闷气的狗狗，只要人勾勾手指头给个肉骨头，就自己摇头摆尾地跑过来了。

可他发完后又有点后悔。

他们现在并没有很熟，陆潇该不会回他一句"你脑子坏了？"吧……

他后知后觉地反应过来，手忙脚乱地想撤回，聊天框却弹出了新的消息。

嫌疑人X：……好吧。

叶橙："……"

嫌疑人X：所以上你号的是你那个朋友？

……服了，少男的心思你别猜。叶橙头都痛了。

克制一下：他只是手机没电，借我的手机玩了一下。

陆潇也不知道是不是不好意思了，没有再立刻回复，过了一会儿，才故作冷漠地说了句"知道了"。

叶橙的心情变得愈发复杂起来。

周一一大早，山海路边上停了几排大巴车。密密麻麻的学生背着包在大门口集合，现场乱哄哄的。

因为今天的行程比较耗费体力，叶橙特地穿得很是休闲。白 T 配牛仔裤和运动鞋，清爽的少年气息呼之欲出。

他刚一出现在门口，就吸引了不少女生的视线。

大家平时都被校服封印了灵魂，逮住今天可劲儿打扮。女生们丝毫不顾忌热辣的太阳和陡峭的山路，几乎全员都是短裤或者短裙，教导主任满脸黑线地站在车旁边看着他们。

徐超站在树荫下举着班牌，奋力喊道："二十班来这边集合，快点！我们抓紧时间点名上车了！"

蒋进穿了条花色沙滩裤，仿佛要去海边度假，闻言举手道："老师，陆潇还没来，他堵路上了。"

"让他快点！"徐超照着花名册念名字，分神对他道。

"二十班齐了没有？"司机大声问道。

"还差三个人，能不能先上车等？孩子们要热死了。"徐超浑身上下散发着"男妈妈"的母爱气息。

众人配合地哀号："让我们先上去吧，叔叔！"

叶橙的手机振了振，收到一条消息。

黄胜安：橙子，我点完名了，等下溜过去找你。

搞定司机大叔后，徐超组织他们陆续上车。

最后一排被班上的"班对"们霸占了，李俊晓和谭晓琪坐在一起偷摸说话。

叶橙挑了个靠窗的位置，旁边是空着的。

五分钟后，黄胜安戴着口罩上来了。大家都在聊着天吹小风扇，没人留意这个隔壁学校的可疑人物。但他还是做贼似的溜到叶橙旁边，一屁股坐了下来。

叶橙看了眼他的座位，本想说点什么，但还是把话收了回去。

这时，徐超从车窗探出头去，对着后面喊道："快点，陆潇，要出发了。"

叶橙抬起头。

一个高挑的身影两步跨上车，动作潇洒，就是差点撞上车门框。黑色棒球帽和黑 T，一手捏着单肩包带子，另一只手漫不经心地插着兜。

叶橙许久没有看他穿 All-Black（全黑造型），确确实实有被帅到。

前面的女生看了看他，捂住嘴巴。

后排响起带着几分御姐的声音："我的妈，好帅，可惜不是我的。"

叶橙转过头，看见了不知道什么时候溜上来的江怡蓉。一头标志性的卷发，夸张的眼线和唇妆——也就她敢说出这种话了。

江怡蓉吹着泡泡糖，见叶橙看自己，对他抛了个媚眼。

陆潇似乎往这边看了看，然后在前排挨着蒋进坐下了。

"小哥哥，我们换个座位呗？"江怡蓉忽然凑过来，对黄胜安说道。

黄胜安立马停下游戏，瞅了瞅她，又瞅了瞅叶橙，立马做出一副恍然大悟的样子。

叶橙洞悉他的心思，漠然道："别脑补，我们不认识。"

黄胜安一脸"你就装吧"，压低声音道："我懂，那口红是送给她的吧。"

"不是她，是最后面那个黄裙子。"叶橙镇定地信口胡诌。

黄胜安回头，看见了和李俊晓挤在一起的谭晓琪，噎了一下："你……你玩这么大的？"

江怡蓉见他们在咬耳朵，拍了拍座椅试图引起关注。黄胜安无奈，只好起身和她换了位置。

叶橙审视着她，漂亮的眼眸中带着几分冷淡。

江怡蓉笑嘻嘻地伸出手说："不认识就认识一下嘛，我叫江怡蓉，你可以叫我蓉蓉。"

"你好。"叶橙淡淡地说。

江怡蓉没有被他的脸色吓到，而是问他："你和陆潇是同桌？"

黄胜安靠近了一点，竖起耳朵尝试听墙脚。

"嗯。"叶橙瞥了她一眼，果然是另有目的。

江怡蓉也不拐弯抹角，大大方方地说："那他有喜欢的人吗？"

叶橙来了点兴趣："你喜欢他？"

"明眼人都看得出来吧。"江怡蓉丝毫不掩饰道，"但这家伙一直试图撮合我跟别人，我就奇了怪了，难道他有女朋友了？"

叶橙很少遇到这种单纯到说话不经大脑的女生，差点没忍住喷笑出来。

他上下打量了一下江怡蓉，咳了咳道："或许，他只是不喜欢你这款的。"

黄胜安听不真切，于是又往前凑了凑。

江怡蓉噘着嘴，不高兴地说："那他喜欢什么样的，说来听听？"

叶橙想了想，建议道："你要不，穿个JK（学生制服）或者洛丽塔试试。"

江怡蓉的表情逐渐扭曲。

叶橙又比划了一下头发："然后把发尾拉直，剪个空气刘海，嗯。"

黄胜安看着他吹毛求疵，惊讶地张大了嘴巴。

下一刻，江怡蓉大怒："不行！老娘死都不会穿那种小娘们儿的裙子！算了，追他太累了，我还是独自美丽吧。"说完，头也不回地回到了后排，顺带把黄胜安赶了回来。

叶橙："……"好容易放弃的喜欢。

黄胜安十分膜拜地看着他道："橙子，从今天起你就是我的偶像。你可真狠啊，不喜欢人家也不用做的这么绝吧。"

叶橙懒得解释，戴上耳机开始睡觉。

颠簸了一个多小时后，他们终于抵达了目的地桃源岭。这里有一座勉强能算得上山峰的小土坡，凭借山顶的帝王陵闻名遐迩。出发前，语文老师叮嘱他们认真参观王陵，回去之后一人交一篇游记。

到了山脚下，徐超张罗着让大家去买水。山腰的水十块钱一瓶，山顶的水二十块钱一瓶，上去再买非常划不来。

四周阳光普照，方圆百里的树上都回荡着聒噪的蝉鸣，连时不时吹过的风都是烫的。可想而知，爬上山顶后会有多需要喝水。

徐超在树荫下擦汗，扬声问那几个结伴去小卖部的同学："买到了吗？几块钱一瓶？"

作为班主任，他简直像幼儿园老师一样操碎了心，唯恐自己班上的羊羔崽子们被宰。

"可乐和雪碧都卖完了，只有三块钱一瓶的农夫山泉了。"班长叫苦不迭。

徐超恨铁不成钢地摇了摇头道："你们这群人呐，考试考不过人家，抢东西也抢不过！"

叶橙懒洋洋地坐在遮阳伞下面发呆。这里他从小到大不知来过多少次，全然提不起兴趣。黄胜安坐在他旁边喝冰镇汽水，看向远处的眼睛突然睁大，疯狂地用手指戳叶橙的胳膊。

"干吗？"叶橙抬起头，正好对上江怡蓉穿着紧身牛仔裤的长腿。

她站在二人面前，顶着烈日说："叶橙，能不能陪我去买个水？我还有点事想问你。"

黄胜安激动地捂住嘴巴。

叶橙面无表情地拒绝:"不,你自己去。"

江怡蓉顿了顿,不甘心道:"为什么啊?我马上就要回自己班上了,你就陪我去一下嘛,我真有事儿。"

"太晒了。"叶橙抬起手,煞有其事地遮住洁白的额头。

黄胜安傻眼了。

江怡蓉一跺脚,只得愤愤地转身离开。

不远处,陆潇看了眼背对这边的叶橙。

蒋进注意到他的视线,试探着问道:"潇哥,你还在生橙哥的气吗?"

陆潇眼神怪怪的:"没有,问这个干吗?"

"那就好。"蒋进高兴地说,"我看你没和他说话,担心你们还闹别扭呢。"

陆潇现在确实是有点别扭,只不过不是因为之前和叶橙吵架。说起来这个事情非常诡异,以至于他甚至有点说不出口。

昨天晚上,就在叶橙给他发完消息之后,他做了一个梦。

梦里的他好像变了个人,西装革履,人模狗样。而叶橙裹着浴袍坐在沙发上,抬眸冷冷地看着他。

梦中叶橙一句话都没说,但自己仿佛一个勤劳的家政机器人,自动自觉,卷起袖子就去给他倒了盆水来。衬衣袖口高高挽起,自己蹲了下去,然后……

卑躬屈膝地把叶橙的脚放进了那盆水里。

接下来的画面就细碎凌乱了起来,他只依稀记得那双小腿,细长莹白,脚踝处纹着一个刺青。

然后陆潇就吓醒了,是真的被吓醒的。

这算几个意思?难道他的内心已经如此堕落,希望取得叶橙的谅解到这个地步了??

这个梦间接导致他今天早上迟到了,还让他愣是没敢和叶橙说话。

他甩了甩头,觉得自己有点不太理智了。

一个梦而已,想那么多做什么。

"咱们要不要帮橙哥带一瓶水?"蒋进的声音让他回过神来。

陆潇看见了旁边的黄胜安,说:"我去问问他。"

蒋进说："还问什么，直接买了拿给他吧。"

"你知道他要喝什么？"陆潇白了他一眼，举步往那边走去。

蒋进挠了挠头，面露困惑："那个小卖部，不就只剩三块钱一瓶的农夫山泉吗？"

陆潇走近遮阳伞。

黄胜安笑得快不行了："我的老天，你可真牛，'太晒了'？这回答让我无言以对。"

陆潇脚步停了下来。

黄胜安继续嘲笑他："笑死，亏得奶奶还担心你早恋，就你这钢铁直男，根本追不到妹子好吗？"

叶橙冷冷地看着他，决定给他当头一棒，打压他嚣张的气焰。

"笑死，我根本不追，都是人家追我。"他云淡风轻地回道。

蒋进顶着烈日在小卖部等候，很快就看见陆潇向他走来。

"潇哥，只有纯净水了。"他扬了扬手上的袋子道，"我买了三瓶。"

陆潇沉默着接过水，拧开瓶盖猛灌了一大口。

蒋进把小风扇递给他，关心地说："快扇扇吧，你脸都快热熟了。"

或许真的是天气太热了，热昏头了，陆潇心想。

他拿起小风扇照着脸猛吹，没一会儿，脸上的热度就消散了不少，但内心却久久无法平静。

明明只是一句玩笑话，却让他连招呼都没打，转身就匆忙走开了。

想起刚才自己略显狼狈的行为，他忍不住眉心微皱。

树荫底下，徐超开始催促大家集合。

黄胜安还想说点什么，碍于点名只能回自己学校的队伍去了。临走之前，他还幽怨地看了叶橙一眼，好像被伤得很深似的。

大部队开始出发。

山道的阶梯很窄，仅能容纳两个人并排走。上山前，众人已经按照座位顺序，自觉排好了队。叶橙和陆潇在倒数第二排，并肩埋头"吭哧吭哧"爬山。

大约过了半个小时左右，便到达了半山腰。徐超看他们累得不行，就让大家先分散休息。

树荫处的位置都被女生占了，男生们围坐在四周，筋疲力尽地吹着风扇。

叶橙流了很多汗，领口处露出的脖颈和锁骨都汗涔涔的。冷白皮向来不禁晒，他浑身都泛着运动过后的红晕。

白T黏在皮肤上，很不舒服。他用手扯了扯衣服散热，忽然眼前一暗，一顶棒球帽从头顶压了下来，严丝合缝地将他的脸罩住。

叶橙抬起头，对上了陆潇的视线。

"戴着太热了，给你戴会儿。"陆潇避开他的目光，随手将汗湿的刘海拨弄上去。

他站在叶橙面前，随意一个动作都很吸引旁人的视线。

帽檐下，叶橙的嘴角微微扬起。

陆潇看不清他的表情，眼睛回落在那处宽松的领口。纯白的衣领紧贴着湿漉漉的皮肤，一小段锁骨宛如倒扣的小碗，精致漂亮。

陆潇移开视线，用手遮在额前，感觉太阳似乎更大了。

在山腰处休整了十分钟后，徐超又带着大家继续往上走。

"老师，还有多久到山顶啊？"

"热死了，为什么要这个季节来爬山！"

众人叫苦不迭。

徐超给他们打气道："加油！再坚持一会儿，就快到了。我们来唱首歌提一提士气吧，你们想唱什么？"

无人理会。

徐超见有点冷场，于是抛出一个很有吸引力的诱饵："山顶上有观光车，还有滑索，下山的时候你们就可以不用走路了。"

这句话立马激起了大家的奋斗欲。

帝王陵在距离山顶还要走几百米的地方，但上来后大伙儿全都瘫软了，动都不想动。山顶处有小卖部和租车点，小卖部周围全是人。

叶橙坐在长椅上扇风，累得口干舌燥。他上山前为了减轻背包的重量，把饮料都放在大巴车上了。本来想到山顶再买水，没想到队伍已经从小卖部排到了厕所门口。

"还有水吗？"他问旁边的陆潇。

陆潇转头想去找蒋进，另一瓶水在他书包里。然而蒋进连影子都没有，不知道跑到哪里去了。

陆潇将手上喝了一半的水放在椅子上，起身道："我问问蒋进在哪儿。"

"不用了，我就喝两口。"

叶橙顺手拿起他放下的水。陆潇张了张嘴，还没来得及阻止，就看见叶橙就着瓶嘴毫无顾忌地喝了起来。

叶橙这个人看上去哪哪儿都瘦，唯独嘴唇有点肉嘟嘟的，色泽浅淡水润，线条流畅优美。

一瞬间，陆潇已经到了嘴边的话，硬生生地卡在了嗓子眼里。他忽然间一个字都说不出来了。

叶橙"咕嘟咕嘟"喝完了整瓶水，放下瓶子，发现自己一直被盯着。"怎么了？"他疑惑地问道。

陆潇僵硬地看着他，又短暂地瞥了一眼他手里的瓶子。

短短几秒，叶橙就明白过来是怎么回事了。

一时间，似有似无的尴尬在空气中蔓延。

叶橙不知道他的反应怎么会如此激烈，但作为全场除了徐超外唯一的成熟男性（心理），他下意识想主动化解这种尴尬。

不远处，几个女生正在骑自行车玩。叶橙打破沉默道："那个车看起来挺好骑的。"

陆潇似乎也不想待在这个地方，便抬头看过去道："你想骑吗？"

叶橙也只是随口一提，他不好意思地说："可是我不会骑车。"

说来有点难以启齿，他的平衡感很差，对这种两个轮子的载具从来驾驭不来。不过平时也基本不需要骑车，都是司机开车送他。

"我教你。"陆潇说。

他的声音压低了些许，不似平常那样总是带着不耐烦，仿佛倏然间变得很有耐心起来。

叶橙没想到他会这么说："……不用了吧。"

为什么听起来那么像教学龄前小朋友，还得扶着的那种，想想就很羞耻。

陆潇却说："没关系，你不是想玩吗？试一试吧。"

在他的邀请下，叶橙只得自己挖坑含泪跳，硬着头皮跟他一起去租了辆车。

陆潇提前扶住后座，拍了拍座椅说："上来。"

叶橙登时臊得不行，愈发觉得自己像个小孩儿，被大人逼着学自行车。

旁边几个女生凑在一起，其中有一个是谭晓琪。

她捂着嘴小声道："啊啊啊，家人们，我都说了我没乱讲吧？"

"天哪，你说得没错，关羽会教张飞骑马吗？"

"有一说一，我没见过一哥这么温柔的样子，好可怕，他刚才居然在笑！"

两个当事人丝毫不知道他们正在被人在背后疯狂议论。

叶橙本以为这会是一场灭顶之灾，但后来意外地觉得还挺有趣的。

他弯弯扭扭地骑着车，留下的车轮印像一条蜿蜒的蚯蚓。

陆潇一直没有松开手，亦步亦趋地跟在他后面，让人很有安全感。

车轮滚过凹凸不平的石板路面，辗过一颗石子，车身震动了起来。

叶橙发出一声惊呼，条件反射地想伸出脚踩住地面。

身后的人只用一只手就稳住了车子，说："没事，继续骑。"

石板缝里的小草被碾下去又竖起来，像有些东西按捺不住不断疯长。

"你别松手啊。"叶橙的声音难得带了一丝颤抖。

陆潇突然起了想逗他的心思，恶作剧地假意放开手。

"喂！"车身摇晃不已，叶橙失去平衡地往一边倒去。下一秒，陆潇便伸手扶住了他。

宽大的衣摆将腰线遮住，他意想不到地捞了个空，一直到衣服皱起来才触碰到薄薄的腹肌。叶橙的腰部向来是痒处，陌生人碰一下就会跳起来的程度。这么猝不及防地被搂住，他下意识咬紧牙关才没喊出来。

"你！"他微恼地偏过头。

陆潇见到把人惹怒了，忙收回手抓住后座，放缓声音道："逗你玩的，不松手了。"

叶橙深吸一口气，集中注意力骑车。慢慢地，他的控制变得越来越顺畅。

这大概是最没有挑战性的学车了，居然一次都没有摔过。

陆潇渐渐松手，低笑道："看吧，你可以学会的。"

不知道为什么，耳边的声音似乎和另一个声音重合了。

以前每当他出色地完成一次项目，或者结束了一场艰难的业务沟通时，陆潇都会带着赞许和骄傲地说："看吧，我就知道我们叶总能做好的，别老给自己那么大压力。"

叶橙感到心脏的某个角落，不知不觉变得柔软起来。

即将返程的时候，蒋进终于出现了。原来他跑去九班找江怡蓉了，结果忘了给叶橙买的水还在自己这里。

上车时，他挤到叶橙身边问道："橙哥，你俩和好了？"

徐超拿着花名册，念一个名字上车一个。

叶橙看了眼走在最后面的陆潇，虽然中间隔了不少人，但以他的个头还是让人一眼就能看见。

"那以后还能借我抄作业不？"蒋进眼巴巴地说，"我抄了几天潇哥的英语，王姐说再这样要请家长了。"

在他还没意识到两人吵架之前，天真地以为陆潇的英语作业是照抄叶橙的，于是很放心地拿来抄。

谁知道接连几天几乎道道全错，王莉莉气得把他劈头盖脸一顿骂。

叶橙哂笑道："有那么难吗？多背点单词不就好了。"

蒋进痛苦地说："别提了，我总是背了就忘。潇哥比我更菜，我敢打赌他连Unit 1（单元1）的单词都不会。"

叶橙若有所思地摸了摸下巴，难怪他英语考试都乱写。

蒋进跟在叶橙身后上车，顺势在他旁边坐了下来。后面的人陆续上车，直到最后，陆潇才走上来。他站在过道上，低头看了看蒋进。

"起来一下。"陆潇说。

周围的人抬头看向他。

蒋进以为他是想和自己坐，遂抱歉地瞅了叶橙一眼，生怕他尴尬。

"潇哥，要不你跟班长坐吧，没有多余的座位了。"他指了指前排道，总不好丢下叶橙一个人。

谁知，陆潇不耐烦地冲他说："你去前面，我要坐这儿。"

其他人窃窃地笑了起来，好笑地望着蒋进。

蒋进傻眼了，过了几秒，才愤然起身道："小丑竟然是我自己，你们坐一起吧！很好！"

陆潇在蒋进的座位上坐下，余光看见叶橙还在望着他。

"看什么，没见过帅哥吗。"他不自然地说道。

叶橙拿出手机，说："你困吗？"

陆潇以为他想打游戏，立马来了精神："不困，开一局？"

叶橙说："那我们来背单词吧，从Unit 1开始，我抽你背。"

陆潇："……？"

于是路上整整一个小时，陆潇硬是被逼着背完了前四个单元的单词。

这是他自己找的不痛快，即使青筋暴起也只能一路忍着。

叶橙那两片漂亮唇瓣之间吐出的字眼，如同让人头疼欲裂的紧箍咒，他此生不愿再听第二次。

怎会如此。

下车之后，陆潇整个脑袋都还是浑浑噩噩的。

大家回到班级，已经到了晚饭时间。本以为今天可以提前放学了，可谁料徐超说晚上照常上晚自习。

突如其来的噩耗让所有人怨声载道。

徐超就像个玩过就翻脸的"渣男"，靠着讲台冷笑："还有心思抱怨呢，也不看看下礼拜就期中考试了。上次月考的家长会被临时取消，这次可不会再放过你们了。"

"我不行了，真的好累啊，老师。"李俊晓倒在桌上。

徐超瞪了他一眼："你还累？你以为你们在我眼皮子底下做什么，我不知道是吧？你，还有谭晓琪，张涛，柯慧敏，你们几个等下来我办公室一趟。"

他报出的几个名字，都是班上总被起哄的对象。

教室里瞬间静了静，众人面面相觑，无声地用眼神交流。

等到徐超一走，班上就炸开了锅。

蒋进转过头道："老徐这是火眼金睛啊，誓要把所有暧昧扼杀在摇篮里。"

叶橙走了一天，疲惫地撑着头道："这种事本来就容易被抓包。"

小孩子都以为自己隐藏得很好，但两人之间的氛围是骗不了人的。

"橙哥，你听起来很有经验啊，以前谈过？"蒋进坏笑道。

叶橙漫不经心地说："算是吧。"

陆潇看着他，手里的笔握得紧了紧。

由于徐超今天找了几人谈话，晚自习的气氛一片散漫。大家都知道他没工夫来巡查，玩了一天也根本没心思学习，都在底下玩手机看小说。

叶橙中午没休息好，有气无力地趴在桌上犯困。他将脑袋枕在手臂上，面朝着窗户这边闭目养神。长长的睫毛在下眼睑处投下阴影，睡着的模样全无平日的骄矜冷淡，只剩下让人不敢触碰的破碎感。

教室里静谧无声，只有风扇转动和纸张翻页的声音。

安静的环境下，陆潇的思绪更加纷乱。

他同桌看起来道貌岸然，其实也谈过恋爱。这到底是怎么一回事？

这个问题像阳光下冒着泡泡的盐汽水，噼里啪啦地在他心里升腾、炸开来。

陆潇的右手拿着黑色水笔，用一种放松的姿势架在左手上。他看得太过专注，没发现那支水笔越来越靠近叶橙的校服袖口。

夜风隔着半开的玻璃窗，送来一阵若有若无的花香。他似乎闻到了风铃草的味道，又似乎只是错觉。

叶橙忽然动了动，袖口往笔尖撞了上来。

陆潇回过神，连忙挪开手，但黑笔还是在洁白的校服上留下一道划痕。

他皱了皱眉，不知是为吵醒了叶橙，还是为弄脏了叶橙的校服。

叶橙一无所觉地换了个姿势，继续沉沉睡去。

陆潇盯着被弄脏的地方。

少年校服上的那一笔墨迹，编织出这个夏天最盛大的秘密。

他心中有个声音如同擂鼓。

——这样的叶橙，会喜欢什么样的人呢？

秋游结束后，学校就开启了期中备考模式。

这次的考试是南都高校联考，也是给高考打响预备铃，因此校领导分外重视。对于十三中这种学校来说，要抓的不是拔尖的学生，而是那群垫底的。只要倒数的分数不算太拉胯，学校的整体排名就会有所提高。

周二下午的体育课上出现了入学以来的第一大奇观。

——陆潇没有去打篮球，而是和他那个同桌面对面，坐在树荫底下背书。

所有走过路过的同学都要偷瞄一眼，顺便惊掉下巴。

瓜群里热火朝天。

豆乳米麻薯：什么情况，一哥和叶漂亮在斗地主？

小糖串儿：你见过两个人斗地主的吗？他俩看上去都快入定了。

久隆吴彦祖：物是人非，物是人非！一哥已经不是我认识的那个一哥了，他竟然拒绝和我打篮球！

连夜逃往快乐星球：据晓琪可靠情报，她刚才路过，听见他俩在打赌，好像谁背不出来谁就要喊对方一声爸爸。

人间失格：???

小豆包儿：???

久隆吴彦祖：……你们不要黑一哥！这是什么降智人设[大哭.jpg]

叶橙随手翻着手机里的电子笔记，提问道："'妪，先大母婢也，乳二世，先妣抚之甚厚'。翻译一遍。"

陆潇的脸色不太好看，机械地说："老奶奶，已经去世的祖母的婢女，哺乳了两代人，先母对她很好。"

"你还是这个毛病，翻得太生硬了。"叶橙拧眉道，"'先大母婢也'，那个'也'被你吃了？"

陆潇烦躁地改正："老奶奶，是——已经去世的祖母的婢女。"

叶橙冷声道："考试的时候老师会听你解释吗？一个'也'就丢了0.5分，继续叫吧。"

陆潇满脸不服气，欲言又止，在叶橙凉凉的注视下，他还是咬着后槽牙压不甘地喊道："爸爸。"

"到你提问。"叶橙把手机给他。

陆潇来了精神，誓要扳回一局，开始狂轰滥炸。

"'迨诸父异爨'，什么意思？"

"等到叔叔伯伯们分了家。"

"'臣以供养无主'的'以'，翻译。"

"因为。"

"'是臣尽节于陛下之日长'，什么句式？"

"介宾短语后置。"

陆潇怒了："我都喊了你十几声了，你一声都没喊，你全都提前偷背了吧？"

叶橙淡定地说："我不仅提前背了，还知道你刚才问的那句，在课本第三十七页。"

他一脸"不服你就憋着"，让陆潇哽住了。

叶橙轻蔑道："菜鸡，你这次能及格吗？"

正经过此处，一脸阴沉地打量着他们的张琦，无意中听到了这两个字。他双腿一软，差点跟跄着摔倒。

菜……菜鸡?

竟然有人,敢叫陆潇"菜鸡"……

张琦眼神呆滞地看着他们。

陆潇并没有如他所想,一个右勾拳冲叶橙挥上去,而是捏紧了拳头,重重地哼了一声。

"老子要是及不了格,就跟你姓。"

张琦人都傻了,三观崩得稀碎。

期中考试的考场,是按照月考排名来的。叶橙算是彻底在十三中出了名,连考试间隙,都有人借着上厕所的工夫,专门看一眼第一考场的第一个座位。

李俊晓更是带头起哄,宣布叶神再次登基,此后这个座位就是神之宝座。考完试之后,他还带着二十班的人过来,挨个儿摸叶橙坐过的凳子,说是要"沾沾喜气"。

最后一门考试结束,学生们便迎来了长达七天的国庆假期。

在节前,徐超策划了一场班聚。铃声一响,大家就迫不及待地冲出考场,回到各自的教室。二十班吵吵嚷嚷,人人都在讨论晚上的聚餐。

陆潇和蒋进出门打车去了,叶橙坐在位置上不紧不慢地收拾书包。

他收到一半,眼前暗了暗,一个人影闪现。

"叶橙,可以问一下这题的答案吗?"他们班班长胡家伟站在他面前,拿着草稿纸一脸期待地看着他。

胡家伟戴了副眼镜,长相憨厚老实,平时除了管理纪律都默不作声。听说他高一的时候是特困生,还因此被张琦他们欺负了好一阵子。

叶橙并不赶时间,于是在草稿纸演算了一遍给他看。第一遍胡家伟没听懂,但又不太敢问。叶橙看见他迷茫的眼神,又详细地给他讲解了一次。

胡家伟恍然大悟,连连道:"谢谢你,你人真好。"

尽管班上的人都奉叶橙为学神,但鲜少有人会正儿八经问他问题。

这个班的风气就是这样,只抄不问。

叶橙对他这样的同学还挺有好感,对他点了点头,背上书包出去了。

徐超订的酒楼离学校十分钟车程,是一家粤菜馆子。他们班一共二十六个人,要了个三桌的大包间。

众人陆续坐下后，开始传菜单点菜。

叶橙坐在陆潇和李俊晓中间，研究菜单。由于上次李俊晓和谭晓琪的事被发现，徐超痛下杀手棒打了他俩。苦命鸳鸯目前只能相隔一张桌子，谭晓琪坐在了徐超那一桌。

叶橙看着菜单上清一色的粤菜，不知道该点什么。他虽然不算挑食，但向来吃不下去清甜口，随意扫了一眼菜单，就传给陆潇了。陆潇随手拿起笔勾了几下。

点完之后，服务员过来收菜单。

"脆皮乳鸽的调料，麻烦上一份椒盐和一份辣椒粉。"陆潇对她说。

"好的。"服务员边记边点头。

陆潇看了眼菜单，又说："再拿一份黑胡椒。"

叶橙看了他一眼，陆潇对他说："可以在猪骨汤里撒点胡椒，味道很不错。"

"你怎么知道我喜欢吃辣？"叶橙支着下巴问。

"你吃小龙虾都点重辣。"陆潇看见他的眼神，马上解释道，"老板娘说的，不是我问的。"

叶橙笑了笑。

趁着等菜的工夫，大家提议玩会儿游戏。

蒋进一到这种环节就很兴奋，摩拳擦掌道："先来一把'逢七过'热热身吧，输了的喝一杯暗黑饮料怎么样？"

李俊晓不能和谭晓琪坐在一起，变得十分缺德："要不我们放三个杯子，两杯水，一杯是白醋，输的人闭着眼睛选一杯。"

"这个好！就这么玩儿！"

他们这桌都是平时很活跃的男生，开始充满期待地计划把彼此往坑里推。

第一轮，刚到"56"就挂了。在一片哄闹声中，胡家伟喝到了一杯纯净水。

"你偷偷睁眼了吧！"蒋进不服气地喊道。

"就是就是，肯定偷看了！"

"下一轮旁边的人帮忙捂住眼睛吧，不然太赖皮了。"

几圈下来，大家几乎都倒霉地轮到过一次。唯独陆潇和叶橙，这俩牛人连一秒都不带停顿的，连喊到两百多都能不眨眼地算过去。

其他人开始坐不住了。

"潇哥，橙哥，这样就没意思了啊。"蒋进说，"你俩不带这么认真的啊，好歹有难同当不是。"

陆潇笑骂："同当你个头，老子最讨厌醋味。"

叶橙挑眉看了他一眼，哦？最讨厌醋。

服务员开始陆续上菜，众人边吃边继续游戏。

叶橙和李俊晓对视了一眼，两人忽然福至心灵，交换了个眼神。

李俊晓清了清嗓子道："最后一把，从我开始吧，45。"

叶橙："46。"

陆潇从容不迫地一拍手掌。

蒋进："48。"

随着菜色渐齐，大家都吃得晃了神，笑嘻嘻地等待最后一个幸运儿的出现。

叶橙用腿在桌子底下碰了碰陆潇，说："帮我夹个虾饺，够不着。"

陆潇心里一紧，来不及思考，手就先一步举了起来。他伸长手臂夹住虾饺，想要放到叶橙的碗里。

那双筷子还在半空中，叶橙却探了过来，就着他的手把虾饺叼走了。

那边又到李俊晓了，他笑道："55。"

叶橙把虾饺堆在右边脸颊，形成一个包慢慢咀嚼，抬起手拍了下手掌。

陆潇脑子彻底短路，没接上。

空气安静了两秒，蒋进立马拍桌子呐喊："潇哥！哈哈哈哈，终于到你了！"

全桌沸腾了。

"潇哥！喝！潇哥！喝！"

平时这些人哪敢在校霸面前放肆，现在有了千载难逢的机会，全都跟撒泼的猴子似的。另外两桌都看了过来，纷纷笑话他们。

叶橙的嘴角也露出一丝笑意，视线和陆潇碰了个正着。

陆潇瞬间明白自己着了他的道，竟然也不生气，眯起眼睛道："可以啊，你等着。"

"来吧，潇哥。"叶橙亲自把三个杯子放在他面前。

他从来都是直呼陆潇大名，此时带着几分揶揄，也叫起了"潇哥"。

陆潇轻飘飘地瞥了他一眼，那眼神有点意味不明。

蒋进看热闹不嫌事大，不怕死地说道："快闭眼，我们要倒醋了！"

"听见没，闭眼。"叶橙快乐地重复他的话。尽管掩饰得很好，但语气还是透着些许幸灾乐祸。

有生之年能看见陆潇吃瘪，那感觉怎一个爽字可以描述。

他果断靠过去，用掌心蒙住了陆潇的双眼。

陆潇刚合上眼皮，就被一双纤薄柔软的手捂住了眼。指缝贴住他的眼尾和鼻梁骨，手心细腻的纹路覆在他的眼皮上。皮肤温热，指尖似乎带着脉搏跳动。

陆潇曾经仔细看过叶橙的手。起因是有一天上课，老师念到一句词："并刀如水，吴盐胜雪，纤手破新橙。"

高中生都对同学名字的梗很敏感，蒋进听见这句，就回过头来冲叶橙挤眉弄眼："'新橙'，橙哥。"

陆潇顺着他的视线看去，刚好落在叶橙撑着脑袋的手上。五指纤细，葱白如玉，指甲盖修剪的整齐圆润，指尖漫不经心地夹着一支笔。

叶橙清亮的声音在耳畔响起，硬是将他的思绪拉了回来："选一杯吧。"

陆潇随手指了指说："这杯。"

蒋进赶紧道："确定吗？不再考虑考虑？"

"就这杯。"

满桌唏嘘，大家露出失望的表情。

蒋进愤愤道："潇哥，你去买个彩票吧，不买可惜了。"

"还想整我，谁给你的胆子。"陆潇接过叶橙递来的水杯，嗤笑道。

蒙在眼睛上的手顺势拿开，陆潇睁开眼，没有去看正注视着他的叶橙。

他端起水杯，一饮而尽。

吃得半饱后，其他两桌也开始玩起游戏来了。包间的客厅很大，有人提出玩两人三足，气氛登时热闹起来。

徐超笑着说："你们两两一组，谁赢了我给谁发一百的红包。"

大家马上号叫起来，男生们激动得满场乱窜。

"徐哥豪气！徐哥yyds（永远的神）！"

"啊啊啊，谁跟我一组？我要赢我要赢！"

"爱你！徐哥！"

徐超说："有没有人报名？"

众人全都举起手摇晃，声音震耳欲聋。

徐超笑着乱点人："你俩过来，你俩也过来，只准同性啊，异性不可以。"

他看见远处两个没举手的，说："叶橙和陆潇，不要不合群，你们也来。"

大家发出羡慕嫉妒恨的声音，有人说："老师，你就偏心数学课代表。"

"他平时可没少帮我干活，偏心点怎么了。"徐超护犊子护得理所当然。

徐超又说："不玩两人三足了，容易受伤，你们几个蒙眼猜物吧，谁猜对了就算赢。"

众人更加懊恼了："这么简单?!"

谭晓琪和几个女生找了一些布条，过来给他们遮住眼睛。

李俊晓本想趁乱和谭晓琪说会儿话，伸手去拉她，却被她一把甩开了。她坚定不移地站在叶橙和陆潇中间，拿了个橙子在手上，一副"谁都别想妨碍老娘"的架势。

徐超乐呵呵地指挥道："猜到就说出答案，预备——开始!"

大家都开始用脸去蹭中间的东西。

谭晓琪将橙子放在两人之间，深呼吸了一下，说："可以开始猜了。"

叶橙慢慢地往右边靠去，脸颊触碰到了一个冰凉滚圆的物品。

他动了动嘴唇，刚想猜测是不是苹果，就听见身后的女生发出一声惊呼。

片刻后，耳边响起陆潇低沉而微带沙哑的嗓音："是橙子。"

谭晓琪努力稳住情绪道："恭……恭喜你们，回答正确……"

蒋进疯狂鼓掌："牛啊! 我们是最快的!"

"便宜这两个小子了。"徐超笑着直摇头。

陆潇在掌声中摘下布条，带着几分得意转过身去："这也太简单了……"

话说到一半，停住了。

叶橙正在挣扎着拆布条，侧面看去，从脸到耳朵都红得像发了烧。不仅如此，校服袖下的手臂也通红一片。

陆潇心里忍不住骂了句脏话。

徐超言出必行，当即拿出手机给两人发了红包。大家羡慕得都要流口水了，蒋进扒拉着陆潇试图分一杯羹。

回到座位上后，叶橙就没怎么再和陆潇说过话。众人各自散场回家，他们才勉强道了句再见。

　　叶橙打了个车回家，洗了个澡就开始写作业。

　　由于高二下学期要参加会考，副科老师们都发了疯似的布置作业。国庆假期的卷子堆成了一座小山，那题量每天不花五六个小时根本写不完。

　　写到十二点多，终于刷完了所有的地理试卷，在床上躺下之后，叶橙却有点睡不着了。

　　他糟心地打开手机刷朋友圈。

　　刚一点开，就看见了陆潇五分钟前发的一条动态。

　　嫌疑人X：完了，失眠。

　　底下非常迅速地出现了熬夜小王子蒋进的评论。

　　蒋进：咋了，宝，想我了？

　　嫌疑人X：滚。

　　叶橙退出来，犹豫了片刻，还是发了条消息过去。

　　克制一下：怎么了？

　　那边安静了一会儿才给了回复。

　　嫌疑人X：没什么，做了个噩梦。

　　克制一下：什么噩梦？

　　他等了许久，也没收到陆潇的回答，甚至一度以为家里的无线网坏了。直到他的眼皮开始上下打架，手机才振了振。

　　嫌疑人X：早点睡吧，晚安。

　　叶橙："……"

　　好心没好报。

　　他无语地关了手机，闭上眼睛睡觉。

　　漆黑的夜晚，陆潇独自坐在床边。卧室里没有开灯，只能听见他略显粗重的呼吸声。

　　他噩梦里的主角关心完他，兀自倒头大睡去了。

　　时隔多日，他再一次莫名其妙地梦到了叶橙。

　　相同的沙发，相同的画面。

　　这一次，他看清了叶橙脚踝处的文身。

　　不讲道理地，那么眼熟。

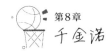

第8章
千金诺

七天假期一晃而过，返校的第一天早自习，班上难得在六点多就坐满了人。

"救命啊啊啊，谁给我看一下物理答案？"

"叶神去哪儿了？他的英语试卷呢？我快疯了！"

"几点收作业？是九点吗？"

一半人在手忙脚乱地抄作业，另一半则在手忙脚乱地对答案。

陆潇顶着两个黑眼圈，淡定地抄着长达两米的英语试卷。

蒋进哭丧着脸回头道："潇哥，你抄得怎么样了？抄完快给我。"

陆潇从容不迫地说："才刚开始。"

"不是吧，还要等多久啊？"蒋进快急死了，"天哪，我橙哥哪儿去了？还想问他借历史呢！"

陆潇头也不抬，笔速快得飞起："五分钟。"

而受到万众瞩目的叶橙，此刻因吃坏了肚子正蹲在坑上。

今天的走廊出奇地安静，甚至没有一个小混混跑出来抽烟上厕所。

叶橙洗完手出来后，路过平常那处"刁民"聚居地。走到拐角处时，他听见里面传来一丝压抑的呜咽声。

叶橙的脚步停了下来，耳朵动了动。

那呜咽越来越清晰，还伴随着低低的咆哮和砸墙的声音。

他眉头一皱，以为是有人在欺负学生，立刻方向一转往那处走去。然而当走到楼道口时，叶橙看见了一个熟悉的身影。

是胡家伟。

他正一边哭一边用拳头捶墙，脸上因痛苦而扭曲，抽泣到肩膀簌簌发抖。

地上本应在书包里的书散落一地，还有几本一看就是被暴力划破的，边上躺着一把裁纸刀。

好巧不巧，叶橙刚好和他四目相对。

胡家伟哽住，来不及收回眼泪，眼睛模糊地看着他。

叶橙只得硬着头皮说："……你没事吧？"

被这么一问，胡家伟的眼泪又涌了出来。然而他取下眼镜，擦了把脸，低着头说："谢谢，我没事。"

不知为何，看见他这副样子，叶橙突然想起以前听过十三中有人跳楼的事。虽然是小道消息，但据传这场悲剧是校园暴力引起的。

胡家伟平时在班上没什么朋友，也不怎么爱说话，看起来有些自闭。

叶橙看着地上的裁纸刀，心里咯噔了一下。

他打消了离开的念头，慢慢地走过去道："你心情不好吗？是不是有人欺负你了？"

也许是之前对叶橙有个不错的印象，胡家伟并没有太排斥他的接近。

叶橙走到他面前，趁机暗中地将裁纸刀踢远了点。

胡家伟依然垂着脸，闷不吭声地摇了摇头。

"别怕，谁欺负你了你就说，我帮……"叶橙顿了顿，选择了一个更有力的说服方式，"我让陆潇帮你揍他。"

胡家伟吸了吸鼻子，说："谢谢你，叶橙。但没人欺负我，是我自己的问题。"

叶橙看着他道："如果你愿意说的话，我保证不会告诉任何人。"

他不是第一次做这类心理辅导的工作，以前公司员工心情抑郁的时候，他都会一对一地对他们进行开解。

胡家伟沉默了一会儿，终于放下了戒备。他声音闷闷的："刚才徐老师找我谈话了，说我这次考得很差。"

"成绩出来了？"叶橙问。

"嗯。"他点了点头，"我……家里条件不好，父母辛辛苦苦供我读书，我觉得好对不起他们。"

胡家伟的眼泪又出来了，他赶忙抹了抹。叶橙掏出纸巾来递给他。

"虽然他们穷，但从小到大都没短过我什么。"他抽噎道，"十三中是全市学费最便宜的高中了，但我来这儿之后，成绩越来越差。班上没几个人在学习，老师也不太重视我……当然，主要还是我的问题，是我太容易受影响了……"

他现在的同桌，是个成天上课打游戏的男生。徐超觉得他刚进来的时候成绩不错，就给他安排了这个人，希望他能带带对方。

叶橙拍了拍他的肩膀："这不怪你，大多数人都会受环境影响。"

胡家伟失落地叹了口气："我要是像你一样就好了，你来这里还是第一。"

叶橙道："谁说的，我也容易受影响，陆潇天天睡觉，弄得我上课也困。"

胡家伟勉强笑了笑，神情稍微缓和了一些。

"对了。"叶橙不着痕迹地问，"张琦那些人，真没有再找你麻烦了？"

他深知，很多校园暴力持续下去的原因，都是受害者的胆怯和难以启齿。

闻言，胡家伟的脸色变了："其实自从高二之后，他们就没再找过我。以前是因为……因为我和陈臻走得近。"

"陈臻是谁？"叶橙疑惑道。

胡家伟顿了顿，说："是潇哥的朋友，后来转学走了。"

叶橙想起了之前蒋进说的那件事，原来那人叫陈臻。

胡家伟说："因为陈臻，高一的时候潇哥挺罩我的。你不用担心，我真的很感谢你们。"

叶橙安慰了他许久，胡家伟的状态好了点，便跟他一起回了教室。

他们前脚刚进门，后脚徐超就来了。他面色凝重地出现在后门口，差点没把蒋进活活吓死。后排几人匆忙把正在抄的作业盖住，装模作样地开始晨读。

然而徐超压根没注意他们，径直走到讲台上，沉声道："还读什么读，全都把书放下。"

底下开始窃窃私语。

"完了，看老徐这脸色，估计咱们班又是倒数。"

"那怎么办啊，这次是真要开家长会了。"

"你们听说没有，我们班数学有人一个字没写。"

"不是吧，谁啊？好歹也做做样子啊……"

徐超锐利地扫视了班级一圈，点名道："胡家伟，把假期作业收上来。"说完，他接到一个电话，走到了教室外面。

叶橙顺着他的视线看过去，只见胡家伟唯唯诺诺地走到讲台前。众人都在交头接耳，根本没人理会他。

"我去我去，我还没抄完呢！"

"救命，我历史大题都没写，老尼姑会杀了我的，她太恐怖了！"

"什么鬼，老徐你好狠的心！"

胡家伟不知所措地垂手站着，声音堪比蚊子哼哼："大家交一下作业。"

班上闹哄哄的，根本没人听见。他的脸立刻涨得通红。

叶橙看了看他，然后拿起自己的数学卷子，走到最后一排："陆潇，你帮我收一下一、二组的数学作业。"

他的声音不大不小，刚好压过那些嘈杂声响。大家都安静了下来。

陆潇的表情一点一点僵硬起来。三秒钟后，他认命地扔下笔，起身收作业。

另外几个课代表看见叶橙带头，也都纷纷站起来帮忙收卷子。

胡家伟肉眼可见地松了一口气，感激地望向叶橙。

陆潇面无表情地站在过道上，说："交作业。"

蒋进惊恐地小声道："潇哥，你抄完了？"

"一个字没写。"他没好气地说。

蒋进眼泪都要飚出来了，按住试卷道："再给我五分钟！我大题太多没写了，老徐会弄死我的！"

陆潇冷酷道："三，二，一。"

蒋进面如死灰，只能任由他把试卷抽走。

碍于陆潇的脸臭得跟什么似的，没有一个人敢拖延不交。最后收齐了，他将一沓子试卷重重地拍在叶橙面前。

其他课代表还在磨蹭，比叶橙收得要艰难许多，大家都在想尽办法拖时间。

徐超等得不耐烦，扬声对胡家伟道："收齐了拿到办公室来，最后给你们十分钟。"

胡家伟连声应了。

徐超一走，陆潇就在叶橙旁边磨牙道："你真是好样的，我只能交白卷了。"

因为徐超是数学老师，所以大家最先补的几乎都是数学，只有他只字未动。

叶橙弯了弯唇角，不动声色地翻着那堆试卷的页角。几秒后，他抽出那张一片空白的卷子，推给旁边的人。

"十分钟，快点。"他说话时刻意压低了声音。

陆潇的眼眸瞬间暗了暗，饶有兴味地说："滥用职权啊，课代表。"

叶橙斜睨了他一眼："怎么，你不需要？"说罢，就要把卷子拿回来。

陆潇忙伸手阻止，不偏不倚搭在了叶橙手背上。

叶橙暗自往后缩了缩，却被微微用力摁住了，手心贴在凉凉的纸张上。

"太需要了。"陆潇注视着他道。

叶橙把手从他手底下抽了出来。陆潇握了握悬空的手，自顾自地收回眼神，拿过试卷写了起来。

原来被"包庇"的感觉，还挺好。

当天中午，期中成绩就张贴出来了，一群人站在后黑板围观。几家欢喜几家愁，还有几家在打Call（应援）。

蒋进发了疯一样往叶橙身上蹭，被陆潇一把掀开了。

"太神了，太神了，我就碰了几下叶神坐过的凳子，居然进步了三十名！"他号叫道。

李俊晓也痛哭流涕："我数学考了一百一十二分！谁信？就问谁信？橙哥我能不能再摸摸你的手？"

"天哪，橙哥身上好香，这就是学神的芬芳吗？！"

陆潇的表情一言难尽。

"要说进步最大的……应该是潇哥吧，居然上升了三百多名。"谭晓琪望着成绩单，喃喃道。

蒋进呆住了："这就是和叶神同桌的好处吗，潇哥我们能不能换个座位，让我坐一个礼拜行吗？"

"潇哥只是英语考试没再睡觉了吧，他上次可是零分。"李俊晓小声道。

陆潇："一边去。"

叶橙凑过去看了看，啧啧道："不错，四百九十八名。"

两人对视了一眼，都想起那个口头上的约定。

——考进年级前五百名，答应他一个要求。

陆潇的眼底染上一丝笑意，意有所指地说："确实不错，卡线了。"

"什么卡线？"蒋进茫然。

谭晓琪偷偷看向他们，一脸"我听不懂但我大受震撼"的表情。

然而二十班的平均分依然垫底，有个年级第一也拉不回来。而那个数学交白卷的，居然是班长胡家伟。他被老师叫出去谈话，整整一下午没有再出现。

众人议论纷纷。

"听说他好像有点心理障碍，在考场上紧张得写不出来。"

"难怪了，我就说他平时数学还可以啊，怎么也不至于交白卷吧。"

"别说了，老徐来了。"

徐超开完会回来，匆忙宣布了过两天开家长会的消息，接着又叫了几个人出去谈心。

胡家伟还是没有回来。

叶橙问陆潇："你跟班长熟吗？"

陆潇奇怪地瞥了他一眼，"所有班委里面，我只跟你熟。"

"别闹，我说真的。"

"不熟。"陆潇说，"为什么这么问？"

叶橙想了想，还是没有把陈臻的事说出来："我只是觉得他情绪不太稳定，担心他出事。"

陆潇哼哼道："我情绪也不稳定，心电图都快变成三角函数了。"

叶橙："……你够了。"

两天之后，家长会如约而至。

叶橙从小到大，最不喜欢的就是开家长会。他带着高秋兰到教室里坐下，看见旁边的位置空空如也。

会议开始后，学生们就聚集在走廊上聊天。

叶橙走到陆潇旁边，问他："你家人没来？"

陆潇无所谓道："可能堵车了，或者不想来，谁知道呢。"

话音刚落，一个窈窕的身影就出现在拐角处。

那是个打扮得非常考究的女人，一头乌黑亮泽的长发，苗条的身材包裹在一身奢侈品牌的套装里，她刚一露面就吸引了不少视线。

叶橙工作的时候接触过不少女性，注意到她手上的包包是某顶级品牌的限量款，价格足够在三线城市买一套房了。

那女人眉眼精致，瞳孔漆黑深邃，但脸上带着一丝掩饰不住的苍白和疲惫。

他正觉得眼熟，旁边陆潇忽然喊了一声："妈。"

女人向他们走了过来。

叶橙心里登时警铃大作——竟然是陆潇的母亲。

他之前从来没见过陆潇的母亲。据其他亲戚说，她身体不好，一直待在国外休养。就连陆潇人生中最重要的那一天，她也只是打来了一通电话而已。

叶橙情不自禁有点紧张，眼看着女人走到他们面前。

"阿姨好。"他僵硬地开口道。

女人的视线落在他身上，露出一个得体的笑容，对他点了点头。近看才发现，她的脸色白得吓人，不是妆容那种白，而是有种常年不见阳光的病态。

陆潇丝毫没有介绍他们认识的意思，径直带着她往班里走去。

"我坐在靠窗的位置，快进去吧，已经开始了。"他不太自然地说道。

女人对他笑了笑，依言转身走进教室。

不知为何，叶橙有一种很奇怪的感觉。她看起来好像一点喜色都没有，按理来说陆潇这次进步这么大，她至少应该感到高兴吧。

自从她来了之后，陆潇周围的气压也明显低了很多，没多久就找了个借口离开了。

等他走后，蒋进过来拍了拍叶橙的肩膀，说："橙哥，你别介意，他们家就是这种相处模式。"

"他和他妈妈关系也不好？"叶橙问道。

他只知道陆潇跟他爸不对盘，很少听他提起他妈妈。

蒋进挠了挠头："我也不清楚，好像阿姨不太喜欢和生人打交道，我去过他家几次，每次阿姨都待在房间里不出来。"

他又说："不过她人还挺好的，会让保姆阿姨给我们送很多吃的。"

叶橙点了点头，没再放在心上。

开完家长会之后，陆潇就不见人影了，叶橙四处找不到他人，就和高秋兰一起回去了。高秋兰一路上都很开心，说是徐超在会上狠狠表扬了他，甚至连"二十班的希望"这种话都说出来了。她大手一挥，给了叶橙一个红包当奖励。

叶橙平时几乎没有什么需要花钱的地方，他的衣服鞋子都是叶高阳买的，零花钱也还算宽裕，加上以前过惯了纸醉金迷的生活，现在的消费欲反而降低不少。

拿到红包之后，他倒是想起来一个用途。过几天就是陆潇的生日了，刚好可以给他买个礼物。

从生理年龄上来说，陆潇比他大了四个月，两人一个年头出生，一个年尾出生；但从心理年龄上看……算了，就不提了。

叶橙有点犯难，不知该送什么样的礼物合适。

送篮球鞋吧，陆潇自己的鞋都能堆成一面墙了；送小物件吧，他又不缺，要什么有什么。

他想了许久，突然灵光一现。

两天后的中午，一群男生围在后排。叶橙吃完饭回来，听见他们在叽叽喳喳地讨论陆潇的生日。

"我去，潇哥平时那么照顾你，你不表示表示啊。"蒋进给了旁边的人一拳。

那人抬头对叶橙笑了笑，叶橙认出来，是那个混血篮球队队长周敏豪。

"当然得表示，生日聚餐我买单。"他露出一口白牙，豪爽道。

蒋进道："你别跟我抢买单，抢了我又得纠结送什么礼物了。"说着他转向叶橙，"橙哥，你准备礼物了吗？"

叶橙说："准备了。"

其他几个篮球队的嘲笑道："只有你没准备。"

蒋进抱住头哀叹："你们怎么都想好了？！我有选择困难症啊啊啊！"

周敏豪笑道："不如你去陪他跳双人舞，当做生日礼物。"

"你去死！"蒋进愤怒地说。

叶橙疑惑道："什么双人舞？"

周敏豪说："下周的文艺汇演，潇哥不是有节目吗，他的女伴脚崴了上不了了。"

早几天前，徐超就在班里提到了文艺汇演的事，但大家都沉浸在期中考试后劲中，没几个人主动报名的。最后文艺委员快哭了，只好去跪求高一时用一场舞台拿下了南都联校校草选拔三千票的陆潇。

"你那会儿还没来，不知道我们潇哥跳起舞来有多给劲。"周敏豪越说越兴奋，拿出手机来给叶橙看视频，"这就是那个圈了三千票的舞台。"

当时他们班的节目，是翻跳的经典流行曲目《咆哮》。

陆潇以前学过街舞，有点Hip-hop（嘻哈）基础，加上肩宽腿长，做舞蹈动作那叫一个赏心悦目。

他扯领带的那一下，底下的尖叫声快赶得上爆破了。

叶橙看完挑眉道："所以他这次报的什么舞？"竟然还需要女伴。

周敏豪诡异一笑，说："《没有明天》。"

叶橙狠狠地呛了一下。

说话间，陆潇从后门进来了。

众人起哄道："潇哥要过生日咯——"

陆潇在叶橙旁边坐下，说："下周请你们吃饭。"

大家拍手叫好，刚好文艺汇演和他生日是同一天，都是13号。

周敏豪看热闹不嫌事大，抢着道："我们在讨论给你的生日礼物，蒋进说他想跟你一起跳舞。"

"放你的屁！"蒋进大怒，作势要揍他。

周敏豪边躲边火上浇油："他还要穿裙子，女装上阵。"

"哈哈哈哈，疯狂支持了！"

陆潇翻了个白眼："大可不必，已经快吐了。"

"我真没说过！不信你问橙哥！"蒋进面红脖子粗地喊道。

大家看向叶橙，他幽幽地说："他是没亲口说过，不过看上去挺乐意的。"

众人大笑起来，蒋进号叫："橙哥！"

周敏豪一拍桌子道："这样吧，哥儿们舍命陪君子了。我们来掷骰子，点数最小的那个陪潇哥上去跳。"

"……请你们放过我吧，我的节目已经黄了。"陆潇整个无语住。

"我话就撂这儿了，两个男的上去跳，必能再给潇哥拉三千票！"周敏豪逐渐上头。

陆潇满脸黑线："我缺这三千票吗？"

气氛被挑起来了，大家都举双手赞成："掷骰子！现在就在群里掷！"

周敏豪率先甩出第一个骰子，所有人屏住呼吸。

几秒后："'6'！我去，老子真'6'！下一个！"

陆潇看了眼叶橙，用手指了指脑袋："他们这里，不太正常。"

叶橙嗤笑。

其他人挨个掷完，最后轮到了蒋进。在万众瞩目下，蒋进一闭眼一咬牙，点下屏幕。

下一秒，全场沸腾。

"哈哈哈哈，我就知道！你就是天选女伴，别挣扎了！"周敏豪快笑死了，疯狂捶桌子。

蒋进掷了个"2"，目前本场最小。他快要哭出来了，狗急跳墙地决定死也拖个垫背的，一指叶橙道："凭什么？橙哥还没扔呢，凭什么是我?!"

叶橙正在欣赏陆潇吃了苍蝇的表情，没想到吃瓜吃到自己头上。

周敏豪立马说："橙哥，你也扔一个，让他彻底死心。"

叶橙："……"扔你妹啊，他为什么要扔。

陆潇原本一脸麻木，此刻跟忽然来劲了似的，转过头冲叶橙不怀好意地笑道："扔一个呗，橙哥。"

周敏豪说："你闭着眼睛也不可能比这家伙低的，放心吧。"

"就是啊，你不可能扔到'1'的，那得多衰啊。"

"扔一个嘛，橙哥。"

在群众的哄闹声中，人类总是容易失智。叶橙只好随手点了一下骰子。

大家都专注地看着屏幕，陆潇微微坐直了身体。

骰子"咕噜咕噜"转了几圈，最终停了下来。

空气安静了。

——屏幕上出现一个鲜红的、明晃晃的"1"。

叶橙当场石化，五雷轰顶一般呆立在原地。

短暂静默了几秒后，一群人爆发出雷鸣般的呐喊，差点没把隔壁班主任引过来。

"感谢叶神！不愧是你，简直欧皇降临哈哈哈!"蒋进狂笑着摔了手机，得意道，"欸，我就要掷'2'，就是玩儿!"

周敏豪笑得捶桌子，万万没想到会有如此好戏。

叶橙果断冷脸耍赖道："这局不算，我本来就没想参与。"

开什么玩笑，跳舞也就算了，还是女位！说不定还要女装，疯了吧！

蒋进立马不干了："橙哥，不带这样的啊，你可是全场唯一的'1'。"

其他人看向他，他反应过来，摇手解释道："我是说，唯一掷骰子掷到'1'的，你们不要误会。"

周敏豪笑得不行，故意接话道："况且我们当中不可能有'0'了，你可不就是天选伴舞！"

几个男生笑作一团。

叶橙硬邦邦地说："想都别想。"

任凭他们软磨硬泡，叶橙仍然死守阵地，坚定住了立场。

周敏豪本来也就是开个玩笑，看他这样，只好讪讪作罢了。

全程陆潇都没有发表一句话，既不跟着起哄，也没有表现出很期待的意思。

直到大家各自回去午自习了，他才若有所思地瞅了叶橙一眼。舌尖抵在口腔一侧，顶出个小包来。

教室里安静下来。叶橙低着头刷题，笔尖摩擦纸张，发出"沙沙"的响动。每当他心情凌乱的时候，写字总是格外用力。

突然，一个团成一团的纸球砸在他桌上，径直滚到了他手边。叶橙抬起头，看见陆潇正托着腮，用眼神示意他看那张纸。

传个纸条还要团得这么紧，生怕他能轻易打开似的。

他艰难地展开皱巴巴的纸条，只见上面龙飞凤舞地写了一行字："我的'498奖励'呢？上次打的赌还有效吗？"

那字体潦草得胡子连着眉毛，是光荣上榜过语文老师黑名单的字。

原来他写字这么丑，难怪当年只要能用电脑打字就坚决不会动笔。

叶橙抓起笔写了一句话，然后直接推给他。陆潇垂眸看去，随即满意地弯了弯眼睛。

——有效啊，你想要什么？

他把纸条拿到自己这边，做贼似的用手遮住，不让别人看见他在写什么。

叶橙嗤之以鼻。

等了一会儿，隔壁又团了个球扔了过来。

叶橙无语地瞪了他一眼。烦不烦，每次都要搓成这样。

陆潇对他眨了眨眼睛，迫不及待地让他快看。

纸条被一寸寸打开，陆潇目不转睛地盯着他的反应。叶橙保持着低头姿势足足五秒钟，然后一把将纸条反扣在桌上，发出"砰"的一声。

蒋进受惊地回头看过来："怎么了？老师来了？"

陆潇马上在桌子底下给了他一脚："转回去，没你的事。"

蒋进灰溜溜地转过身，继续玩摩尔庄园。

陆潇靠了过来，用气声说道："怎么样？你说的，想要什么都可以。"

叶橙完全不想理他，冷着脸把纸条重新揉成一团。

陆潇撞了下他的肩膀，面带不爽道："看清楚我写的什么没有？"

当然看清了，不能更清楚了。

叶橙咬牙道："你会后悔的。"

陆潇奸计得逞，笑得十分欠揍："有什么好后悔的，就这么放过你才会后悔吧，你以为我跟他们一样好糊弄？"

"我不会跳舞。"叶橙做出最后的挣扎。

陆潇唇边的笑意更深："我会啊，我教你。"

　　蒋进很是不解，为什么仅仅一个中午的时间，叶橙的态度就从"死都别想让我跳舞"变成了"我是被逼良为娼赶鸭子上架的"。

　　即使脸色冷得跟寒冬腊月似的，他还是任由陆潇把他的名字填了上去。

　　当文艺委员上报了节目单之后，二十班要出双人舞的消息，就像插了翅膀般传遍了整个十三中。

　　下午，论坛十几个帖子拔地而起，都是在讨论这件事。

　　其中最先发布的已经前标"HOT"（热门）了，标题是:【我一个爆哭! 潇橙要跳双人舞!!】

　　楼主：这事儿谁能想得到啊，前两天我还在为叶漂亮的冷漠而心碎，今天看见节目单瞬间破防了!

　　看得出来，激动得语无伦次的。

　　1L: 不懂就问，潇橙是谁?

　　2L: 回上面的，是一哥和叶漂亮。

　　3L: 啊啊啊啊啊啊啊啊啊啊，楼主是二十班的吧! 我也看见了，我疯了，双人舞yyds!!

　　……

　　28L: 姐妹们，今天开始我们的口号是＿＿＿＿?

　　29L: 没有明天!

　　30L: 没有明天!

　　31L: 没有明天!

　　……

　　59L: 歪个楼好奇一下，楼主为什么要心碎?

60L：呜呜呜，因为叶漂亮收作业的时候一视同仁，没给一哥开后门啦。

61L：啊这，我位置靠后，刚好看见叶漂亮偷偷把卷子给一哥了……

62L：！！！这是真的吗？

……

104L：那么问题来了，谁是女位？

105L：还用说吗？我们一哥是十三中最A的Alpha，没有之一！

106L：支持橙潇！我要看一哥跳女位！

107L：闭嘴吧你，这里是潇橙楼，橙潇er滚出去圈地自萌。

由于短时间内首页太多刷屏，管理员不得不禁了新帖，将这楼设置为集中讨论楼。到了晚上，回复已经多达六百多条。

两个主角并不知道自己火了，以至于叶橙搞不懂，为什么他和陆潇一起吃个饭都能被大半个食堂的人行注目礼。

莫名其妙。

虽然陆潇夸下海口，担保能在三天内把他教会，但节目还是需要通过学校审核的，不仅是要"会跳"，而是得"跳好"。既然决定要上台表演，叶橙也不想敷衍了事。两人利用晚自习的时间，找了个小教室扒舞。

这首歌曾经流行到大街小巷都在放的程度，随着熟悉的旋律响起，叶橙跟着视频做了几个动作。他身形高瘦，肢体也很协调，不会有僵硬的拆分感，稍微动几下就很有味道。

陆潇上上下下打量他，抱着手臂道："你还说不会跳舞？"

叶橙注意到他的视线，立刻不跳了。

"动作有点复杂，明天找老师抠一下吧。"他没什么表情地说。

"怎么，你是觉得我教不了你？"陆潇的声音带着笑意。

一整个下午，他脸上都写着"不怀好意"四个字。

叶橙忍住想给他一拳的冲动，冷声道："你别太过分。"

让陆潇教？

教他怎么扭腰吗？还不如杀了他。

好在陆潇没有膨胀过头，见好就收，可惜道："啧，你错过了一个好老师。"

叶橙深吸一口气，捏了捏拳头："先说好，我不可能穿女装，绝对不可能。"

"好吧。"陆潇抿了抿嘴角，又嘀咕了一句，"你还真别扭。"

叶橙冷冷地瞪着他。

当天晚上回到家里，叶橙洗完澡准备写作业。打开笔袋的刹那，一个圆滚滚的纸球掉了出来。

灯光下，他看着那个纸团，眼眸逐渐变深。葱白的手指捏住纸团，将它慢慢展开，他看着上面写的两行字。

——和我跳舞，要是敢拒绝，我就跟你绝交。

而第二行像是急匆匆补上去的，害怕他真被惹恼了一般：你说过的，什么要求都可以，不能耍赖。

两句"中二"兮兮且幼稚到不行的话，活像小学生闹脾气说"要是你不同意，我就再也不理你了"。

可就是这么弱智的文字，让叶橙的心怎么都硬不起来了。

他胡噜了一把半干的头发，心情颇有些微妙。

自从转到十三中之后，他从来没想过要跟陆潇变得跟过去一样要好。

唯一的想法，就是把陆潇从堕落中拉回来。

和多年后的陆潇不同，现在的他叛逆、热情、敏感，像是一个熟悉又陌生的人。

叶橙不知道这样的陆潇会不会和他交心，更没有想好后面应该怎么办。

可是总有那么几个瞬间，陆潇会让他心底的某个角落塌陷。

仿佛满身的防备和尖刺，都被这种纯粹一击即溃。

叶橙甩了甩头，从内心深处抗拒再细想下去。

第二天的体育课，两人跟徐超请了假，去找音乐老师排舞。

音乐老师叫孟巧巧，是徐超的外甥女，也是这次文艺晚会的妆造负责人。她留着一头酷飒短发，耳垂上悬着金属耳环，配上夸张的欧美系妆容，酷姐味十足。

得知他俩的节目后，孟巧巧露出意味深长的表情。

"选这首歌挺有勇气的。"她戳开视频，中肯地说道。

昨天晚上，他们把个人部分大致熟悉了一遍，细节磨合上还未曾尝试。

叶橙很是头疼地提出建议道："老师，能不能帮我们稍微改编一下，有些动作实在是……"他咳了咳，没有接着说下去。

这种风格的男女双人舞台，舞蹈动作放肆大胆，充满可以解读的玄机。

"我觉得不用改，这样才有爆点。"陆潇反对道。

叶橙扫了他一眼，他立刻闭上嘴。

"你们先跳一遍给我看看，不用配合，每人过一下自己的Part（部分）。"孟巧巧站在舞蹈镜面前，抬了抬下巴道。

她踩着十公分高跟鞋，气场强大，伸手"啪"地给他们按下伴奏。

两人猝不及防，忙跟着跳了起来，相互之间隔了一米多，完全是各跳各的。

陆潇每过几个拍子，眼神就要朝镜子里的叶橙飘一下。叶橙刚开始还没注意到，后来被看得浑身不自在，趁着转身的功夫怒视了回去。陆潇移开视线，扯了扯嘴角。

孟巧巧仔细地观察他们的动作，等到跳完，点了点头。

"不用怎么改编，你们很适合这首歌。"她点评道，"小陆底子不错，控制力也很好。小叶，你不用害羞，放开了跳。你的身体挺软的，跳这种舞蹈其实很自然。"

陆潇无比赞同地打了个响指："看吧，老师也这么说，英雄所见略同。"

同你个头，又不是你跳女位，叶橙腹诽道。

孟巧巧说："不过你们配合得实在太烂了，一个双人舞跳得跟仇人舞似的。"她摇了摇头，"你们班就这一个节目，被刷下来就彻底没了，懂吗？"

两人神色各异地点头。

"来吧，我们从头开始抠动作。"孟巧巧干脆利落地卷起袖子道。

从这一遍开始，就需要两个人配合了。

"一二三四，五六七八……手贴上去，不是这样。等等，停一下。"孟巧巧关掉音乐。

陆潇的手搭在叶橙的手臂上，两人侧身面向舞蹈镜。陆潇原本只用五指虚虚罩着，孟巧巧上前把他的手按了下去，顺带从后面推了一把。

"你俩中间是要养鱼呢，隔那么远做什么。"她皱眉道。

陆潇被她这么一推，整个人贴了上去。

窗外的阳光投射在木地板上，舞蹈教室的冷气开得很足，但他背上还是出了一层薄汗。

孟巧巧扳住陆潇的下巴，说："你的动作是要闻他的脖子，知道什么是'闻'

吗？间隔十厘米你能闻到什么？"

她看着两人，恨铁不成钢地说："我说你们俩心理负担能不能不要那么重，跳个舞而已，又不是上刑。"

陆潇这辈子没被女生这么摆弄过，偏偏还不能反抗。

"知道了。"他没好气地避开孟巧巧的手道。

这个舞，还真是堪比上刑。

叶橙呼出一口气，调整了一下道："重来吧。"

同一个动作，连续练习了五遍之后，气氛稍微缓和了一些。但两人依然全程无对视，贴脸的时候都只看对方的头发。

"停停停！"孟巧巧再次按下暂停，"注意表情管理！陆潇你这视线再往上移一点，都要变成翻白眼了。看他的脖子，很难吗？"

陆潇额头青筋乱跳，只得依言往下看去。

不知道是他最近长高了还是怎样，之前叶橙的身高似乎和他没差多少，但现在发顶只能到他的鼻尖了。

他低下头的时候，看见了那片只系了两颗扣子的领口。上面第一颗扣子空空如也，是上次在酒吧被他扯掉了。

他想起那天的事，有点恍神，孟巧巧连着叫了他三声都没听见。

"陆潇？陆潇！"孟巧巧无语了。

叶橙转过头去看他，他这才反应过来。

孟巧巧柳眉倒竖道："你们这样可不行，今天周四，还有三天就要考核了！"

这周日学校会对每个节目进行审核，以敲定最终名单并准备彩排。留给他们练习的时间确实不多了。

为了加快速度，孟巧巧改变了策略。她花了一节课时间，挨个儿细抠二人的动作，最后交代道："剩下的你们自己磨合吧，主要还是默契问题，得尽快找到感觉。"

从舞蹈教室出来后，两人并肩走在树荫下。

陆潇迎着刺眼的太阳，眯起双眼道："三天时间，好难啊。"

叶橙出了一身汗，心情放松了不少："现在知道难了，谁让你给自己找事。"

陆潇转过身面对他，边倒退走路边撇了撇嘴："那丫头来求我的时候，眼泪都快甩我身上了，总不能见死不救吧。"他说的是文艺委员。

斑驳的树叶投影抚过他的脸颊，他整个人散发着清爽朝气的味道。

叶橙忽然发觉，不管什么年纪，什么身份，陆潇都是不会变的。

他们之间有些东西也是从来不曾改变过的。

"晚自习翘了吧。"他开口道，"去舞蹈教室练习。"

陆潇微微睁大双眼，阳光下的漆黑瞳孔如同黑曜石般熠熠生辉。

"真难得，我们大学霸居然也有主动翘习的一天。"他调侃道。

"要不要去？不要算了。"

"要，当然要。"

晚自习的时候，后排的两个座位人去楼空。

蒋进稀里糊涂地睡了大半节课，被窗户外面的石子儿给砸醒了。

他迷迷蒙蒙地睁开眼，看见一张涂得雪白的脸，差点没当场吓昏过去。再定睛一看，他才发现是江怡蓉。

"出来。"江怡蓉小声喊道。

蒋进惊魂未定，猫着腰从后门钻了出去。

走廊上，江怡蓉提着两杯奶茶，东张西望道："陆潇呢？"

蒋进摸了摸后脑勺，原来不是来找自己的啊。

"他跟橙哥去舞蹈教室了，说是要排练节目。"他闷闷不乐地说道。

在看见江怡蓉手上的奶茶时，蒋进的表情更加失落了。

"要我帮忙给他吗？"他问道。

江怡蓉摇了摇头，有些心不在焉："不用了，我去找他，刚好有点事要问他。"

说完，她便毫不留恋地转身离开了。蒋进惆怅地叹了口气。

江怡蓉从教学楼走到艺术中心，表情并没有很轻松，像是一边走路一边思索着什么。舞蹈教室在二楼，她提着奶茶一间间找了过去。走到第三个房间时，里面传来了细碎的对话声，她刚要敲门，便隔着门缝看见了里面的场景。

陆潇指导道："你得往后靠，这样太僵了。不会倒的，有我撑着呢。"

"这样吗……"叶橙看起来很紧绷。

他太过于专注镜子，导致脚下一滑，结结实实地踩在了陆潇的脚上。

然而陆潇纹丝未动，反而为了防止他摔倒，就这么任由他踩着。

叶橙一低头，才发现那双白色的AJ球鞋已经被踩了好几个鞋印。

他尴尬地起身道歉："对不起，我不是故意的。"

说着，另一只脚又踩了上去。

叶橙："……"

陆潇的眼皮跳了两下，尽量忽略自己的爱鞋，耐着性子说："放松一点，你刚才那遍就跳得不错。"

今晚从练习开始，他似乎调整了心态，一直在主动带动叶橙，对近距离的接触也没有表现出排斥。叶橙深呼吸了一下，打算认认真真投入进去。

正在这时，舞蹈教室的门发出一声响动。他们同时转头看过去，江怡蓉连忙站稳脚跟，满脸通红地说："不好意思，打扰到你们了。"

叶橙迅速和陆潇分开，陆潇的手顿了顿，也顺势松开他。

"陆潇，我找你有点事，如果方便的话……"江怡蓉支吾着说出来意。

"不方便，排练呢。"陆潇打断了她。

江怡蓉脸色一僵。

叶橙擦了把汗，说道："我下去买瓶水喝，你们聊会儿吧。"

看江怡蓉的神情，不像是什么少女怀春的样子。叶橙并不怎么介意地和她擦肩而过。在叶橙离开后，江怡蓉忍不住回头看了一眼他的背影。

陆潇对着镜子甩了甩汗湿的头发，随口问道："找我什么事？"

江怡蓉把奶茶递给他，说："喏，你喜欢的多肉葡萄。"

"谢了。"陆潇接过来，随手挂在把杆上。

江怡蓉犹豫了片刻道："其实……也没什么事，就是想来看看你。"

陆潇皱了皱眉，在镜子里和她对视道："江怡蓉，我跟你说过吧，我不想谈恋爱。"

"谁要说这个了?!"她急了，跺了跺脚。

陆潇的声音有点冷："那你这是在干什么？"

江怡蓉咬了咬嘴唇，只能说道："那天开家长会的时候，我……不小心听见你跟你妈妈说话……"

陆潇唰地转过身来，压得她往后退了两步。

"你听到什么了？"他的声音很低沉，隐隐有一丝寒意。

江怡蓉面色一白，结结巴巴地说："我……我只是想关心你一下，没有别的意思……你放心，我什么都没听到……"

陆潇的眼神有些瘆人，凉飕飕地看着她道："不需要。你不想惹麻烦的话，就给我乖乖闭嘴。"

他很少用这么重的语气和女生说话。

江怡蓉吓得不轻，抓着奶茶袋子的手微微颤抖。

就在她以为陆潇要揍人的时候，门口传来了清亮的人声。

"怎么了？"

叶橙站在门口，手上抓着一瓶水。

陆潇抬头迅速看了他一眼，那眼神让叶橙脚步停下，愣在了原地。随即陆潇扔下一句"太晚了，明天再排"，就头也不回地夺门离开了。

叶橙和江怡蓉面面相觑。

叶橙清了清嗓子，打破了沉默："你没事吧？"

江怡蓉一副欲哭无泪的样子，手上的奶茶袋子都快被攥破了。

"没事。"她强撑着摇了摇头，仍然掩饰不住低落的情绪。

叶橙说："你们吵架了？"

江怡蓉走过去，把奶茶递到他手上："没有，这个给你，祝你们演出顺利。"

"……谢谢。"叶橙只得接了过来。

江怡蓉说："对了，听说演出那天学校会请家长来看，麻烦你注意一下陆潇吧，多陪陪他。"

她这话没头没脑，叶橙听得满头雾水。

江怡蓉轻声说："我觉得他对你挺亲近的，应该会愿意告诉你一些事。"

她最后一句话像蚊子哼哼，叶橙没听清："什么？"

"没什么，我先回去了。"她低下头，匆匆地走了。

十分钟后，叶橙端着奶茶和蒋进躲在后排的角落里。兜兜转转了一圈，这杯多肉葡萄还是落到了蒋进手上。

叶橙把自己那杯也给了他，蒋进问："你不喝吗？"

"不喜欢，太甜了。"叶橙摆了摆手。

蒋进吸了一大口葡萄果肉，万分不解："就算是表白失败，潇哥也不至于气成那样吧？"

叶橙耸肩道："谁知道呢，他这几天看上去心情还挺好的。"

因为他答应了跳舞的事，陆潇这两天就没停止过幸灾乐祸的笑容。

"算了，不管了，反正只要蓉蓉没表白成功，我的机会就来了。"蒋进满脸幸福地抱着奶茶道。

叶橙想起江怡蓉最后那些话，文艺晚会确实会请表演者的家长来参加，但最终来不来都没有硬性要求。

比如他，就绝不会让高秋兰来。太难为情了。

难道陆潇刚才的反应，跟这件事有关？

那天过后，陆潇的情绪似乎又恢复了正常。

周日上午，他们顺利通过了学校审核。

虽然这支舞蹈比较狂野劲爆，但十三中为数不多的好处之一，就是校领导不会像附中的那么古板。叶橙犹记得，他在附中读高一的时候，班上男生想组织跳个女团舞都被刷下来了。

节目单确定了之后，十三中校草和学神跳要双人舞的事，连对面看门的大爷都知道了。附中更是有那么一伙人，打算在当天晚上悄悄溜进来看。

黄胜安噼里啪啦地开始用消息轰炸叶橙。

黄胜安：你要和陆潇跳没有明天？

黄胜安：太刺激了，让我缓缓[撒贝宁呼吸机.jpg]

黄胜安：你跳女位还是他跳女位？

克制一下：他穿性感短裙跳女位。

黄胜安吓呆了。

克制一下：所以你还是自戳双目，别来看了。

黄胜安：……别啊！

在孟巧巧的建议下，他们定制了一黑一白两件演出服。同款丝绸材质的宽松衬衣，慵懒中带着几分成熟，很适合这场演出。

另外几个伴舞是艺术团推荐的舞社成员，大家在周一前最后合了一遍。

从周一早上开始，所有人都没法专心看书。晚上的文艺汇演，成为这个月来最受期待的活动。

数学课上，徐超接连用粉笔砸了三个走神的人。

他怒道："开小差我不怪你们，能不能从下午的课再开始？一个两个都跟丢了魂似的！"

大家也不怕他。李俊晓笑着问:"老师,晚上的节目,您有最期待的吗?"

徐超往后排看去,叶橙马上低下头,心道"看不见我看不见我"。

"那还得是——"徐超的脸犹如六月的天,说变就变,眼神柔和了不止一个八度,"咱们班的双人舞呀。"

台下哄堂大笑,纷纷往后面看去。

叶橙的脸都快埋到书本里去了,看都不敢看旁边的陆潇。

真是没完没了了!

蒋进笑得在群里打鸣——

久隆吴彦祖:咯咯咯咯,班主任带头起哄,我真是有生之年第一次见!

吃鱼不咯:羡慕你们我说累了。

小糖串儿:期待今晚的潇橙!我被老师点两次名了,笑死,根本学不进去。

消沉szd:谁不是呢……!

晚上七点,文艺汇演准时开始。

由于《没有明天》这个节目比较靠后,两人不需要特别早就开始化妆。

江怡蓉就惨了,她的女团舞在第三个,连晚饭都没顾得上吃。蒋进逮到机会,屁颠屁颠给他的女神打包了盒饭。

孟巧巧让陆潇先去隔壁化妆间,自己则在这边给叶橙化妆。

她娴熟地抖开笔刷,沾着粉开始往叶橙脸上扫,边化边感慨:"皮肤没有瑕疵就是好,连遮瑕都不用,打底还得用最白的色号。"

她把亮片贴在叶橙的卧蚕下面,再给嘴唇涂上一层薄薄的唇彩,脸部妆容就算完成了。

"哇噻,快看。"孟巧巧把他的头抬起来,正对镜子。

叶橙看了眼镜面,波澜不惊:"辛苦老师了。"

"你就这反应?"孟巧巧不甘道,但转念一想,"好吧,毕竟你天天照镜子都要被自己帅一遍,可能看习惯了。"

叶橙被她逗笑了:"是老师化得好。"

孟巧巧给他弄了个心形刘海,说:"你真适合这种风格,建议半永久。得亏校长说不能太过,不然我就给你搞个更Sexy(性感)的,配上白衬衫,绝对炸场子。"

叶橙无奈道："炸不炸场子不知道，可能校长会先炸了我。"

"噗。"孟巧巧笑了起来。

妆造做得差不多的时候，门外响起了敲门声。

"请进。"孟巧巧忙着摆弄他的头发，扬声道。

化妆间的门被推开，叶橙从镜子里看见了一身黑衬衫的陆潇。

他的领口半敞，零碎的流苏垂落胸前，下面穿着黑色裤子和高帮靴子。

发型是特地吹过的，看似凌乱，却彰显着桀骜不驯的气质；刘海被拨上去，露出凌厉又不失精致的眉眼。

从头到脚，无一不散发着撩人的气息，只需要往那里一站，就能自动吸引周遭的目光。

饶是孟巧巧看见他，也不由自主地呆了呆。

陆潇越过她，将一个纸袋子放在化妆台上。

"你刚不是说困了吗，我点了杯咖啡。"他一手插兜，站在旁边看叶橙上妆。

从进门开始，他的视线就没有离开过镜子里的人。

叶橙打开袋子，里面是一杯拿铁，苦橙口味的。

"谢了。"他笑了笑，拿起吸管喝了一口。

冰凉香醇的液体，夹杂着浓郁的苦橙清香，顺着食道流下去，整个人瞬间清醒了不少。

孟巧巧放下喷雾，嘱咐道："晾干几分钟，不要用手碰。我先去后台看看有没有要补妆的，你们注意点场控的安排。"

叶橙点了点头，目送她离开。

陆潇拉了个凳子过来在他右手边坐下，吹了声口哨道："很漂亮嘛，橙哥。"

他每次一叫"橙哥"，不是揶揄就是搞事情。

不过这次是叶橙误会了，他就是单纯认为叶橙漂亮而已，让人移不开眼的漂亮。

陆潇的语文向来拖后腿，一时间也找不到什么合适的形容词。

他只觉得叶橙浑身上下都亮晶晶的。发丝上沾着亮亮的银粉，眼睛尾端贴着亮亮的水钻，衣领袖口都是亮亮的闪片。

陆潇拨了拨他的头发，沾了一手银粉。

"喂！说了不能碰的。"叶橙急了，忙制止他的行为。

陆潇坏笑着再次伸出魔爪，叶橙不敢大幅度动脑袋，顺手往他那边一挥手臂。不偏不倚，指尖刚好抓在陆潇的眉毛上。

"我去，你谋杀啊！"陆潇痛呼一声，捂住自己的眉毛。

叶橙缩回手，看见指腹上一片漆黑："……"

陆潇凝视了那几根乌黑的手指头两秒，随即愤怒地喊道："你赔老子眉毛！"

……

五分钟后，叶橙气喘吁吁地从外面回来了。

"化妆师都在忙，没人有空。"他尴尬地说。

陆潇坐在椅子上生闷气。他的眉毛被抹掉了三分之一，看起来相当滑稽。

为了贴合今天的眉形，化妆师特地把他原本的眉毛修掉了一部分，画成了酷酷的断眉。

这下好了，他现在眉毛自带 Wi-Fi。

叶橙看了眼时间，离他们上场只剩下三个节目了。

他咽了口口水，主动道："要不，我帮你画试试？"

陆潇臭着脸打量他："你行吗？"

"没吃过猪肉也见过猪跑，照着画不就行了。"叶橙没给他反对的机会，从化妆包里翻出一支笔。

他正准备上手，拔开一看，却发现笔尖太细了。

"拿错了，这好像是眼线笔。"他放了回去，又翻找起来。

陆潇："……你还能再不靠谱点吗？"

一番寻找后，叶橙终于找到了眉笔。他旋转出笔尖，靠过去道："别动啊，我怕我手抖。"

刀已经架在脖子上了，陆潇只能任由他宰割。

叶橙比画了一下，发现有些不顺手，于是轻轻地勾住陆潇的下巴道："脸抬起来一点。"

细长的食指抬着线条刚毅的下颌，陆潇觉得自己好像被调戏了。

他抬眸看着眼前的人，那双浅褐色的水晶眼珠近在咫尺，睫毛上也沾着星星点点的银粉，扑闪扑闪的，随着主人的呼吸扇动、战栗，宛如脆弱的蝉翼。

"叶橙！"

陆潇忍无可忍，一把扣住他运笔的手腕，从自己脸上移开来。

叶橙原本专心地画眉毛，生怕错了一分一毫。突然被这么一动，眉笔差点画到陆潇的脸颊上。惊吓之中，他发出一声惊呼，站立不稳地向前倒去。

说时迟那时快，叶橙慌忙撑住了陆潇的肩膀。

陆潇也受到了不小的震惊，失去语言能力，愣在原地。

"咔嚓"一声，门锁转动了一下。

"叶子，你们的节日什么时候……"

黄胜安的声音戛然而止。

片刻后，他磕磕绊绊地说："没，没事了……打扰打扰！"

叶橙反应极快，立马从椅子上起来道："不是这样……"

黄胜安比他反应更快，砰一下摔上门跑了。用力之大，门框都晃了晃，摇下几缕白灰来。

这下好了，误会直接刻入DNA。

叶橙撑住额头，化妆间安静得可怕。

足足十多分钟，被甩下的两人才冷静下来。气氛非常凝固。

外面传来场控的催促。

陆潇站起身来，理了理衣服，不自然道："好像轮到我们了。"

叶橙呼出一口气："走吧。"他迅速调整了一下，伸手道，"等演出结束，帮你庆祝生日。"

陆潇看了看他平摊的手掌，问道："这也算是生日礼物吗?"

他没有明说，但两人都知道指的是这次舞台。

叶橙笑道："当然不是，礼物一会儿给你。"

陆潇满意了，将手搁在他手上，说："走吧。"

当报幕结束后，台下开始骚动，显然对这个节目的期待度不是一般的高。

灯光暗了下去，标志性的前奏响起，底下爆发出阵阵尖叫。

光束从顶端"啪"地打下来，一黑一白两个身影从伴舞后面走了出来。

观众席瞬间沸腾了，二十班的人全都站在椅子上挥手呐喊。

"Tell me now now now……（告诉我，趁现在……）"

伴随着主歌响起，两人身体半贴着扭动。要说很近吧，也没有完全贴上，要说很远吧，明明是挨在一起的。

刹那间音浪再次飙升，教导主任忍不住回头看了一眼疯狂的人群。

"啊啊啊啊！潇橙永远的神！"

"一哥的手在干吗？救命！"

"他还笑他还笑！"

场馆内音乐震耳，随之而来的是两个单人舞的部分。

叶橙在伴舞中间出现时，大家才明白这个"劲爆"的节目为什么能过审。

原版舞蹈中，女位跳得无比性感张扬。而叶橙在动作没有改变太多的基础上，居然跳出了一种非常禁欲又暧昧的氛围。

他的每一个仰头、抬手，都轻松自如，脖颈线条美得像雕塑，加上很有暧昧感的白色流苏，整个人美得触目惊心。仿若一朵高岭之花遥遥地看着你，让人在畏惧之中，又想狠狠地欺负他一下。

这一部分在他的诠释下，少了许多夸张的传达，愈发显得撩人而不自知。

旋律一转，陆潇从后面上前。全黑的妆造，从头酷到脚。

两种完全不同的风格，在观众眼前炸裂开来。

和叶橙的台风完全不一样，陆潇几乎每个动作都力道十足，手臂的肌肉轮廓在舞蹈冲击下若隐若现。从身材到表情，包括对台下的扬眉一笑，他就差把"渣"这个字写在脸上了。

让人有一种既想被他推到墙上，又想被他踩在脚下的疯狂错觉。

底下的女生嗓子都快喊哑了。

当陆潇将叶橙狠狠拉过来，做了个咬脖子的Ending pose（结尾动作）之后，气氛达到了今晚文艺汇演的巅峰，舞台都快被尖叫的声浪掀翻了。

——这两个人，可太嗑得出去了！

在谢幕的黑暗中，掌声震耳欲聋。

两人气喘吁吁地跑下台，兴奋地相互击了个掌。

显而易见，这是一次炸场子的舞台。

他们刚走到后台，一群人就围了上来。蒋进抱着一捧密西根碎冰蓝玫瑰，冲过来大喊道："潇哥，十八岁生日快乐——"

大家齐刷刷地喊："潇哥生日快乐！"

陆潇接过捧花，笑骂道："谁买的玫瑰？我要揍人了。"

周敏豪说："橙哥买的！要揍揍他！"

"对，橙哥买的，不关我事！"蒋进举起双手撇清关系道。

陆潇转过头，看见笑得云淡风轻的叶橙。

他低头嗅了嗅捧花，说："唔，好香。"

"潇哥，做人不要太双标！"蒋进不满地说。

众人吵吵嚷嚷地要去大吃一顿，临走之前，叶橙去化妆间把礼物袋拿上了。

碍于今天寿星最大，到了地方之后，叶橙也没劝他们少喝。

蒋进带头灌陆潇酒，一副不把他喝趴下不罢休的样子。

本来陆潇的酒量是完全扛得住的，但当蒋进把酒杯举向叶橙的时候，他单手把杯子按了下来。

"跟我喝就跟我喝，别搁这乱敬。"他的声音已经有些微醺。

于是除了叶橙之外，大家都喝了不少。

蒋进大着舌头说："潇哥，你，你不能偏心啊，你说，嗝……谁才是跟你最久的兄弟？"他说着说着，还委屈起来了，指责道，"我跟他喝个酒都不行了？我就要喝！"

周敏豪醉醺醺地嘲笑："你哭什么哭，为了渣男哭不值得！把眼泪给我收回去！"

陆潇揉了揉太阳穴，头疼不已："渣你妹，你一户口本都渣，你一小区都渣。"

这群男生喝醉了，比平时还要幼稚几分。

叶橙忍笑忍得辛苦，接过酒杯道："行，我喝。"

他正要一口闷，却被陆潇一把抢过去。

"你喝什么喝。"陆潇把那杯酒倒进自己嘴里，面不改色地擦了擦嘴角。

叶橙看着他。

蒋进更委屈了："不带这样的！潇哥你这就没意思了，兄弟还有得做没有？"

"一边去。"陆潇把他推开。

蒋进哭着一头扎进周敏豪怀里："天啊！他凶我！他为了别人凶我！"

周敏豪搂着他哼唧："拜拜就拜拜，下一个更乖。"

众人开始鬼哭狼嚎地唱歌，发酒疯，站在沙发上群魔乱舞。

叶橙吃了几颗花生米，想了想，说："其实我酒量不差。"

陆潇面无表情地看着他，仿佛没听懂。

叶橙又说："你下次不用帮我挡酒，喝几杯不会醉的。"

陆潇斜眼盯了他一会儿，最后说："我高兴，你管我。"

他每次一闹脾气，语气就变得很冲，不能更明显了。

叶橙莫名其妙，不知道自己哪里招惹他了。

生日宴结束之后，大家歪七扭八地相互搀着来到路口。陆潇掏出手机一一帮他们打车。

趁着等车的间隙，叶橙觉得还是得哄他一下，免得寿星带着不满回家。

"给，生日礼物。"他将手里的袋子递过去道。

陆潇冷着脸接过来，却掩饰不住眼中的期待，貌似随口地问道："这是什么，能拆开看看吗？"

"当然，都送给你了。"叶橙说。

陆潇从袋子里拿出礼物，却在看见盒子的时候，手上停了下来。

叶橙观察着他的反应，问道："怎么了，不喜欢？"

他也不能百分百确定，这个年纪的男生会不会喜欢这样的礼物。

陆潇深吸了一口气，抬起头看向他。

被酒意洗亮的眼里，染上了几分不易察觉的侵略感，像是惊喜，又像是闪烁着的危险讯号。

叶橙镇定道："我只是觉得这款味道很好闻，就顺手买来送你了。"

他说得连自己都相信了，甚至忘了在下单的时候，心里想到的过往。

其实陆潇送他的第一个生日礼物，里面就有这款橙花香水。

清浅甜美中裹挟着淡淡的木香，柔和而治愈。

一如一声化不开的"阿橙"。

后来他们逐渐混着用香，上班的时候还被下属吐槽过，两个总裁身上的味道怎么一模一样。

说话间，刚才叫的车停在了路边。

叶橙退后几步，挥了挥手道："我先回去了。"

他毫不犹豫地转身就跑，身后传来陆潇的声音："你站住！"

夜风卷起飞扬的发丝，叶橙跑了两步，又回过头说："生日快乐。"

陆潇站在原地，露出一个夜色都遮不住的笑容，明晃晃的白牙很是惹眼。

"明天见，陆潇。"叶橙被风吹乱了头发，隔着几米对他喊道。

"明天见。"陆潇的声音随着夜风幽幽地飘荡开来。

　　叶橙走后，陆潇陆续把其他人送上车，最后拖着蒋进回了自己家。

　　今天喝酒之前蒋进千叮万嘱，让陆潇不要把他送回家，否则他爸妈绝对会来个男女混合双打。

　　陆潇住在久隆的别墅区，偌大的家里黑灯瞎火，一个人都没有。

　　他把蒋进扔到房间里，自顾自地去洗了个澡。

　　出来之后，陆潇拿起叶橙送的香水，放在手心仔细端详了一会儿。

　　床上的蒋进发出哀号声，捂住脑袋坐了起来："潇哥，有水吗？"

　　陆潇却充耳不闻，按下盖子，往身上喷了两下。

　　淡淡的橙花味充斥着房间，蒋进抽了抽鼻子："什么味道？"

　　陆潇放下香水瓶，转过身道："明天早自习几点来着？"

　　蒋进的酒已经醒了一半，顶着鸡窝头满脸茫然："早自习不都是七点吗？"

　　"这样啊，那早点睡吧，明天早上七点到学校。"陆潇点了点头道。

　　蒋进张大了嘴巴："你要去上早自习？我是喝多了产生幻觉了吗？我从来没见你上过早自习！"

　　陆潇躺倒在床上，枕着胳膊看着天花板，喃喃地说："我突然觉得，上学也挺有意思的。"

　　蒋进："……"

　　他摸了摸自己的脑门，又摸了摸陆潇的，确认两个人都没有发烧。

　　"睡了，出去的时候把灯关了。"陆潇闭上眼睛，把被子拉到下巴。

　　蒋进露出难以置信的表情，但还是在去客房前把灯给他关了。

　　他真的没受什么刺激吧……

　　第二天一早，陆潇果然还是睡过头了。直到七点半，才拖着蒋进边啃包子边从后门进来。

　　叶橙正在读英语，桌上落下一袋豆浆，同时那杯没开封的咖啡被拿走了。

　　"换着喝吧，你老喝咖啡也不好。"陆潇在他旁边坐了下来。

　　经过昨天晚上，两人的气氛有点说不上来的感觉，像是自然又像是不自然。

　　叶橙看了他一眼："你喝得惯吗？"

　　陆潇向来嗜甜，吸了一口咖啡，脸立刻皱成了一团。

　　叶橙笑了起来。

前门人影闪动，有个人走了进来。大家以为是徐超，都没有在意，直到那人敲了敲黑板。

"都醒醒，早自习怎么还有人在睡觉？"尖锐的女声响起。

在看清是谁后，众人的脸色都变得精彩纷呈起来。

讲台上站着的是十一班的班主任朱玉芬，也是高二年级的数学组组长。她约莫四十出头的样子，短发烫卷，鼻梁上架着眼镜，一张刻薄相。

众所周知，这个更年期阿姨是出了名的难搞。

"跟大家说一下，徐老师家里临时有事，让我代班一个月。"朱玉芬看着他们，眼中带着不加掩饰的不屑。

十三中从十一班往后都是理科班，按成绩优劣分班。十一班是理科班中最好的班级，而二十班是最差的班级。

大家全都垮了脸，却没有一个人敢吱声，跟徐超在的时候气氛天差地别。

陆潇事不关己地继续吃小笼包，顺带还把爪子伸向了叶橙的英语作业。

朱玉芬说："班长是谁？还有数学课代表，站起来让我认一认。"

胡家伟和叶橙都站了起来。

朱玉芬看了看叶橙，说："哟，是你啊，对面转来的'年级第一'。"

她话音刚落，不少人心里都咯噔了一声。

虽然徐超不曾明说过，但学校都在传，叶橙连续两次考了年级第一，让尖子班的老师对他有些看法。

毕竟最差的班级出了最好的学生，换谁谁都不爽。

叶橙没什么太大的反应，倒是陆潇停下了咀嚼，面色不善地看向讲台上。

朱玉芬四处看了看，说："课代表你坐到前面来吧，跟这个同学换个位置，以后帮我擦黑板什么的方便点。"

叶橙没想到她一来就要他换位置，下意识道："嗯？"

"我说让你到第三排来，你……"朱玉芬的话说到一半，突然传来一声凳子刮地面的刺耳声音。

所有人都往后看去。

陆潇站了起来，插着兜说："老师，他不想换。"

全班鸦雀无声，空气静得吓人。叶橙扭过头，皱眉看向陆潇。

身为数学组组长，朱玉芬什么时候被人用这样的语气对待过，更何况对方还是个学生。

她脸上立刻挂不住了，打量着他道："你叫陆潇是吧，看来老徐让我重点关注你，不是没有原因的。"

她说话惯来夹枪带棒，要是换了脸皮薄一点的学生，可能就受不住了。

然而陆潇不属于这个范畴。他哂笑了一声道："关注我什么？长得帅吗？"

底下的人没绷住，纷纷笑了起来。

朱玉芬的脸色更难看了，怒气冲冲地扫视了一圈，严厉道："很好笑吗？谁再笑就给我站到外面去！"

大家这才发觉事情的严重性，都低下头噤声了。

趁着朱玉芬不注意，叶橙用手碰了碰陆潇，示意他别太过分，然后开口解释道："老师，我个子太高了，坐在前面会挡住其他人。"

这算是最合适的理由了。

但陆潇没有回应他的暗示，对朱玉芬的注视没有闪避，依旧不咸不淡地直视着她。

朱玉芬看见他一脸不服气的样子，顿时气笑了："我调个位置怎么就这么难呢，借口可真多啊。"

听见她这么跟叶橙说话，陆潇的脸色立刻就变了。

"你俩讲小话最好别被我逮住，否则我一定把你们调开。"她一脸"装什么装，以为我不知道"的表情。

陆潇动了动，叶橙条件反射地想制止他，却还是迟了一步。

"老师，什么叫讲小话？举手发言算吗？"他满脸无辜地反问道。

叶橙深吸一口气，看见朱玉芬的头发都气得翘起来了。

"你再顶一句嘴试试！我看你们班是要翻了天了！"朱玉芬噼里啪啦地一顿数落，足足让他们站了十分钟，才撂下一句"早操所有班委留下来开会"，然后气急败坏地走了。

她刚走，叶橙便说道："你干吗要惹她，什么毛病？"语气中难免带了几分责备。

他刚才着实捏了把汗，毕竟朱玉芬不像徐超，陆潇也非任人拿捏的软柿子。

陆潇转过头去面朝窗外，像是在生闷气。

蒋进小心翼翼地说："潇哥昨晚还很期待来学校呢，他攒了几个语法问题要早自习的时候问你，还说跟你同桌就是好，简直'行走的题库'。"

"我没说过。"陆潇立马否认道。

叶橙似乎明白了什么，这家伙刚才那么冲，该不会只是不想换座位……

他看了看陆潇的后脑勺，伸出手道："什么语法问题？我看看。"

"说了没有，你烦不烦。"

蒋进默默地回过头去，深藏功与名。

陆潇倔强地不想转头，用食指骨节抵住嘴唇，默默地望着窗口徘徊的一只小虫子。忽然，他感觉肩膀处一热，带着温度的身体靠了过来。

叶橙探头越过三八线，用鼻子嗅了嗅。

"你用那支香水了？"他问道。

陆潇的侧脸转回了四十五度，没好气地说："你才发现啊。"

叶橙又抽了抽鼻子，带着笑意夸道："很好闻，挺适合你的。"

这下陆潇的脸彻底转了过来。他略微不好意思地缩了下肩膀，又低头闻了闻自己。

隔了一会儿，陆潇又问："太浓了吗？"

"不，刚刚好。"

叶橙看着他眼睛亮晶晶的样子，忍不住觉得又好气又好笑。

还是个小朋友啊，真好哄。

蒋进瞥了他们一眼，默默地回复谭晓琪的微信。

上面几条她急得直跳脚。

谭晓琪：你快帮忙安慰一下潇哥，小狗狗要委屈死了，那个朱大妈是不是有什么大病？！

蒋进：……什么玩意儿还小狗狗，你说话能不能正常点，我害怕。

谭晓琪：我看他好像生气了？呜呜呜，你能不能让橙哥哄哄他？

蒋进：如果被他们看见这段聊天记录，我可能见不到明天的太阳了。

谭晓琪还在嘤嘤嘤地担心，蒋进只好告诉她："哄了哄了，娘啊，我就没见过潇哥这么不值钱的样子，他又在那里问题目了，你自己回头看！"

谭晓琪：好嘛，我只是担心，作为回报，下次我帮你约蓉姐出来。

蒋进：我……！恩人！放心，我随时给你一线情报！

后面两人头碰头地讲解英语题目，丝毫没有察觉自己已经被卖了。

为了避开十点左右的高温,夏天的课间操时间统一挪到了早自习后。除了班委之外,其他人都离开了教室。

朱玉芬找了间会议室,把所有班干部召集在一起开会。

这种徐超平时一学期只进行一次的会议,这个老师刚来就搞了一出。

朱玉芬坐在长桌的正中央,看了眼乱七八糟的座位,面带不满地说:"你们按照科目类别就座,这乱得我都认不清人了。班长和语数外课代表坐在这里,会考的科目坐左边,其他科目坐右边。"

这货事儿可真多。

众人默默地对视了一眼,拿着纸笔站起来重坐。

陆潇懒洋洋地从叶橙旁边起身,和文艺委员一起走到了角落里坐下。

朱玉芬这才觉得顺眼了些,推了推眼镜道:"今天叫你们过来,是想提前和大家认识认识,以便于进行后面一个月的工作。现在从班长开始,每人做一下自我介绍,以及……"

她停顿片刻,抬了抬下巴道:"各人说说这次期中考试自己的年级排名。"

话音刚落,会议室里一片骚动,大家都开始交头接耳。

朱玉芬仿佛料到了他们的反应,斜睨着众人道:"别议论了,我也是为了进一步了解你们的情况。另外,各个课代表报一下自己这一门的分数。"

"我去,她怎么这么烦人,难不成我当文艺委员还要年级排名前一百吗?"文艺委员悄悄吐槽道。

胡家伟默默地低下头,豆大的汗珠顺着脸颊流了下来。

朱玉芬看了他一眼,说:"开始吧。"

胡家伟涨红了脸,嗫嚅着道:"我……我是班长,我叫胡家伟……"

他停了下来,旁边几个主科的课代表都看向他。

叶橙不动声色地皱了皱眉。虽然知道朱玉芬是想用高压手段来个下马威,便于后续的管理,但想到上次胡家伟的状况,他打心底不太赞成这样的做法。

胡家伟握了握拳头,硬着头皮说道:"这次期中我……我没考好,年级排名……第三百七十六名。"

会议室很安静,大家脸色都不怎么好看。

朱玉芬严肃地说道:"作为班长,在学习上也要以身作则,你这个成绩很不应该。"

胡家伟的头埋得愈发低了："知道了，老师，我会努力的。"

其实他底子不算差，上次月考还在前一百名，但这次因为数学交了白卷，导致总分一落千丈。

朱玉芬显然并不关心他有什么隐情，挥了挥手道："下一个。"

众人挨个儿报了自己的成绩，都或多或少有些不情愿。毕竟这种事情，很多人都不想公开在班级同学面前说。

其中，李俊晓和陆潇的排名最为靠后。李俊晓这次副科"滑铁卢"，好几门都在及格线的边缘徘徊。

朱玉芬难以置信："你一个地理课代表，地理考七十一分？我看你会考是不想过了吧！"

她用力敲了敲桌面，说："有谁知道还有多少天会考？班长，回答我。"

胡家伟结结巴巴地说："还有，三……三个月。"

朱玉芬眼睛锐利，转脸道："叶橙，你说。"

"会考是一月十六号。"叶橙淡淡地说。

朱玉芬看了他一眼："准确来说，往年是。你们连什么时候会考都不知道，还有心情整天龇个牙在那儿乐？真是没救了！"

陆潇打了个哈欠，随手转笔玩。

文艺委员小声说："时间又没通知，她激动个什么劲儿。不就是想说我们班垃圾吗，何必这么拐弯抹角的。"

朱玉芬提高了音量："还有，其他科目老师跟我说过，你们班上课讲话的概率非常大。如果接下来几周还是这样，我会考虑根据大家各科的成绩，重新给你们排一次座位。"

陆潇打到一半的哈欠停住了，嘴巴要闭不闭。

文艺委员痛苦道："救命！老徐什么时候回来？我已经开始想他了。"

朱玉芬足足讲到早操结束，口干舌燥之后才放他们回去。

散会后，大家三三两两地走在一起，疯狂吐槽这个新来的班主任。

"我服了，我地理七十一分怎么招她了？也不用诅咒我及不了格吧！"李俊晓快气死了，"地理老师都没这么说过我！"

化学课代表安慰他道："别理她，就一更年期大妈。"

"不过七十一分的话，万一卷子太难……确实挺悬的。"

李俊晓愤愤地说："不行，我受不了她那副看不起人的嘴脸了。"

化学课代表叹气道："那有什么办法，咱们班成绩确实是倒数。"

李俊晓想了想，不甘道："老子下次考试要打她的脸，我得找人帮我恶补一下地理。"

他看见走在最前面的叶橙，忙不迭地从人群中穿过去，走到对方身边。

文艺委员走在陆潇旁边，抱怨道："她搞什么啊，居然让我晚自习去找语文老师补课，疯了吗？我们又不是文科班。"

陆潇直勾勾地盯着前面两个背影。

文艺委员："还说要让我和朱启坐，我才不要和他坐！"

她说到一半，刚想去看陆潇，却感到旁边一阵凉风刮过。

陆潇甩下她，大步往前走去。

"橙爹，呜呜。"李俊晓扯了扯旁边的校服衣摆，"朱大妈说我会考过不了！"

叶橙无奈地说："我听见了。"

李俊晓惨兮兮道："她不是说可能会重新安排座位吗，你能不能再回来跟我坐啊？你地理都快满分了，教教我呗。"

叶橙委婉地说："这不是我能决定的。"

谁知道朱玉芬一时兴起会做什么，可能让他去倒数第一旁边"扶贫"也说不定呢。

李俊晓眨巴着眼睛道："如果你和她说的话，她应该会尊重你的意见。爸爸，你就可怜可怜我吧，我真的不能没有你！"

他的表情泫然欲泣，活像个弃妇，拽着叶橙抽抽搭搭的。

突然间，有个人挤进了他们两个中间。陆潇像拨小鸡似的，一手把李俊晓拨开，将自己硬是插进他俩之间。

李俊晓受惊地看向他。

叶橙刚刚抬头，肩膀就被一只大手搭住了，头顶传来陆潇万分不爽的声音："你没有自己的同桌吗，老缠着我同桌干吗？"

李俊晓被推了个跟跄，等回过神来的时候，陆潇已经揽着叶橙走了。

叶橙把他的手拨下去，陆潇不甘心地用手肘碰了碰他，低头说了句什么。

文艺委员赶上来，看见李俊晓目瞪口呆的样子，摇了摇头道："我说潇哥这占有欲是不是太强了点，就离谱。"

她又诡异一笑，说："可惜你家谭晓琪不在，不然她应该很开心。"

"啥？"李俊晓一脸迷茫。

开完会之后，朱玉芬让班长在黑板上开辟了一个角落，专门用来做会考倒计时。

班级群里又是一片吐槽之声。

李俊晓：提前三个月开始倒计时，朱大妈还真是别树一帜。

谭晓琪：我服了，她连值日生扫地多花了五分钟都要骂，没见过比她更烦人的。

朱启：救命，她说走读生早上六点五十分要到校是认真的吗？

这位朱女士上岗一个礼拜后，光荣地收获骂名无数。

其实本来大家并没有对她产生太大的抗拒，只是因为她有个很让人讨厌的习惯，就是拿二十班和她自己的班级对比。

从期中考平均分比到包干区卫生，从上课秩序比到每次作业正确率。

最惨的还得是胡家伟，身为一班之长，简直就是被"枪打出头鸟"。短短一周之内，他被点名批评的次数胜过了徐超在的时候一个学期的量。

胡家伟肉眼可见地变得更加少言寡语，连课间都不怎么出去走动，埋头在座位上一学就是一天。

除他之外，朱玉芬最看不爽的第二人选应该是叶橙。

因为叶橙一个人就能吊打她班上的所有人，包括她心爱的数学课代表。

最狼狈的一回，是有一次她叫叶橙上去解一道在自己班上讲过的题。

叶橙对于数学大题有一套自己的解答模式，他不太喜欢用常规方法，更喜欢用那种做题家头脑很难想到，但又简便易懂到三下五除二就能算出答案的办法。这种方法被同学们亲切地称之为"叶氏解题法"，教科书上可找不到。

然而朱玉芬没有这样的认知。

在他写下第一行的时候，她就哂笑道："写错了吧，关豪可不是这么解的。"

关豪就是她班上的数学课代表，视叶橙如鲠在喉的那位年级第二。

接着朱玉芬仿佛抓住了机会，说道："数学有时候是需要四两拨千斤，但有时候也是很高深的东西。很多题目不像你想的那么简单，圆锥曲线的核心考点是什么？就是考你公式的掌握以及计算能力，不要贪图简便，到最后只是浪费时间。"

叶橙并不着急解释，待她讲完后，礼貌地问："老师，我能继续写了吗？"

说着，也不等她点头，他自顾自地写了三行。

得解，完事儿。

压根不需要复杂的公式和大量的计算。

底下开始嗤嗤地笑，朱玉芬的脸一阵红一阵白。

叶橙扔下粉笔，淡定地拍拍手下去了。

他下来后，蒋进看见朱玉芬难看得要命的脸，悄声说道："橙哥，你知道她今天火气为什么这么大吗？"

朱玉芬转过头去板书，叶橙疑惑地看向他。

"因为群里刚才通知了，我们班文艺汇演的节目拿了一等奖。"蒋进压低声音道，"全年级一共三个一等奖，没有他们班。"

"噗——"陆潇没忍住，笑出声来了。

蒋进暗戳戳地竖起大拇指："橙哥，恭喜你又一次成功气死了她。"

朱玉芬往这边看了一眼，拍桌道："上课不要交头接耳！"

蒋进赶紧缩了回去。

周日的晚上，朱玉芬又临时加了个一周测验，搞了套卷子来让他们做。

写完之后已经九点半了，大家才疲惫地放学回家。

叶橙回去的时候，高秋兰已经睡着了。

他坐在书桌前，摊开数学作业。临时的周测占用了整个晚自习，老师留的作业他都没怎么写。

朱玉芬如此高压的手段，也不知道是想帮他们，还是想整他们。

放在桌上的手机屏幕不断亮起，这些天群里的闲聊少了很多，绝大多数时候，大家都在谈论一个话题：朱玉芬什么时候滚蛋。

徐雨淮：你们知道老徐为什么休假吗？不行了，我真的想他，我做梦都梦见他骂我上课走神。

蒋进：有人问过孟巧巧了，说是他老婆生二胎，离不开他陪护。

谭晓琪：天哪，那要恭喜老徐啦！

于坤：我麻了，你们爸妈接到家访电话了吗？

这一条刚刚闪过,叶橙的手机就进来了一通电话。他一边随手打草稿,一边将手机放到耳边。

"喂,爸。"

那头"嗯"了一声,说:"你还没睡啊。"

叶橙莫名道:"没睡。这么晚了,有什么事吗?"

要知道,平时叶高阳一个月给高秋兰打一次电话,非常固定且规律,生怕打多一次就会扣他一年的话费似的。

叶高阳问:"还在写作业吗?"

"嗯。"叶橙更疑惑了,他什么时候开始关心起自己的作业来了。

叶高阳停顿了一会儿,欲言又止。叶橙也没催他,静静地等待着。

大约过了半分钟,那边还是开口道:"小橙,你最近有交往什么社会上的人吗?上次来家里那个,真的是你同学?"

叶橙放下笔,皱眉道:"爸,你什么意思。"

叶高阳意识到自己的问题过于直白了,掩饰性地咳嗽道:"你们老师说,你最近总跟一些染头发的人在一起,爸爸只是想关心你一下,没别的意思。"

叶橙无语了,想起刚才看见的群聊消息,登时明白为什么叶高阳会打来这通电话了。

"那是学校篮球队的,他是个混血儿。"他说道。

叶高阳疑惑地问:"那上次那个喝醉酒的呢?"

叶橙深呼吸了一下,声音有些强硬:"爸,你看见他穿着十三中校服的。"

叶高阳这才放下心了,安静了片刻,说道:"好吧,那你好好学习。等寒假的时候,爸爸接你和奶奶到这边来。"

叶橙一愣,只听他又说:"你顺便辅导一下你妹妹寒假作业,她英语这次只考了八十多分。"

只有在提到他那个"妹妹"的时候,叶高阳的语气才显得柔和许多。

叶橙打断他道:"我假期有竞赛班,先挂了,再见。"

他把手机丢到一边,半个字都不想再听。

无事不登三宝殿,每次叶高阳对他稍微言辞缓和一点,就一定是为了那个"妹妹"。

其实按照叶高阳的人脉和财力,给她找个名校大咖辅导不成问题,但坏就坏在，这小孩儿非要叶橙不可。自从初二的时候，叶橙一时心软答应了一次，从此就惹上了个甩都甩不掉的麻烦。

这次他是决计不可能去的，想都不用想。

也正是因为以前自己太过优柔寡断，才会导致后来曲恬得寸进尺。

叶橙的行动非常果断，直接就上网一顿搜索，当即报了个寒假冬令营。

他把高达五万元的账单截图，发给了叶高阳。

那边足足沉默了十分钟，最后回复了一个"好，知道了"。

叶橙做完这些后爽了，但又不是太爽。

他在桌子上趴了一会儿，然后爬起来，拿起手机，给嫌疑人X发微信。

克制一下：寒假有安排吗？

嫌疑人X：没有，怎么了？

陆潇每次回消息都很快。

克制一下：去冬令营吗？

叶橙枕着自己的左胳膊，盯着那块长方形屏幕。

当看见上面出现"可以"两个字时，他的眼睛弯了起来。

嫌疑人X：是什么冬令营，有篝火晚会和漂亮小姐姐的那种吗？

叶橙的眼睛弯得弧度更大，用一根食指艰难打字道："这些都没有，只有南都大学特聘英语老师十位。"

嫌疑人X：？？？

嫌疑人X：你杀了我吧，现在撤回还来得及吗？

嫌疑人X：……叶橙，我怀疑你在故意搞我。

叶橙缺德地做了个表情包，发给他。

克制一下：[勇敢潇潇，不怕困难.jpg]

嫌疑人X：[不要靠近叶橙，会变得不幸.jpg]

叶橙把手机倒扣在桌面，忽然间觉得心情明朗了许多。

第二天早自习，陆潇破天荒地六点五十就到了。在无视朱玉芬定下的规矩一礼拜后，他还是头一次七点之前到学校。

叶橙正在做英语竞赛题，被一袋东西砸了个正着。

他抬起头，陆潇扔下书包道："阿姨多做的。"

自从上次陆潇带了份蟹粉小笼包，叶橙吃了一个觉得好吃以后，接下来连续好几天，他家的阿姨每天都要"失误"多做一份。

搁在陆氏本家是会被辞退的水平。

叶橙吃多了，现在闻到蟹黄味就想吐，他拍了拍前面的蒋进，说："我在家吃过早饭了，给你吧。"

蒋进刚一转头，就对上陆潇冷冰冰的目光，宛如两道冰凌，直扎他的双目。

"我……我也吃过了，你还是自己吃吧。"蒋进吞了口口水，战战兢兢地转了回去。

最后，叶橙把那袋小笼包给了谭晓琪，只留下了豆浆。

陆潇痛失一袋小笼包，并不十分可惜，初现陆总之风采。他用胳膊捣了捣叶橙道："昨天你说的那个冬令营，到底什么玩意儿？"

经过一晚上的冷静沉淀后，叶橙觉得自己找罪受不应该拉上他。毕竟这个冬令营是竞赛相关，估计陆潇也听不懂，去了只能花五万块蹭空调，得不偿失。

他随口说道："没什么，你不去就算了。"

"谁告诉你我不去的？你连报名链接都没发我。"陆潇不满道。

叶橙迷惑道："你不是很讨厌英语吗？再说，那是竞赛班，不适合你。"

"哦，所以你要我玩儿呢是吧。"陆潇的脸飞快冷下来，变脸速度堪比川剧。

叶橙张了张嘴，刚要解释。

对方一把夺过他桌上的豆浆，气道："你别喝了。"

叶橙："……"

他现在想锤死这个"小学鸡"。谁懂？谁懂？

吵架就吵架，能不能不要这么幼稚？谁稀罕你的豆浆似的！

叶橙觉得自己的智商受到了侮辱。上辈子A大金融高材生，下属见了他都要抖三抖的叶副总，现在要在这里和一个小学鸡赌气！

陆潇等了一会儿，没等到他来哄自己，于是更气了："你就没有什么要说的吗？"

叶橙不想理他，真的不想理。

"叶橙，你这人有没有素质？随便耍别人很好玩儿？

"行，你可真行，那我们以后别说话了。"

叶橙忍无可忍，拍桌道："去！你一起去，行了吧。"

陆潇把豆浆袋子捏得咯吱作响，冷笑道："你都不发给我，糊弄谁呢。"

叶橙马上打开手机，把链接怼在他脸上。

陆潇这才安静了下去，重新把豆浆放回叶橙桌上，认真地研究起来。

蒋进痛苦地被迫围观了整场经过，受不了地跟谭晓琪打字吐槽："我能不能跟你换个座位，我不想吃狗粮了，潇哥现在整个在我心里形象崩塌。"

谭晓琪：呜呜，能不能是我说了算吗？还有你不要老是上课给我发消息，李俊晓都开始不高兴了。

蒋进：……？

蒋进：累了，毁灭吧。

做早操之前，各科课代表把作业都收齐了。

从早上开始，叶橙总觉得自己漏了点什么事，但他忙于应付旁边的小学鸡，一时也没记起来到底是什么事情。

到了第一节数学课，朱玉芬板着脸走了进来，把教案放在讲台上说道："早上的作业有两个人没做，胡家伟，人呢？"

她环顾四周，却没看见胡家伟的影子。

"现在连班长都能迟到了，谁早上看见他了？"朱玉芬蹙眉道。

底下的人摇了摇头，于坤说："他好像早自习也没来。"

朱玉芬说:"什么情况?作业不写,上课不来,这是要翻天?我等下给他家里打电话。"

叶橙猛然一个激灵,想起来那件被自己遗忘的事是什么了。

朱玉芬的视线转向他,说:"还有一个没写作业的,叶橙。"

所有人齐刷刷回头——叶橙没写数学作业,这是什么惊世骇俗的事故。

朱玉芬抱着手臂道:"上次我就说过,没写作业的一律去走廊上站一节课,课代表也不例外。"

叶橙只得自认倒霉地站起来,谁让他昨天聊天走神,完全忘了摊在面前的作业。

正在他刚走到后门口时,听见陆潇的声音响起:"老师,我也没写完。"

众人二度回头,陆潇明目张胆地站着,生怕朱玉芬把自己漏了似的。

"我记得没有你啊。"朱玉芬不明所以,疑惑地翻看着手上的便利贴道。

陆潇乖巧地说:"我最后一题没写'解'。"

全班哄堂大笑。

朱玉芬呆滞了几秒,才反应过来,瞬间愤怒得脸全红了。

她指着外面道:"出去!不想上课就别上了!下课之后到我办公室来!"

陆潇双手插着裤兜,悠闲地从后门晃悠了出去,顺带还撞了一下站在原地的叶橙的肩膀:"走啊。"

朱玉芬气得手都抖了,尖锐的嗓音还在不停数落着他们的"罪行",隔着两间教室都能听得见。

叶橙和他并排靠墙站着,脑袋嗡嗡的。

他学生时代没做过什么出格的事情,后来和陆潇在一起后,只感觉每天都很疯狂。

这家伙太叛逆太不受控,你很难知道他下一秒会做出什么事情来。

这种感觉既让人觉得失控,又隐蔽着欲罢不能的刺激和兴奋,像是碰到了会上瘾的东西,很危险,却停不下来。

叶橙压低声音道:"你就这么喜欢跟她对着干?少惹朱玉芬,她跟教导主任关系挺好的,当心给你穿小鞋。"

"她不敢,除非她不想混了。"陆潇轻蔑笑道。

叶橙对陆家了解最多的就是他和老爷子,按理说这时候老爷子还没回国,难不成他现在还没和陆尧山彻底闹掰，所以才会这么自信？

不过不对啊，陆尧山巴不得他被十三中退学呢，说不定早就找好了私立学校要把他送出国去，怎么可能帮他解决这些问题？

陆潇看见他眉头紧锁的样子，以为他还在担心自己，于是说道："喂，我都陪你罚站了，你得请我喝点东西吧。"

"好啊。"叶橙说道，"想喝什么，等下点个外卖溜出去拿。"

陆潇满意地勾起嘴角，说："多肉葡萄。"

叶橙心想，去你妹的多肉葡萄，江怡蓉请你的，你还敢喝第二次。

他不动声色地建议道："喝白桃煎奶吧，这个很好喝。"

陆潇对甜的东西向来不挑，还沉浸在叶橙第一次请他喝饮料的开心中。他点点头，一副很好养活的样子："你决定。"

叶橙正准备溜去后门，让同学帮忙把手机传过来，在抬起头的时候，他突然僵在了原地。

陆潇问道："怎么了？"

叶橙虚了下眼睛，怀疑自己是不是看错了。

对面的楼顶上，似乎坐着一个人。

"那是什么？"他指了指对面，陆潇顺着他的视线看过去，脸色瞬间变了。

两人飞速地对视了一眼，同时默契转身冲进教室。

朱玉芬看见二人，刚准备训斥，陆潇沉声打断她道："老师，对面楼顶有人，穿了校服。"

他说得已经很是委婉。

话音刚落，全班都骚动起来。大家伸长脖子往对面看。

朱玉芬立马明白过来，大惊失色道："在哪里？带我去看一下。"

在他们走出去的片刻工夫，班上已经乱成了一锅粥。

"我靠，对面有人跳楼？"

"谁啊谁啊，是我们学校的吗？"

"……你们有没有发现，班长一直没来上课。"

"呸呸呸，你可不要乱说啊！"

叶橙脑袋嗡嗡作响，浑身血液逆流，他瞬间想起了胡家伟的一些怪异举动。

朱玉芬从外面探头进来，匆匆说道："大家保持安静，在教室里上自习。"

说完这句话后，她就一边打电话一边跑远了，高跟鞋的声音细碎而慌乱。

叶橙来不及多想，跟着她的脚步追出去，看见陆潇的身影在拐角处闪了一下，很快就消失不见了。

他没有丝毫犹豫，立马跟了过去。

他们班在五楼，离天台只有一层楼，天台的入口在一号楼。

两栋楼之间有走廊连接，在跑到一号楼之前，叶橙追上了陆潇。

两人一步三层阶梯，一路狂奔上了天台。叶橙的肺都要跑炸了，他从来没跑得这么急这么快过。

天台的门是铁栅栏制的，平时都会上锁，现在开了一条缝。

陆潇扶住铁门，轻轻地推开。

他们不约而同地放缓动作，尽量避免惊动天台上的人。

门完全打开后，眼熟的背影映入眼帘。

——真的是胡家伟。

他背对着门口坐在围栏上，双脚悬空晃来晃去，在听见声音后，把身子转了过来。

和叶橙预想的不一样，他没有泪流满面，甚至没有露出悲伤的表情，而是非常平静地瞅了他们一眼，然后继续看着对面。

麻木，空洞。

叶橙的心脏咚咚狂跳，生怕他一声不吭就蹦下去，四分五裂、血溅当场。

他主动开口道："胡家伟，你在干什么？快下来，那上面很危险。"

听到有人说话，胡家伟扭头看了看他。明明他在望着自己，但叶橙总感觉那眼神没什么焦点，呆呆愣愣的，像个深不见底的无底洞。

但由于胡家伟平时也是没精打采的样子，这种状态并没有引起叶橙太大恐慌，他全部的注意力都在那个围栏上。

"这里的风很舒服。"胡家伟答非所问地应了一声，挤出一个皮笑肉不笑的表情。

那副样子，就像是个被强行要求笑的提线木偶。

叶橙被他看得浑身发毛，总感觉哪里不太正常，胳膊上起了一层鸡皮疙瘩。

"风再舒服也不安全，你先下来，有什么事好好说。"他往前走了两步。

胡家伟奇怪地看了他一眼："为什么要下去？下面全是人，又吵又热。你要来一起吹吗？"

叶橙被他搞得有点蒙了。

陆潇眉头紧皱，站在原地看着胡家伟，并没有上前。

忽视了叶橙之后，胡家伟又开始踢腿，还举起双臂兴奋地欢呼了两声。

正在这时，楼梯间传来杂乱的脚步声。校长和几个主任赶了上来，随行的还有朱玉芬。

朱玉芬抬头看见陆潇，厉声道："你们在这里干什么？还不快回去！"

校长拍了拍她，示意别大声说话，也没有去赶他们走。

胡家伟回头看见这么多人，脸拉了下来。

校长擦了把汗，马上安抚他道："同学，你先冷静一点，不要害怕，我们都是来帮你的。"

几个领导全都如临大敌，试图通过和胡家伟聊天来稳住他的情绪。

"同学，你遇到了什么困难，和老师们说说，没有什么问题是解决不了的。"

"是啊，你想想你的家人，你的父母，千万不能做傻事啊！"

叶橙后退了一步，悄悄问朱玉芬道："老师，你打119了吗？"

朱玉芬经他一提醒，刚好一点的脸色又变得惨白起来，她强撑道："打了，希望用不上。"

大家七嘴八舌地说着话，渐渐呈包围的姿态向胡家伟靠过去。

胡家伟立刻发现了不对，挪动屁股往前道："你们不要过来！离我远点！这么多人……吵死了，吵死了！"

"别动，都别动！安静！"校长当即做了个手势，豆大的汗珠流过脸颊。

僵持一直持续了十多分钟，大家全都束手无策，急得像热锅上的蚂蚁。

胡家伟用腿划来划去，嘴里振振有词地念叨着什么。

校长看了眼朱玉芬，指了指手表。朱玉芬心领神会，比了个"5"，意思是再坚持五分钟。

短暂的安静中，胡家伟又背对着他们，痴迷地眺望着远处的教学楼。

校长清了清嗓子，刚要继续和他说话，突然间两眼凸出，要说的话全部哽在喉咙里。

只见就在众人都一筹莫展的时候，陆潇忽然大步走了过去。

他的动作实在是太快，以至于所有人都来不及出声阻拦。

叶橙的心瞬间提到了嗓子眼。

一切只发生在短短几秒钟内。

陆潇几步走上前，一手揪住胡家伟的后衣领，另一手托住他的后背，猛然发力将人从围栏上抓了下来。他的动作一眨眼就结束了，胡家伟根本没反应过来，就被狠狠地掼在了地上。

众人全都傻眼了。

陆潇单膝跪在胡家伟身上，用力将他按在水泥地上。后背着地的刹那，胡家伟开始发了狂一般挣扎，双手胡乱挥舞着大喊大叫。

叶橙第一个回过神来，立即冲上去帮忙。

随后，几个领导"呼啦"一下全都围了过去，现场一片混乱。

"快快快，把他摁住！"教导主任大声喊道，"同学，你可以松手了！小心别被他抓到！"

朱玉芬用肩膀夹着手机，帮忙按着胡家伟的腿，大声说："你们来的时候记得把警报灯关了！不要大张旗鼓！"

天台上宛如炸了锅，叶橙趁乱把陆潇拽了起来，心有余悸道："你没事吧？"

陆潇的脸上被胡家伟的指甲抓了几道，破了点皮。他不在意地摇了摇头，对校长说："秦叔叔，最好尽快把他送去医院，他精神可能有点问题。"

校长喘着气起身，严肃道："知道了，虽然这次你救了人，但这种行为太危险了。万一你俩都掉下去怎么办，我怎么和你爸妈交代？"

陆潇耸了耸肩，没再说话。

"你们两个先回去吧，这件事在班上不要传。"校长对他们说道。

陆潇点了点头，拉着叶橙往门口走去。

在离开天台之前，他们又听到身后校长的声音："朱玉芬，你等会儿来我办公室，跟我好好讲讲是怎么回事。"

两人下了天台，叶橙逐渐平静下来，感到满腹疑虑。

他们刚走到连通两栋楼的过道，就碰到了迎面而来的张琦。张琦嚼着口香糖，身后跟着几个人，很明显是想来看热闹的。

一见到陆潇，张琦就笑了起来："怎么，我们潇哥也来看戏了？跳了没啊，别浪费感情啊我说。"

听到他的语气，叶橙下意识就去看陆潇的表情。

张琦笑着瞥了眼楼梯，说："呵，还是老地方呢。哦，我知道了，敢情你不是去看戏的，是去上演第二次拯救人类的吧。"

他最后一个字刚说完，陆潇就冲了上去。

正逢下课时间，在人来人往的走廊上，张琦原本以为他不会这么冲动。

下一秒，他就被陆潇一脚踹翻在地。

张琦骂了声"我×"，还没起身，又被一记铁拳砸在脸上，当场鼻血四溅。

女生们全都尖叫着躲开，两人在地上扭打在一起。

与其说是扭打，不如说是单方面的屠戮。

陆潇骑在张琦身上，拳头如同雨点般砸在他脸上、腹部。张琦被揍得嗷嗷叫，但身后的人一个都不敢上前。

叶橙在原地愣了几秒，赶紧过去抱住陆潇的手臂。但这家伙不知道是受什么刺激了，一下将他甩到旁边。

陆潇力气太大，叶橙根本劝不住。

就在走廊里叫喊连连时，教导主任从楼上跑了下来。看到这幅场景，他简直快要疯了。

"你们两个！给我住手！"他气急败坏地喊道，脸涨成了猪肝色。

陆潇充耳不闻，继续发疯一般地毆打被压在地上的张琦。

"住手！听不见吗？再打所有人都记处分！！"教导主任快气死了。

几个路过的男生连忙跑过来，终于和叶橙合力将陆潇架开了。

张琦被打得满脸血花，牙齿崩掉了两颗，躺在地上不住哀号。

教导主任手指发抖地指着陆潇说："我这次必须给你记过！必须记过！你给我去办公室站着，现在就去！"

陆潇的脸可怕得如同来自地狱的修罗，推开旁边人拦着他的手，甩了甩拳头上的血渍，头也不回地走了。

"过来个人，帮我把他抬到医务室去。"教导主任扶起地上的张琦道，"其他人都散了！回去学习，都别看了！"

待大家散去后，叶橙的太阳穴突突乱跳。

这叫什么个事儿，今天这两出简直太荒唐了。

回到教室后，一群人把他团团围住。

蒋进说："潇哥呢？他不是和你一起去的吗，怎么没回来？"

叶橙头疼不已，言简意赅地说："中途遇到张琦，打了一架，被主任带走了。"

"我……！"蒋进大怒，"张琦那个王八犊子又干吗了！？"

叶橙摇了摇头，不愿再提。

李俊晓问："那个跳楼的是班长吗？隔壁班都在传，好像有人用手机拍下来了。"

叶橙的头更疼了，对他们说："不要跟其他班传这件事，尤其是跟一号楼的。如果你们真的想他好的话。"

其他人面色凝重，全都点头答应了。

"班长平时也为班上贡献挺多的，我们当然希望他好好的。"

"是啊，不要再传了，他压力已经够大的了，再来那么多议论就更完蛋。"

"你们说他这样，会不会是因为上次开班委会，朱大妈让他当众报成绩？"文艺委员说道。

"我去，朱大妈这么恶心？"

"不会吧……这种事不能乱说。"

随着上课铃响起，大家各自回到了自己的座位上。

蒋进回头小声道："橙哥，张琦那杂种是不是拿班长跳楼的事激潇哥了？"

叶橙一愣："你怎么知道？"

说话间，老师走了进来。蒋进对他做了个"晚点说"的手势，回过头坐好。

第二节课之后，陆潇就回来了。他脸色冻得跟冰柜里的冰块一样，就差把"滚远点，别和我说话"写在脸上了。

没人敢大声讨论，蒋进也不敢当着陆潇的面和叶橙聊这件事。

下午计算机课的时候，陆潇没跟大家一起去机房。叶橙见他坐在座位上没动，便在中途折返了回来。果不其然，陆潇正趴在桌上写检讨。

他一米八几的个子，大部分都被腿给占了，坐下后并不显得大只，低头握笔写字的样子像个犯了错的小孩。

叶橙在蒋进的位置上坐下，陆潇抬起头，刚好和他面对面。

"主任罚你了？"叶橙问道。

一般陆潇发火的时候，总会迁怒旁人，所以整个上午都没人问过他这个问题。虽然他看起来很烦躁，但面对叶橙的没话找话，还是臭着脸点了下头。

"一千字，写不出来。"

他手上的笔帽已经要被啃秃了，练习本上才写了两行字。

叶橙"啧"了一声，摇头道："这项技能你不应该早已驾轻就熟了吗？怎么还写不出来。"

陆潇面色不善地看着他："我心情不好，别找茬儿。"

叶橙勾了勾唇角，托着下巴说："我帮你写，怎么样？"

"还有这种好事？"陆潇狐疑地打量他，"有什么条件？不会要讹我一笔吧。"

"条件就是，回答我几个问题。"叶橙说道。

陆潇的眼中闪过一丝黑云，快到看不清。

几秒后，他把纸笔推到对面，抱着手臂往后靠去："成交。"

陆潇靠在椅背上，两条长腿交叠看着他。

叶橙把练习本转过来，边落笔边问道："第一个问题，你是怎么知道胡家伟有精神问题的？"

众人把胡家伟从天台上带下来后，学校门口来了辆车，上面有青山精神病院的标志。有人说他家里有精神病史，可能是因为最近压力过大发作了。

陆潇哂笑道："这不很容易看出来么，他的行为举止就不像个正常人。"

叶橙写完一行，抬眸看向他："没想到你观察还挺仔细的。"

毕竟遇到同学跳楼，第一反应不是害怕，而是观察他的言行，实属罕见。

"下一个问题。"陆潇别过脸，不耐烦地说。

叶橙盯了他一会儿，问道："为什么今天张琦惹你的时候，你那么激动？"

陆潇转过来看着他，冷笑："如果我说他每次惹我我都想废了他，你信吗？"

叶橙心想，我信。

于是他换了个方式问道："他说的'上演二次救人'，是什么意思？"

陆潇的眼神暗了暗，沉默了。

叶橙也没催他，低下头继续写检讨，安静地等待着。

"我以前有个兄弟，也上去过那个地方。"陆潇低低地说道。

尖锐的笔尖顿了顿，墨迹在纸上晕出一笔划痕。

陆潇说："原因就是张琦老带人堵他，不过他没想跳楼，而是真的在吹风。

但我怕了，那次之后，我看见张琦一次就揍他一次。"

他的语气很平静，轻描淡写地说着那些事，完全感受不出他当时的愤怒。

叶橙张了张嘴，陆潇比他快了一步："你还有几个问题，一天到晚的可真特么爱问。"

"最后一个。"叶橙说，"给我讲讲陈臻吧。"

陆潇怔了怔，刚想问他是怎么知道的，却看见那双浅褐色的眼眸直直地望向自己，里面包含着许多……他看不懂的东西。

那一瞬间，他突然有些失去语言能力。

过了一会儿，陆潇开口道："他学习挺好的，不过没你好，也没你这么喜欢'劝学'。"

关于陈臻，他实在是想不出什么可以描述的形容词。不像一提到叶橙，就会想到"学霸""高冷""漂亮"这几个词。

陈臻这个人，就是个普普通通的高中生，长相普通、家境普通、学习普通，性格优柔寡断。按理来说，是个绝不可能和陆潇成为朋友的人。

如果非得找点特殊之处的话，那大概就是他们结识得很早。

"很多人都以为我们是高中才认识的，其实我们小学就见过，就是在青山附近，唔，他家在青山。"陆潇回忆道。

关于这一点，叶橙倒是没有听蒋进提过。

他好奇地放下笔问道："你为什么会去青山，你家不是在久隆吗？"

青山属于郊区那一带了，离市区还挺远的。

陆潇忽然眯起眼睛，起身靠了过来。他的动作太快，叶橙没来得及做出任何反应，两人的距离瞬间近到只有十几厘米。

陆潇看进他的眼底，冷哼道："你问了我这么多问题，我是不是也能问你一个？"

他身上的橙花香气在鼻尖萦绕，混合着年轻男生特有的味道。

叶橙眨了眨眼睛："你问。"他感到喉咙有些发紧。

陆潇说："为什么对我的事这么好奇？"

叶橙没想到他会突然来一句这个，连句马虎眼的话术都没想好。

"回答我。"陆潇紧盯着他的眼睛，步步紧逼道。

他像是对猎物的胆怯有着天生的洞察力，一旦对方露怯或者慌乱，就会死死抓住他的把柄。

比如现在，他满意地在叶橙眼中看见了一瞬的无措。

很难得，很有趣。

在短暂的停滞后，叶橙很快就镇定了下来。他轻描淡写地说："关心一下同桌，不行吗？"

陆潇仿佛早有准备，拉长了声音："哦，这样啊。"语气充满不屑。

叶橙："……"

陆潇难得见他濒临气急败坏的样子，竟然觉得有点好玩，忍不住扑哧一声笑了出来。

叶橙沉着脸地举起检讨书："还要不要了？"

陆潇赶忙双手投降："OK，我不问了行了吧。闹归闹，别拿检讨开玩笑。"

"自己抄一遍。"叶橙把检讨书扔进他怀里，没好气地起身走了。

陆潇看见上面密密麻麻的字迹，清瘦隽秀，像叶橙本人一样，君子如玉。

小时候，他在国外见过爷爷书房里的字，据说是某个大家写的，英姿飒爽的皮包着苍劲有力的骨，和叶橙的字有异曲同工之妙。

老爷子说字如其人，果真没有骗他。

他不自觉地用舌头顶了顶尖牙。不知道为什么，叶橙刚刚冷着脸生气的样子，让他愈发想欺负人了，就像是在逗弄一只对你爱答不理的猫一样，非得它发火了给你一爪子，心底的空虚才能得到填补。

想逗他，又想被他挠一下。

……什么鬼念头，陆潇自嘲地摇了摇头。

半个小时后，上计算机课的人陆续回来了，朱玉芬提着一袋东西从前门走进来。她看起来脸色苍白，黑眼圈浓重，头发也没怎么打理过，一副筋疲力尽的样子。

"叶橙，过来给大家分一下东西。"她对后排招了招手道。

蒋进正在给叶橙炫耀自己的云宠物，闻声生怕被看见，赶紧收起了手机。

然而朱玉芬压根没心思注意他，对众人说道："今天下午我们班不是有个班会吗，本来选定了防火灾主题的那个，但是我下午临时有事，班会你们就自己改成茶话会吧。我买了点零食，大家可以坐着聊聊天，交流一下学习经验。"

底下发出小小的欢呼，都很赞成这个决定。

原本朱玉芬定了下午开班会，大家暗中说是批斗大会，先开完主题会议，然后照例批判他们班的风气。

这下她临时有事，终于不用遭罪了。

叶橙走上去接过袋子，里面装满了各种各样的小零食。他四处分得七七八八之后，提着还剩下一点的袋子回到后排。

"我靠，她居然舍得给我们买吃的，不是在贿赂吧？"蒋进马上转头来瓜分。

朱玉芬交代了几个班委，让他们帮忙盯着点秩序，然后就匆匆离开了。

她前脚刚走，大家立刻开始叽里呱啦地说话，吵得不亦乐乎。

蒋进开了一包辣条，妥妥的"吃瓜"嘴脸："完了，我觉得朱玉芬要担责，你们看她急得那个样子，有一只脚连丝袜都没穿。"

"这不很正常吗。"陆潇没什么表情地说。

"你是说担责还是丝袜？"蒋进问。

陆潇要翻白眼了。

叶橙看向他道："你也觉得是因为她的原因，胡家伟才会跳楼的？"

陆潇抱着双臂，满不在乎地说："我在教导主任办公室，听见他们说朱玉芬挨个儿打电话家访了，估计跟他家里告状了。"

他最后一句带着几分不屑。

"我去，你不说我都没想起来！"蒋进放下没吃到嘴里的辣条，忿忿道，"她跟我妈说我上课注意力不集中，还说我有多动症，害得我妈当场赏了我一顿'竹鞭炒肉'。"

叶橙想起胡家伟说过自己家里的情况，思索道："如果是那样的话，确实有可能是因为这件事。"

前排突然安静了下来，三人一起抬头看去，见到前门冒出了一个圆滚滚的脑袋。

——是校长。

校长扫视了班级一圈，视线定格在后排，扬声说道："陆潇，你出来一下。"

大家面面相觑，不知道他要做什么。

陆潇懒懒地站起身，插着裤兜出去了。

班上立马窃窃私语地议论起来。

·

"妈呀，校长怎么来了？"

"他找潇哥干吗，不会是因为上午的事情吧！"

"天哪，难不成要挨个儿找我们谈话？不要啊，我最讨厌这种了。"

十分钟后，陆潇进来了。

校长又探出脑袋，说："陆潇前面的那个，你也出来一下。"

蒋进吓了一跳，手忙脚乱地咽下嘴里的零食，神情不安地出去了。

"校长找你干什么？"陆潇坐下后，叶橙问他。

前面的人都往这边看了过来，不知道在说些什么。

"随便问了几个问题，"陆潇随意地说，"平时作业多不多，老师讲课怎么样，班级氛围如何。"

叶橙若有所思地点了点头道："民意调查，果然和朱玉芬有关。"

陆潇对此漠不关心。他翻了翻袋子，发现没有辣条了，于是把蒋进那包没吃完的推给叶橙："吃吗？你一直在看。"

叶橙一瞬间有点尴尬，其实他确实有那么一点想吃，不过这东西看起来好……幼稚。在他眼里，只有小学生和初中生才会喜欢这玩意儿。长大之后，他就再也没碰过了。

陆潇以为他是够不到，又往他面前推了推。叶橙抵挡不住诱惑，认命地拿起那包辣条。

十多分钟后，蒋进也回来了，校长又随便喊了个人。

蒋进心有余悸地说道："吓死我了，还以为校长要严刑逼供……哎，等等，我的辣条呢？"

他满桌子寻找，终于发现自己的宝贝辣条不见了。

叶橙嘴巴红彤彤的，上面沾着辣椒油，他还意犹未尽地舔了舔嘴唇。

蒋进立即反应过来，大声控诉道："橙哥，你把我辣条吃完了？！"

叶橙不好意思地移开视线，陆潇皱眉道："多大点事啊，嚷嚷什么。"

蒋进委屈死了，双手抱头哀号："还有没有天理了，潇哥你屁股歪到姥姥家了！呜呜，士可杀不可没辣条！"

陆潇随手掏出一盒布丁，砸到他身上："吃这个。"

"我不吃！"蒋进攥着盒子，很有骨气。

"那你别吃了。"陆潇迅速把布丁从他手里抢过来，递给叶橙。

蒋进："……?!!"

变了,彻底变了。以前的陆潇不是这样的,怎会如此啊。

蒋进两眼含泪,双目无神。

叶橙看了眼布丁,还给蒋进,说:"我芒果过敏,还是给他吧。"

陆潇看向他,面带不满。

"真的过敏。"叶橙说。

蒋进抽抽搭搭道:"还是橙哥好,潇哥现在对我弃若敝屣了!我被狠狠PUA(情感操控)了!"

叶橙的嘴角抽了抽:"……成语不是这么乱用的。"

他们插科打诨,陆潇却没有参与。他摸了摸下巴,突然没头没脑地问了叶橙一句:"你家一直都住在白泽吗?"

叶橙愣了一下,点头道:"是啊。"

"从小就住在那里,没有搬过家?"

"对,怎么了?"

陆潇不自然地笑了笑,说:"没事,随便问问。"

他在一旁注视着叶橙,眼中闪过一丝耐人寻味的神色。

同样的片区,同样对芒果过敏的小孩,他似乎在哪里遇到过。

叶橙刚想仔细探究他的表情,就又被蒋进拉过去吐槽。陆潇静静地看着他无奈的侧脸,唇角一点一点勾起。

胡家伟的事,最后还是被捅了出去。

虽然内部论坛上讨论这个的帖子都被封禁了,但架不住还是在学校之间传得沸沸扬扬。

这也直接导致朱玉芬被从二十班调走了,现在换成教导主任来带他们。

这么一来,二十班成了全年级的焦点。

——一个班级在高二连换两个班主任,也是年级少有。

高二的教导主任有正副两个,副的是那个开学时给叶橙办转学手续的,为人憨厚老实、好说话;正的叫作华旺春,曾经当场逮住过陆潇打架。

在新班主任露面之前,大家都在疯狂祈祷。

不要华旺春,不要华旺春。千万不要华旺春,否则以后的日子更艰难。

在一片祈求声中，华旺春走进来了，带着他秃掉的脑门，以及万年不变的教导处统一的条纹衬衫。这款条纹衬衫还被调侃过，怕不是他们批发购买的，两个人人手好几件。

"该死，怎么偏偏是他！"蒋进痛苦地趴倒在桌上。

华旺春此人，可以说是和他们班二分之一的人都有过节。

毕竟二十班本来就是个垫底的班级，所以将近一半人都在他的黑名单上。

陆潇见怪不怪地戴着蓝牙耳机，根本没注意前面进来的是谁，好像就算是校长亲自来教也和他没关系。

华旺春在上面高谈阔论了一番，给他们定了一堆条条框框的规矩，甚至连"不准随意上天台"这种话都交代了。

底下的人神色各异，想说话又不敢说。

他结束演讲后问道："你们班的学习委员是谁？"

"是班长，已经办理休学了。"李俊晓答道。

华旺春点了点头，说："那数学课代表呢？"

每次一有事，所有老师第一个想到的就是数学课代表，仿佛数学课代表是万能的一样。

叶橙黑着脸举起手。陆潇好似听见了他的腹诽，暗自在旁边憋笑。

"是你啊，很好，那就由叶橙暂时代理一下班长吧。"华旺春说道。

陆潇幸灾乐祸地用气声道："恭喜班长——"

叶橙瞬间想毁天灭地了。

班长，谁爱当谁当吧，反正他不想当。

当了班长，也就意味着，他每天早读都要上去带读，不能自由地在底下吃早点和刷题；每节自习课都要在讲台上管纪律，不能在下面偷懒打游戏；每次外出活动都要负责组织，不能浑水摸鱼，中途溜号；还有每个月大会小会，记录考勤……

叶总的职业病，它回来了。

叶橙对这一职务有着清醒的认知，因此并没有什么喜色。

然而陆潇直到晚自习，才意识到了这一点。他百无聊赖地撑着头，在手机上划来划去。

蒋进扭过头道："潇哥，开一局？"

陆潇瞥了眼旁边空荡荡的座位，丝毫提不起兴致："不开。"

他抬眼看了一眼讲台上低头做题的叶橙，终于幡然悔悟了，白天不应该幸灾乐祸得太早。

蒋进还想再说服一下，陆潇却把头埋下去睡觉了，就差在后脑勺写着"别找我，我很郁闷"几个字了。

第一节晚自习下课之后，叶橙没有动弹，仍然在上面做题。

不知道为什么，平时胡家伟坐在上面，大家都各自说自己的话。

但今天换成他之后，教室里奇迹般地安静了下来，整个晚自习十分太平，连在后门口偷偷观望的华旺春都满意地直点头。

或许，成绩好的人天生就自带威慑力。

陆潇昏睡了一节自习，醒来后想去外面吹吹风。刚走出门，就看见后门口站了个女生。看着挺眼熟，但想不起来在哪里见过。

陆潇刚要绕过她继续走，就被她怯生生地叫住了："同学，能帮我叫一下你们班的叶橙吗？"

"干吗？"一听到叶橙的名字，陆潇顿时警觉，眼神防备地看着她。

他一旦沉下脸就显得很有压迫感，女生被吓得后退了半步。

"我，我想把这个给他……"她说完这句，就看见陆潇的脸更臭了。

那架势，宛如她手上拿的是炸药，并且试图炸掉二十班。

她出于求生的本能，胡乱解释道："我表哥在附中的时候和他同桌，是……是他让我给他的。"

她颤巍巍地举起手里的袋子，貌似是一杯奶茶。

又是奶茶，你们就不能换一招吗？

陆潇在心里冷笑，狗屁表哥，鬼才相信。

他这才回忆起来，这个女生是十九班的，似乎确实和附中的人走得很近，以前经常往论坛里传八卦。

陆潇的眼睛转了转，说："他在忙呢，要不我帮你拿给他？"

他的态度突然好转，女生鼓起勇气，小心翼翼地问道："可以吗？那麻烦你了。"

"当然可以。"陆潇扯了扯嘴角，伸手接过那杯奶茶。

女生感激地说："谢谢！请一定要交给他。"

陆潇拿过奶茶后，转头就进了教室。

讲台上的叶橙站起身，准备下来拿下一节课要用的书。

陆潇按捺不住好奇，打开袋子瞅了一眼。原来是一杯芒果冰沙。

哦嚯，这可怪不得他了。芒果的，叶橙不能喝。

他从容不迫地打开包装，将吸管戳了进去，自然得仿佛这本来就是属于他的一样。

他发泄似的狠狠地吸了一大口，被冰得龇牙咧嘴。

"我去，潇哥，你偷偷点外卖！"蒋进羡慕道，"给我喝一口。"

"走开。"陆潇把冰沙拿在手里，谁也不让碰。

叶橙走了过来，在旁边翻找习题册。

李俊晓从后门进来，笑得很是鸡贼："潇哥，这杯冰沙是不是刚才那个女生给你的？"

陆潇身体一僵，感受到旁边的叶橙动作停了下来。他目光闪了闪，大大方方地说："是啊。"

说着，他又悄悄看了眼叶橙，好巧不巧，叶橙也在看着他。

两人视线交汇，陆潇的心突然狂跳起来。

这是什么眼神，他该不会生气了吧？

这个想法，让他胸口涌起一股难言的兴奋，血液唰地冲上了头。

李俊晓八卦道："哇，第一次见你收女生的东西哎！你们是不是有点情况？"

"什么什么，哪个女生？"蒋进立马凑了过来。

陆潇已经自动把他们的声音排除在外，完全没听见他们在说什么。

叶橙看了看他手里的奶茶，说："这是刚刚隔壁班的给你的？"

陆潇更激动了，好似猜想得到了验证，一时间大脑短路，根本没去想叶橙为什么会知道是谁送的。

"嗯哼，怎么，你有意见？"他挑了下眉，直勾勾地望着对方的眼睛道。

有意见，就直说呗。他嘴边的笑意已经蓄势待发。

叶橙却用一种怪异的眼神看着他，慢慢地说："这好像，是给我的吧？"

陆潇怔了怔，马上嗤笑道："开什么玩笑，人家是我的好吧，少自恋了。"

他语气粗鲁，却按不住心虚。

叶橙说："我以前的同桌跟我打赌输了，给我点了杯喝的。刚好他表妹在十九班，就给我送过来了，你确定是给你的？"

陆潇一口气卡在嗓子眼里，脸一阵红一阵白。

李俊晓默默地走开了。蒋进转过身去，肩膀疯狂地抖动。

叶橙看他快爆发了，安抚道："没事，反正我也芒果过敏，你喝吧。"

陆潇深吸了一口气，咬着牙咄咄逼人："真好笑，你朋友不知道你过敏？这也不一定是他给你点的吧。"

叶橙看着陆潇羞恼的眼睛，忽然笑了一下。

他很少露出这样的笑，眼睛弯起月牙似的弧度，瞳孔晶莹柔软，像一只狡黠的小狐狸，轻而易举就能把人拿捏在掌心。

很不幸地，陆潇每次都百分百中计。

他短暂地忘记了羞耻和恼火，眼睛粘在了那个笑容上。

叶橙扫了眼偷听的蒋进，压低声音说道："他知道，可我是点来给你喝的。"

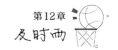

陆潇嘴里的芒果味儿尚未褪去，丝丝缕缕的冰甜从口腔直逼鼻腔，浓郁到让人无法呼吸。

他第一次大彻大悟，原来人真的是会被噎住的。

"你……"他动了动嘴唇。

蒋进沉默着打字回消息。

蒋进：恭喜你，猜对了，那杯冰沙不是隔壁女生送给潇哥的。

谭晓琪：？

蒋进：是橙哥点给他的。

谭晓琪：？!!

蒋进：[吃柠檬.jpg]真酸啊。

蒋进：李俊晓会在晚自习给你点奶茶吗，不会的话可以不要了。

前排传来李俊晓的怒吼："蒋进，你为什么挑拨我们的关系？"

谭晓琪急匆匆地从门外跑进来，蒋进彻底傻眼了。

李俊晓冲了过来，一把拎起蒋进。动静之大，把陆潇从神游的状态中拉了回来。

教室里乱成一片，不少人围过来看热闹。

十分钟后，上课铃响了。

叶橙在讲台上喊了两声，维持秩序，让大家各自回到自己的座位。

李俊晓差点和蒋进动手，两人把书弄撒了一地，班上讨论得津津有味。

陆潇的手机振了振，收到了一条来自谭晓琪的消息。

——一哥，对不起，你别生气，我不是故意要问蒋进那些事情的，我保证我没有恶意。

李俊晓刚才质问蒋进为什么给她发陆潇和叶橙的事情，还要教唆她拒绝自己。谭晓琪尴尬得脚趾抓地，只能硬着头皮来向正主解释。

陆潇倒是没有生气，甚至还产生了一点好奇。

嫌疑人X：你暗恋叶橙？

在他的观念里，只有暗恋叶橙，才会如此关注他的一举一动。

谭晓琪吓得差点把手机扔出去，发抖地打字道："没有没有，绝对没有！"

疯了吗她！

嫌疑人X：那你暗恋我？

谭晓琪被呛了一下。倒也不必这么自恋。

谭晓琪：……我没有暗恋任何人。

陆潇：所以你这么关心我们干什么？

他有点被她绕晕了。

谭晓琪低下头猛捶桌子——妈妈，她总不能说实话吧！

按照陆潇的性格，要是听了这种解释，恐怕会让她在十三中混不下去。

谭晓琪：我觉得你们关系好，在一起的时候特别养眼。

她委婉地找了个理由，接着又怕他听不懂似的，给自己补了个舔狗人设。

谭晓琪：我就喜欢看帅哥和帅哥一起玩！比如你和橙哥。

不知为何，看见谭晓琪的话，陆潇心里居然有一丝丝的高兴。

他被三千票选为校草的时候都没这么高兴，却偏偏在这时有种难以言喻的欢喜。

嫌疑人X：你的意思是，我们看起来很搭？

谭晓琪思考了片刻，觉得好兄弟应该也可以用"很搭"这个词，于是肯定道："是的，就是这个意思！"

陆潇收起手机，嘴角隐隐约约带上了笑意。

他埋头胡乱写了一会儿生物作业，成功地错了一整页纸，然后撑着脸去看窗户外面的月亮。

今天晚上是满月，很好看，盈盈的月光洒落了满廊的银辉。

鲁迅曾经说过什么来着，今夜月色真美。

他飘飘然地想道。

叶橙在台上瞄了陆潇几眼，见他满脸沉醉，估摸着心情应该是不错。

他松了口气，在桌子下面发消息给黄胜安。

叶橙：你以后能不能自己到校门口来拿？差点害死我知不知道。

黄胜安：嘤嘤嘤，拜托嘛，小素说她把冰沙给你了，你放学之后带给我吧。

叶橙：带你个头，喝了。

黄胜安：你不是芒果过敏吗?! 我去，要不要叫救护车啊？

叶橙：不是我喝的[翻白眼.jpg]

他实在不想惹火那个小学鸡第二次，不然真的很麻烦。

看起来这招还是有效果的，那小子眉目含笑了一整节晚自习，尽管也不知道他在笑什么。

放学的时候，他甚至还邀请叶橙周末出去吃烤肉。

陆潇这个人其实很极端，喜欢一个人会往死里对他好，讨厌一个人会往死里整他。

偏激而热忱，直白且专一。

所以他对叶橙的示好总是不遮不掩，明晃晃地显示在表面上。

而叶橙和他恰好相反，外人很难看出他是否喜欢或讨厌一个人。

晚自习下课后，天边乌云密布。当天夜里，南都市下了一场暴雨。这个城市每年夏天都会经历这么一个阶段，伴随高温而来的雨季将持续好几天。

雨水让整个教室都湿漉漉的，空气中飘荡着泥土和青草的气息，水迹一路从门口蜿蜒到座位旁边。不少人早习都迟到了，由于特殊天气，今天值日生也没有记名字。

陆潇也迟到了，叶橙带早读的时候，一直没见到他人影。

直到第一节上课铃响，他身边的位置仍然空无一人。

蒋进回头问道："潇哥怎么回事，是睡过头了吗？要不要打个电话问问他？"

叶橙刚准备拿手机，华旺春就抱着圆规从后门进来了。他眼疾手快地把手机塞回桌洞，蒋进马回头端坐。

华旺春没注意他们的小动作，扬声道："大家注意一下，原计划这周举行的运动会暂时取消，这雨估计得下一阵子，这周肯定是办不了了。"

学生们失望地应了一声，没精打采地勉强坐好。叶橙在底下悄悄给陆潇发微信，问他怎么没来上课。

过了许久，那边都没有回复。

"一大早的，别打瞌睡，把书翻到上次讲的地方……"华旺春开始讲课，语气和天气一样催眠。

叶橙注意到他看了看后排的空座，却没有提起陆潇。

他皱了皱眉，难道陆潇请假了？

好突然啊，昨天晚上他还生龙活虎，快十点了还在问他一些弱智英语题目。

吃完午饭后，陆潇的位置还是空的。

整整一个上午，没有任何老师问他为什么没来上课，仿佛不约而同地忽视了这一点。看来确实请假了。

叶橙给他打了几个电话，全都无人接听。

"可能家里有事，请了全天假。"蒋进说道，"不然华旺春早就骂了。"

他这一句"家里有事"，让叶橙有点不太好的想法。

他看了看外面的瓢泼大雨，不知道陆潇为什么不回消息。

晚上放学的时候，黄胜安突然给他发了条微信，让他在门口等自己。

他们两个回家的方向是一致的，有时候会一起走。但因为十三中的晚自习比附中早结束二十分钟，两人很偶尔才能一起回家。

夜间的雨势稍微小了一些，叶橙撑着伞在路灯下等他。

高大的梧桐树在柏油路面投下一排排倒影，像整齐陈列的威严禁卫军，守护着沉睡中的南都城。

天空划过一道闪电，"咔嚓"一声照亮了半边天。

路上的女生们发出惊呼，裙子上溅了不少雨水，抱怨着缩在一把小伞下面。

"橙子！我来了！呼——"黄胜安跑了过来。

他跑得很是急促，身上淋湿了一大片，像是有什么急事。

"总算下课了，久等了吧。"他伸手抹了把平头上的雨水，呼哧呼哧地喘着气道。

"没事，这么着急干什么。"叶橙说。

黄胜安咽了口口水，叶橙这才发现他的眼神有点惊慌："我……我找你有事儿，咱们找个地方坐下来聊吧。"

这个点附近还开着门的，只有麦当劳了。

于是两人打着伞去了麦当劳，点了两份麦旋风，在二楼窗户前坐下。

楼上几乎没什么人，空调的温度很低，直让人手臂起鸡皮疙瘩。

叶橙用勺子搅着麦旋风道："说吧，什么事这么急。"

黄胜安从见到他起，脸上忧心忡忡的表情就没变过。

他将手指关节抵在嘴边，眉头紧锁，似乎在犹豫要怎么开口。

过了一会儿，才下定决心似的说道："叶子，我昨天晚上碰到你家那倒霉校草了。"

叶橙一愣，过了几秒，才反应过来他说的是陆潇。

"他……算了，这不重要。"他试着辩解了一句，还是放弃了，"你在哪里看见他的?"

先说正事要紧。

黄胜安神情紧张，严肃地说道："我说出来你不要被吓到，千万别被吓到……说实话，我都有点想劝你离他远点了，毕竟这种人就是个定时炸弹，谁能想得到他竟然有……"

他说到一半，卡住了，一副不忍直视的表情。

"别吞吞吐吐，到底怎么了?"叶橙皱眉道。

黄胜安舔了舔嘴唇，说："是这样的，昨天晚上我爸接了个电话，然后急匆匆地出去了，说是院里有急事。当时已经开始下雨了，他走得很匆忙，没带手机和伞，我妈就让我追出去送给他。"

叶橙逐渐产生一种不祥的预感，问道："然后呢?"

"我出门的时候发现他已经走了，就只好打车去了青山。"黄胜安的声音很低，像是怕惊吓到他一般，"刚刚下车到门口，就在住院部看见了陆潇，他和我爸一起进了大楼。

"他俩还在说话，我爸一直拍他的肩膀。"

叶橙的心瞬间提了起来。

青山是个什么地方，他心知肚明。陆潇消失了一天，原来是去医院了。

黄胜安小心地观察着他道："说实话，那么晚了还能一个电话把我爸叫过去的，肯定是长期治疗的病人，否则……"

"否则是不可能请得动院长的。"叶橙喃喃地接道。

难怪，陆潇对胡家伟的情况那么熟悉，只一眼就看得出他精神不正常。

叶橙心里七上八下，有如玻璃上凌乱的雨水，湿冷得窒息。

黄胜安担忧地说："这个病很难根治的，而且有的人发作起来还具备攻击性。那个陆潇脾气那么差，在十三中都远近闻名了，谁知道他会不会伤害别人。我说叶子，你要不还是别和他交往了。"

叶橙揉了揉太阳穴，轻声说："我没和他交往。"

黄胜安终于放松下来，拍着胸脯道："那就好，我真的吓到了，我还以为你们很熟，赶紧就跑过来告诉你了。"

"我爸到现在都没回家，估计是在医院会诊，他的病情好像还蛮严重的。"他补充道。

窗外的雨大了起来，"哗啦啦"地冲刷着玻璃。

黄胜安放下心来，起身说："那行，既然没什么事了，我们就回家吧。"

叶橙随着他站起来，却显得有些心不在焉。

"幸好你和他没有关系，我跟你说真的，精神病发作起来很吓人的……我爸以前有个病人，用刀捅伤了三个护士……"

黄胜安在他耳边念念叨叨，他却一句话都没听进去。

陆潇有精神病？

要真是这样的话，自己和他待在一起三年多，怎么会一无所觉？

但他深夜去青山又是为了什么呢？而且上次提起陈臻的时候，陆潇也说过是和他在青山认识的。

叶橙回到家之后，高秋兰迎了上来。

她接过淋湿的书包道："你总算回来了，外面雨那么大，可把我担心死了，还想着要不要打车去接你。"

"我没淋到，奶奶。"叶橙安抚她。

老人家总是容易杞人忧天，怕他饿着冻着。

外面雷声大作，如同千军万马过境，轰隆隆地从屋顶上碾压下来。

雨下得比刚才更大了，露台上的花花草草被吹得歪七扭八。高秋兰种了许多花，茉莉、九里香和海棠，都是容易被暴风雨打坏的。

祖孙俩一起动手，把那些娇弱的花搬了进来。

叶橙见高秋兰身上湿了，便催促她去洗澡换衣服。她虽然身体还算硬朗，但年事已高，能避免生病最好避免。

高秋兰嘱咐他道："我煮了姜汤，你记得喝，不喜欢也得喝。"

"好了我会的，你快去洗澡，别着凉了。"叶橙把她推进卧室里。

他走到厨房，揭开锅盖倒了点姜汤出来。高秋兰知道他讨厌生姜的味道，特地在里面放了柠檬和红糖，生姜的辛辣被冲淡了很多。

暖暖一杯下肚，叶橙恍惚想起了一些零碎的小事。

有一次他得了重感冒，缠缠绵绵好几天都没好，吃药也丝毫不见效。

陆潇不知从哪里听来的土方法，也是这样给他做了一锅姜汤。

他们家的厨房和这里的厨房很不一样，高秋兰非常有生活的小情趣，柜子和台子都漆成了富有生气的牛油果绿，地上的彩绘小瓷砖看着就特别温馨。

而他们两个男人的厨房，一年到头都不见得开火三次以上。两人在家都是十指不沾阳春水的少爷，谁都不肯去触碰那几平方米的地界。

每回高秋兰来一趟，都要亲手把他们的冰箱塞满填实，生怕自己的孙子活不下去似的。

他们成天在外面山珍海味，日料法餐，却唯独没怎么吃过家里的一日三餐。两人也都习惯了这样的生活，因此从没产生过任何分歧。

直到那天陆潇为他下厨，熬了一锅难喝到他至今回忆起来都想吐的姜汤。

刚开始叶橙死活不肯喝，裹着毯子拖着鼻涕和他耗着。后来陆潇火了，硬是想方设法给他灌了下去。

幸亏陆潇自己也喝了一口，才知道这玩意儿有多难喝。

叶橙被辣得眼泪鼻涕哗哗流，脸色苍白中带着病态的红晕，含着泪花控诉他虐待病人。陆潇刹那间就忏悔了，又懊恼又自责。

从那之后，他开始研究怎么把食物加工得不那么难以下咽一点。等过了几个月，他的那些狐朋狗友已经开始感慨他怎么那么会做饭了。

叶橙靠在中岛台旁，手里的姜汤散发着与回忆一样柔和的香气。

屋外的雷声震耳欲聋，狂风暴雨席卷全城，好似下一秒就要世界末日一般。

他在原地站了一会儿，起身将杯子放进水池里，然后从书包里翻出手机，又找了把最大的雨伞拿上。

"奶奶，我出去一下，很快回来。"他对着卧室喊了一声，不管不顾地撑开伞，低头冲进了大雨中。

南都的地铁十一点停止运营，叶橙在雨中奔跑，赶到地铁站的时候，后背已经湿了一大片。这个点地铁站几乎没什么人了，他和下班的安检面对面地进了站，表面出奇平静，心跳却快得一塌糊涂。

叶橙坐在无人的座位上，很快就接到了高秋兰的电话。

"喂，奶奶。"他甩了甩手臂上的水珠，想找点纸巾擦拭，却发现出门匆忙，除了手机什么都没带。

"你去哪儿了？你这孩子，下这么大雨还往外跑什么呀！"高秋兰的语气非常焦急。

叶橙撒了个谎："同学有事找我帮忙，你先睡吧，我十二点之前会回来的。"

从市区坐地铁到青山，大约需要一个小时。但这班列车过了之后，地铁应该就要停运了，他只能打车回来。

高秋兰拗不过他，说道："你自己小心点，到了给奶奶发个消息。那都是什么同学啊，这么晚了还叫你出去。"

叶橙听她碎碎念了一会儿，好说歹说地把她哄去睡觉了。

他想了想，还是给陆潇发了条消息。

——在吗？

那边还是没有回复。

叶橙的手渐渐收紧，紧张的情绪蔓延开来。

他很少这样冲动行事，但此刻只想确认一件事，那就是陆潇没事。

五十分钟后，温柔的女声响起："前方到站，青山站，请做好下车准备。您可以在此站换乘一号线、四号线……"

叶橙第一次来青山，以为下了地铁就到医院了。可是万万没想到，打开高德地图才发现，青山医院距离地铁站足足五公里。

他试着打了辆车，然而等了十多分钟，没有一个司机回应。下雨天打不到车，这应该是除了方便面里没有调料包之外，最倒霉的事情了。

除此之外，信号也差到极点。他总算明白为什么陆潇没回消息了，随便打开一个页面都十分困难，按陆潇的脾气可能会把手机砸了。

叶橙不想再干等着，只好顶着暴雨，一脚深一脚浅地按照导航走。还没走几步，脚上的鞋子就灌满了水。

我到底为什么要一时冲动来这种鬼地方……他咬牙切齿地暗自想道。

等抵达青山医院的时候，叶橙已经淋成了落汤鸡。

雨太大，那把伞根本不顶用，中途被吹翻了好几次。

自动门打开，扑面而来的冷气差点没把他冻得晕过去。

住院部里灯光昏暗，值班室的门开着，里面没有人。

……不是吧。

他在门口等了几分钟，还是没见到值班的人。

走道的尽头黑漆漆的，只亮着绿色的"安全通道"几个字。

好像整个医院，除了他之外，再没有第二个人。

叶橙平时看起来胆子挺大的，但他有个不良嗜好，就是爱看恐怖片。

尤其是那种发生在医院、宿舍、电梯等地方的充满真实感的片子，他看了之后还想，想了之后就怕，可谓是"人菜瘾还大"。所以他大学住校的时候，连洗澡都一定要有人在外面陪着。后来陆潇听闻此事，还嘲笑过他好几次。

走道里没有任何动静，却显得更加可怖。

他的脑子抑制不住开始浮现一些画面。

我去，真是我去。

叶橙已经从冲动中缓了过来，路上骂了陆潇十几分钟，这会儿内心什么伤感担心都烟消云散了。

他只希望——来个活人吧！

终于，在用微弱的嗓音连续喊了三声"有人吗"之后，他扛不住了。

住院部一共八层，鬼知道陆潇在哪里。

叶橙决定给黄胜安打个电话，问一下他爸爸。虽然那样会让黄胜安更怀疑他们的关系，但这也是没有办法的办法了。

正当他拿出手机准备拨通，突然听见前面的走廊传来一声怪响——细细的、尖锐的，仿佛婴儿的啼哭。

叶橙彻底毛了，尖叫了一声，转身就往门外跑去。

自动门打开的瞬间，他"砰"地撞在了一个人身上。

他是埋着头往外冲的，脑袋结结实实将那人撞了个踉跄。可那人还没来得及站稳，就率先扶住了他的肩膀，避免他因为冲势过猛而摔倒。

"快……快跑！"叶橙哆嗦着抬起头，想叫这个兄弟和自己一起逃跑。

在看清眼前的脸之后，他呆住了。

陆潇低头审视着他，眼里的震惊不比他少。

"你怎么会在这里？"他上下打量叶橙，似乎是被这副狼狈的模样惊到了。

身后的走廊里又响起那种声音："哇呜呜——哇呜——"

叶橙猛地闭上眼睛推他："救命啊！有鬼！"

陆潇僵在了原地。叶橙湿透的校服散发着冰凉的气息，手死死地抓住陆潇。他的手圈得很紧，陆潇觉得有些呼吸不畅。

他活了十八年，除了他妈没安慰过任何异性，当然更不用说同性。

平时高冷的人失去了镇定，宛如一只被淋湿的小猫，瑟瑟发抖地望着他。

陆潇的喉结动了动，手足无措地站在原地，不知道是该推开他，还是该出声安抚他。

似乎怎么做都不妥当。

直到走廊尽头的声音再次响起。

"嗷呜——喵——"

弱弱的，毫无攻击性。

叶橙逐渐清醒过来，这音调……似乎有点耳熟，不太像鬼片里的婴灵。

陆潇僵着一只手拍了拍他的后背，动作非常生涩，语气却很温和："别怕，是野猫，这里经常会有。"

叶橙这才意识到自己做了什么，脸唰地红了，赶紧松开手后退了一步。

陆潇拍着他的手悬在半空中，尴尬地收了回来。

叶橙想起了来这儿的目的，暂时把惊魂未定抛到脑后，看向他道："你没事吧，怎么到医院来了？"

原本是陆潇质问他，这会儿反倒被他问了。

陆潇看了看他滴水的裤脚，没有回答，而是突然反应了过来："你……是来找我的？"

"对啊，不然我冒这么大雨来郊游吗？"叶橙说着，不舒服地撩了一下衣服。他浑身黏糊糊的，感觉超级难受，像被什么软体生物缠住了。

听见他的话，陆潇的呼吸变得凌乱起来，垂在身侧的拳头握紧又松开，仿佛在压抑某种情绪。

叶橙东张西望道："这里连个值夜班的都没有。"

他见陆潇从门口进来，手里还提着东西，问道："你觉得不舒服吗？要不要帮你叫医生?"

"没有,我没有不舒服。"陆潇的嗓音略带沙哑,隐藏着一丝连他自己都没发现的柔和。

叶橙端详着他,试探地问道:"你最近,精神状态不太好吗?"

他已经尽量委婉又委婉了。

陆潇呛了一下,终于明白了他的意思。

"我没事,不是我,是⋯⋯一个亲戚住院了。"他讪讪道。

叶橙瞬间松弛下来,心里的石头落了地:"原来是这样,我还以为是你。"

"你是怎么知道⋯⋯"陆潇张了张嘴,刚问到一半,叶橙忍不住打了个喷嚏。

他淋了半天雨,在冷气大的地方,着实冻得够呛。

陆潇穿了件夹克,见状马上脱下来给他披上。

他显然没干过这样的事,夹克乱糟糟地堆在叶橙的肩头。

叶橙道了声谢,自己把衣服拽下来披好。

"你在这里等我一下,"陆潇晃了晃手上的塑料袋,说,"我上去放个东西,然后带你去开房。"

叶橙摸了摸鼻子,"哦"了一声。

陆潇没再说什么,转身往电梯口走去。

叶橙一边等他,一边给高秋兰发了条消息,告诉她雨太大自己不回去了。

本来这种天气打车就困难,更别提在青山这样的地方。

高秋兰果然没睡,免不了又是一阵数落,最后还是回复让他注意安全,到住处之后给她发个定位。

叶橙不想让她担心,便一一答应了。

五分钟后,陆潇下来了。

"楼上只有一把伞,我把那把留在上面了。"他两手空空地说。

叶橙说:"用我的吧,我们去哪里?"

在来医院的路上,他隐约记得看见了一家小旅馆。

陆潇说:"走吧,离这里不远。"

"你不用陪护吗?"叶橙问他。

"不用。"他低着头,似乎不想多说。

两人走出自动门,狂风裹挟着暴雨扑面而来,雨水打得手臂生疼。

"又下大了。"陆潇忍不住说。

叶橙把夹克还回去，顶着大风撑开伞。他不得不两只手抓住伞柄，才不至于让风把它直接掀翻。

"过来一点！"因为雷雨声太大，叶橙说话都得用喊的。

陆潇马上朝他贴近，肩膀挨着肩膀。两人挤在一把伞下面，踩进了雨中。

积水迅速地吞没鞋面，暴雨倾盆般的泼在他们身上。

伞面像是被压了一大盆水，甚至往下凹了凹。

"我真是服了丫的，每年夏天都要来这么一遭。"伞还是不够大，陆潇被淋了一脸水，无能狂怒道。

一道闪电划过，叶橙看清了他的模样。

湿润的发丝糊了满脑门，雨水从他的额头流淌到下巴，黑漆漆的眼珠里闪烁着不爽的神情。

像只气急败坏的小狗。

叶橙被这个想法给逗笑了。

他不知道，自己在对方心里也总是被类比成动物，否则他俩能当场吵起来。

陆潇甩了甩头发，斜眼看他道："笑什么笑，你居然还笑得出来。"

他的表情带着几分邪气，帅得让人挪不开眼睛。

叶橙一时走神，没掌握好撑伞的角度，狂风骤然把伞面吹得翻了过去。

"哗啦啦"，雨水浇了一头。

这下好了，两个人全都像刚从水里捞出来的。

"叶橙！你在干吗？"陆潇气得都破音了。

叶橙忍不住大笑起来，陆潇和他对视了一眼，也憋不住扑哧一声笑了。

他们像两个真正的精神病人似的，在雨里指着彼此疯狂嘲笑。

那把伞的伞骨已经折断了，再也撑不起来。

最后陆潇没办法，只能用他价值两万多人民币的夹克盖在他们头顶上，在雨中一路飞奔。

两双修长的腿越过一个个水坑，溅起滔天的水花和泥点。

在夏天的雷雨中，他们依偎在一起奔跑和大笑。

第13章

拉个钩

很快，他们就到了叶橙看见的那家小旅馆。门口悬挂着一块破败的灯牌，上面写着"如意宾馆"四个字。

怎么看怎么不正经。

陆潇昨天晚上就是住在这里的，因为周围仅此一家店。

刚开始，叶橙还担心自己没带身份证不能入住，结果旅店老板只让他手写了身份证号。

老板是个六十来岁的老头，浑浊泛青的眼睛在二人之间扫来扫去，不住打量他们。

"确定要两间吗？别大半夜觉得不划算来找我退房。"他操着一口青山方言问道，语气和长相一样刻薄尖锐，记录信息的手上全是老年斑，瘦得像是在骨架上贴了一层皮。

陆潇不耐烦道："两间。另外再拿一盘蚊香，还有新的毛巾。"他转头对叶橙说，"这里晚上蚊子多。"

叶橙看了看周遭的环境，发霉的墙上布满蜘蛛网，天花板裂开了两条缝，每一处都透着年久失修的味道。唯一的老板神神叨叨的，表情像是随时要骂人。

趁老板转身找蚊香，叶橙压低声音道："这不会是家黑店吧？"

陆潇看了他一眼："你想象力还挺丰富。"

"十块。"老板颤巍巍地递过蚊香和毛巾，蚊香还是那种需要点燃的盘香。

陆潇扫码付了钱，带着叶橙上楼。老板站在前台看着他们，一动不动地，像尊雕塑，十分诡异。

二楼的走廊上铺着暗红色地毯，上面油渍斑驳，缝隙里塞满不知名的毛发。空气中有股湿气混合消毒水的味道，不算好闻。

不知是不是因为淋了雨的缘故，叶橙觉得周身发冷，心里毛毛的。

直到陆潇带他走到最后一间房，刷卡开了门："到了，你住这间，我住在你隔壁。"

叶橙顿时起了一身鸡皮疙瘩。

啊！传说中最容易闹鬼的最后一间房！命运般的最后一间房！

他欲言又止，到嘴边的话很是烫口。

如果这时候说换房间的话，会不会显得太神经质了……

刚才被一只野猫吓得乱窜，这会儿又要换房间，估计以后陆潇能拿这件事笑话他十年。

——还是算了。

陆潇帮他打开灯，里面是个双人标间，随即他熟练地从柜子里取出铁盘，用打火机点燃蚊香。刺鼻的味道弥漫开来，叶橙被呛得咳了两声。

"烧一个小时就差不多了，记得灭掉。"陆潇说道。

叶橙点了点头。

两人面对面站在房间里，方才被压下的局促感又上来了。陆潇不由自主觉得紧张，眼睛和手都不知道该往哪儿放。

"我先走了，你有事再叫我。"他丢下一句话，便匆匆离开了。

叶橙其实想找个借口多留他一会儿，比如打个牌什么的，至少等他洗完澡。

现在陆潇走了，他就得独自洗澡。

很多爱看鬼片又胆小的人，都有一个通病，那就是一闭上眼睛就会幻想。

不是天生爱胡思乱想，而是根本忍不住。

叶橙在花洒底下差点崩溃，总觉得有双眼睛在背后盯着他，血红血红的，下一秒就要把他吞噬。

火速冲完"战斗澡"后，他从浴室跑出来，才发现没有换的干净衣服。

叶橙突然庆幸，还好陆潇不在，要不然就尴尬了。

他把所有的灯都打开，顶着半干的头发躺在床上，裸露的皮肤被劣质床单磨得有些刺痒。

明明已经困得不行了，但还是睡不着。

手机信号极差，一直在转圈。

叶橙翻来覆去了一会儿，突然间，头顶传来"啪"的一声——灯灭了。

他惊得一下子从床上翻起来，笔直地僵坐在黑暗中。

床头插着充电器的手机也暗淡下来，看来是停电了。

从浴室里传来花洒滴水的声音。

滴答，滴答……

叶橙抱住脑袋，浑身的汗毛都竖了起来。

他有点轻微的夜盲症，一停电就如同瞎子，仿佛置身黑暗的深渊。两秒后，他才终于忍无可忍，果断下床穿衣服。

他在慌乱中摸黑行动，连裤子都穿反了，鞋子也找不到，但他实在受不了了，直接赤着脚跑了出去。

叶橙跑到隔壁，急促地拍打着房门，小声喊道："陆潇，陆潇。"

门被从里面拉开，周围一片漆黑。叶橙看不见面前的人影，只能听到不是很均匀的呼吸声。他瞪大眼睛，努力保持声音平稳道："停电了，我能在你这里待一会儿吗？"

陆潇静了静，低低地骂了句什么，然后伸手将他一把拽了进来。

"你先别动。"

陆潇声音低沉，气息显得有点紊乱，但叶橙并没有注意到。他紧张兮兮地站在门边等着，陆潇不让他动，他也不敢动。

房间里传来窸窸窣窣的动静，他这才反应过来，估计刚才陆潇没穿衣服，现在正在把没干的衣服往身上套。

叶橙在黑暗中很没有安全感，两只手胡乱往前摸索。

一只手碰到了他，然后反手握住他。

滚烫的掌心贴在手背上，叶橙情不自禁地打了个哆嗦，却多了几分安心。

"跟着我走，别撞到墙。"陆潇牵引着他往床边走去，问道，"你看不见？"

叶橙眨了眨眼睛，说："看不清楚，你走慢一点。"

陆潇很有耐心，任凭他一寸一寸往前挪。在碰到床边缘后，叶橙才放松下来，磕磕绊绊地坐下。

陆潇单方面地抓着他的手，又单方面地松开。

他放开的刹那，叶橙忽然觉得有点失去依靠，僵直着后背坐着。

另一张床上，传来陆潇躺下的声音。

叶橙咽了口口水，没话找话地问他道："我会打扰你吗？"

"不会。"陆潇回答的很快。

房间里安静了片刻。

叶橙咬了咬嘴唇，又问道："你那个亲戚怎么样了，明天还要去陪护吗？"

旁边沉默了一会儿，说："没事，老毛病了，我明天和你一起回久隆。"

"哦，那就好。"

叶橙揪住湿答答的衣角，清了清嗓子道："你穿着湿的衣服，不难受吗？"

陆潇忽然轻笑了一声："你是不是一个人睡会害怕？"

"我没有。"叶橙立马矢口否认。

陆潇往旁边移动了些许，拍了拍空出来的位置，声音里带着藏不住的笑意："要是害怕，就过来。"

叶橙的脸陡然变红，尽管知道对方看不清，还是涌起一股羞耻的情绪。

他一个心理年龄快奔三的人，居然沦落到被一个高中生耻笑。

"过不过来？"陆潇挑起唇角，十拿九稳。

叶橙呼哧呼哧地喘着气，进行了长时间的心理斗争，最终败给了恐惧，一骨碌从床上翻起，挪到了他身边。

和人贴近的感觉，顷刻间就将四周那种无边无际的空间感驱散了。

叶橙怦怦乱跳的心终于平复了下来。

陆潇的胳膊和他紧挨在一起，伸手扯了扯他的袖口："你还说我，你自己不也穿的湿衣服。"

叶橙的眼神闪烁："那我总不能光着跑过来吧。"

"我也不能光着给你开门啊。"

两人再度安静了，这个话题莫名让人感到不自在。

明明是俩大老爷们儿，却整得像小姑娘似的害羞，各自宁愿穿着湿透的衣服贴着，也不愿意在对方面前光着膀子。哪怕明知道对方根本什么也看不见。

叶橙枕在枕头上，感觉到旁边的人在注视着他。伸手不见五指的房间里，他却似乎能找到那双亮晶晶的眼睛。

小狗的眼睛。

"陆潇，你能不能答应我一件事情？"他忽然开口道。

这句话显得有些突兀，但陆潇却丝毫不觉得诧异。

"说说看，什么事？"他调整了一下姿势。

叶橙说:"今后的一年里,无论发生什么事,都要留在十三中好好读书,可不可以?"

陆潇怔了怔,随即哂笑:"班长大人,你职业病犯了啊?"

"不是职业病,只是对你的期许。"叶橙看不见他的脸,却一直看着那个方向,声音逐渐放轻,"和我一起考上大学吧,陆潇。"

轻飘飘的一句话,却如同千斤铁锤,缓缓地压在了陆潇心上。

从来没有人对他说过这样的话。

不,应该说他认识的人当中,从来不曾有过叶橙这样的人。

莫名其妙从最好的高中转学,出现在他身边。

莫名其妙从看不顺眼的怪人,变成了他的同桌。

莫名其妙督促他学习,莫名其妙为了他在大雨夜里跑来青山。

……

太多的莫名其妙,总结起来或许就不是莫名其妙了。

这些话,就连他妈都不曾对他说过。孟黎只会无休无止地抱怨:"你爸又带着那个贱人去度假了,迟早一天我要弄死他们。"

"和我一起考上大学吧",这是陈臻也没有提过的。

似乎没有人觉得他这种人能考得上大学,有个高中读就谢天谢地了。

而叶橙这样门门都考年级第一的人,竟然说要和他一起考大学。

在陆潇短短十几年的人生里,向来都是以自我为中心。他是个小霸王,蛮横不讲理,人人都怕他,但他从来没有哪一刻像现在这样,突如其来地产生了一种自卑的感觉。

在陆潇眼里,叶橙和自己根本不是一个世界的人。

他那么优秀,那么耀眼,摆在他面前的,是和自己截然不同的大好前途。

"喂,你怎么不说话?"叶橙见陆潇久久没有回答,用手肘捅了他一下道。

陆潇的脸色变了变,随后恢复正常,状似随意地问道:"你想考哪所大学?"

"我的理想是A大。"叶橙说,"不过你别有负担,我不是要你也考A大,你可以冲一冲自己喜欢的学校。"

陆潇并没有什么喜欢的学校,除了A大和南都大学,别的学校连名字他都认不全。

但他在黑暗中点了点头,说:"知道了。"

叶橙的眼睛弯了起来："这么说你答应了？"

"嗯。"

"那拉个钩吧。"

"……？"

叶橙爬起来，用手臂撑在床上："你们高……你们篮球队不都喜欢击掌吗，那我们拉个钩当约定。"

他差点不小心说溜嘴——高中小屁孩应该都喜欢这种"仪式感"。

陆潇差点想翻白眼，但还是被连拉带拽地拖起来。

"拉钩上吊，一百年不许变。"

叶橙用小拇指勾住陆潇的小拇指，幼稚兮兮地扯来扯去，然后大拇指相贴，"吧嗒"盖了个章。

"盖了章，就不许反悔了。"他笑吟吟的，觉得很满意，"一定要一起考上大学。"

叶橙慢慢躺下来，声音逐渐小下去。他本就困得睁不开眼睛了，愣是因为害怕和焦虑才熬到现在。此时却一桩心事，瞌睡虫自然上来了。

陆潇和他中间隔了小半米的距离，借着窗外的微光，隐约能看见他侧躺着的轮廓。从肩膀到腰线，仿佛上天的宠儿。

叶橙睡觉的时候喜欢把自己蜷缩起来，左臂搭在右臂上，呈现一个保护自己的姿态。这是比较缺乏安全感的睡姿。

陆潇恍惚觉得好像看见过这样的场景，叶橙恬静地在他身边入睡，似乎这本就是理所应当的事情。

他被自己的感觉给荒诞到了。哪来的理所应当，这明明是他们第一次躺在同一张床上。

陆潇摇了摇头，闭上眼睛。

但那种安心骗不了人，随着旁边的呼吸渐渐平稳，他也睡了过去。

第二天早上，叶橙是被渴醒的。他睁开干涩的双眼，感觉嗓子里像是塞了一团棉花。

身边空无一人，床单上残余着淡淡的体温。

叶橙爬起来去洗漱，刚从浴室出来，陆潇就提着早餐进来了。

"附近没什么店面，凑合吃一点，回去再吃别的。"陆潇把包子扔给他。

外面还在下小雨，他的发梢沾了点水汽。

叶橙吸了吸鼻子，面颊泛着不正常的潮红。

"你发烧了？"陆潇注意到他的不正常，探了探他额头，确实有点烫手。

叶橙喝着豆浆，精神恹恹道："没事，吃点药就好了。"

他从小一淋雨就发烧，原本以为喝了姜汤会好点，但穿了一晚上湿衣服睡觉，果然还是中招了。

"你在这儿等着，我去买药。"陆潇皱眉道。

叶橙怕麻烦："回去再买吧，上课都要迟到了。"

"等着。"陆潇没再和他废话，转身出去了。

叶橙只好在房间等他回来，二十分钟后，才吃了药去退房。

陆潇没有叫他起来，所以叶橙起床的时候就已经九点多了。一番磨磨蹭蹭，等他们到学校后，上午的课已经上完了。

他们刚一进教师，蒋进就喊道："橙哥，你去哪儿了？一上午都没来，华旺春还问了。"

叶橙的声音带着浓浓的鼻音，没精打采地说："他这会儿在办公室吗？我去补个假条。"

"在，刚才于坤还去找他了。"蒋进看着他，"你怎么感冒了？"

他又看了看陆潇，隐藏的罪魁祸首倒是神清气爽，没有一丝生病的迹象。

"问那么多干吗？"该祸首不善地瞥过来一眼，蒋进识趣地闭上嘴。

叶橙从教室里出来，直接去了教导处。

教导处里面坐了个人，似乎是学生家长，正在和华旺春说话。

"报告。"叶橙敲了敲门道。

那个背对着他的身影转了过来。叶橙脚步一顿，愣在了原地。

过了好半天，他才嗫嚅道："爸，你怎么来了？"

教导处的老式空调输送着冷风，上面的海尔兄弟贴纸翘得更厉害了。

华旺春坐在办公桌前，正对着沙发上的两父子。他从事教师职业几十年，见过无数相处各异的家庭，唯独没见过这么奇特的场面。

说亲密吧，两人中间隔了接近半个沙发，好像谁都不想挨着谁；说疏离吧，表面上还是能看得出他们的关系，彼此也没有臭脸。

经过刚才的一番谈话，可以看出叶高阳还是很关心叶橙在学校的情况的，叶橙脸上也带着一丝见到家长的不安。

可这两个人坐下后全无交流，甚至连中午吃了什么的之类的寒暄都没有。

华旺春清了清嗓子，打破沉默道："既然孩子也来了，那咱们就接着刚才的话题聊吧。"

"关于您的问题，我在这里做出回答。很遗憾也很抱歉，学校今年没能申请到保送名额。"他面带惋惜地说道，"不过按照他的成绩来看，考一所985重点是没有问题的。"

叶橙暗自想道，这个学校要是能申到保送就有鬼了。

名额有限，不是什么学校都能分一杯羹的。

他心里也慢慢明白过来，叶高阳之所以会出现在这里，八成是因为朱玉芬的那通没事找事的电话家访。

"他的成绩我是不担心的，以后还得麻烦老师帮忙照看了。"叶高阳说道。

华旺春和叶高阳没见过，不过一进门就看见了他那一身行头，估摸着他是个有头有脸的人物，因此态度很客气。

"不麻烦，这都是我们应该做的。还有，您刚才提到的换班主任的问题，是这样的，他们班班主任请了一个月假，这个月暂时由我来代班。"他解释道。

叶高阳皱了皱眉："孩子已经快高三了，频繁更换老师的话，对他们总归是弊大于利，希望学校能体谅这一点。"

华旺春连连点头："是的，这个我知道，您放心，后续不出意外不会再换了。"

叶橙感到有点无聊，曾经他很渴望听到这种对话，那是叶高阳对他关心的象征。然而，现在他只觉得味如嚼蜡。

叶高阳还在跟华旺春打官腔，叶橙盯着对面空调上摇摇欲坠的标签贴纸。破旧的标志被空调风吹得晃来晃去，他认真在想这玩意儿什么时候会掉下来。

"您说的有道理，我会尽快安排调换座位的。"

"华主任不要误会，我只是不想他被无关紧要的人影响。"

"我懂，我都懂……就像今天上午，这俩孩子都没来上课。陆潇我知道，是请了假的。"

叶高阳转向叶橙："你上午干什么去了？也不跟老师请假。"

叶橙逐渐回过神来，两个大人齐齐地看着他。

他只得胡乱道："我昨晚去找陆潇了，雨太大回不来。"

听到这个名字，叶高阳的脸色变了变："你们去哪儿了，你奶奶知道吗？"

"知道，我跟她说过。"叶橙不太愿意透露青山的事，避重就轻地说，"爸，昨天雨太大了，我们也是因为打不到车，早上才会迟到。"

"你这叫迟到？这都旷课一上午了。"叶高阳很少用这么严厉的语气说话，他越想越不对劲，"小橙，你以前可不是这样的，从小到大，你都很乖，老师都没因为这种事找过我和你奶奶。"

他本来是谈生意路过南都，刚好来学校看了一眼，谁知道就遇上这样的事。

之前朱玉芬在电话里告诉他，他们班有个叫陆潇的学生，是个成绩倒数且被记过一次的小混混，和叶橙走得很近。

叶高阳不由想起那次家里喝多了来过夜的那个家伙，那应该就是陆潇。他心里顿时有种不好的预感。

叶橙从小学习上没让他操过心，交的朋友也都是正经人。

自从上次叶橙一意孤行地转学后，为人处事好像变得和以前大不相同了。

叶高阳不知道是不是在自己没有注意的地方，儿子悄悄到了叛逆期，不管怎样，自己都应该避免放任他误入歧途。

叶橙静静地看了叶高阳几秒，视线冷漠，和小时候截然不同。

上一次他们这样对视说话是什么时候，在他初中？还是小学？

突然，叶橙笑了一下，开口时没有丝毫慌乱："爸，你真幽默，从小到大你去过几次学校，回过几次家啊？"

办公室的气氛瞬间降到了冰点。

空调上的标签终于承受不住风速，"啪嗒"一声掉在了地上。

华旺春目睹人家家事，感到有点尴尬。

"那个，咱们好好说话哈，叶橙，对爸爸注意点语气。"他赶紧打圆场道。

作为十三中抓风纪的一把手，他见识过多次父母在办公室对孩子大打出手的。其中最有名的，就是陆潇在校长室和他爸干了一架。

此刻，他可不希望这父子俩在自己办公室打起来。

好在叶高阳的教养还算好，就算气得胸膛上下起伏，也没有骂人和动手。

他用手指颤抖地指着叶橙道："你看看你现在什么态度！不是说成绩好就

可以肆无忌惮，我跟你说过什么，最重要的先学会做人，学会尊重别人，我看你就是被那个陆潇给带坏了！"

"是吗，学会做人，学会尊重别人，请问你有以身作则吗？"叶橙冷冷地看着他，"大可不必牵连无辜的人，他根本不是你们口中所谓的'坏学生'。"

叶高阳唰地从沙发上站起来，脸色有些发青。

华旺春也急忙站了起来，劝阻道："叶先生，您冷静一点。"

他转向叶橙："别和你爸爸吵架，这件事需要一家人好好谈一谈。要不，你打个电话把你妈妈也叫过来？如果她有空的话。"

多个女人在场，这两个人总不会这么冲了。

叶橙起身，面无表情地说："我没有妈妈。"然后头也不回地摔门出去了。

华旺春站在原地，下意识张了张嘴，有些哑然。

过了好半天，他才歉疚地说："啊，这……我不知道尊夫人……很抱歉。"

叶高阳头疼地摘下眼镜，揉了揉太阳穴，说道："没事，是我们家这孩子太不让人省心了。"

他将眼镜重新戴好，叹了口气道："他五岁的时候，他妈妈就去世了，所以性格有点犟。也怪我平时关心他太少，今后还要辛苦您多关注他一点。"

学校里刚经历了有人跳楼的事，不用他说华旺春也会关照叶橙。

他郑重道："您放心吧，我每周都会找学生谈话的。等会儿我就去班上，安排他坐到前排去。"

"多谢了。"叶高阳疲倦地和他握了握手。

他的手机响了起来，于是跟华旺春打了声招呼，边出去边接通了。

"喂，恬恬，什么事？"

"……不是，小橙的学校有点事……什么，俏俏她咳血了？去医院了吗？"

华旺春忍不住摇了摇头。

叶橙从教导处出来后，没有回班上，而是去操场上逛了一圈。

雨已经停了。天边仍然一片灰蒙蒙的，塑胶跑道被冲刷得干干净净，呈现出鲜亮的红色。空气清爽中带着湿润，一扫前两天的闷热与干燥。

他每次心情不好时，就会去慢跑，那样有助于放松身心。

正逢午休时分，操场上没什么人。他沿着外跑道，跑了一圈又一圈。

跑到第五圈的时候，背后忽然跟上来一个人。

叶橙听见脚步和呼吸声，扭头往后看了一眼。陆潇不知什么时候出现的，跟在他身后匀速跑步。

"我还以为你跑两圈就差不多了，结果你还上瘾了。"他的语气中透着不满。

叶橙想起他最憎恨跑步，见他不情不愿地跟着自己，觉得有点滑稽。

"你来干吗?"他放慢了速度，声音带了点喘。

陆潇跑到他身侧，和他并肩："华旺春刚才去班上了，说是要换座位。"

"我知道。"叶橙说。

教导主任亲自给换座位，还真是闻所未闻。

陆潇道："有个男的在门口站了好久，是你爸吗?"

叶橙撇了撇嘴："大概是吧。"

"我觉得是，因为他一直盯着我。"陆潇悄悄地看了看他道。

叶橙说："他找你了?"

"那倒没有，只不过他现在还在门口。"

叶橙慢慢地停了下来，平复着呼吸。

"如果他找你的话，别理他。"他对陆潇道，"朱玉芬跟他告过状，他对你有成见。"

陆潇没什么反应，低下头踢了踢石子："就算朱玉芬不说，他也不会喜欢我吧，毕竟我上次喝成那样去你家借住。"

叶橙愣住了。

陆潇说："我知道你家里人不希望你和我走得近，其实陈臻家也是这样的。"

他说得自然而然，却让人心里揪了一下。

叶橙的眼皮跳了跳："你什么意思?"

"意思就是，你还是离我远点吧，别让父母操心。"陆潇闷闷地说道。

叶橙回班上之后，果然在后门口看见了叶高阳。

他手上提着一袋东西，一边打电话，一边来回踱步。

叶橙走过去，听见他在对着手机说："李秘，你帮我把三点的会议取消。嗯，不是推迟，今天暂时不去开会了，我这边没空。"

叶橙在旁边静静地等待他打完电话，叶高阳关掉手机朝他走了过来。

"跑到哪里去了，打给你也不接。"他语气平缓了许多，将手里的袋子递了过来，"刚才听你嗓子哑了，我去医务室买了点感冒药，拿着。"

叶橙不作声地接过袋子。

叶高阳叹息道："好了，别生爸爸的气了。我知道，以前是我对你亏欠太多，爸爸给你道歉。"

叶橙内心的感觉简直像吃了屎。

真的很好笑，果然是会闹腾的孩子有糖吃吗？

他以前那么听话懂事，却连叶高阳的一个眼神都得不到。现在难得当了回"问题学生"，立刻被"关心"上了，想想都觉得讽刺。

可惜，他已经不再渴望这种"关心"了。

"我一会儿还有工作要忙，不能陪你了。"叶高阳说，"期末考完之后，我接你去嵊州住几天。"

叶橙拧起眉，刚要说话，只听他又道："我看过你的冬令营信息，一月中旬才开始。"

叶橙无语了。

"你先进去准备上课吧，爸爸不打扰你了。老师说你们周五没有晚自习，晚上我来接你放学，顺便一起吃个饭。"叶高阳不怎么熟练地拍了拍他的肩膀，转身走了。

叶橙望着他的背影，过了好一会儿，才走进教室。

刚进门，他就发现座位被换了个彻底。一共三组，他被调到了第三组第二排。陆潇还在原来的位置，只不过从靠窗变成了靠过道。蒋进换到了第二组第三排，正好和他们连成一条斜线。

叶橙的新同桌是于坤，一个理科成绩挺拔尖的学生。

他坐下收拾东西，没有往后排的方向看。不一会儿，手机振了振。

蒋进：橙哥，你和潇哥吵架了？怎么你们都不说话啊[可怜.jpg]

叶橙看了看讲台上的华旺春，飞快打字。

叶橙：没什么好说的。

发送过去后，他就不再看手机了。

华旺春满意地扫视了一圈全新的教室，开始授课。

当天下午，论坛里小道消息漫天飞。

HOT帖:【惊！潇橙闹掰了??】

楼主：一哥女友粉可以支棱起来了，据可靠情报，二十班座位表大换血。潇橙这对苦命的崽不幸被棒打警告，两人现在已经谁都不理谁了。

1L: ???

2L: 吃瓜，为什么二十班每次都有如此抓马的事件。

3L: 蓉姐，不会是你发的帖子吧蓉姐？

4L: 滚犊子，我才没发，我也很震惊好吧！

......

23L: 呜呜呜，我是二十班的，我作证，他俩已经一个下午没说话了。

24L: 狠狠哭了，BE不可以不可以！

25L: 好像叶漂亮爸爸来学校了......

26L: 看来真闹掰了。

谭晓琪无力地放下手机趴在桌上，叹了口气。

她看了看一脸冷漠地写着作业的叶橙，又看了看后排拿笔胡乱画来画去的陆潇，只觉得脆弱的心脏再次受到了重创。

这两个人真的没有再看彼此一眼，仿佛陌生人一样。

唉，少年人的感情果然不堪一击吗？亏她还觉得他俩好来着。

华旺春在后门缝里观察了一会儿，面带笑容地转身离开了。

他给叶高阳打了个电话过去，连连道："是的，现在他在看书。

"我就说他们只是小孩子打打闹闹嘛，分开坐就好了。

"行，您就别担心了......不用请我吃饭，真的不用，这都是我该做的。"

下课铃响起，叶橙拿起书包径直走出教室。路过后门口时，他看都没看陆潇一眼。

蒋进着急了，拽着书包冲到了陆潇旁边。

"潇哥，你俩怎么回事啊？不是今天早上还好好的吗？"他惶恐地问道。

陆潇慢悠悠地把游戏机塞进包里，头也不抬地说："没怎么回事，玩得到一起就玩，玩不到一起就算了呗。"

"......你，你发烧啦？"蒋进瞪大了眼睛，"要不怎么说得出这样的话！"

陆潇："滚啊。"

叶橙刚走出学校，就看见门口停了一辆熟悉的黑色宾利。叶高阳拉下后座的车窗，对他招了招手。

除了每年过春节，叶橙几乎没在南都见过这辆车。

嵊州开车到这里三个多小时，其实并不远。但一个人回不回家，取决于他愿不愿意，而不是距离的远近。

叶高阳带着他到久隆一家私房菜馆吃晚饭，一起的还有高秋兰。

席间高秋兰一直在问叶高阳的近况，他就挑了些和曲恬相关的说了，跟曲恬的那个女儿他却只字不提。

叶高阳心里非常清楚，老人家只认叶橙这一个孙子。叶俏俏生下来之后，她甚至连抱都没抱过。

一顿晚饭，吃得叶橙差点消化不良。

高秋兰松口同意了放寒假带叶橙到嵊州去住几天，不过是住在另一套房子里，并非叶高阳和曲恬的家里。

她能答应这件事，已经让叶高阳大喜过望了。他跟曲恬结婚以来，高秋兰从来没给这个儿媳妇儿好脸色看过。

叶橙记忆最深的一次，曲恬拎着年货来拜访，被高秋兰撵走，东西也全扔出去了。

那时候他年纪尚小，大过年的，外面爆竹声动，屋里高秋兰搂着他抹眼泪。

"乖乖不怕，奶奶把那个坏女人赶出去了，不会让她欺负你的。"

后来他才知道，他母亲得癌症去世之前，叶高阳就已经出轨了。他妈妈是个富家小姐，心高气傲，不愿揭露伤疤，只给他留下一封信和一笔遗产，等到他成年后才能合法继承。

然而之前他根本没有看见过那封信，因为它被曲恬拿走了。

没过多久，他的外公外婆也都去世了，他只能跟着高秋兰生活。十来年过去了，高秋兰一直把他照顾得很好。

如今，距离他十八岁还有一年，曲恬似乎打算展开行动了。

吃完饭后，司机开车送他们回家。叶高阳没好意思再去住酒店，也跟着住进了家中。他明天早上还要去分公司开会，估计会在家里住两天。

叶橙一回家就进了房间，脱了衣服去冲澡。穿了一天半干不湿的校服，总算能好好洗个澡了。

他躺在浴缸里，琢磨着怎样才能让叶高阳快点滚蛋。

要不，把电闸捅了？

等他磨磨蹭蹭泡完澡出来，隐隐听见客厅里有响动，估计是那两人还没睡。

叶橙暂时把自己的恶毒心思收了收，免得吓到高秋兰，拿起了振动个不停的手机。

微信收到了好几条新消息——

嫌疑人X：到家了吗？

嫌疑人X：周末吃不吃烤肉？上次说要请你，还没请。

嫌疑人X：不回我消息？

嫌疑人X：你不会真生气了吧，小心眼。

嫌疑人X：真的生气了？

最后一条是二十分钟前发的，叶橙正要打字，屏幕上又蹦出来一条。

嫌疑人X：那个亮着灯的是你的房间吗？窗口有紫藤花的。

第14章
恶作剧

叶橙呆了呆，赶紧跑到窗口处拉开窗帘。

他头上盖着毛巾，身上还裹着浴袍。

窗帘一拉开，就看见了外面的影子，差点没把他吓死。

他们家有个小院子，陆潇直接从围墙外面翻了进来，此时正一脸烦躁地站在他窗口。

"我……你怎么来了？"叶橙差点骂脏话。

陆潇摇了摇防盗窗："这玩意儿能不能拆了，不然我怎么进去。不是，为什么你家还要装这个啊？"

叶橙说："你傻了吗，一楼装个防盗窗怎么了？"

"那老子就站在外面喂蚊子啊！"陆潇有点恼火，"你们小区全是树，我被咬了三个包了！"

叶橙真想照着他脸来一拳："你个倒霉东西小点声！我爸在客厅！"

他不由自主被带得语气凶恶起来，伸手从窗户底下掏出一个小钥匙，打开了防盗窗。

陆潇立刻身手矫捷地翻窗跳了进来。

他伸手挠痒痒，带着抱怨问："有没有花露水？给我喷一点。"

叶橙去找花露水给他，上下打量他道："你也是够牛的，只来过一次，居然还能找得到路。"

这个小区的规划错综复杂，而且他们家是靠近里面的，也不知道陆潇记性怎么这么好。

陆潇讪讪地摸了摸鼻子，没搭他的话。

他喷完花露水，说道："你没生我气吧？"

叶橙斜睨着他。

陆潇又说:"不过就糊弄一下老师和你爸嘛,我这才没跟你讲话。"

"所以呢?"

陆潇咳了咳道:"是你说的,想把你爸快点糊弄走,我才想了这个办法。"

"我请你吃饭还不行吗?"他妥协道。

"烤肉是你之前就答应请的。"

"啧,那再请一顿。"

"我像是两顿饭就能贿赂的?"

"十顿,两顿不行就十顿!"

叶橙终于忍不住,扑哧一声笑了出来。

陆潇眨眨眼睛,随即反应过来,勃然大怒:"你耍我呢? 你根本没生气!"

"哈哈哈哈,你是不是脑子有坑啊! 还专门跑到我家来。"叶橙快乐死了。

一天的不快一扫而空。

陆潇脸都红了,向他逼近道:"老子给你发消息你不回,真以为你误会了!你丫做个人吧!"

他越靠越近,一副秋后算账的架势。

叶橙察觉不妙,连忙往床边退去,举起手上的花露水:"你再过来,小心我喷你啊!"

"你喷一个试试。"陆潇面色阴沉,一下扑了上去。

"你别逼我,啊……"叶橙后脚跟绊到了地毯,站立不稳,向后倒去。

陆潇眼疾手快地伸手,却被往前一带,双双摔倒在床上。

突然,门锁动了动。"咚咚咚",来人善意地敲了三下,然后推门进来了。

"小橙,爸爸想和你谈……"

叶高阳下定决心似的走了进来,话说到一半,卡在了嗓子眼里。

叶橙有那么几秒,甚至想回到重生前,只要可以原地从这个房间消失。

三个人大眼瞪小眼,满室寂静。

陆潇整个人都僵硬了,像块钢板一样完全动不了。

叶高阳看了看他,又看了看自己的儿子,震惊得无以言表。

"你,你们……"他抬了抬手指向陆潇,终于能发出声音来了,可是嗓音跟破锣一样,仿佛下一秒就要四分五裂。

叶橙猛然清醒过来，赶忙用力推了一下，陆潇连滚带爬地从床上站了起来。

他立正站好，语速飞快地解释道："叔……叔叔好，不是您想的那样，我什么都没……！"

叶高阳的头顶都快冒烟了，声音扭曲得无法控制："我想的什么样？我说什么了吗？你们又是在做什么？还有你是怎么进来的，我怎么根本没看见你？"

他激动地一串四连问。

陆潇想了想，小心地选择了两个好回答的问题，解释道："我翻窗进来的，我们刚才在喷花露水。"

叶高阳："……"身体晃了晃，脸色煞白。

叶橙感到一阵眩晕，心想快闭嘴吧，你想气死他吗？

五分钟后，四个人围坐在餐厅的桌边。

高秋兰用一种审视的眼神看着陆潇，语气中带着些微责备："你这孩子，上次不是来过咱们家吗。走大门我又会不给你开门，翻窗户多危险呀，万一伤到哪里怎么办。"

叶高阳黑着脸不说话。

"抱歉，奶奶，是我唐突了。"陆潇一反平常的张扬，低眉顺眼地认错。

高秋兰只在那天吃早饭的时候见过陆潇，当时他非常主动地帮忙端盘子、抹桌子，因此高秋兰对他的印象还是挺好的。

她怕自己话说重了，又赶紧补充道："我不是在责怪你，只是担心你的安全，下次别这样了。"

话音刚落，叶高阳冷声插话："最好是没'下次'，陆同学，你今天跟我保证的话还记得吧？"

叶橙原本低着头，闻言抬头看向他道："你今天找他了？"

高秋兰也不明所以看着自己的儿子。

叶高阳讪讪地说："你们无缘无故旷课了一上午，我还不能问问去哪儿了吗？小橙，我正想和你聊聊这件事，不要和无关紧要的人交往，影响自己的时间和学习。"

陆潇慢慢地低下头去，头上两撮毛显得有点委屈。

叶橙心里腾地升起一簇火，打断道："爸，第一，他不是'无关紧要的人'，他是我朋友。第二，我没有被他影响学习，更不存在浪费时间。第三——"

他顿了顿，注视着叶高阳的眼睛："你凭什么，觉得自己可以干涉我和谁交往？"

"谁同意的，是奶奶吗？还是我妈？"他的声音分外冷硬。

高秋兰忙喊住他道："橙橙！行了，叶高阳，你不要当孩子的面说这些！像什么样子！"

叶高阳被他最后一句话刺激到了，情绪也变得激动起来。

"你放尊重点，我是你爸爸，我管你还需要别人同意？"他恼羞成怒地说。

父子俩的氛围凝固到了冰点，纷纷怒视着彼此。

高秋兰一时束手无策，这两人都一点就燃，真不应该让他们坐下来说话，每次都会弄成这样。

突然间，旁边传来微弱的声音。

"叔叔，您别发火。"陆潇挥了挥手爪子，引起他们的注意，眼神带着忧郁，"其实这件事是另有隐情的。"

其他三人暂停了争吵，纷纷转头看向他。

陆潇的眼睛透着淡淡的伤感："您不了解，我和橙橙从小就认识了，那时候叔叔您常年不在家，他只能找我玩儿。我们一起上学、一起放学，周末还一起去海洋馆和游乐场，那些都是您承诺过却没能带他去的地方。"

叶高阳的脸上血色尽失，仿佛被戳中了心事，变得哑口无言。

叶橙也有点精神恍惚，愣愣地看着他，不明白他是怎么知道这些事的。

以前他确实央求过叶高阳，让他放假的时候带自己去海洋馆，还有新开的水上乐园，然而叶高阳一次次地失信了。

"他小时候性格很孤僻，动不动就哭鼻子，但他心里其实是很喜欢您的，一直想努力拿出成绩来给您看看。"陆潇缓缓说道。

叶橙感觉自己上辈子都没听过陆潇用这种声音说话，一时间十分悚然，仿佛他在对叶高阳讲睡前故事。

"后来我搬走了，也和他失去了联系，直到上了高中，才误打误撞成了同班同学。"陆潇露出泫然欲泣的表情，继续他的精彩表演，"我知道您嫌弃我成绩差，但我会好好读书的！我们从小玩到大，我知道自己不配当他的朋友，可我保证不会影响他学习，更不会把他'带坏'。"

叶橙都听愣住了，叶高阳也傻了。

高秋兰用手指抹了抹眼泪，再也无法隐忍心头的情绪，吭当一拍桌子骂道："叶高阳，你看看你都做了些什么！这孩子这么善良，怎么会带坏橙橙呢？你怎么能嫌弃一个孩子啊?!"

她又怜惜又生气，很难想象自己这个孽子对陆潇说了多少伤人的话。

"你跟他说这话，就是把我从小教给你的规矩当耳旁风！还说橙橙不尊重你，你尊重过别人吗!?"

叶高阳慌了，虽然他不太喜欢陆潇，但也不至于当面这么说一个小孩儿。

他连忙疯狂摆手解释："不是不是……妈你误会了。小陆啊我不是嫌弃你，更没有觉得你配不上小橙……天哪，我怎么可能会有这种低劣的想法，你真的误会叔叔了。"

高秋兰越想越揪心，哽咽着怒骂他："橙橙从小过的是什么生活你知道吗？没娘疼没爹爱的，从小到大家长会都是我去的。你管过他生活吗？管过他学习吗？现在他长大了，你又要回来掺和一脚，有你这么当爹的吗？"

"奶奶，你别激动，身体要紧。"叶橙这才回过神来，赶紧拍了拍她的后背，生怕她晕过去。

叶高阳在陆潇一个外人面前，被亲妈这么揭老底，面子里子都要丢光了，脸涨得通红。

他低声下气地说："妈，你冷静一点。我不是那个意思，我没想干涉他们。"

"放屁！你刚才还说要管他!"高秋兰更激动了，一把把叶橙护在身后，"我的孙子，要管也是我来管！谁同意你管了？是我同意了，还是他妈妈同意了?"

叶高阳张着嘴巴，说不出一句话来，脸涨成了猪肝色。

以前高秋兰总是充当和事佬，盼望着他们父子俩好好相处，至少别闹翻也好。如今她从一个外人嘴里，忽然间听到叶橙以前的生活，登时眼泪忍不住了，心里又是心疼又是自责。

她就不该再让这个孽子接触叶橙，还指望两人关系缓和，现在看来，这个家没有他叶高阳就是最好的！

高秋兰索性拽起叶高阳道："你滚回酒店去吧，今晚别待在家里了，看见你就碍眼！别脏了我家的床！"

叶高阳被突如其来的情况，砸了个措手不及："妈，妈，你别这样，我不是故意要惹你生气的……"

"滚出去！畜生！"

高秋兰充耳不闻，一顿痛骂，直接把他推出去，"砰"地甩上大门。

平时她都一副温柔慈爱的模样，如今暴怒，把一屋子的男人全给震住了。

陆潇默默地在桌子底下比了个大拇指，用口型道："你奶奶，真牛。"

叶橙警告地看了他一眼，示意他别再乱说话，免得勾得高秋兰再难过。

他站起身安抚着高秋兰："好了好了，奶奶，消消气，别动这么大肝火。"

高秋兰想伸手搂住他，但又因为陆潇在，只得忍住了。

她擦了擦眼泪，说："不好意思啊小陆，让你看笑话了，我们家就是一堆烂摊子。我替你叶叔叔郑重给你道个歉，他刚才说话确实太过分了，都是我这个当妈的缺乏管教。"

陆潇恢复了正常的样子，忙站起身道："没关系，奶奶，我没有放在心上，您也别放在心上。"

高秋兰摇了摇头道："你真的是个好孩子，这么善良大度，也不知道那畜生怎么想的！你怎么可能带坏橙橙?!"

陆潇不太自然地清了清嗓子，不由自主地连后背都挺直了。

"今天这么晚了，要不你就留下来住一晚吧。"高秋兰对他道。

陆潇刚要开口，叶橙就抢先说："他明天有补习班，我等下送他去地铁站。"

开什么玩笑，还留宿。明天一早叶高阳肯定要来负荆请罪，这种尴尬场面他可不想让陆潇再经历第二次了。

陆潇不满地瞪着他，高秋兰点了点头："那好吧，不能耽误学习，小陆下次多来玩儿。哎，我都不知道，原来你们从小就认识。"

叶橙心想，我也不知道呢，就你相信他的鬼话。

两人从家里出来，走在去地铁站的路上。

叶橙忍不住嘲道："你演技还挺好的，不往演艺圈发展可惜了。"

"是吗，还行吧。"陆潇居然没听出他的嘲讽，表情有点洋洋得意，"我有个表叔就是干这行的，还开了一家娱乐公司。"

叶橙说："得了吧，你可真厉害，张口就来。不过居然全都被你猜中了，我小时候确实求过我爸，让他带我去海洋馆和游乐场。"

"这都能猜中，你是不是在我家安监控了啊?"他开玩笑道。

陆潇的眼神变了变，没接话。

叶橙看着他道:"其实我挺好奇的，你为什么会觉得我小时候是个……"

他停了下来，有点耻于说出那个词。

陆潇不由笑了起来:"是个小哭包吗?"

晚风清凉舒适，拂过叶橙微红的面颊。他低低地"嗯"了一声，算是默认。

陆潇的脸上露出浅浅的酒窝，好似陷入了某段回忆中:"那还不好猜，你本来就是个小哭包，每次不是第一名都要哭鼻子。"

"胡扯，我才没有过。"叶橙又被说中了，立即面红耳赤地反驳。

"你没有因为考试哭过鼻子?"

叶橙憋了半天，愤愤道:"没有。"

陆潇哈哈大笑，明显不相信。

叶橙非常想揍他:"你笑个屁啊!"

陆潇笑得直不起腰来。

两人打打闹闹走到小区门口，叶橙的肚子饿得咕咕叫了几声。

他揉了揉腹部，东张西望:"今天卖关东煮的大叔怎么没来，往常这个点他已经在门口了。"

"是李记关东煮吗? 他家的福袋老好吃了。"陆潇随口说。

"对对，就是那个。"叶橙一顿，看向他,"你怎么知道的，你在这里吃过?"

陆潇避开他的视线，说:"我有个朋友也住在这附近，来吃过几次。"

他指了指马路对面的罗森便利店，转移话题道:"那里也有关东煮，走吧，我请你。"

叶橙来了精神:"啧，跟少爷出来就是好，什么都是'我请你'。"

"不是少爷。"

"哦?"

"叫爸爸。"

"滚呐。"

周末两人没吃成烤肉，因为叶高阳又回家里住了一天，跪在客厅里挨训。

叶家的家教就是这样，天大地大，母亲最大。

叶橙无聊地坐在书桌旁，吃叶高阳顺带买回来的绝味鸭脖。

班级群里，陆潇发了条消息：想报名参加运动会的，填一下这个表。

然后他共享了一个Excel表格。

叶橙点进去，发现三千米跑步的项目下面赫然写着自己的名字。

群里热情高涨。

——一个人最多报几项啊？

——啥啊，居然没有铅球，是取消了吗？

——潇哥，运动会是几号来着？怎么没看见通知呢？

二十班虽然成绩垫底，但体育方面那是一个个当仁不让，校篮球队的人三分之一都出自二十班。

叶橙点进陆潇的头像，私聊他。

克制一下：谁允许你擅自给我报三千米的。

他戴着手套，只能用一只手打字，边啃鸭脖边等陆潇回复。

本以为陆潇要回完群里的问题才会回自己，但下一秒对话框就弹出来了。

嫌疑人X：你在附中的战绩我可是查到了的，还是不是二十班的人了？有没有点班级荣誉感了？

克制一下：这就是你不经允许帮我报名的理由？

嫌疑人X：切，我在旁边陪你跑还不行吗？

叶橙露出一丝笑意。

克制一下：那你自己干吗不上？

嫌疑人X：啊，烦死了，我讨厌跑步！深恶痛绝！懂不懂？[愤恨.jpg]

群里消息不断闪烁。

——潇哥人呢，怎么发了个表就跑了？

——习惯就好，他回消息一向随缘，你们的问题周一之前能得到回复，就谢天谢地吧。

——裂开了，我私聊他他也不回。

果然，直到周一，大家的问题也没能得到解答。

早自习的时候，一群人围在后排，叽叽喳喳地询问关于运动会的事情。这时华旺春走了进来，众人便迅速回到了自己座位上。

叶橙从英语书里抬头看了一眼，怔了怔。

他从来没见过华旺春的脸这么黑过。

就连上次自己在他面前和叶高阳吵起来，华旺春也顶多是"为难"而已。而现在他的表情，用吃了苍蝇来形容也不为过。

其他人也注意到了这一点，都识趣地安静下来，装模作样地拿起课本看书。

然而华旺春并不是来巡视早自习的，他扬声道："先别看书了，我说两个事情。"

大家抬头看着他。

"第一个，就是下周要开运动会的事，你们自行报名训练。"华旺春言简意赅道。

"第二个事。"他看了一圈教室，眼神严厉到可怕，"我在后面的工具间里，发现了一个东西，希望那个人能自己来找我承认，不要让我当众说出来。"

后门口有个工具间，是专门用来堆放杂物的，颜料、废报纸什么的都放在里面。

底下开始骚动。

"妈呀，他发现什么了？"

"不会是烟吧，但谁会把烟头扔班上的工具间里啊，那不是找死吗？"

"我们班好像好几个人抽烟，啊，不会要挨个儿查书包吧……"

叶橙扭过头向后看了一眼，陆潇无所谓地坐在椅子上转笔，看见他回头，还对他抛了个媚眼。

看样子他一无所知，那就好。

华旺春沉声说："我给这个人一上午的时间，尽快来找我坦白。否则，不要怪我不给你脸。"

"最后再强调一遍，如果你被我抓到还不承认，你看看我会不会让你退学。"

他语气很重，事态好像真的很严重。

叶橙皱了皱眉，如果仅仅是香烟的话，应该不会让他这么生气。

华旺春出去后，班上立马闹哄哄地讨论起来。

"到底是谁啊？"

"都退学这么严重了，赶紧自己去认错吧。"

"我怎么感觉不像是烟头呢，包干区平时也能捡到烟头，要是他想刁难我们早就拿出来了。"

"你这么一说……似乎确实有道理，那能是啥？"

整个上午，班里都在议论纷纷。

午饭的时候，叶橙问陆潇道："华旺春说的那个人，不是你吧？"

"什么？"陆潇一脸茫然，完全在状态之外。

叶橙不满地看着他，意有所指："你知道年纪轻轻染上烟瘾的危害吗？你知道每年因为吸烟得肺癌死亡的人数吗？你知道抽烟抽多了肺部会变成什么样子吗？你知道……"

陆潇忙举起双手投降："打住，我知道了！但是我真的没有抽烟！"

"不，你有。"叶橙严肃地说，"十年后，你的烟瘾会很大。"

陆潇："啊？"

叶橙越想越不爽："应酬完身上就一股子烟味，买了戒烟糖也会偷偷吐掉，电子烟的味道更难闻，还不如不换。"

陆潇茫然道："你到底在说啥？"

叶橙把筷子一扔："不吃了，你自己吃吧。"然后站起身走了。

陆潇："……"

不是，他是谁，他在哪儿，他做错了什么……

下午第二节课是华旺春的课，出乎意料地，他两手空空地进来了，没拿圆规直尺，也没拿教材。

教室里鸦雀无声，一副山雨欲来风满楼的架势。

华旺春靠在讲台旁边，也不说话，就静静地看着他们。

这招叶橙太熟悉了，俗称心理施压。

就在众人都惶惶不安时，他才慢慢地开口："我上午说过什么，还有人记得吗？"

底下十分安静，只有呼吸声。

华旺春抱着双臂，随口点人："来，于坤，你起来说一下，我上午讲了什么。"

于坤硬着头皮站起来，磕磕绊绊道："您说，让那个乱丢……垃圾的人去找办公室找您。"

这个"乱丢垃圾"很是灵性。

底下有人没忍住笑了出来，随后又一片寂静。

华旺春压了压手让他坐下，对班上道："我给过你一上午的时间，那现在就不要怪我不讲情面。"

他的声音冷得瘆人，从讲台抽屉里拿出一个安全套的外包装："今天早上，我在后面的工具间发现了这个。"

下面扬起轩然大波，登时炸开了锅。

"我的妈，不是吧，这么猛！"

"咳咳咳，到底是谁啊？"

"也就是说，有人在工具间里……？"

大家开始四处张望，重点看向了几对怀疑对象。

谭晓琪的脸瞬间涨红了，抬手给了她同桌一下："看我干吗？不是我！"

华旺春观察着大家的视线，发出一声冷笑。

"看来你们心里都有点数啊，成天不好好学习，把学校当成什么地方了？有一点羞耻心没有！"

"既然不来找我，行，那我就让你出名。"他震怒道，"所有人起立！"

班上一片混乱，大家都站了起来。

华旺春走下讲台，站在人群中间说道："周末来过学校的站着，其他人坐下。不要想蒙混过关，我已经调过走廊的监控了。"

叶橙跟着大家坐下来，只剩下四个人站着。

一个是蔡旭佳，还有两个是女生，脸色都刷白。

最后一个……叶橙呼吸一窒。

——是陆潇。

华旺春指了指其中一个女生道："魏璇璇坐下，你是来帮我改作业的。"

于是，整个班上只有两男一女站着。

那个女生头发做了红色挑染，是个平时挺太妹的学生，叶橙记不太清她的名字了。

"天哪……这什么情况？一哥……不会吧！"

"蔡旭佳有喜欢的人，是文科班的，那只能是……"

"快住嘴！我世界都崩塌了，我一直以为一哥不近女色呢。"

"这也太倒胃口了……"

叶橙的五指慢慢收拢，强行忍住才没有往后看。

华旺春走到他们面前，说道："你们三个，分别说说看周末来干吗了。"

蔡旭佳咽了口口水，声音有点发抖："我来教室拿，拿足球，然后和朋友一起去踢球了……是三班的，他们可以作证。"

旁边响起一个细若蚊蝇的女声："我是回来拿历史作业的，写了会儿题就走了。"只见红色挑染的女生肩膀微微颤抖。

华旺春看向剩下的陆潇："你呢？"

"体育老师找我，安排运动会的事。"陆潇手放在裤兜里，满不在乎地说道。

华旺春目光锐利："体育老师的办公室在三楼，你来五楼干什么？"

其他人交头接耳得更厉害了。

"都给我安静！"华旺春怒道，"陆潇，你解释清楚，你到楼上干吗来了？"

陆潇忽然晒笑了一下，华旺春脸色大变，正要开口教训他。

只听他吊儿郎当地说道："老师，你不会怀疑我吧？完全没这个必要——"

他拖长了声音道："我可不会和女生乱搞，这辈子都不会。"

叶橙猛地转过头。全班一片哗然。

陆潇在课堂上的发言，以迅雷不及掩耳之势火速传遍了全校。

主人公被华旺春请去办公室喝茶了，连带着蔡旭佳和那个做红色挑染的女生一起。

江湖没有陆潇的身影，却到处是他的名字。

"地表最强猹栖地"内，消息疯狂刷屏。

迪迦是光：救命，一哥好刚，他说的是我想的那个意思吗？

小豆包儿：似乎是，但又不完全是。

小豆包儿：他的重点应该在于"不会乱搞男女关系"，挺好的，我还以为他私下很浪。

再借十三中五百年：论坛那帮女生要疯了吧。

久隆吴彦祖：喂喂，说话注意点啊。

再借十三中五百年：吴彦祖你凶什么凶QAQ！

小糖串儿：我觉得一哥是为了跟这件事撇清关系，才会这么说的吧，他喜欢膈应老师也不是一天两天了。

你妈买菜必涨价：说实话，我也这么觉得。

小豆包儿：就是这个理儿，只有直男才会嗷嗷叫嚣，哈哈哈哈。

小糖串儿：不过那玩意儿八成和一哥没关系，我感觉他平时确实对女生不大感兴趣的样子。

一个陌生头像跳了出来，上面是黑色的侧脸剪影。

克制一下：你们很闲吗？猜这猜那。

再借十三中五百年：你谁啊，刚进群的？

小糖串儿：＝＝他是橙哥。

再借十三中五百年：哈？！

再借十三中五百年：我去，哥，对不起！骚瑞！

久隆吴彦祖：说了让你们说话注意点……

叶橙关掉手机，心情愈发复杂了。

一节课过后，陆潇回来了，蔡旭佳和那个女生还在办公室。

他坐在后面，脸上看不出什么端倪来。

于坤琢磨道："看来这事儿可能真是老蔡干的，啧啧啧，这下可得闹大了。"

前面的人转过来参与话题，唏嘘不已："他每天来学校不知道干吗的，成绩倒数，也没朋友，还搞出这档子事，真恶心。"

"我要对工具间有阴影了，能不能彻底打扫一下……"

于坤偷笑道："那你别进去嘛。"

他又说："不过潇哥也太牛了，直接来这么一出，迅速洗脱嫌疑。华旺春早就怀疑陶敏了，一直想把那男的揪出来呢。"陶敏就是那个女生。

叶橙看了他一眼："你们都不介意用这种'方式'洗脱嫌疑？"

于坤压低声音道："别人我不清楚，但潇哥绝对干得出来，因为他本来就有喜欢的人。"

"为什么这么说？"

"就他和江怡蓉那点事儿，谁还不知道啊。前几天，江怡蓉还给他写了一沓子小作文，说是暗恋第一百天的告白呢。"

叶橙沉默了。

前面的同学好奇地问道："小作文？什么小作文？"

于坤八卦灵通："就是前几天，听说她把她以前写的情书攒在一起，一股脑给了潇哥。"

"我去，蓉姐还挺有情怀的。"

叶橙："……"

对于这件事，陆潇只字没向他提起过。

这场闹剧最终水落石出，果不其然，真的是蔡旭佳干的。

原本蔡旭佳是拒绝承认的，但华旺春应对这种事很有一套，威胁说要验DNA，如果证明是他们那两个人都得退学。

这么一来，陶敏害怕了，彻底崩溃，哭着承认了这件事。华旺春对他们没有任何包庇的心思，直接通报批评、请家长、记大过、思想教育一条龙服务。

几乎每年，十三中都要出一起类似事件。

去年是有人意外怀孕退学，前年是有个女生把孩子生厕所里了。

只有你想象不到，没有十三中发生不了的事。

"垃圾场"名不虚传。

校领导每年只希望他们不要出大事，而不是盼望着能达到多少升学率。

举例来说，就二十班这个水准，能有十个人考上大学就已经很不错了。这十个人大概率就是那几个班委，因为只有他们成绩还说得过去，也不容易出幺蛾子。其他的要么考试考个位数，要么就是上房揭瓦被劝退。

体育课上，蒋进感慨道："我说我们班是不是风水不太好，这学期已经不知道第几次出事了。"

"风水好不好不清楚，桃花倒是挺旺的。"周敏豪玩着篮球，暧昧地看了眼陆潇。

陆潇正在和叶橙一起买水，没注意到这边。他想和叶橙说话，但对方对他爱答不理的。

蒋进欲哭无泪地说："你可闭嘴吧，我女神昨天还发了朋友圈，说'你知不知道，你是我的整个青春'，我都想死了好吗！"

周敏豪撇了撇嘴道："陆潇都说出那种话了，还拯救不了她，她可真是陷得不浅啊，我看你十有八九没希望了。"

"你可别再乌鸦嘴了，我谢谢你一户口本。"蒋进握着拳头作势要揍他。

叶橙把水递给他们，刚好听到了他们的对话。

陆潇给篮球队的人分水，伸手招呼大家道："走走走，占场子去了。"

"我不打了，得去练三千米。"叶橙分完水，平静地说道。

陆潇扭头看向他："不是说好一起打篮球的吗？"

"太久没跑了，怕跑不动。"叶橙丢下一句，然后径直往操场上走去。

陆潇马上把球扔给蒋进，对众人道："你们打吧，刚好人数齐了，不用敏豪站一边当裁判了。"

本来人多出来一个，他们还得重新分队。

蒋进接住球，若有所思地看着两人的背影。

跑道上，陆潇两步追上了叶橙。尽管他不喜欢跑步，却还是跟着一路小跑。

"你怎么了？看上去心情不大好。"陆潇问道。

叶橙看向他："你来干吗？"

"陪跑啊，说好了陪你的。"陆潇无比自然地说。

"又没到运动会。"叶橙没什么表情。

"你管我，我想陪就陪。"

叶橙对他无语了。

陆潇小心地偷看他的眼色，终于忍不住说道："你是因为今天下午的事，才不高兴的？"

叶橙的脚步慢了下来，逐渐从慢跑变成走路。

操场上围着不少上体育课的人，两个又高又帅的人走在跑道上，自然吸引了不少视线。其中有几个同学是认识他们的，开始交头接耳地议论。

叶橙认真地说："你明明有喜欢的女生，却要在班上说那样的话，是不是太儿戏了？"

"我没喜欢哪个女生啊。"陆潇低低地咕哝了一句。

叶橙没听清："什么？"

"没什么。"陆潇抬起头道，"这很重要吗？"

叶橙被气笑了："你说重不重要？正常人都不会拿这种事情开玩笑吧，更何况还当着那么多人的面。"

他顿了顿，接着说："而且前几天，你还收了江怡蓉的情书。真是搞笑，你上次还说不喜欢她那种类型的，所以是在撒谎咯。"

陆潇盯着他，觉得有点口干舌燥，不确定地说："你不高兴了？"

"少自恋了。"叶橙不屑地冷笑。

陆潇舔了舔嘴唇道:"你就是不高兴吧,你怎么知道我收了她的情书?"

"说了没有!"叶橙听到他亲口承认,登时气得随口骂了回去。

陆潇故意说:"她还送了我一束黄玫瑰,我也收了。"

叶橙停了下来,怒目直视他,胸口不断上下起伏。

这家伙什么意思,是在跟他炫耀?

"她说可能再也不会遇到像我这么帅的人了,试问谁不知道。"陆潇不知死活地继续说。

叶橙深吸一口气,决定和他割席:"三千米你自己去跑,还有,以后别跟我说话了。"说罢,扭头就走。

陆潇一把拽住他的手腕,将他拉了回来。

他的手劲很大,叶橙挣扎了几下,硬是没甩开。

见他还在挣脱,手腕已经红了一圈,陆潇忙道:"哎,哎,好了,我逗你玩儿的。"

叶橙怒道:"松手,滚远点。"

"别生气别生气,"陆潇差点玩脱了,忙不迭解释,"我道歉!刚才只是口嗨!你不知道黄玫瑰是什么意思吗?"

叶橙翻了个白眼,什么意思关他屁事。

陆潇说:"意思是'分手、失恋',她那天是来找我道别的。"

叶橙停了下来,皱眉看着他。

"她要转学了,所以就把以前写的东西都给我了。"陆潇注视着他的眼睛道,"说是不想留下遗憾,而且——"

"黄玫瑰,哪里有蓝玫瑰好看。"他无比真诚地说。

十八岁的那捧密西根碎冰蓝玫瑰,花瓣渐变幽冷,枝叶苍翠有力。

他特地去查过的,蓝玫瑰的花语。

男孩子的恶作剧得逞,心底却惴惴不安起来。

叶橙将手从他手中抽回来,慢慢地眨了下眼睛。

陆潇忽然间有点不好意思了,预感叶橙下一秒好像会说点什么。

"我……我骗你的,信我退还给她了,花也没收,你没生气吧?"他不断偷瞄叶橙。

叶橙心里比之前还要凌乱。

情绪大起大落，这实在不是他该有的状态。

他胡乱"嗯"了一声，没再说什么，随后把陆潇扔在跑道上，自己走开了。

陆潇有点傻眼，不知道他到底是什么意思，垂着手站在原地。

叶橙走到空无一人的洗手间里，用冷水往脸上泼了几下，才算平静下来。

刚才在操场上，他整个大脑都是蒙的。

从不由自主地发脾气，到后面的尴尬，作为一个成年人，他很少会这样不受控制。

明明再三警告过自己，不要上头，不要节外生枝。

不要把这个陆潇和那个与自己认识了许多年的陆潇混为一谈。

他是重生回来的，他知道后来的所有事，可是陆潇不知道。

但很多时候，还是会不由自主。

会开心，会认真，会期待，也会怕得到结果。

第二天，华旺春把叶橙单独叫到了办公室。接连几次在教导处遭遇不测，叶橙已经快对这个地方产生PTSD（创伤后应激障碍）了。

墙上的空调牌子从海尔换成了美的，制冷效果似乎比之前好了不少，这是唯一的进步。

华旺春泡了杯茶，也给他倒了杯水，一副要促膝长谈的架势。

"小叶，你和你父亲最近还好吗？"他客套地开头道。

叶橙没说叶高阳早就回嵊州了，敷衍地点了点头："还好。"

"没再闹矛盾了吧？"

"没有。"

华旺春舒了一口气："那就好，你是个善解人意的好孩子，相信你能用正确的方法和你父亲相处。"

可惜我不能，叶橙腹诽道。

华旺春喝了口茶，说："今天把你叫过来，我是希望你能够协助老师，为班里的同学做点事。"

叶橙竖起耳朵，他这个班长平时事情不多，难得华旺春对他有要求。

"前两天发生的事你想必也了解了，咱们班的风气实在是不容乐观。"他语重心长地说道，"我找了几个同学谈心，但效果都很不理想。所以我想让你代替我，找他们聊一聊。"

"也许他们跟我有隔阂，不愿意说实话。但你是班长，又是同龄人，很多话他们可能会愿意跟你说。"

叶橙听明白了，原来是想找他当"间谍"。

华旺春咳了两声道："尤其是陆潇，这孩子实在太叛逆了，居然在课堂上说出那样的话。你们之前关系还算不错，他是这次需要帮助的重点对象，还得麻烦你和他好好聊聊了。"

"我……找他聊什么呢？"叶橙没想到还有这么个任务。

华旺春起身，从桌上抽出几张A4纸，递给他："我都给你打好提问大纲了，名单也在上面，你照着这些问就行。"

叶橙扫了眼纸面，顿时满脸黑线。

Q1：在学校有好感的女生/男生吗？

如果回答女生，跳Q2；如果回答男生，跳Q3。

Q2：哪个班的，叫什么名字？为什么对她有好感？有没有近距离接触过？

Q3：是什么样的男生呢？从什么时候发现的，为什么？

……

搁这玩测试小游戏呢！

叶橙放下A4纸："老师，您这是在为难我。"

华旺春知道他误会了，连连摆手道："我不是要你背叛同学的意思，你也不用偷摸问这些，光明正大地拿着问题做记录就好了，就说是我要求的。"

叶橙愈发费解了："那他们不是更不会说实话了吗？"

华旺春重重地叹了一声道："这是上面交给我的任务，糊弄也得糊弄过去。可是你知道我找这些人谈话之后，他们是怎么回答的吗？"

"陆潇回了我三个字，'有事吗'。蒋进说他低血糖犯了，头晕，结果去了医务室就没再回来。还有李俊晓，这小子去了三趟厕所，最后回答我说他不喜欢人类，他有恋物癖。"

叶橙："……"

他突然有点开始同情华旺春了。

华旺春指了指自己的脑门："这几个人，这里多少有点问题。我也是不想再耽误时间，才找你来帮忙的。"

作为教导处主任，他不可能把所有时间都花在这几个兔崽子身上。

叶橙只好说："好吧，我尽量试试。"

华旺春大喜过望："这件事解决之后，老师请你吃饭。我这几天实在是太忙了，年级一直开会，唉。"

"不用，那老师您忙吧，我先走了。"叶橙站起来道。

华旺春客气地把他送到门口，终于放下心来。

叶橙回到教室，大家正在上自习，还算安静。他招了招手，先让蒋进到走廊上来。不少人都好奇地看着，不知道他要干吗？陆潇也靠着椅背望过来。

叶橙拿出纸笔，趴在扶手上写字："占用你几分钟，例行公事，问卷调查。"

"噗，橙哥，你什么时候改行当华旺春的特务了？"蒋进笑喷了。

"职责所迫，别笑，严肃点。"叶橙无奈地问道，"第一个问题，你有没有好感的男生或者女生？"

蒋进贼笑道："我好感谁，你还不知道吗？"

叶橙没有感情地说："那我写'江怡蓉'？"

蒋进回过神来，忙道："不不，不能写，就写'暂时没有'好了。"

"第二个问题，近期有没有和异性交往亲密？"

这份问卷，完全就是在调查两性关系，他们能好好回答才有鬼。

反正都是打擦边球，叶橙只是把答案组织得稍微漂亮一点，本质上还是听他们满口胡言。比如李俊晓声称自己好感的是隔壁邻居，谭晓琪则说有个暗恋多年远在异地的哥哥。

只有华旺春不敢想，没有他们不敢编。

结束问题之前，谭晓琪小心问道："班长，每个人都要接受这种调查吗？"

"差不多。"叶橙边记录边答道。

谭晓琪眼睛一亮："那潇哥也要被问这些问题吗？"

叶橙看向她："你的好奇心好像很旺盛。"

谭晓琪结结巴巴道："啊，我……我只是随便问一下。"

"没什么事的话，就回去吧，把下一个叫出来。"叶橙收起纸张，冷冷地说。

谭晓琪忙不迭地离开了。

最后一个，终于轮到了陆潇。

其实叶橙是非常不想叫他出来的，但怎么轮也该轮到他了。

班上的人小声说着话，时不时看看外面的两个人。

陆潇和他面对面站着，气氛有种说不出的微妙。

叶橙用笔在一张白纸上划拉来划拉去，下面垫着几张写完的"调查表"。

"最近上课有没有打瞌睡，对老师讲的重点难点都能吃透吗？"他问道。

陆潇略带诧异地挑了挑眉，说："你问我的，怎么和问别人的不一样？"

叶橙太阳穴跳了跳，果然，这人跟蒋进通了气的。

"每个人的问题都不一样，问你什么你就回答什么。"他虚张声势地说。

"哦——"陆潇拉长了声音，"报告班长，打瞌睡两次，被抓到零次。重点嘛，有的能吃透，有的吃不透。"

叶橙抬起头："吃不透你不会问？"

"我同桌比我还能睡，你让我问谁？"陆潇盯着他的双眸，反问道。

叶橙试着忍了一下，还是没忍住。

"实在不会，可以问老师，也可以……问我。"他说。

陆潇不紧不慢道："是吗？昨天你把我一个人丢在操场上，我还以为你这辈子不打算跟我来往了。"

叶橙想赶快略过这个话题，说："下一个问题，作业的正确率怎么样，哪一门最薄弱？"

"啧，我发现了。"陆潇摸了摸下巴道，"这些其实都是你想问的吧，并不是华旺春让你问的。"

叶橙被当场戳穿，脸皮迅速地红了红。

"我只是对你的学习负责。"他嘴硬道。

陆潇笑了笑，说："好吧，班长说什么就是什么。我回答一下，正确率一半一半，英语最薄弱，因为我离开班长是真的学不进英语。"

叶橙面红耳赤，连呼出的气体都很炙热："你好好说话。"

"我有好好说话啊，还想问什么？关于生活的话，我吃不好也睡不好，已经三天没打篮球了，昨晚回去一直在想我是不是惹班长生气了。总之，离了班长，似乎一切都不太好。"

陆潇的嗓音低沉中带着笑意，哪里有半点吃不好睡不好的样子。

叶橙后退了一步。

用这种语气说话的陆潇，让他隐隐有一种熟悉的感觉。

很久以前，当陆潇不再把他视作"老爷子送进公司的间谍"，渐渐开始对他熟稔之后，说话的口气和现在简直一个模子刻出来的。

——自带一股孔雀开屏的味道。

黑曜石般的眼睛闪着坏笑，刻意压低的声音，若有若无地上翘着的嘴角，无一不在告诉对方：我知道你吃这套。

叶橙内心警铃大作，一脸戒备地望着他。

陆潇见他这副表情，立即露出受伤的眼神："我说的都是实话。"

叶橙一阵晕头转向，只想快点打发他走："行了，知道了，问完了。"

"这就问完了？"陆潇微微睁大眼睛，故作惊讶。

"我有没有好感的男生或者女生，为什么会产生好感，这些你怎么不问？"他不满地说。

叶橙暗道蒋进你完了，我要掐死你。

但他表面上镇定道："说了问题因人而异，每个人都不一样。"

"真的？"陆潇狐疑道。

叶橙："真的，你怀疑我？"

"……不敢不敢。"

叶橙站在原地，静静地等待他离开。

陆潇踌躇了片刻，还是开口道："那我有不会的问题，还可以问你吗？"

叶橙听见他的话，含糊地"嗯"了一声。

这下该没话了吧。

在离开之前，陆潇像是突然想起什么似的，对他笑了笑说："对了，昨天你不高兴，我倒是很高兴。"说完，便一步三蹦跶地回教室了。

叶橙的脑袋"嗡"的一声，身体晃了晃。

被耍了。

这是叶橙的第一反应。

被一个小自己许多的高中生耍，原来是这种感觉。

叶橙在走廊上站了很久，一动不动。对于青少年的教育问题以及种种应对方案，再次在他的脑子里打架打成了一片。

陆潇支着下巴，隔着玻璃窗望着叶橙，眼睛亮晶晶的。

那人就那么冷冷清清地伫立在原地，仿佛在思索着什么，眉头紧锁，看起来不太好的样子。

是自己给他增添烦恼了吗？

应该是。

陆潇勾了勾唇角，无所谓地想。

那就烦恼着吧。

为了他头疼，也好过他独自头疼。

第15章
小心眼

　　没过几天，运动会就拉开了序幕。

　　十月底正是南都说热不热，说冷不冷的季节，一时太阳晒得人满头大汗，一时秋风瑟瑟吹得人脊梁发冷。

　　学生们都换上了长袖的秋季校服，红黑白三色，铭牌别在最外面。

　　有了外套的遮盖，大家通常会在里面穿自己喜欢的短袖。热的时候就脱掉校服，把袖子绕一圈围在腰上，很多人喜欢这么干。

　　那些腿长的男生女生，还会把裤脚卷上去几道，费尽心机地让自己显得与众不同。

　　体育部一大早就开始号召集合，各个班的体育委员都提前去了操场。

　　二十班的学生来到自己班级的看台，吵吵闹闹地坐下来。叶橙叫了几个男生过来帮忙，从教室里搬了两张桌子，放在二十班的班牌后面。

　　班牌是蒋进花了一天时间设计的，本来弄个漫画上去就差不多了，硬是被他整了个梵高风。满满当当的向日葵张牙舞爪，无比嚣张地攀附在"二十班"三个大字上，好似一群活泼青春的少年，倒是意外地符合他们班的风格。

　　生活委员用班费买了两箱脉动，以及各种补充体力的士力架、巧克力、葡萄糖片等小零食。

　　由于华旺春作为教导主任，要去主席台上主持开幕，所以只能由班长叶橙肩负起管理班级的责任。

　　他一边拿着花名册点名，一边安排走方阵的人集合。

　　还有十分钟，方阵队伍就要入场了。

　　上午的太阳渐渐升高，气温也随之上来了不少。塑胶跑道散发着一股呛人的怪味，操场上人山人海、熙熙攘攘。

每个班委说话都靠吼，半天下来嗓子都喊哑了。

"国旗班的马上到主席台来！国旗班的马上到主席台来！"

"十一班的方阵队伍名单少人，麻烦尽快补齐！"

"请华旺春老师来主席台一下！"

全校广播里不断播放着各种消息，吵得人脑瓜子嗡嗡的。

叶橙处理完琐事后，就暂时把班级交给了生活委员，自己随着方阵队一起走了。谭晓琪报了女子一千五百米长跑，和他并肩站在主席台下面等待。

头顶上传来主持人陈词滥调又慷慨激昂的开场白："各位老师、同学们，大家好！沉醉于和煦的秋风，沐浴着温暖的阳光，我们相聚在这里，迎接十三中第六十八届运动会……"

谭晓琪热得用手拼命扇风，问叶橙道："橙哥，潇哥怎么没跟我们一起啊？"

"他是国旗班的，要走在最前面。"叶橙随口答道。

谭晓琪看了看他，试探地说："你们这几天闹别扭了吗？好像都没见你和他说话。"

叶橙不自在地说："座位隔得远，不方便而已。"

自从那天被莫名其妙地戏弄了之后，叶橙总感觉一见到陆潇就紧张，便有意不去主动找他。

陆潇似乎也有些不好意思，不再时时刻刻都贴着他，只是偶尔有不会的题目，会拿来找他请教。

谭晓琪说："没吵架就好。那下午的篮球赛，你要不要去给他加油？"

今天下午是年级篮球对抗赛，陆潇运动会只报了跳远和篮球这两个项目。

叶橙想着，反正自己跑完三千米之后也没什么事，于是点了点头道："可以，到时候也叫上我们班其他的人。"

"好耶！我们去给潇哥当啦啦队。"谭晓琪满脸期待地表示。

随着方阵入场，操场上不断传来拍照声，闪光灯一下接一下。

隔得老远，叶橙都能听见那群拍照的女生在议论。

"我的妈，那个国旗班领头的好帅啊！"

"等会儿，放大点我看看，你刚才手太抖了。"

"这不就是一哥吗？救命，你们都不知道他是领队吗！不愧是我们校草，帅吐了！"

重返盛夏

谭晓琪刚下场，就听见旁边两个女生捂嘴尖叫。

"啊啊啊啊学长好帅！我能不能去问他要个联系方式啊？"

"你去你去！不过我感觉他这种，应该挺花心的，看上去就贼招狂蜂浪蝶。"

"真的假的？听说他都没谈过女朋友诶，会不会还是……"

两人脑袋缩在一起大声笑闹。

谭晓琪听不下去了，叉腰道："喂喂，你们高一的，跑到高二区域做什么？"

"学姐，你别误会呀，我们是裁判。"其中一个短发女生说道。

另一个长头发撇了撇嘴："好凶哦，来一下又怎么了。"

"呵呵，你们想要国旗班领队的联系方式？"谭晓琪斜眼看着她们道。

短头发立马激动了："学姐，你认识他吗？可不可以帮忙介绍一下啊？"

谭晓琪冷笑道："死了这条心吧，他有对象了。"

"怎么可能？后勤部的说他是单身好不好。"短头发眨了眨眼睛，疑惑道。

谭晓琪嗤笑："小妹妹，你们还是太嫩了点儿。等着瞧吧，下午篮球赛，你们会自己主动放弃的。"

她得意地一甩脸，露出鼻孔，扬着头走开了。

两个女生："……"

"什么玩意儿，你知道她在说什么吗？"

"不知道，晕，真无语。"

整个上午，叶橙都在跑来跑去，忙着给运动员递水、给主席台递交稿子。原本定的广播稿是他写，但他实在是没空，便交给了于坤写。

当播音员念出来的刹那，整个二十班哄堂大笑。正在远处沙坑跳远的陆潇差点没两眼一黑晕过去。

播音员慷慨激昂地念道："致二十班第二帅的校草陆潇！这里我要解释一下，为什么是第二帅呢，因为……因为我心里的第一帅另有其人，他的数学成绩比我好……所以我认为他是第一帅……"

她的声音逐渐从坚定变得不确定，但秉持着职业操守，她还是硬着头皮读了下去。

"第二帅的校草陆潇，你的眼睛如同黑漆漆的四氧化三铁，你的头发如同漫天飞舞的……二氧化碳，你的长腿如同食堂后面最高的那两棵水杉树。愿你……愿你一跃而就，愿你飞黄腾达，愿你跨过沙坑的……鸿沟。"

播音员实在是读不下去了，小声吐槽道："这就是理科班写的稿子吗？这么狗屁不通的吗？"

她忘了自己还没离开麦克风，声音通过广播传遍了整个操场。

操场上一片笑到岔气的声音。

旁边的同伴满脸惊恐地看着她，远处华旺春正迈着小短腿跑向主席台。

沙坑边的裁判快笑晕过去了，捂着胸口，象征性地吹了声哨道："24 号，陆潇。加油，愿你跨过沙坑的鸿沟！"

噗——

围观的人纷纷笑了起来，越来越大声。

陆潇捏了捏拳头，关节噼啪作响。

——他们班的稿子是叶橙负责的。

可以啊，敢情是在整他呢！

谁怕谁，下午还有三千米呢。

到时候走着瞧！

陆潇果断助跑起跳，矫健的身影飞了出去。

果然，这一跃，成功地越过了沙坑的鸿沟。

带起的飞沙漫天散落，一跳定胜负。

众人鼓掌叫好，裁判连连点头道："看来冠军是稳了，二十班确实人才济济啊。"

经过一上午的拼搏，二十班一共拿了两个决赛第一，两个小组赛第一，以及若干个第二和第三。

总体来说，成绩非常可观。

中午吃饭的时候，叶橙刻意少吃了一点。下午第一个项目就是三千米，吃太多不容易消化。

对比其他时长较短的项目来说，三千米是个大项目。因此在开跑之前，跑道两侧已经聚集了许多人，给自己班上的选手加油。

二十班几乎全体出动，举着彩带、花球和充气棒，哨子吹得呜呜响。

"班长，李俊晓，加油！！"谭晓琪带头喊道。

其他人纷纷大喊："班长加油！李俊晓加油！你们是最棒的！"

叶橙站在起点，却没有在人群中看到陆潇。

他贴着号码牌的短袖微微汗湿，已经热身过了，在原地再次活动了几下手腕和脚腕。

旁边一个黄毛哥们儿对他说道："你是叶橙吧？待会儿一起跑吗？"

漫长的七圈半，大家往往都会找个速度差不多的跟着跑。

他思忖，年级第一能有什么体育优势，八成是赶鸭子上架来凑数的罢了。

因为学校有参赛名额的要求，所以每个班都心照不宣地派了两个人上。一个负责正儿八经跑的，另一个大概率是来浑水摸鱼的。

二十班谁负责浑水摸鱼，一目了然。

黄毛指了指另一边穿短裤的男生，说："那家伙是体育生，来破纪录的，我可不想和他一起。"

"你一般用时多久？"叶橙问他道。

他回答说："十五分钟以内吧。"

叶橙："……"你这也太慢了，兄弟。

他真诚地建议道："不如你去找李俊晓，就是三号跑道那个。"

那家伙才是真正来浑水摸鱼的。

黄毛古怪地看了他一眼，只好转身去找李俊晓了。

"各就各位，预备——开始！"

随着裁判一声枪响，位于起点的运动员全都冲了出去。

长跑不像短跑那么刺激带劲，刚开始大家都不会太用力，只有那个体育生遥遥领先。

紧跟在他身后的，正是黄毛以为是"混子"的叶橙。

过道两旁传来铺天盖地的加油助威，各个班级的口号混在一起，几乎听不清楚。

"一班一班，非同一般！"

"五班五班，齐心协力，共创佳绩！"

……

第一圈过后，名次没有发生改变。

叶橙和第一名咬得很紧，只有三十米左右的距离，一个冲刺就能解决。

他的策略很明显：前面几圈先跟跑，最后一圈试着超上去。

但这次的跟跑并不很轻松。

作为体育生，那人已经习惯刚开始就保持比较快的速度，后面的一群人根本跟不上，就算跟上了，到最后也没有体力超过他了。

因此，第三名和他俩之间隔了快半个操场。

第二圈的时候，两人就已经足足领先跑在最后的黄毛一整圈了。黄毛张大了嘴巴，呆呆地看着叶橙从自己身边跑过去。

叶橙秀气的脸蛋微微发红，保持匀速呼吸，看上去并不是很吃力的样子。

每当他们经过人群围聚地，大家都会不遗余力地加油打气。

差不多到了最后一圈时，播音员甜美的声音凌空响起。

"致二十班最漂亮的班长叶橙，从第一次见到你的那天起，我就深深地为你着迷……咳咳，宝，我今天中午吃面了，吃的什么面？想，想见你一面……"

从那个"宝"字出来的时候，叶橙就跟跄了一下。

播音员颤抖着继续念道："你在跑道上飞驰的时候，如同一头自由自在奔跑在丛林间的小鹿……"

听起来似乎终于正常了，然而下一秒。

"你跑的不是普通的路，而是通往我心里的路！"

叶橙脚下狠狠一崴，差点摔倒。

跑道外的笑声简直震耳欲聋。

他往主席台上看去，陆潇正急匆匆地跑下来，身后追着华旺春。

……

叶橙深深地吸了一口气，暂时忍住笑意，朝着前面追了上去。

这个智障东西，他真是服了。

他紧紧地跟了第一名七圈，但那个体育生确实很厉害，到了最后半圈，竟然还有惊人的爆发力。

对方提速的瞬间，叶橙也提速冲刺了。两人一齐冲向终点，最终几乎同时抵达红线。

不过还是体育生的胸口先碰到线。

围观的众人欢呼着一拥而上，给他们捏肩膀放松身体。

体育生喘着气，对叶橙比了个大拇指："兄弟，强啊，这个学校没几个人能赶上我的。"

叶橙最后那下冲刺用完了全身的力气，只能满头大汗地对他点头致意，撑着膝盖喘个不停。

谭晓琪疯狂叫喊："银牌，很棒了班长！你不知道那家伙有多恐怖，他从入学以来，一直是校记录的保持者。"

蒋进也吼道："橙哥你是我的神！学习学习好，体育体育强，呜呜呜呜呜我好爱你！"

叶橙休息了一会儿，喝了别人递过来的葡萄糖，才算缓了过来。

不远处，陆潇正往这边走过来，左边耳朵肉眼可见地红了一片，估计是被华旺春揪红的。

叶橙好笑地看着他，刚要举步走过去，却突然站立不稳，身体歪了歪。旁边几人发出惊呼声，想伸手去扶他。

陆潇眼疾手快，三两步上前抢先扶住他，皱眉道："怎么了？"

"嘶。"

叶橙这才感觉到脚腕处传来的痛楚，是那种连着筋的痛，动一下都刺骨。

刚才跑得太快，已经有些麻痹了。

他单手扶着陆潇的手臂道："好像扭了一下。"

蒋进来帮忙查看："是刚才跑步的时候扭伤的吗？快去医务室看看吧。"

叶橙把裤腿拎起来一点，右脚脚踝已经肿起来一小块。

"天哪，都红了，得赶紧去医务室。"谭晓琪着急道。

叶橙张了张嘴，刚想说"你们谁帮我去把班牌拿来，挂着方便走路一点"。忽然，只见陆潇弯下腰，将他的手搭在自己的肩膀上，当着众人的面把他背了起来。

一连串动作快得连叶橙都没反应过来，等他回过神的时候，已经在陆潇的背上了。

其他人全部都看傻了。

陆潇稳稳地托住他的腿，转身往医务室的方向走去。

叶橙整个人都愣住了。

谭晓琪呆了两秒，慌忙捂住嘴不让自己尖叫出来。

"我的妈……我的妈！潇哥太行了啊啊啊啊啊！"她使劲儿摇晃着身边的蒋

进，激动得眼泪都要出来了，"这是我配看的吗？这是我不付费就能看的吗?！我的天，他背得好Man好轻松啊，救命救命救命！"

蒋进午饭都要被她晃吐出来了，不满道："我正准备陪橙哥去医务室呢，话说潇哥是不是忘了自己有篮球比赛啊？我要不还是打个电话提醒他一下。"

他正要掏出手机，谭晓琪一巴掌拍在他手背上，发出响亮的脆响。

"你有病啊。"她振振有词，"篮球比赛四点才开始，还早呢，别打扰他们。"

蒋进："……"

叶橙怎么也没想到，有一天他会被一个高中生当众背着走。

陆潇的肩背宽阔而结实，今天他穿了件浅灰色T恤，后背被汗水打湿了些许，碎发半遮住后脖颈。身上散发着淡淡的橙花气味，还是用了叶橙送的香水。

叶橙盯着他的衣领发怔，不敢和他贴得太近，突然间摇晃了一下。

他一惊，赶紧用手环上去。

陆潇后背僵了僵，随即恢复正常。

叶橙也不好再把手撤回来，好像显得自己多心虚似的，便保持着搂住他脖子的姿势，清了清嗓子道："其实不用这么麻烦的，你扶着我就行了。"

"你能下地走？"陆潇问道。

叶橙说："应该能。"他以为这样对方就会把他放下来了。

谁知陆潇说："哦，但我想背你。"

叶橙噎住了。

他以前不是没被陆潇背过，只是那时和现在是两种截然不同的心情。

以前他应酬喝多了，陆潇也是这样背着他，慢慢地走在梧桐树下。夜色如水，他把脸靠在那片后背上，有一种从小到大都没体会过的安心。

小孩子只有在爸爸的背上，才会有这种感觉。

而在陆潇身上，他找到了前所未有的安全感。

可是此刻，他的心情是紧张的，是犹豫的。

不管是不同于西装的T恤，还是周遭陌生的校园环境，无一不在提醒着他，这不是他记忆里的陆潇。

可吸引力不分时间和空间，无论哪一个陆潇，都是那个能让他信任的陆潇。

叶橙缓缓地把自己的脸贴了上去，靠在他微微凸起的肩胛骨上。

有点硌得慌，但依旧很有安全感。

陆潇没有说什么，就那么让他靠在自己身上。

医务室距离操场并不远，没过几分钟，两人就到了。

进了门，陆潇小心地将他放在椅子上。

明明热得出了一身汗，有个人贴在自己背后并不舒服，但叶橙松开手的那一刻，他心里还是涌起几分失望。

"王医生，他脚崴到了，麻烦你帮他看看。"见医生弯腰去卷叶橙的裤子，陆潇出声道。

高一的时候，他三天两头往医务室跑，要么打架受伤进来上药，要么央求医生给他开个肚子痛的病假，因此王医生跟他算是半个熟人。

当然，陆潇也不会忘记他是怎么坑自己的。

对方在病假条上面龙飞凤舞地写了个"痛经"，他看也没看就交给了班主任，结果当场被拎到了办公室罚站。

王医生扫了他一眼："几个月没见，你怎么还做上好人好事了。"

"我们是……"陆潇卡了一下，"好朋友，不是什么好人好事。"

叶橙抬头看了他一眼。

王医生嘲笑道："还好朋友呢，你们在玩过家家吗？"

他随手捏了几下叶橙的脚腕，疼得他叫了一声。

陆潇急了："你轻点啊，哪有这么捏的？！"

"你这小孩儿也太不耐痛了。"王医生嫌弃地看了看叶橙，说，"没什么大问题，扭了下筋而已，拿云南白药喷几下就行了。"

他起身去柜子里翻找，碎碎念道："现在的孩子，真是越来越娇贵了……咦，我的喷雾呢？"

王医生找了半天，还是没找到，于是对他们说："我去仓库找找，你们先在这里待会儿。"

他一走，医务室就安静了下来。

叶橙打量着四周，他坐在椅子上，不远处还有一张病床，后面是一个屏风。

"你经常来这儿？"他随口问道。

陆潇蹲下来查看他的脚，嘴里随便应了一声："嗯，上学期常来。"

不知道为什么，陆潇直勾勾的目光让叶橙有点不好意思。

他忍不住把脚往后缩了缩，试图转移注意力："是因为打架吗？"

陆潇见他往后退，伸出手一把将他的小腿勾了过来，蹙眉道："别动，让我看一下。"

他的手劲一如既往地大，整个把叶橙裤腿掀上去，露出细长的小腿和脚踝。

比起同龄人来，叶橙的骨架并不算大，除了个子比较高之外，一定程度上来说，骨骼算是偏纤长。红肿的部位突出来一点，在洁白的皮肤上更为显眼。

眼前的画面和之前的梦境仿佛重合了，陆潇不禁有几分迷茫。

脚踝处空荡荡的，并没有任何文身。

叶橙被他盯得不自在，忽然听他问道："你有没有想过，在这里留个文身？"

"啊？"叶橙愣住了。

这个问题提得莫名其妙，叶橙的脸色却逐渐由红转白。

他的脚踝处，以后确实会有一个文身。

而且这个文身和陆潇关系匪浅。

就在那块凸起的骨头的正上方，设计独特的图案刺入薄薄的皮肉，铭刻着情感与记忆，理想与时光。

他不知道陆潇为什么会突然提出这个问题，眼神有些闪躲，支吾道："我不喜欢文身。"

这个回答是最保险的，他平时一副好学生的样子，能喜欢就有鬼了。

听他这么说，陆潇觉得自己又魔怔了。

做个梦而已，叶橙这性格，难道还真的会去文身？

可转念一想，万一是以后他女朋友让他纹的呢。如果他真的那么讨厌文身，却为了喜欢的人而纹上了……那他得有多喜欢这个人啊。

一定是爱到骨子里了吧。

陆潇先前偶然得知叶橙谈过恋爱的时候，尚且只是好奇——对普通朋友的好奇。

究竟什么样的人能入得了他的法眼，毕竟他这么挑剔。

但现在，陆潇好像有点不太愿意去想这个问题了。

叶橙眼见着他脸色越来越沉，莫名其妙，也只能赶紧转移话题道："几点了，你还不去准备篮球赛吗？"

陆潇往前伸手，把那块红魔的表盘凑到他眼皮子底下，说："才两点，着急什么，我等你包扎完再去。"

"那行，待会儿我和你一起过去吧。"

叶橙想起来和谭晓琪说的话。全班都要去看比赛，他也不好缺席。

陆潇听说他要去，眼睛亮了亮，但随即又犹豫道："你的脚不疼吗？要不还是算了，在这儿歇着吧。"

叶橙试着活动了一下脚腕，似乎没有刚才那么痛了，可能是过了劲。于是他摇了摇头道："不算很疼，而且我想看你比赛。"

陆潇低下头，嘴角一点一点扬了起来。

他像是想起了什么，问道："怎么会扭到呢？我看见你热身了的。"

他虽然在主席台，但问人借了望远镜看操场。

叶橙咳了咳，说："没注意而已，我下次小心。"

他见陆潇忽喜忽怒的，生怕自己一旦说是因为听见他写的广播稿，一不留神扭到的，陆潇能难过得篮球赛都不打了。

没多久，王医生就拿着喷雾进来了。他往叶橙的伤处喷了几下，揉了一揉，完事儿。

陆潇总觉得他在敷衍了事，不停问这问那，问能不能碰水，能不能冰敷，有没有其他需要注意的。

最后王医生火了，一拍桌子道："他是扭了筋，不是骨折！有什么不能吃辣的？这两者之间有关系吗？"

陆潇一抬下巴就要和他杠，叶橙赶忙把他拉走了。

他一瘸一拐地扶着陆潇走路，没让人再接着背自己。一方面因为他确实能动了，一方面因为不太好意思。

两人到篮球场后，周敏豪便来叫陆潇热身，顺便关心了一下叶橙的状况。

篮球场已经被团团围住了，里三层外三层，热闹非凡。一年一度的篮球赛，帅哥云集，女生们全都兴奋地期待着。

"橙哥，要不给你搬个椅子过去吧？你坐这儿哪看得见啊。"周敏豪贴心地说道。

叶橙坐在离内场几米远的台子上，啦啦队跳起来就能把他遮住。

"别，搞得我像教练一样。"叶橙果断拒绝了，"这里能看得见，我会给你们加油的。"

周敏豪只得作罢："那好吧，你看不见就让替补把你扶到前面去。"

蒋进和身后的人搬着几箱水过来，放在了叶橙脚边，说道："橙哥帮我们看着水吧，等会儿中场休息的时候大家要过来喝。"

叶橙笑着点了点头："放心，丢不了。"

"来这里集合了。"周敏豪招了招手。

陆潇不放心地低头看了他一眼，问道："你一个人能行吗，要不要找个人陪你？"

叶橙都快给他整无语了："潇哥，我还没到需要坐轮椅找人推的地步。"

蒋进在旁边吃吃地笑。陆潇被大家迅速地拽走了。

快四点的时候，场边的啦啦队开始排兵布阵。一群穿着短裙、举着彩带的女生齐刷刷地站成一排。

旁边，即将进行比赛的两队人马走了过来。

左边的那队，统一穿着黑色篮球背心和短裤，为首的正是陆潇。

他们的胸前刺着队名——迪迦是光。

从头到脚充满"中二"的味道。

啦啦队登时沸腾了，齐声喊道："迪迦迪迦，争高不下！勇往直前，合作无间！"

"陆潇加油！周敏豪加油！"谭晓琪撕心裂肺地叫着。

叶橙整个人都尴尬得不能动弹了，憋笑憋得头皮发麻。

救命，这到底是谁策划的！

随着裁判一声令下，比赛正式开始。

陆潇每次打篮球的时候，都喜欢戴护腕。这次除了护腕，他还戴了一圈黑色发带。

周围的女生都看得目不转睛。叶橙瞄到他的瞬间，也有点移不开眼了。

陆潇是前锋位置，带球冲篮板的时候特别猛。每次一上去灌篮，就会引起无数尖叫声，那架势让旁人听着觉得她们随时会晕过去。

到上半场的最后一球，迪迦队领先了三分。

就在对手准备全力拼一把，上来抢球时，陆潇一个漂亮的转身闪开，接着迅速做了个假动作，骗过对面人的队友，反手一个扣篮。

球进。

中场哨响起。

全场欢呼，有几个女生激动地捂住嘴巴，眼泪都快出来了。

"中场休息，十分钟后回来。"裁判做了个手势，说道。

迪迦队伍气势高涨，浩浩荡荡地向休息区走了过来。

陆潇刚刚运动完，发丝上沾着晶莹的汗珠。他似乎打得很爽，转着篮球走到叶橙面前，笑着做了要用球砸他的动作。

篮球即将脱手，眼看就要飞到叶橙身上。

叶橙被他的假动作一惊，条件反射地抬起手臂挡在眼前。

然而篮球没扔过来，四周倒是响起了男高中生们肆无忌惮的嘲笑。

陆潇笑得尤为大声。

叶橙也觉得好笑，骂他道："你幼不幼稚！"

"没你幼稚。"

两人习惯性地互呛。

一帮子人七手八脚地拿水喝，陆潇忙着和叶橙互喷，不小心晚了一步。等到反应过来时，水已经被分完了。

"你丫的，一瓶都不给老子留？"陆潇怒道。

蒋进连忙拧开瓶盖，沿着瓶口嘬了一圈，怕他抢自己的。

陆潇："……"

他刚想举手揍人，就听见一个萝莉音的女声响起。

"学长，要喝水吗？这是我刚买的。"

陆潇转过头，叶橙也跟着看了过去。

有个长得跟洋娃娃似的女生，正拿着一瓶水要递给陆潇，上面冒着寒气和水珠，估计还是刚从冰箱里拿出来的。

蒋进被呛了一嗓子，拼命用手捅周敏豪，小声说："我去，是高一的级花。"

"潇哥真是艳福不浅，狠狠羡慕了。"周敏豪低声说。

蒋进下意识看了一眼叶橙，果然，叶橙脸上冷冷淡淡。

陆潇扫了她一眼，说："不用，我有了。"

叶橙还没反应过来，只见陆潇径直走了过来，拿起叶橙手边喝了一半的水，无比自然地旋开瓶盖，灌了一口水下去。

女生静了静，随即咬住嘴唇，转身离开。

蒋进和周敏豪你看看我，我看看你。

叶橙看着他道："谁让你喝我的水了？"

"说的好像你没喝过我的一样。"陆潇擦了擦嘴道，"上次春游，是谁把我的水喝得只剩一口了？"

叶橙眯了眯眼睛，说："小心眼。"

周敏豪挠了挠头："潇哥最近怎么老和橙哥过不去啊……"

"这还能叫过不去吗……"蒋进欲哭无泪。

中场休息结束后，比赛继续。

下半场迪迦队替换下来两个人，配合比上半场更加勇猛，仿佛不知疲倦一样，打得对手兵荒马乱。

啦啦队简直快要疯了。

夕阳西下，却阻止不了球场上飞扬的汗水和沸腾的热情。

叶橙听到边上替换下来的队员在议论。

"一哥这回又大出风头了，我担保他今天晚上收到的情书，能把抽屉塞满。"

"可不，他一摸到球，那群妹子就喊得跟不要命似的，我好羡慕。"

"晚上庆功宴的时候，估计他要被烦死。"

"哈哈哈哈，去年庆功宴他都快发火了，有个女的一直往他身上蹭。"

他们说的庆功宴，是篮球赛后的惯例，体育老师做东，请他们大吃一顿。

叶橙趁着人多，老师们也没注意，举起手机快速拍了几张照片。

比赛结束后，迪迦以两倍比分倍杀了对面的文科班。

文科班的队长走上前，跟周敏豪和陆潇各自碰了一下肩膀，然后和陆潇撞拳，说了句"牛啊兄弟"。

对手之间的碰撞和交流，让场外翻了天，欢呼声炸开来。

那几个队员说得没错，陆潇再次出名了。

他向叶橙这边走来，带动无数的眼神注视，叶橙当即有一种想装作不认识他的冲动。

陆潇把发带摘了，擦了把汗问道："站得起来不，要背你吗？"

背你个头，再背我也跟着出名了，叶橙心想。

他刚才已经试着活动了几下脚腕，不得不说，云南白药效果确实很好。虽然还是有拉扯到筋的感觉，但他的脚已经能落地了。

"我自己能走。"他站起来道，"几点去庆功宴？"

陆潇瞄了一眼他的脚："去个屁，不去了，你这样怎么去，歇着吧。"

叶橙迷惑道："我不去你去啊，都拿第一了，不去也太不给面子了。"

"你不去，我也不去。"陆潇执着地说。

叶橙败给他了，只得道："我去！我真能走路了。"

说着，在原地走了几步让他看。陆潇见叶橙脸上没什么不舒服的样子，这才妥协。

周敏豪归还了球、领了奖杯出来，看见这两人还在球场旁腻歪，周围的女生们已经快看傻眼了。

他实在看不过去提醒了一嘴："走吧，两位哥哥，还得打车呢。"

"谁是你哥哥。"陆潇嫌弃地瞥了他一眼。

周敏豪举手投降："OK，两位爹，走了。"

从学校出来后，一行人分了几批打车去聚餐地点。

直到下车后，叶橙才发现除了他们班的、篮球队的，队伍里还跟着几个陌生的女生。果然如队员所说，八成都是奔着陆潇来的。

他们聚餐的地方，在一个商业街的楼里。大家看了看时间还早，便商量着先在周围逛一逛。男生们奔着游戏厅就去了，女生们三三两两地逛精品店、凑在一起抓娃娃。

路过一家门店时，陆潇忽然停住了脚步。

叶橙以为是他看上了什么衣服想买，便顺着他的视线看了过去。然后，僵在了原地。

透明的橱窗里，挂着一套淡抹茶绿的JK制服。白色短上衣，可可爱爱的蝴蝶结，抹茶格子短裙。

陆潇歪头看了看，说："这衣服挺好看啊。"

附近的几个女孩子听见他的话，捂住嘴笑了起来，其中有一个就穿着粉色JK制服裙。

陆潇不由看了她一眼，转向叶橙问道："你觉得好看吗？"

"好看你个头。"叶橙从牙齿缝里挤出来五个字。

陆潇："……???"

他丈二和尚摸不着头脑之际，叶橙把他甩开径直走了。

陆潇赶紧追了上去："喂，你走那么快干什么？当心你的脚！"

吃饭的时候，陆潇去叶橙旁边坐下，结果被他避开了。

叶橙站起身，坐到了周敏豪身边。周敏豪看了看他，又看了看陆潇凶狠的眼神，不知道自己做错了什么。

看这架势，难道不高兴了？

陆潇百思不得其解，自己就看了那个女生一眼，他又不高兴了？好严格。

哎，真难搞，他想道。

得想想怎么办。

聚餐完了之后，大家商量着去唱歌。

叶橙说想先回去休息，就打了个车走了。

本来在他说话的时候，陆潇想趁机送他回去，然而叶橙没给他机会。

"潇哥，你就不准走了。"周敏豪搭住陆潇道，"来吧，让我好好庆祝一下今天的胜利！"

其他人纷纷起哄："走走走，嗨他的。"

一群人吵吵嚷嚷地订了两个大包间，又要了几箱饮料、零食，摩拳擦掌地开始喊麦。

陆潇拿了一瓶玫瑰啤酒，坐在黑漆漆的角落里喝。苦涩的啤酒带着玫瑰的清香，不比烈酒的辛辣与甘醇，有一股很淡的甜味。

他舔了舔嘴唇，眉心微皱。

要怎么解释啊，他看见那条裙子的第一反应是……

如果这么解释，叶橙能当场翻脸。

正当他又甜蜜又苦恼的时候，突然一阵浓烈的香水味直直地钻进鼻子里。

一个女生挨着他坐了下来。黑灯瞎火，完全看不清是谁。

"一哥，你怎么一个人在这里呀？"娇滴滴的声音响起。

陆潇正烦着呢，刚想让她走开，就听见一个中气十足的声音插了进来。

"李娇娇，谁让你坐这儿了？这是我的位置！"

谭晓琪盛气凌人地站在他们面前，听语气有点神志不清。

"座位上写你名字了？凭什么说是你的位置啊？"李娇娇尖声尖气地说道。

谭晓琪一指陆潇："不信你问潇哥。"

她的意思很明显，要帮陆潇解围。

陆潇点了点头："是她的，你走吧。"

李娇娇登时眼泪涌了上来，不情不愿地起身，对谭晓琪道："整天拈花惹草，活该李俊晓不理你了！"

谭晓琪抄起一把勺子："注意你的嘴，别逼我扇你！"

"……别打架。"陆潇不幸卷入女孩子们的扯头花现场，有点无语。

李娇娇当然不可能当他的面和别人大打出手，气呼呼地瞪了谭晓琪一眼，掉头走开了。

谭晓琪一屁股坐在陆潇旁边，举起他的水杯"咕嘟咕嘟"灌了几口。

"你失恋了？"陆潇斜了她一眼。

平时谭晓琪还挺淑女的，此刻立马原形毕露。

她吸了吸鼻子，说："狗男人，没一个好东西！"

陆潇挑了挑眉："我也是男人。"

"你和橙哥除外。"谭晓琪打了个嗝道。

陆潇嫌弃地离她远了一点，嘲讽道："这就是想谈恋爱的后果，看看你这副样子。"

谭晓琪没有之前那么怕他了，眼睛通红地望向他道："你不想谈恋爱吗？不想吃爱情的苦吗？呵呵。"

"不想。"陆潇斩钉截铁地说，"恋爱只会影响我潇洒快活，谈什么谈，是游戏不好玩还是啤酒不好喝。"

谭晓琪没想到他会这样说，连哭都忘了哭了。

她难以置信道："你……没有喜欢的人吗？你不是——"

陆潇被呛了一下，他好像知道谭晓琪要大放什么厥词，一把拿啤酒瓶底堵住了她的嘴："你想说什么？你什么都不想说。"

"怎么可能！上次你还当着华旺春的面……"谭晓琪挣扎着喊起来，吐字极其模糊。

幸好他们这个地方很边边角角，否则绝对引起轩然大波。

陆潇忙道："闭嘴，小点声。"

谭晓琪打量着他，上上下下，左左右右。

陆潇冷了脸，说："看什么看，我那就是在膈应华旺春。"

"潇哥，我问你个问题。"谭晓琪试探道，"你以前谈过恋爱吗？"

陆潇皱眉道："没有。"

"那你有喜欢过别人吗？"

"没有。"

谭晓琪深吸一口气，捂住胸口："那你知道，什么是爱情的那种喜欢吗？"

陆潇："……"

谭晓琪第一次碰上这种榆木脑袋，沉住气循循善诱道："我刚才来之前，你为什么一个人坐在这里发呆？"

陆潇的脸色更难看了，他总不能说，他是在思考怎么哄叶橙不生气吧。

谭晓琪没套出话来，不死心，又想了想，问："你有没有过很关注一个人，这个人受伤了你会牵肠挂肚，不理你你会伤心不已，生气了立马去哄，你会吃这个人和别人的醋，明明不喜欢一件事，但只要是这个人说的你就能接受？"

陆潇慢慢地放下酒瓶。

他心里此时正在不停地咯噔，咯噔，咯噔。

谭晓琪不甘心地继续问："你有没有做梦梦到过……？唔，我说的是那种梦，你懂的。李……我朋友，说男生经常会做那些梦。"

"怎么可能，没有梦到过。"陆潇秒懂。

他只梦见过叶橙使唤他倒洗脚水。

谭晓琪沉默了。

陆潇抓住了这个空当，反问道："事情是不是有哪里和你想的不一样？"

看着谭晓琪呆呆愣愣的表情，他心满意足地喝了一口啤酒。口中的玫瑰味，让他莫名想起了叶橙。

像叶橙这样的人，长得好看，学习又好，性格除了傲娇点没别的毛病，正常人谁不喜欢他、亲近他，自己只是也在大部队之中而已。

十八岁生日的玫瑰花，而送他花的人，也像玫瑰一样。

众人聚完之后，已经是晚上十一点多。

陆潇和蒋进顺路，两人便走在路上吹风，他的女神江怡蓉马上就要转学了，蒋进一路都在冲陆潇哭诉。

陆潇听了一会儿，忽然想到谭晓琪的那番话，决定在蒋进身上试验一下。

他清了清嗓道："你老是一口一个江怡蓉，有没有考虑过我的感受？"

"啊？"蒋进呆住了。

陆潇说完，觉得哪里怪怪的，浑身上下都不自在。但他没有气馁，接着道："我生气了。"

蒋进人傻了，以为自己出现幻觉了："潇哥……你没事儿吧？"

陆潇恼火地揉了一把头发。

好家伙，真是哪哪儿都不对。

他尝试着用对叶橙的态度去对待蒋进，结果不仅蒋进觉得他有病，他自己都快吐了。

究竟是哪里出了问题？

回到家里，一楼客厅亮着灯。

陆潇推门进去，果不其然是王嫂。

"潇潇，你回来啦。"王嫂接过他手里的书包道。

她是跟着陆潇的妈妈孟黎嫁过来的，一开始一直叫他"小少爷"。

后来陆潇长大了一点，王嫂去学校接他的时候，叫小少爷被同学听见了，大家都在笑，然后陆潇就不让她这么叫了。

"你怎么回来了，我妈也在家？"陆潇问道。

王嫂忙说："不不，夫人让我回来收拾收拾，再给你做点吃的放冰箱里。"

陆潇神情寡淡："我自己能照顾自己，而且家里也有钟点工收拾，你留在那边陪她就行。"

王嫂见他看起来心情不太好的样子，便识趣地点头道："你放心，我会照顾好夫人的，你自己在家也要好好的。"

陆潇应了一声，拿过书包上楼去了。

今天结束了运动会，他有些困了，但又有些睡不着。

躺在床上翻来覆去了一会儿，他打开手机点进微信。置顶的那个聊天框，有着黑色的侧影头像。

这个头像拍得很有感觉，像是专门挑了个黄昏映照的窗台，侧脸也很清晰，从微微突出的眉骨，到流畅的山根和精致的下颌线——是叶橙本人。

以前陆潇都没有想过这个问题——这张照片，是谁帮他拍的呢？

他离镜头有点距离，不太可能是自拍。

陆潇怀着酸涩的心情点进他的朋友圈，恰巧跳出来一条新动态。

是叶橙对全身镜自拍的一张图，黑T黑裤，手肘骨节分明，皮肤白得惊人。

文案：OOTD（今日穿搭），好看，怎么会有人喜欢JK？

陆潇怔了怔。

叶橙不是个喜欢在朋友圈晒衣服首饰的人，也不怎么发自拍，这一条……

他脑袋里的一根弦"啪"地断裂开了。

该不会是，在"内涵"自己吧……

真是小心眼到家了。

他将手臂放在眼睛上，就那么躺了三十多分钟。房间里一片静谧，躺着躺着，他的意识就模糊起来。

时针指向十二点，秒针"咔嗒咔嗒"地走动。

朦胧的画面中，他好像回到了刚才的包厢，自己坐在角落里喝闷酒。

一个人向他走来，裙边擦过他裸露的手臂。

陆潇烦躁地一挥手："滚开。"

清冷的声音响起："你确定，要我滚开？"

他猛地抬起头，看见了站在自己面前的叶橙。

周围光线昏暗，看不清叶橙的脸色具体是什么样子。

随即一条制服裙子甩在他头上。

"小小年纪不学好，净想着JK！"

"数学题做了吗？单词背了吗？作文写了吗？"

"谁答应过我要好好学习，跟我考上同一所大学的？"

几乎是刹那间，陆潇就明白过来自己在做梦了。但他是万万没想到，梦里的叶橙跟个唐僧一样，简直魔音入耳。

叶橙在梦里也冷着一张脸，高高在上不可侵犯。

陆潇被他骂得叛逆心噌噌上来了，心想反正是做梦，老子反抗一下也不是不行吧！平时他都让着这家伙，堂堂热血男儿被欺压得头都抬不起来，现在可怪不得他了！

这么想着，他恶向胆边生，"嗖"地站起来，扣住了叶橙指指点点的手腕。

正在他要实施制裁，翻身做主的时候——

"嘀嘀嘀——"手机闹铃响了。

陆潇翻了个身，想继续和叶橙斗智斗勇一番。

手机继续在耳边不知疲倦地叫嚣："嘀嘀嘀——嘀嘀嘀——"

过了几分钟，他终于忍无可忍地翻身坐起来，把闹铃关了。

靠！！！

他这辈子的起床气加起来，可能都没有今天这么大。

连梦里都不给个机会吗?！

"叮铃铃"，第一节上课铃响起。

从早上开始，天边就阴沉沉的，看着像是要下雨。

王莉莉抱着书走进来，开始照常讲课。

叶橙往后排看了一眼，陆潇的座位是空的。他皱了皱眉，不知道这人干吗去了。

课上了一半，陆潇才从后门仓促地进来。王莉莉早就习惯了，睁一眼闭一眼，没管他，继续上自己的课。

叶橙忍不住回头看过去。陆潇的发梢被淋湿了，刘海撩上去，愈发显得剑眉星目。在对上叶橙的目光时，他眼神闪了闪，然后居然避开了。

王莉莉看了眼第三排，注意到有人走神，朗声道："叶橙，你来回答一下。How did the author most probably find his Spanish class at college？（作者认为他在大学学习的西班牙语课程怎么样？）"

她正在讲课后练习的一道题。

叶橙起身，毫无间隙地答道："B，interesting（B，是有趣的）。"

王莉莉点了点头，说："这题存在陷阱，要注意，你先坐下，别东张西望。我们翻到前面看一下文章第三段……"

叶橙坐下后，趁着她不注意，又回头看过去。不偏不倚，再次看见陆潇黑漆漆的双眸，原来他也一直在后面看自己。

陆潇低下头，嘴角抿成一条直线。

叶橙疑惑地想，他怎么了，难道昨天那条朋友圈，真把人给"内涵"到了？

其实他低估了青春期少男的心思。昨晚之后，陆潇就一直在反思一个问题：他对叶橙是不是太纵容了？就连做梦都不能翻身？

上午上完课后，天果然开始下起小雨。

华旺春让叶橙去信息楼拿新来的练习册。

因为不知道有多少本，叶橙担心自己拿不下，便去后排问陆潇道："我要去信息楼拿东西，一起吗？"

对这种事情，陆潇一向都非常积极，换平时早就自告奋勇了。

可是今天他却没什么反应，沉声说："我不去了，你自己去吧。"

说完陆潇转过脸，没有再看他。叶橙不明所以，只得走了。

信息楼距离思远楼段距离，他见雨下得不大，怕打伞不方便抱东西，于是快速地跑了过去。

幸好，新来的练习册不是很多。

帮他找册子的老师伸了个懒腰，一边翻找一边道："一场秋雨一场凉，天气要冷起来咯。"

"是啊。"叶橙看了眼窗外的银杏叶，已经开始泛黄了。

老师说："你们还有两个多月就会考了吧？能考几个A呀？"

叶橙谦虚地笑了笑。

十三中的老师都很喜欢闲聊，尤其是这种管资料的，每天一个人待着寂寞，逮住一个学生就使劲儿聊。

那个老师为了和他说话，足足拖了十分钟才把练习册找齐全，还热心地用绳子捆了给他抱着。

叶橙掂量了两下，稍微有点沉，都怪陆潇不和他一起来。

天空中飘着细蒙蒙的雨雾，信息楼下面是一个废弃的停车场。

叶橙抱着练习册路过时，闻到了一股烟味。他对这种味道向来敏感，便顺着看过去。只见几个男生在那里抽烟，一个个袖口撸到肩膀，满脸小混混、街霸王的蛮横表情。

那群男生也看见了他，其中一个向另一个叼着烟的说了句什么，然后几人一起朝他走过来。

"喂，同学，你等等。"叼烟的喊道。

叶橙停了下来，奇怪地看着他们。

那个男生说："你是二十班的叶橙吗？"

"嗯。"叶橙被他手上的烟熏得不舒服，冷淡道，"有事？"

男生没想到他这么跩，又多看了他几眼，问道："你认识陆潇吗？"

叶橙有种不太好的预感，警惕道："认识。"

男生狠狠地吸了一口烟，吐出一片雾气："他渣了我妹子，你让他今天晚上在后门等我们，就算是一哥，也不能让我妹子受委屈。"

"你妹子……是谁？"叶橙皱眉道。

男生说："高一五班的李娇娇。"

叶橙："哦，没听说过。"

他的语气平平，但男生愣是觉得自己受到了藐视，马上不甘地说："她可是五班班花！你怎么可能没听过？"

叶橙懒得和这种智障掰扯什么逻辑道理，转身往外走。他得快点回去，赶在午休之前把练习册发了。

男生急了，冲上去就抓住他的手臂。叶橙刚刚迈入小雨中，猝不及防地被他一扯。手里一下没拿稳，满怀的练习册"啪"地掉在了地上。虽然是用绳子捆好的，但地面潮湿泥泞，泥点瞬间溅在了册子上。

"你干吗？"叶橙抬起头，怒视着他。

男生也没想到会把这玩意儿弄掉，表情有点尴尬，嘴硬道："……你自己弄掉的，关我什么事。"

两人正在僵持间，雨中快步走来了一个身影。

陆潇几乎是冲上来的，抬起手就是一拳，直接把那个男生放倒了。

他出拳又快又猛，男生根本来不及闪躲，"哐当"一声，就捂着眼睛倒在了地上。

叶橙有点愣住了，不知道陆潇是什么时候来的。

"我去！陆潇？"

其他人看见自己人被揍，而且来的还是他们要找的人，立马全部一哄而上地开始动手。

陆潇一脚踹上其中一人的腹部，直接把其他扑上来的人一道踹进了雨里。

"啊！"那人发出一声惨叫。

"他×的全都上！把他围住！"之前拽叶橙的那人躺在地上气急败坏地吼。

叶橙来不及多思考，冲上前跟着陆潇就打了起来。

他本来还想解释一下，现在看来完全没必要了。

干就完事儿了。

混乱中，有个人趁机给了他一拳，砸在他肩膀上。叶橙"嘶"了一声，回头想打回去。

他还没来得及动手，陆潇就双眼通红地推开他，反手把那个人压在身下，一拳接着一拳往对方脸上招呼。

停车场里一片哭爹喊娘。

陆潇干架向来有个特点，凶狠且快速。

和他正面冲突过的，都怕得不敢再来第二次，十三中小霸王不是说说而已。

不出几分钟，地上已经躺倒了一堆人，全部爬都爬不起来。

他踩在把叶橙练习册碰掉的男生的腿上，那人号叫得仿佛杀猪一样惨烈。

陆潇对着叶橙抬了抬下巴，声音冷得快要结冰了："再敢动他试试，老子让你被抬出十三中。"

男生痛得大喊，在地上扭来扭去。

陆潇没好气地松开脚，单手捞起脏得一塌糊涂的册子，对叶橙道："走了。"

叶橙默默地跟了上去。

快走出信息楼时，他想了想，还是不能就这么回去，于是伸手拉了拉陆潇的衣角道："等一下。"

陆潇像是触电了一般，马上弹开来，迅速地后退了一步。叶橙莫名其妙，不知道他突然抽什么疯。

"这些都被弄湿了，我们得回去换一份新的。"他解释道。

练习册被泥水弄得乱七八糟，这样拿回去肯定会被华旺春说的。

陆潇手一伸，把册子递给他道："你自己去吧，我回去了。"

"你有什么毛病？"叶橙终于受够他了，"你陪我去，现在，立刻，马上。"

惯的他。

陆潇不吭声了，抱回练习册，低着头走在叶橙身后。

走了几步，他终究还是忍不住开口道："以后别什么都叫我陪你了。"

叶橙脚步一顿，转头看向他。

陆潇也不看他，望着路上雨滴砸出的泥坑："也别离我太近，别对我太好。"

叶橙的左眼皮跳了跳，非常严谨地推测道："你来'大姨夫'了？"

"……没有。"陆潇居然还认真回答他。

"我会遵守约定好好学习，会戒酒，会少逃课少打架，永远不会抽烟。但你少管我一点吧。"

叶橙："……？"

"我好像对你……有点太依赖了。"

两人站在雨里，雨虽然小，但还是把他们的头发弄得湿漉漉的，周围的绿化带弥漫着淡淡的雾气。

叶橙站在原地，不太理解地望着他："你几个意思？"

陆潇梗着脖子，却不敢和他对视。

"说话啊，几个意思？"叶橙皱着眉。

陆潇伸手，把练习册放到他怀里，下定决心道："我还是不和你一起去了，东西不重。"说罢，扭头就走。

明明一开始是他自己先跟过来的。

"我×，你真有病啊？"叶橙骂了一句。但手上的事情比较要紧，只得眼看着他离开了。

还是动不动就犯浑，难管得要死，他在心里想道。

陆潇回到教室，帅气的脸比窗外的天还要乌云密布。

刚到午休时间，大家三三两两地在座位上，打牌的打牌，玩游戏的玩游戏。

陆潇的前面坐了两个人，李俊晓和谭晓琪。自从上次换座位之后，李俊晓就坐在了他前面。谭晓琪正拿了一包薯条，和李俊晓你一根我一根地分吃着，班上的人都见怪不怪，习惯了。

陆潇眉毛一拧，烦躁地打断他们："能不能注意点风气。"

李俊晓傻呵呵地跟他打招呼："潇哥，你不是去找橙哥了吗，怎么没一起回来？"

"谁跟你说我去找他了。"陆潇兀自坐下，手指粗鲁地在屏幕上划来划去。

他忽然想起来什么，放下手机道："你们不是闹掰了吗？"

昨天这女的还哭得要死要活，恨不得化身李莫愁。

谭晓琪微笑："我们和好了，不行吗？"

陆潇："……"

谭晓琪心情好了，想起昨晚吃的亏，开始胆大包天地膈应他。她眼睛转了转，故意说道："俊晓，你说我把我好妹妹介绍给橙哥，他会喜欢吗？"

陆潇猛地抬起眼睛，看向她，在她瞄过来的时候，又欲盖弥彰地拿了本书挡住脸。

"你哪个好妹妹？你好妹妹可太多了。"李俊晓笑着说。

"哎呀，是我亲妹妹啦，高一五班的谭萌萌。又软又可爱，橙哥肯定喜欢。"

陆潇竖起了耳朵。

李俊晓说："你亲妹子？你还真舍得啊。"

"有什么不舍得的。"谭晓琪说，"她暗恋橙哥好久了，之前一直托我给她牵线搭桥。"

陆潇的手慢慢攥紧，"咔嚓"一声，书的封面被他捏破了。

谭晓琪看了他一眼，笑着说："刚好，这周末她不用上钢琴课，我问问橙哥有没有空一起出来玩。"

陆潇终于忍不住了，唰地放下书道："你乱点什么鸳鸯谱，叶橙不喜欢那种只会发嗲、没有内涵的女生。"

谭晓琪眨了眨眼睛："我妹妹年级第一啊，怎么会没有内涵，和他不是很配吗？"

陆潇哑巴了，无话可说。

好啊，年级第一和年级第一，怎么听怎么般配。

他开始有点痛恨自己平时为什么那么不用功了。

年级第一和年级四百，怎么听怎么没关系。

叶橙不让他谈恋爱，自己倒是喜欢招惹小姑娘。

烦死了，凭什么啊？

谭晓琪继续说："她还会弹钢琴、会跳舞，长得又漂亮，性格又很软，是个男生都会喜欢吧。你说呢，俊晓？"

"不知道，我只对一个人有好感。"李俊晓乖巧道，谭晓琪满意地笑了起来。

陆潇觉得自己要心肌梗死了。

多才多艺，软玉温香，性格……很软，他的性格为什么就不软呢？

他深吸一口气，亮出了最后的底牌："你给他介绍女朋友就是扯淡，他那么重视学习，不会想谈恋爱的。"

谭晓琪狐疑地观察他："潇哥，这到底关你什么事？"

"……"陆潇再次哑口无言。

谭晓琪笑了笑："潇哥，你闻到没，好大的酸味儿啊。"

陆潇从鼻子里重重地哼了一声，不想再理她。

叶橙回来的时候，谭晓琪果然去找他了。他在讲台上给练习册做分类，谭晓琪站在边上和他说话。

陆潇拿了本物理书竖着，从缝隙里看他们。

谭晓琪说了几句，叶橙笑了笑。

你笑屁啊，还笑得这么开心。陆潇觉得自己每一根头发都要炸开了。

讲台上，叶橙点了点头。谭晓琪开心地捂住嘴，主动去帮他分发练习册。

陆潇只恨自己没有顺风耳，立即从桌子底下给了前面的李俊晓一脚。

李俊晓正准备打瞌睡，被一下子踢醒了，迷迷糊糊地回过头道："发生什么事了，潇哥？"

陆潇没好气地说："谭晓琪在发材料，还不上去帮她。"

李俊晓抬头看看讲台，又看看他，摸不着头脑："不是有橙哥在帮她吗？"

"你不会帮着分担一下吗，那么一大摞你看不见？"陆潇很冲地说。

李俊晓呆愣了几秒，突然恍然大悟，结结巴巴啊地说："啊，啊，懂了……我这就去。"说着，连滚带爬地上去抢着干活去了。

蒋进吹着泡泡糖从后门进来，吹了声口哨："哟，潇哥在学习呢，大中午还不休息，这么刻苦啊。"

话音刚落，他就发现陆潇手里那本物理书拿反了。蒋进嘴角抽搐，尴尬地提醒道："你……好像拿反了。"

陆潇专注地在看讲台，闻言面无表情地把书翻转了一圈。

蒋进："……"

他在陆潇旁边的位置坐下，问道："潇哥，你怎么了？怎么心不在焉的？"

叶橙把剩余的册子给了李俊晓，从讲台上走了下来。

陆潇马上放下书，佯装转头和蒋进说话："你周末有空吗？"

"啊？"蒋进一脸蒙。

"我请你吃饭。"陆潇说。

蒋进想了想，自己好像也没什么事，还能白蹭一顿饭，于是快乐地答应了。

午休开始后，教室里陷入一片安静中。

谭晓琪做午睡状，将手机放在腿上低头刷美妆推荐，忽然收到一条微信，手机振得差点从腿中间掉下去。

她慌忙打开消息。

嫌疑人X：你们周末去哪里玩？

谭晓琪慢慢地笑了起来，这不就来了嘛。

谭晓琪：啊？什么我们，是'他们'啦。

小女孩总是知道怎么气死小男孩。

嫌疑人X：叶橙要和你妹单独出去？

字里行间都看得出陆潇咬牙切齿的。谭晓琪在内心狂笑。

谭晓琪：你一口一个你妹像在骂人，人家有名字的，叫谭萌萌。

那边沉默了。

过了足足三分钟，陆潇新一条回复才发过来。

嫌疑人X：他为什么要和谭萌萌单独去玩？

他怕不是想把"谭萌萌"这三个字嚼碎了咽到肚子里。谭晓琪的嘴角快飞上天了。只能委屈你一下了，我可怜的工具人妹妹，她心想。

谭晓琪：我一提议他就答应了啊，要不你自己去问问他为什么？

那边又狠狠沉默了。

谭晓琪从没见过陆潇打字这么慢的时候，输入框一直显示"正在输入"。

嫌疑人X：所以他们要去哪里？

谭晓琪：不知道，好像是什么还蛮火的咖啡厅。

后排传来一声动静，好像是什么东西掉在地上了。

谭晓琪怕他一冲动把手机砸了，不敢再吊着他，打字道："我帮你问问橙哥吧。"

嫌疑人X：嗯。

嫌疑人X：别说是我问的。

谭晓琪憋笑憋得快死了，由于怕吵到睡着的同桌，她只能拼了老命忍着，拿指甲掐自己的手心。

她打开和叶橙的聊天界面，问道："橙哥，你和萌萌周六在哪里见面啊？"

过了一会儿，叶橙回她："长乐路的Queen咖啡店。"

于是谭晓琪回来告诉陆潇："他们周六在长乐路见，Queen咖啡。"

嫌疑人X：几点？

谭晓琪：呃，我忘了问，稍等！

嫌疑人X：你别问了，免得他多疑。

救命，哈哈哈哈哈哈。

谭晓琪一口气呛进肺管子里，差点把自己笑死。

周六早上五点半，蒋进正在梦里跟江怡蓉分吃一块华夫饼。

突然，手机铃声开始疯狂轰炸。他恼火地摸索着关掉，继续睡。

片刻后，铃声又开始响。蒋进忍无可忍，艰难地掀开眼皮一看，是陆潇。

火气熄灭了一半，他只得接起电话，迷迷糊糊地问道："干吗啊，潇哥，这一大清早的。"

那头响起陆潇斗志满满的声音："都几点了，还早？快滚来长乐路，请你吃饭。"

蒋进人都傻了，再次看了眼墙上的钟，是五点半没错。

"你请我吃啥……吃早茶吗？"他不可思议地问道。

陆潇大手一挥："你今天全天的吃喝，我包了。"

蒋进觉得要么是自己不太正常，要么是他不太正常，弱弱地抗议："可以是可以，但是哪有五点半就……"

陆潇烦了："别废话，快点出来。"

"好……好吧。"蒋进灰头土脸地爬起来穿衣服去了。

清晨五点五十分，长乐路Queen咖啡店对面的冰激凌店门口，站着两个高个子男生。

蒋进萎靡不振地打了个哈欠，看了眼门牌的营业时间，叫苦不迭："潇哥，这家店八点半才开门，我们来这么早到底为了什么啊？！"

"你懂个屁。"陆潇面色不善地盯着对面。

蒋进望了望那家咖啡店："你想喝咖啡？你什么时候喜欢喝咖啡了？关键那家也没开门啊。"

陆潇不理他了，视线在路口处看来看去。

蒋进："……"

两人像两根木头一样在门口杵了将近三个小时，店主来开门的时候都惊呆了——没想到自家的店居然有这么忠实的粉丝了。

门开了，蒋进总算坐下来。然而，他对着两碟子冰激凌发愁了："你确定要吃这个当早饭？会拉肚子的吧。"

店主贴心地送了几块餐前面包过来，蒋进这才苦着脸闭上了嘴。

他也不知道陆潇想干什么，只能陪他待在这里。

这一待，又是一个多小时。

上午九点四十分左右，蒋进本来在迷迷瞪瞪地打瞌睡，坐着玩手机的陆潇猛地直起身来，朝对面看去。

　　蒋进被他吓了一跳，也顺着他的目光看过去。然后，就看见了叶橙的身影，旁边还站着一个女生。

　　街上的人渐渐多了起来，来来往往地路过店门口。透过玻璃，能看见叶橙穿了件白色卫衣，搭配灰色长裤和运动鞋，看上去还挺休闲。

　　陆潇打量着旁边的谭萌萌，很乖的学生头，眼睛尤其大，穿着粉色套装，看起来和谭晓琪有几分相似。

　　这两个人看着不像是约会，更像是要去野外郊游什么的。

　　叶橙扭头和她说话的时候，脸刚好转了过来。

　　陆潇迅速举起长长的菜单，动作无比娴熟地遮挡住自己。

　　蒋进疑惑地问："潇哥，我们不去和他们打个招呼吗？"

　　陆潇二话不说，飞快地用另一本菜单也挡住他的脸，说："嘘。"

　　蒋进："……"

　　等到那两个人进门，陆潇才谨慎地放下菜单。

　　蒋进的脸颊抽搐，满脸问号："所以……我们到底要干什么？在这里坐了一个小时，不会就是为了等他们吧？"

　　"谭晓琪要给叶橙介绍女朋友。"陆潇依然看着对面，分神说道。

　　蒋进不解："犯法吗？"

　　陆潇怒视了他一眼，接着继续盯住对面："他是要考A大的，怎么能谈恋爱？"

　　一时间，蒋进竟然无法反驳。

　　要考A大……好像确实不该谈恋爱……吧。

　　他无可奈何，只好陪着陆潇一起监视。

　　咖啡店里。

　　叶橙点了两杯拿铁，然后从袋子里拿出打印好的资料，递到谭萌萌面前。

　　"这是历年的英语竞赛题，你可以把这些都过一遍。"他说道。

　　谭晓琪跟他说，她妹妹要参加今年的英语竞赛，因为知道他拿过省一，所以想向他请教一下学习经验。

　　小姑娘态度挺诚恳的，邀请他的时候也很有礼貌。叶橙还是对勤学好问的人蛮有好感的，十三中好不容易有个人要参加省级竞赛，他自然能帮忙就帮忙。

　　"谢谢学长，你真的太好啦。"谭萌萌开心地收下，说道，"我以后如果有不懂的问题，能拿去问你吗？"

叶橙喝了口咖啡，说："当然，可以微信问，也可以来班上找我。"

"好！"谭萌萌笑得很甜。

对面。

蒋进奇怪道："学霸们连约会都在看书吗？那女的怎么还写起来了？"

他半天没得到陆潇的回应，偏头一看，只见陆潇咬紧牙关，一副随时要冲出去的样子。

蒋进："潇哥……你还好吗？"

陆潇舀起一勺冰激凌，愤愤地塞进嘴里，企图给自己进行物理降温。

你丫，居然还在笑，有什么话题这么好笑的吗？

不是在学习吗？这样很影响学习的他们不知道吗？

咖啡店里，谭萌萌做了几道题，顺便和叶橙闲聊道："学长，晚会上和你一起跳《没有明天》的那个，是陆潇学长吗？"

叶橙怔了怔，不知道她怎么突然提起这个，点头道："是他。"

谭萌萌笑了起来："你们私底下关系应该很不错吧，毕竟舞台上配合得那么默契，还拿了一等奖。"

叶橙眨了眨眼睛，应该很不错吧，只是对方有时会间歇性"大姨夫"发作。

"你觉得他是一个怎么样的人啊？"谭萌萌问道。

叶橙不是第一次被问这样的问题了，不由得有点想笑。

当年"十佳合伙人"的采访中，他是这样回答这个问题的——

"他很有魄力，也很温柔体贴；很成熟稳重，也偶尔有孩子气的一面；很有担当，对每个人都非常负责。"

而现在，他嘴边溢出一丝笑意，语气也轻快了不少。

"他啊，挺烦人的。"叶橙边笑边说，"小暴脾气，幼稚兮兮，一点就炸，还经常小心眼儿生闷气。"

明明他口中的形容词都不是夸赞，但脸上的笑容，却让谭萌萌觉得他心情似乎有点好。

"有时候粗枝大叶，有时候又很细心。"叶橙摇了摇头，一脸无奈，"简直是个矛盾体。"

谭萌萌总结道："这么来说，就是不太成熟。"

叶橙很是赞同："确实不成熟。"

"不过，不成熟也是一种优点。"他又补充了一句。

谭萌萌一脸不太理解的表情，叶橙没和她多说。

因为不成熟，所以难能可贵。

因为毫无打磨痕迹，所以保持着他最初的样子。

这样很好。

陆潇看着对面，表情逐渐惆怅。

"老蒋。"他这一声突如其来的久违的称呼，差点把蒋进当场送走。

"啊？"蒋进颤巍巍地答应了一声。

"你觉得，叶橙会喜欢那个谭萌萌吗？"陆潇一直目不转睛地看着那个靠窗的位置，眼神中带着若有若无的幽怨。

蒋进说："谁是谭萌……哦哦，对面那姑娘啊。"

他看了看陆潇的脸色，小心地斟酌措辞道："应该不会喜欢吧，橙哥可能不喜欢可爱款的。"

陆潇的眼睛终于燃起一点亮光，看向他道："是吗，那你觉得他会喜欢什么样的？"

蒋进咽了口口水，说："可能……可能喜欢，个子高一点，帅气一点的……御姐？呃，最好是脾气暴躁一点的。"

"这才对嘛！我也这么觉得。"陆潇猛地一拍桌子。

店主被吓了一跳，以为他要干架。

蒋进找对了思路，立马顺藤摸瓜："对对，就是那种体育好的，肤色健康的。最好不要太瘦，结实一点，然后喜欢天天和他对骂。"

陆潇夸奖道："正确极了。"

"陪他一起打游戏喷对面，陪他一起跑步打篮球，能随时随地帮他做任何事情，在外面完全不整幺蛾子。"蒋进一顿彩虹屁输出。

陆潇简直被打动了："你可太了解叶橙了，那个谭晓琪是眼睛瞎了吗，这都看不出来？"

蒋进暗自舒了一口气，总算把这祖宗哄高兴了。

在谭萌萌写题目的时候，叶橙往窗户外面看了看，忽然看见两个非常眼熟的身影。他愣了一下，认出来那是陆潇和蒋进。

谭萌萌低着头佯装刻苦做题，实则在暗中发消息给谭晓琪。

谭萌萌：我觉得橙哥对他印象还蛮好的欸，一哥真的有那么不讲理吗？

谭晓琪：哈哈哈哈，倒也不是，他就是小气，不喜欢橙哥和别人走得近。

谭萌萌：我总觉得，橙哥给人一种很克制、很隐蔽的感觉，好像藏着什么秘密一样，我也说不上来。

谭晓琪：[截图]他的微信昵称就叫，克制一下。

谭萌萌：哈哈哈哈，意思是克制一下，不要在大学之前谈恋爱？

她发完，姐妹俩同时沉默了。

谭晓琪：…… 不会真的是这个意思吧？

谭萌萌：……

她正在专注地打字，叶橙突然站起身道："你先自己做题，我出去一下。"

谭萌萌还以为他发现了什么，手机差点砸脚底下，赶忙应付道："啊，好、好的，你忙你的，我自己没问题！"

"嗯。"叶橙对她抱歉地点了下头，转身走出了咖啡店。

陆潇被蒋进说得快飘了，没注意到店门口的风铃响了几声，有人进来了。

"还有呢，继续说。"陆潇狠狠地吃了一口冰激凌，感觉又冰又甜。

蒋进已经快要词穷了，恨不得抱住语文老师的大腿求她来讲："还有……就是，就是，爱吃甜食，然后内心比较小孩儿……"

他说到一半，看着陆潇身后，呆呆地张大嘴巴。

陆潇正听得来劲，催促道："Go on（继续），别跟挤牙膏似的，叶橙还喜欢什么样的？"

蒋进被呛了一下，咳嗽了两声，弱弱地说："橙哥好。"

陆潇的笑容凝固在脸上，慢慢地转过身去。

叶橙站在他身后，淡淡地说："好巧啊，你们也在这里。"

陆潇沉默了有那么十几秒，然后立即做惊喜状："真巧！坐下来一起吃吗？"

他坐着，叶橙站着，比他略高了一些，从上往下审视着他道："你不是前两天还在和我冷战吗？现在这么高兴地邀请我吃冰激凌？"

陆潇："……"

蒋进眼看他就要恼羞成怒，赶忙打圆场道："那个，潇哥突然想吃这家冰激凌，我们才过来排队的。咱们都老顾客了，是吧孙老板？"

店长懵然看着店里仅有的三个客人，直到他们一起望过来，才发现这声"孙老板"是喊自己。

可是他也不姓孙啊……

他迟疑地点了点头。

叶橙不太在意他的反应，问陆潇道："出去走走吗？"

陆潇犹豫了几秒。

"你们想去哪儿去哪儿，不用管我，我就坐在这里等你们。"蒋进马上摆动双手说。

陆潇英勇就义似的，站起身道："走吧。"

反正都已经这样了，还能更尴尬吗？

初秋的长乐路，阳光普照，不要钱似的给梧桐叶镀上一层金辉，让普通的树叶变得不普通起来。空气中少了夏天的蝉鸣，多了板栗和桂花的味道。

周末是休息时间，很多人出来逛街、吃饭，街上很是热闹。两人走在梧桐树的影子下面，穿过拥挤的人行道和斑马线。

叶橙刚要开口，就听见陆潇主动说："对不起。"

他的声音闷闷的，像是犯了什么大错一样。

"我这些天心里很乱，对你的态度不是很好，我给你道歉。"他接着说道，"之前说让你离我远点那个话，可不可以收回？"

叶橙顿时哭笑不得。自己要和他闹掰，现在还要收回，真就是个小屁孩。

他没有立刻就表示谅解，而是故作冷淡地说："说出去的话泼出去的水，你说能不能收回？"

陆潇低落极了，垂下眼眸不讲话。

"心里为什么乱，跟我说说。"叶橙悄悄瞥了他一眼，还好，没有哭。

陆潇握了握拳："可以不说吗？"

叶橙冷冷地说："道歉没有诚意的话，还不如不道歉。"

陆潇吸了一口气，缓了缓情绪，才鼓起勇气道："叶橙，我只是，我这两天，觉得我情绪有点不太正常。有的时候我做梦……"

他话还没说完，脸已经"嗖"地熟透了。

叶橙完全理解了。

好吧，原来是遇到这种问题了，难怪最近又是孔雀开屏，又是暴躁易怒。

叶橙万万没想到，自己除了要解决青少年的学习问题、品德问题，现在还要关心他的生理健康。

实在是……非常无语。

他已经开始后悔进行这场谈话了。

但为了不让陆潇崩溃，叶橙只能安慰他道："这个……这种事其实很正常的，我也梦到过啊。你别太有压力，保证适度运动，勤换衣物就行。"

最后一句话，是他从生理教育课本上看见背下来的。

谁知，陆潇并没有被安慰到。

他只关注到了前一句话，紧张兮兮地问道："你也有过？是梦到你喜欢的人吗？"

叶橙没想到他会这么问，被噎着了，他哪来什么喜欢的人。但他有些不忍让陆潇独自承受这份羞耻："算是吧。"

"所有人都会做那样那样的梦？"陆潇呼吸都要停止了。

以前他都是一口一个"过来和老子一起看片"，如今羞涩地用"那样那样"来代替，叶橙差点一个没绷住笑出来。

他握拳放在嘴边咳了咳，努力保持镇定道："你别这么害羞，这种事情真的再平常不过了，你以前难道就没有，唔，这样过？"

陆潇不自然地说："有，但不是很具体。"

他的注意力已经完全跑偏了，抢先一步反问道："你喜欢的，是个什么样的人？"

这是叶橙今天第二次被问差不多的问题了，他麻木地瞎扯："成熟稳重，温柔体贴。"

这时路口变成了红灯，他们停了下来。

听到他的形容，陆潇的表情变得非常悲壮。

红灯还剩三十秒。

陆潇郑重地说道："我对我前几天的行为，再次表示抱歉。以后不管发生什么事，我都不会无理取闹了，你有看不惯我的地方，只要告诉我我就会改。"

叶橙被他突如其来的宣言惊到了，有点好笑又有点不忍心。

"倒也不必。"他笑着说，"除了喝酒，我对你没什么看不惯的地方。"

陆潇忍了忍，神色无比严肃："我会尽量试着改掉的。"

叶橙张了张嘴巴，有些说不出话来了。

这是什么情况？这家伙下定决心浪子回头了？

"好吧。"他憋了半天，说道。

陆潇接着问他："你对早恋有什么看法？"

叶橙说："我不会轻易尝试。"

陆潇登时松了一口气，至少不是谭萌萌！

他紧接着又问了几个问题，语气和心情一起飞了起来。

绿灯亮起，两人顺势穿过马路。前面是一个商场，他们和好之后，就一块儿到游戏厅去了。

期间陆潇的手机一直在振动，他专心给叶橙抓娃娃，理都没理。最后花了五百块，只抓了两个娃娃。

一个是粉白色的美羊羊，一个是黑黢黢的沸羊羊。

临走时，叶橙把美羊羊推给陆潇，说："给，一人一个。"

陆潇马上不干了——猛男怎么能要粉色？！

"我要沸羊羊。"他伸手去抢那只小黑炭。

叶橙把手背到身后去躲避："不行，这个是我的。"

"不带你这么搞的，这俩还都是我抓的呢。"陆潇急了。

叶橙拿出手机，提议道："那我们掷骰子，谁大归谁。"

陆潇立马点开微信："掷就掷！"

正在他打开对话框时，蒋进的电话进来了。

他利索地挂断，然后点下微信表情里的骰子。骨碌骨碌，红黑双面转动。

叶橙也点了下去。

两人都屏住呼吸，紧张地盯着屏幕，生怕自己的数字比对方的小。

三、二、一，骰子停下。

"哈哈哈哈哈，我赢了。"叶橙发出一阵笑声，快乐地把沸羊羊据为己有，顺手将那个粉嘟嘟的东西塞进陆潇怀里。

陆潇的脸像是在一寸寸裂开，他痛苦不已地抗拒："我不要粉的！三局两胜行不行？"

"谁跟你三局两胜，傻帽。"

收银台的小姐姐面无表情地看着他们，被他俩的幼稚程度弄得无语透顶。

这是她第一次见到两个一米八大高个儿的男生，在这里为了玩偶吵上十分钟。原来，真的有人光是脸帅，脑子却不大正常的。

她体贴地提醒道："顾客，请问你们还办卡吗？"

两人这才想起来，刚才是要办卡。他们今天是第一次来这家游戏厅，但觉得体验还不错，便约好了下次继续来。

陆潇打开手机付钱，拿到卡之后顺手给了叶橙，动作那叫一个自然。

走出商场，陆潇才发现大事不好。

蒋进给他打了十通电话，可怜兮兮地发微信问他还吃饭吗，肚子要饿瘪了。

五分钟前，他撑不住说自己先去吃了。

叶橙也赶紧打开未读消息，还好，谭萌萌说她等他回来一起吃。

陆潇皱眉看着他回复消息，酸里酸气地说："哟，备注还是'萌萌'呢。"

叶橙打字的手一停，翻了个白眼："这是她的昵称，刚加的好友，我还没给备注好不好。"

"你可以改成'某不熟悉的学妹'啊。"陆潇偷瞄他的屏幕，"那你给我的备注是什么？"

叶橙赶紧收起手机，不让他看。

陆潇直觉不妙："你给我看看！"

他一手钳制住叶橙的手腕，轻而易举把手机拿到了。

"喂！"叶橙跺了一下脚。

但已经来不及了，还是被他看到了。

陆潇眼睛都瞪圆了，难以置信地喊道："'笨狗'？你给我的备注是'笨狗'？！"

"……我没让你看，是你非要看的。"叶橙尴尬地抢回自己的手机。

陆潇气得头发都要竖起来了，当场掏出自己的手机，报复性地说："我也要给你改！"

他用力打了几个字，然后把屏幕明晃晃地贴到叶橙脸上，得意扬扬地说："别以为就你会改。"

叶橙看见自己的头像右边顶着俩字——蠢猫。

他闭上眼睛，扶住额头，惨不忍睹地说："你能不能不要这么像小学生？"

"你给我的备注难道就不小学生吗？"陆潇很不服气。

叶橙举手投降："我们去吃饭，别让女孩子等。"

陆潇大度地点点头："走吧，吃什么，火锅怎么样？"

"问一下谭萌萌吧，我都可以。"

"行，那就按她的口味来。"

三个人会合后，选择去吃海底捞。因为谭萌萌提前排了五家店，只有这家快叫号了。

点单的时候，叶橙问谭萌萌喜欢什么锅。她坐在两个帅哥对面吃饭，心情很好，快乐道："辣的，我超喜欢吃辣。"

陆潇在桌子底下抠了抠手指头，觉得自己不能掉链子，就没有说话。

"那一边放牛油锅，一边放番茄锅。"叶橙偏过头问陆潇，"多加番茄吗？"

陆潇没想到他居然知道自己吃不了辣，有些迷茫道："啊，不用加。"

叶橙应了一声，继续点菜。他不想让服务员等着，就自己拿着手机划拉。

三人各自低头点菜。陆潇看见菜品不断增加，黄喉、毛肚、肥牛、腐竹、金针菇、冻豆腐。全部是他喜欢吃的，真是奇了。

他扭头看了看叶橙，不敢相信这人的口味居然和自己这么合，除了辣度。

叶橙察觉他的视线，抬起头对他一笑，说："我还点了小酥肉，你不是喜欢吃吗？虽然这家没有川锅的好吃。"

陆潇愣住了："你怎么知道我喜欢小酥肉，我们好像没有一起吃过火锅吧？"

闻言，谭萌萌捂住了嘴巴。

叶橙回过神来，尽量保持镇定，找了个理由："蒋进说的。"

"哦。"陆潇将信将疑地低下头，继续看菜单。

谭萌萌要哭了，借着点菜的动作发消息。

谭萌萌：我要死了姐！一哥确实好帅啊！我还觉得他和橙哥很有感觉是怎么回事？！

谭晓琪：坚持住，你可以！

谭萌萌：我好怕我当着他们的面把口水流到碗里……救命，我完全能体会你每天的心情了。

谭萌萌：他俩没坐一起的时候我还没怎么觉得，一坐一起就不行了，太帅了吧！太要命了吧！

谭晓琪：还差得远呢，这才哪儿跟哪儿啊。

谭萌萌：好紧张，我的脚趾快把袜子顶破了，你懂吗？

谭晓琪：我懂，所以他俩又干吗了？

谭萌萌发了一串——

"叶漂亮说：狗狗，我给你点了你爱吃的小酥肉。

一哥问：你怎么知道我喜欢吃什么呀？你好细心嘤嘤嘤。

叶漂亮：我问过××（不好意思没记住名字）。

一哥：呜呜，好感动。"

谭晓琪：救……好黏糊我受不了了！

"萌萌，你还有要点的吗?"

正当她憋得满眼泪花的时候，叶橙的声音突然响起。

谭萌萌一个激灵，手机掉在了桌子上。

不偏不倚，屏幕暴露在另外二人面前。

正上方一条是："呜呜呜，叶漂亮别点小酥肉了，点狗吧！"

三个人同时沉默了。

谭萌萌像被雷劈了一样呆了两秒，随后反应过来——手机是正面朝她自己的。也就是说，对面的两个人看见的字是倒着的，断不可能这么快就读出这句话完整的意思。

叶橙的眼睛往下飘去，说时迟，那时快，谭萌萌看见了穿着围裙走过来的服务员。她第一次觉得，海底捞的服务员形象光辉得如同救世主。

不管三七二十一，她突然举起手大喊了一声："这里这里！我今天过生日！"

中午的海底捞正是人群聚集的时候，分散在各个角落的服务员纷纷竖起耳朵，看向这个主动喊出自己需求的客人。

走过来的服务员马上会意，露出标准的笑容道："好的，美女，请您稍等。"

谭萌萌趁着对面两人的注意力被分散，眼疾手快地把手机扒拉回来了。她的小心脏扑腾扑腾，还得竭力佯装镇定，掩饰刚才的失态。

两个人明显在状态之外，没来得及看清她的小动作。

"今天是你的生日？你怎么不早说。"叶橙诧异道。

他们什么都没准备，似乎有些失礼。

陆潇嚼着鱼皮，含糊道："就是，妹子啊，你也忒见外了。"

"呵呵，我这不是刚想起来嘛，在这里过也是一样的。"谭萌萌的汗顺着额头流下来，僵硬地拉扯嘴角，强颜欢笑。

几分钟，一大拨服务员推着小推车、举着牌子来了。那阵仗，在海底捞过过生日的都懂。

"小美女，祝你生日快乐，天天开心——"值班经理带头喊道，并笑眯眯地将小王冠戴在谭萌萌的头上。

接着，转身指挥众人道："三二一，起！"

所有的服务员训练有素，大声唱道："对所有的烦恼说拜拜，对所有的快乐说嗨嗨……"

歌声震耳欲聋，响彻门店。

整个海底捞的人全都看了过来，笑得前仰后合，还有不少拿手机拍视频的。

陆潇和叶橙默契地低下头，装作听不见也看不见，希望没有人注意到他们。

谭萌萌已经快要哭出来了，一群陌生人围着你热唱，还有另一群陌生人看猴似的在旁边看你的反应。

娘啊，这才是真正的社死现场吧。

她这辈子都不想再来海底捞了。

经历海底捞员工长达五分钟的生日祝福后，三人再次陷入诡异的沉默。

陆潇也没有在这里过过生日，他上次来的时候还在嘲笑另一桌"被过生日"的人。最后，是叶橙举杯打破了尴尬，全桌唯一成年人捡起了他的风度："萌萌，祝你生日快乐，学习进步。"

陆潇也跟风举杯道："生日快乐，呃，早日脱单。"

"谢……谢谢。"谭萌萌颤巍巍地和他们碰杯，含泪将酸梅汁一饮而尽。

陆潇这一天吃了三碟冰激凌加火锅，下午和他们逛街逛到一半，就光荣地钻进厕所去了。

接下来的周末完美泡汤，回家之后，他在厕所里长久枯坐，仿佛长在了马桶上。

没吃到爱情的苦，却吃到拉肚子的苦。

周一上课的时候，华旺春在班上宣布，徐超下周就会回来。

大家登时一片欢呼，如同终于要离开恶婆婆回到亲妈怀里一样。

华旺春无奈地直摇头："你们倒是挺喜欢他的，不过也别高兴得太早了，会考好好考，才是对他最好的回报。会考向来是一年简单一年难，今年肯定比去年难，你们班不知道能不能出几个全A的。"

会考全A的话，高考能加分。

如果放在附中来看，基本整个班上只有两三个不是全A；而在这里，能有两三个全A就不错了。

底下窃窃私语道："橙哥肯定能全A。"

"于坤也有点希望，我能有两个A就不错了。"

"我感觉平时我都能考九十分左右，应该也不会太难吧。"

"就我们那卷子……怎么能跟会考比啊。"

华旺春继续说："这个月就要进入冲刺期了，接下来会有三次模拟考试，你们都给我好好复习。还有，在抓会考科目的同时，也不能落下主科的进度。对班级有什么建议就跟我提，其他事情都不重要，先全力把考试应付过去。"

"好的，老师。"大家齐刷刷地回答道。

下课后，华旺春抱着书走到楼梯口时，身后传来了叶橙的声音。

"老师，等等。"他一路小跑过来，拦住了华旺春。

"有事吗？"华旺春转头看着他。

叶橙说："关于模拟考试的事情，想找您聊聊。"

华旺春将书放在栏杆上，示意他说下去。

叶橙没有拐弯抹角，直入正题道："我之前在附中做过他们的会考模拟卷，和我们自己出的卷子差别还是挺大的。"

附中的卷子比会考要难得多，甚至连尖子班的学生，做本校的卷子都很难拿到高分。

这种"魔鬼式训练"不仅保证了整体成绩的提升，也能让学生在考场上不慌不乱，因为比这更难的题对他们来说都是家常便饭。

他尽量婉转道："我想提议一下，我们学校是不是也该相应调整模拟卷的难度。其实不需要改得太难，只要接近会考就行了。"

如果把会考难度比作三颗星，那么附中模拟卷就是五颗星，十三中的模拟卷……顶多算一颗半。

华旺春点头道："小叶，你能提出这样的建议，我是非常欣慰的。不过呢，这不是调整卷子难度就能解决的问题。"

他叹了口气，很是无奈："咱们的水平你也不是不知道，这卷子难度一上去啊，那些孩子更没信心。举个很简单的例子，前几年我整改了一下数学期末试卷，你知道当时高二年级第一的数学考了多少吗？只有八十五分。"

他比画了两个数字。

"你提的这些我们开会都讨论过，一方面是学生的问题，另一方面副科老师也有问题，比如不够了解全体学生的水平，没办法随便改动出题难度以适应考试。哎，你在附中待过，可能对我们的难处不是很理解。"

叶橙认真地说："我理解，这也不能全怪老师，我们班的地理老师要同时带六个班，师资根本分配不过来。"

全年级一共四个地理老师，每个成天忙死忙活。

化学老师老师更少，只有三个。

华旺春没想到他能体谅，有点感动地说："像你这么明白事理、为学校考虑的学生，我还真是第一次见。"

"华老师，其实您也可以采取一些措施来加强师生互动，比如让学生填写调查问卷，或者用系统分析大家的集中出错的地方。"叶橙诚恳道，"我们班没有那么差，十三中也没有那么差。我相信，只要慢慢来，这些问题都会一点一点被解决的。"

叶橙算是看出来了，不是学生没信心，是这些校领导本身就对这个学校没什么信心。

从来没有哪个学生跟华旺春说过这样的话，他竭力按捺着自己的情绪看着叶橙。

叶橙又说："最后，关于会考的模拟卷，如果您相信我，我可以协助老师一起出题。我对附中的出题风格很了解，也对我们班大部分人的学习状况很了解，或许能帮到老师们。"

华旺春大为震撼。

学生参与出模拟卷的题目，别说在十三中，就是在全南都市也史无前例。

他思索了片刻，说："小叶，不如这样吧，这件事我会召集年级组开个会，商量商量，下午你也来一起旁听怎么样？"

叶橙点了点头，"你们决定就行，我都可以。"

华旺春拍了拍他的肩膀道："我必须再次向你表示感谢，谢谢你能为学校和同学考虑这么多。"

他直觉，叶橙这个人，比他的实际年龄要成熟得多。

"您太客气了。"叶橙说。

其实他并不是无私奉献，半点私心都没有。

为什么考虑这么多呢？因为这所学校里，这个班里，这些同学里，有陆潇。

他怎么可能放任不管。

·

当天下午，华旺春在会议室临时召开了年级组会议。参会的有全体副科老师，叶橙搬了个椅子坐在旁边。

历史老师是个中年妇女，平时挺喜欢他的，走过去拍了拍他道："小叶，来当记录员啊？"

叶橙笑了笑，没点头也没摇头。

很快，人就到齐了。

华旺春清了清嗓子道："不好意思，临时把你们叫过来，因为有个事要征求一下你们的意见。"

他看了眼一旁安静的叶橙，说："先给大家介绍一下，这是我的学生，叶橙。"

叶橙站起来，面朝老师们鞠了个躬。

老师们都笑了起来。

"不用介绍，我们都认识。"

"咱们十三中的'门面'嘛，还需要介绍什么。"

"小叶期中考试可厉害了，历史客观题满分，你们敢信？"

"我的天，别说了，我每天都在羡慕你，能带这样的学生。"

华旺春打断大家的议论道："我要说的事，就是和他有关。叶橙同学的成绩大家都有目共睹，二十班的几个会考科目老师，你们来说说看呢。"

历史老师抢先道："小叶历史考了九十七分，只有大题酌情扣了几分。"

政治老师说："政治九十五分，我已经批得相当严格了，不过这孩子客观题还是全对，只能说基础真的扎实到家了。"

其他老师纷纷报了分数，叶橙的成绩近乎全科满分，只有一些科目扣了主观题分数。主观题扣分，也并不是因为他回答得有瑕疵，而是学校规定了尽量不要给全分。

政治老师连声道："其实后面那几题我真的很想给满分，他居然每一个考点都能答对，书上的话记得一字不落，我就没见过这么牛的学生。"

"看来，大家对他的能力是给予充分肯定的。"华旺春没什么表情地说道。

"那是当然。"

"小叶的能力肯定强啊，会考应该能全A。"

华旺春说："叶橙同学先前在附中上学，你们也是知道的。你们知道去年附中最差的平行班，有几个全A吗？"

有人回答："这个我记得，他们百分之八十都能达到全A，这个数据当时都给我惊着了。"

"那我们学校，最好的班级有多少个全A呢？"华旺春锐利地看着他。

大家面面相觑，开始明白过来他的意思，都沉默了。

华旺春继续道："你们很多老师，都做过附中的模拟卷，也应该明白我们差在哪里。平时懒懒散散地不严抓，临阵磨枪顶个屁用。"

他的语气逐渐进入开会批判的状态，领导惯用的腔调。

"现在距离会考还有两个月了，这几次模拟考试，非常，非常重要。你们必须全都打起精神来，仔细研究历年会考题目，别为了糊弄分数就给我搞那些个弱智题。"

他说着，把一沓卷子重重地摔在桌上，

"'清朝的开国皇帝是谁'，这种题目会考能出现吗？许珍珠，别东张西望，我问你能不能？"

华旺春一拍桌子，另一个历史老师吓得一抖。

"尸位素餐，敷衍了事！这种破题目连我都会做！看看，这就是你们平时的工作！"华旺春怒道。

"临时开会"已经正式演变成了"批斗"大会。

这熟悉的套路听得叶橙很是麻木，不过也不失为一个良好的切入点。

在阴阳怪气地说了各科老师十几分钟后，华旺春终于抛出了正题。

"分析学生的易错点，调整模拟卷难度，努力向会考靠近，能做得到吗？"

话音刚落，不少老师都面露难色："主任，这几天就要出卷子了，不是我们偷懒，是实在来不及啊。"

"就是啊，分析易错点也需要时间，我们的题库都已经布置好了。"

华旺春冷笑道："就知道你们不行，所以我给你们找了个帮手。叶橙不是坐在这儿嘛。"

大家都有点茫然，不知道他是什么意思。

华旺春看着他们道："叶橙同学很了解重点高中的模拟卷机制，而且很清楚我们学生的弱点。刚才你们也认可了他的能力，他自己有意愿，帮助老师们一起出这次的模拟卷。"

他一说完，整个会议室都炸了。

"什么？让他一起出试卷？"

"疯了吧，学生怎么给学生出卷子？他自己不也得考吗?!"

"小叶做题没问题，出试卷……还是差了点意思吧。"

华旺春看向叶橙，他会意地站起身道："老师们，请听听我的看法吧。"

会议室渐渐安静下来，所有人都看着他。

作为一个高中生，被几十个老师这么看着，理论上不可能不紧张。然而叶橙却丝毫不慌，脸上甚至还保持着得体的微笑。

"首先，对于出题的方面。近十年的会考题目我都背下来了，包括会考改革之前的也有涉猎。"叶橙不紧不慢地说道，"而且现在有智能题库，搜索历年题目范围非常方便。

"其次，华主任的意思是，让我给命题组打下手，不会正式参与具体命题。我可以就两校风格对比，提出一些建议，供老师们参考。"

"最后，"他云淡风轻地说，"为了公平起见，我愿意放弃这次模拟考试。"

众人又开始骚动了，华旺春愕然地看着他，没想到他愿意牺牲这么多。毕竟会考的加分制度，也会参考前期模考的成绩定夺。

"我的天，放弃考试?"

"这话说得……小叶你别冲动啊。"

"可是不管怎么说，哪有学生参与命题的啊。哎，虽然我也差点被说服了。"

叶橙的表情波澜不惊，其实他自己不是很在乎成绩排名这种事。

多考一次，少考一次，对他来说没什么太大的区别。

考试不过是巩固知识的一种特殊形式罢了。

华旺春静了静，道："叶橙同学都这么说了，你们还有什么异议吗?"

底下有人欲言又止，他又补充道："自古不破不立，不舍不得，没有创新就会退步，政治老师，这话我说的对不对?"

政治老师被点名，只得点头赞同，心里想的其实是"你在说啥"。

华旺春道："我这个人很民主的，大家来投票决定吧，当场举手就行。支持叶橙参与的，请举手。"

他自己带头举起手。

下面的老师在腹诽，你这哪是民主投票，就差把"威胁"俩字写在脸上了。

不过既然叶橙都已经主动放弃了考试，也不会影响公平性。他们一是无话可说，二是不想得罪主任。

于是，所有人都举手通过了。

华旺春满意地站起来道："行，那就这么决定了。"

他转向叶橙："你看看什么时间段比较空的，可以过去帮忙。对了，不会耽误你学习吧？"

"不会，就利用晚自习好了。"叶橙说。

华旺春说："好，那你找副班长帮忙坐个班。"

从会议室出来之后，华旺春又把他单独叫到边上。

"你真的能接受不参加考试吗？自己没有不情愿？"他问道。

叶橙笃定地说："能，放心吧老师。"

"那你家里人能接受吗？"华旺春主要担心他那个爸爸。

叶橙说："我会和他们解释的。"

他心道根本没必要解释，高秋兰很放心他，叶高阳根本不会管他。

华旺春终于松了口气："那行，你和家里好好沟通。我也不会让你白干的，等考卷定了我给你发奖金。"

叶橙本想拒绝，但为了让他安心，还是答应了下来。

从第二天开始，二十班每晚的晚自习，都由副班长坐班，班长叶橙则跑到老师办公室去帮忙。

这些老师一开始对他还挺怀疑的，直到后来发现每说一题的前半截，他就能一口报出是哪一年哪个学校的模拟卷。老师们都觉得难以置信，命题组的人都没他记得那么熟悉。

历史老师还好奇地问他："小叶，你是天生过目不忘吗？"

叶橙谦虚地说："过几年还是会忘的，得不断加深。"

历史老师："……你在炫耀吗？"

"没有没有。"他说的是实话。他都高中毕业好多年了，捡回这些实属不易。

晚上，叶橙正对着题库检索，放在手边的手机振动了两下。

华旺春坐在他旁边办公，扫了一眼屏幕的未接来电，随口道："这小子还挺黏人的。"

叶橙看见陆潇的名字，心里就条件反射地紧张，但随后脑子里又转过来了——他帮了学校一个大忙，华旺春自然也不会再给叶高阳通风报信。

"可能是想问我去哪儿了。"他掩饰道。

华旺春说："你俩成长环境其实挺像的，难怪关系好。"

叶橙转向他："为什么这么说？"

华旺春放下电脑，感慨道："小陆和他爸爸关系也不好，我教了那么多年书，见过最狠的俩父子打架，就是他们家了。"

叶橙倒吸一口凉气："当着您的面打架？"

"何止呢，就差拿刀子互相捅了。"华旺春嗤笑道，"他爸是个挺有名气的人物，和我们上级关系都很好。我是不太了解具体情况，只知道他爸让他退学，他不肯，于是打得头破血流。

"后来，他爸就没再来过学校了，大概是放弃他了。"

叶橙眉头紧皱，据他所知，陆尧山要是真不管陆潇那倒好了，但对方不可能那么容易放弃。

也不知道这父子俩为什么矛盾这么深，就算叶橙自己也挺恨叶高阳的，但可远没到和亲爹动手的地步。

华旺春摇了摇头："不说这些了，你要不去给他个电话吧。那小子很关心你，别让他着急。"

他居然没有追究陆潇上晚自习玩手机的事。

叶橙起身道："那……老师，我去去就回来。"

"去吧去吧。"华旺春挥了挥手。

叶橙走到离办公室几米远的角落里，拨通了陆潇的号码。

"嘟"了两声之后，那边很快接起。

"喂，你去哪儿了？"陆潇的声音有点喘。

叶橙说："在老师办公室，帮他搞点资料。你怎么能打电话，不在班上吗？"

陆潇呼出一口气说："你个……老子以为你在夜跑，就到操场上找你来了。"

叶橙心里有点怪怪的。

华旺春好像说得没错，陆潇突然变得很黏人。

明明前段时间还不这样。一般下课的时候陆潇会出去待着，或者坐在后排玩手机。现在一到大课间，或者午休时间，就巴巴地跑来前排问自己题目。晚自习他人不见了，立刻就打电话，甚至还跑到操场上去找。

真的黏人得不正常。

不过叶橙没把自己的疑虑表现出来，只是对陆潇道："你快去上自习吧，我第二节课就回去。"

"我已经在往回走了。"陆潇无语地说，"你在办公室干吗？华旺春又压榨你了？"他总是觉得华旺春会指使叶橙做一些累人的活儿。

"没有，一点小事而已。"叶橙说道。

两边都短暂地静了静，陆潇说："那我不打扰你了，拜拜。"

"嗯，再见。"叶橙等了一会儿。

对面没有挂断，他疑惑道，"还有事儿吗？"

陆潇的声音很低沉，在夜色流淌的走廊上响起时，显得有一丝不易察觉的温柔："没事了，你先挂。"

不知为何，叶橙的心脏忽然像是被一只手狠狠地捏了一下。

以前也是这样……

每次陆潇都让他先挂掉电话，而自己总是拖拖拉拉。

有一次他刻意等了很久，那边也一直亮着没挂。

他忍不住问陆潇为什么要这样。

陆潇回答说："如果必须有一个人要听挂断的那一声，我宁愿是我来听。"

当时叶橙嗤之以鼻，觉得这是孩子气。如今再来一次，他们还刚成为朋友，但陆潇依然选择让他当先挂断的那一个。

秋夜的风有些凉，裹挟着楼下金桂的香气，吹得他有点发冷，不过心口却觉得滚烫。

"好，我挂了。"他轻轻地说，然后点下了那个红色图标。

叶橙心情很好，觉得陆潇表现不错。作为甜头，在回班上的时候，给他带了厚厚一沓打印资料。

他走到后排，把资料放在桌上。陆潇看着最上面的"638页"，有点呆愣住："这是要干吗？"

叶橙无比温和地说："在会考之前，把这些都做了，不会的拿来问我。"

陆潇艰难道："'都做了'是什么意思？"

"就是全都写完啊，其实这些题挺简单的，都是客观题，给你练手感的。"

叶橙说道，"两秒钟一题，很快就写完了。"

"哈哈。"陆潇干笑了两声，不敢相信，"你在逗我吧？"

叶橙也对他笑了笑："没有逗你，只是觉得你又是道歉，又是主动关心我，想给你点回报。"

陆潇整个人都傻了。

叶橙俯下身子，靠近他道："加油写吧，如果这次模拟考得好的话，我给你奖励。"

他的头发丝扫过陆潇的脸颊，带着风铃草清甜的香气。

陆潇喉咙动了动，鬼使神差地说："我能提要求吗？"

陆潇这个人，最是经不得钓，就跟眼前栓个胡萝卜的小毛驴似的。叶橙谅他也提不出什么过分的要求，于是当场答应了。

谁知道，陆潇随即就开始发疯。

当下准备的是模拟考试，距离正式会考还有好一段时间，叶橙的本意是让他在那之前做完这些。

结果陆潇当晚拿到资料后，回去熬夜做了一个通宵，一顿操作猛如虎，写了整整八十页。第二天上课，他还是被华旺春用粉笔头砸醒的。

中午，教室里的人都去吃饭了。叶橙坐在李俊晓的位置上，趴在陆潇桌上给他批卷子。

陆潇苦苦说服了他一上午，非要让他"亲自"给自己批改，当然也是为了炫耀自己一晚上写了八十页。

小男孩的心思，就是这么简单明白。

窗外的天空蓝得通透，卷舒起伏的云朵像在宫崎骏的动画里一样，洁白纯真，又俏皮可爱。

桌上的寿司整齐排列，揣着小手等待被临幸，各种口味的都有一份。

陆潇一手支住下巴，看着叶橙神情专注的样子，忍不住伸出另一只手，小心地夹起一块海草军舰，试图趁乱投喂一波。

"你饿不饿，要不先吃点东西再批？"

"嗯。"叶橙的注意力都在卷子上，没发现他的心机，自己顺手拿起筷子夹了个寿司，慢慢地吃了起来。

陆潇被忽视的手僵在半空中。他略带失望地垂下眼眸，将那块海草军舰一口包进自己的嘴巴里。

叶橙批改东西有个小习惯——遇到做对的不打勾，遇到做错的会打一个巨大的叉。比如陆潇错了一道选择题，他打的叉大得足以覆盖上下两道题，看上去壮观得就像半页纸都是错的一样。

所以每次他一动笔，陆潇就条件反射地心脏收紧，血压飙升。那感觉，比老师当着他的面批卷子还要刺激一百倍。

叶橙一口气批完，把卷子推给他。非常不幸，每一页纸都红了一大片。

叶橙不高兴地皱眉道："你这不行，错误率都快赶上我奶奶当年考科目一了。说到底，还是没掌握知识点，胡乱做题，心急想吃热豆腐。"

陆潇不敢吱声，他可不就是想吃热豆腐吗？

其实昨天晚上他也看了知识点的，只是看完就忘，完全没记住。

叶橙把他的手表掰过来，陆潇眨巴眼睛看着他，不明所以。

他看了一眼时间，说道："距离午休结束还有四十分钟，你自己先背二十分钟，然后我来抽查。"

陆潇登时紧张了，是真的紧张，浑身汗毛都竖起来的那种。

"啊？现在背吗？"

他从小到大脸皮超厚，但从来没有哪一刻像现在一样这么害怕被抽背过。以前都是瞎背，背不出来拉倒，能气死老师最好。

可这回不同，这回是叶橙亲自查他！

如果背不出来……不，看着叶橙那张脸，他就大脑一片空白了，还背啥啊。

"不然呢，现在不背，等考完再背？"叶橙的声音沉了下来，自带一股不言而喻的威严。

他冷冷地瞪着陆潇。

陆潇想起来谭晓琪说过，叶橙最讨厌学习不上进的人。

他不想让叶橙讨厌自己，他会难过。

"我背就是了。"他垮着脸拿起资料，叽里咕噜地开始小声背诵，跟念经一样，"'百家争鸣'是中国历史上第一次思想解放运动……"

叶橙拿起筷子吃饭，一边嚼着三文鱼，一边含糊不清地说道："小点声，或者到外面去背，影响我食欲了。"

陆潇只得默默地站起身，走到门外继续背。

历史对他来说是最头疼的一科，他之所以选择理科，就是因为不用记不用背，天天上课睡觉还能混个及格分。

文科对于他就是噩梦级别的存在，半夜梦到都会吓醒的那种。

加上昨天晚上没睡好，陆潇背着背着就开始烦躁。

他的两只眼睛直愣愣地看着密密麻麻的文字，硬是一个字都进不了脑袋，都像苍蝇蚊子似的在空气中飘来飘去。

他满脑子都是，我到底为什么要饿着肚子站在这里背书啊？会考不是得过且过就行了吗？

叶橙也没要求他考全A，毕竟那是不可能的，所以人干吗这么折磨自己？

叶橙吃到一半，眼尖地瞥见陆潇在发呆。

虽然没看到正脸，但他太太太了解这个人的一些心理状态了。

光是看后脑勺，叶橙就知道他在心里肯定已经气得把书都撕了。

就这个脾气，能指望他安安静静背五分钟都谢天谢地了，更别说还是背他最讨厌的科目。

叶橙站起来，夹了一块寿司，慢悠悠地晃到门口。

"背得怎么样了？"他问道。

陆潇一个激灵，猛然回过神来。

他抖了抖资料，装作用心的样子道："有点难记，还没背完。"

"唔，那吃点东西再继续。"叶橙抬起手，将寿司送到他嘴边，另一只手还贴心地在下面接着。

陆潇呆呆地看着他，一时间忘了要干什么。

"张嘴，啊——"叶橙用哄小朋友的语气说道。

陆潇一个指令一个动作，机械地张开嘴，任叶橙把那块寿司塞进他嘴里。

直到味蕾被鱼子的颗粒感侵犯，他才意识到刚才发生了什么——叶橙在光天化日、朗朗乾坤之下，大走廊之上，堂而皇之地喂，他，吃，饭。

陆潇的脸以迅雷不及掩耳之势红了起来，捂住嘴呛了一声，然后默默地低下头咀嚼。

叶橙含笑问道："好吃吗？"

他缓缓地点了点头。

"那加油背哦。"

他又点了点头。

等到叶橙晃悠着进去后，陆潇果决地撸起校服袖子，充满斗志地集中注意力背书。

天边的白云流动起伏，资料上的知识点跟小蝌蚪般蹦来蹦去。他徜徉在历史的海洋之中，分外有干劲。

好吧，历史好像也没有那么枯燥。

蒋进吃完饭回来，抛着可乐瓶路过门口，恰好看见陆潇贴着墙站在后门处，举着一沓子纸质资料慷慨激昂地背诵，差点以为自己撞鬼了。

他难以置信地走过去，揉了揉眼睛道："潇哥，你这是在干吗？"

陆潇抬起下巴看向他，略带骄傲地说："知道文艺复兴的'文学三杰'是哪三个人吗？"

蒋进："啥……啥？"

陆潇："但丁、薄伽丘和彼特拉克。这都不知道，菜鸡。"

蒋进："……"

陆潇踌躇满志地转身进了教室，一屁股端坐在叶橙面前，开始庄重地接受抽背。

他每回答对一个，叶橙就奖励他一块三文鱼。那架势，活像是在喂某种大体型的幼犬。

蒋进绕着边边回到自己的座位，尽量不让两人注意到自己的存在。

他在桌子底下，疯狂发消息催谭晓琪。

蒋进：你在哪儿呢？快回教室！！

谭晓琪：跟某人轧操场，发生什么事了？

蒋进：……[大哭.jpg]说不上来，我觉得潇哥很不正常。

谭晓琪：懂，马上来。

等谭晓琪气喘吁吁爬了五层楼上来时，叶橙的抽背结束了。

他夸赞陆潇道："你看你记得还是很快的，说明并不笨，只是平时太懒散。"

陆潇飘飘忽忽的，即使被骂了也觉得浑身舒坦。

"今晚回去继续做那些题，就会感到轻松很多了。"叶橙说。

陆潇乖巧道："好，那明天中午还背吗？"

那言下之意是：还能继续进行投喂小游戏吗？

"要的，知识点记忆不能间断，把我给你打印的全都背完。"叶橙说。

陆潇愉快地点了点头，就差摇头摆尾了。

谭晓琪眨着星星眼，托着腮在陆潇旁边坐下道："难得见潇哥这么爱学习，看来还是得我橙哥出马。"

由于她有过介绍谭萌萌的前科，陆潇警惕地看着她说："我本来就爱学习好吧，你少污蔑我。"

叶橙清了清嗓子，没有戳穿他。

谭晓琪笑了笑："好嘛好嘛，我不说了。对了，你们知道蓉姐要转学的事吧，她过两天就要走了。"

"这么快？她不参加会考吗？"叶橙问道。

"我也不清楚，她好像很着急。"谭晓琪说，"所以我想着，要不要走之前出去聚一下？这一分开，也不知道什么时候能再见了。"

她或许只是顺口一说，但叶橙对这种事深有体会。

对于大多数高中同学来说，毕业典礼的那一天，也许就是大家的最后一次见面。平时一起玩的时候，一个个都说要每年聚会，说好的"聚是一团火，散是满天星"。可等真正工作了忙起来之后，一桌聚餐往往连十个人都凑不齐，更别提全员都到了。

他倒是不介意江怡蓉喜欢过陆潇的事，于是答应道："可以啊，哪天约？"

陆潇歪头看了看他，一副欲言又止的样子。

谭晓琪说："那我问问她明晚有没有空，刚好明天是礼拜五。"

叶橙应了一声，便回到前排自己位置上去了。

谭晓琪打量着陆潇，嘱咐他："你也要去啊，潇哥。"

"废话。"陆潇呛声道。

谭晓琪扑哧一笑："别这么凶嘛，搞得人家怪害怕的。"

叶橙走了，陆潇不再对她客气："你下次别再给他介绍什么谭萌萌，李萌萌的，管好你自己。"

谭晓琪心想介绍个屁，老娘那还不都是为了你！嘴上还是答道："萌萌只是想向橙哥请教英语竞赛经验，她才没有其他想法。"

"真的？"陆潇狐疑道。

"当然是真的，你不也知道吗，橙哥去年英语竞赛拿了省一。而且他可喜欢别人问他英语方面的问题了，比文艺复兴这种题目，管用多了。"

她用两根手指头拎起桌上的资料，轻蔑地一笑。

陆潇的呼吸粗重起来，觉得自己似乎又被打败了。

别说性格，别说外表，他连题目都问不对！

好生气。

谭晓琪鼓励他道："记得要投其所好，那样才不会做无用功，加油！看好你哟！"

当天晚上，叶橙收到了一篇来自陆潇的英语作文。

嫌疑人X：我自己找命题练了一篇，能不能麻烦你帮我看看？

他打开对方发过来的照片，先是被对方丑得人神共愤的字当头一棒。接着，开头第一句是：I am Li Ming。

这种为了凑字数，把"I'm"分开写成"I am"，以及用短短四个单词组成一句话的伎俩，叶橙小学三年级之后就没这么干过了。

实不相瞒，看了第一句，他已经没有看下去的兴趣了。但为了不打击陆潇罕见的学习动力，他索性把手机放到一边，戴上耳机，在平板上边听歌边刷题。

做完三道数学题之后，他毫无感情地打开手机给陆潇发消息。

克制一下：写得不错，可以再多看看范文，继续努力。

嫌疑人X：真的吗？我居然得到了英语大牛的肯定？那我以后写完可以都发给你看吗？

克制一下：不用了，你自己对着范文看几遍就行。

开什么玩笑，他可不想自己的眼睛每天都被荼毒。

陆潇心满意足地继续刷题去了，临睡前还把自己的英语小作文和叶橙的夸赞截图发了朋友圈。

蒋进夜里刷手机，悲剧性地看到了这篇作文，于是一键转发给谭晓琪。

"救命，你看见潇哥发的了吗？橙哥真的会夸这样的作文写得好？"

谭晓琪也是个夜猫子，她自上往下浏览了一遍，发现是真的烂到惨不忍睹。

然后她满眼泪花地打字道："你懂个屁，这就是最伟大的鼓励！"

蒋进万万没想到，最后是自己受到了一万点暴击。

第18章
总相逢

第二天，江怡蓉挨个儿给他们几个发了聚餐的消息。

她只邀请了一些平时关系好的，当然叶橙是个例外。

她是这么给叶橙发的消息："叶神，时光荏苒，岁月如梭，转眼咱俩已经认识两个多月了。我即将离开这片土地，奔赴新的梦想，能否请你赏脸莅临我的欢送晚会为我践行？小女子感激不尽QAQ！"

叶橙回了她一个"？"。

江怡蓉：嘿嘿，我觉得你会喜欢这种文绉绉的调调。

叶橙：＝＝

江怡蓉：你来嘛，我有些话想单独对你说。

叶橙：什么话？

江怡蓉：等你来了再说。

下午数学课的时候，华旺春走进教室。

底下都出乎意料地活跃，丝毫没有平时下午蔫儿了吧唧的样子。

华旺春老精明了，好笑道："干吗，最后一次上我的课，就这么开心？"

"哪有，老师我们可喜欢你了。"

"我们最喜欢上你的数学课了！"

"老师你最帅！十三中第一男神！"

下面七嘴八舌地说道，气氛很好。

"得了吧，"华旺春哂笑道，"下周一你们徐老师就回来了，巴不得我走呢。"

李俊晓举手问道："老师，徐老师以后是不是就不走了？"

华旺春说："不走了，而且只带你们班，一直陪你们到高三。"

大家纷纷欢呼起来，都高兴得不得了。

下课之后，华旺春把叶橙叫到走廊，对他说："你以后晚自习还是照常去我办公室，不用因为我不带你们了就不好意思来。"

他专门给叶橙支了一张桌子，让他待在自己旁边办公。

"你们班这段时间出了大大小小不少事情，实在是辛苦你了。"他拍了几下叶橙的肩膀道。

叶橙说："没事，应该的。"

华旺春摇了摇头："不应该，怎么能应该，你也不过就是个十七岁的孩子而已。有些事情、有些压力，不要憋在心里，觉得不开心了，就去找老徐聊聊，或者跟我聊聊，我的办公室大门随时为你敞开。"

从上辈子到现在，很少会有老师用这种"家里长辈"的语气和叶橙说话。

过去叶橙认识的老师，绝大部分时候都是机器人，一门心思只关心学习成绩。在附中，老师们可能还会觉得你该成熟点，你该有很强的抗压能力，你该永远不让人操心，你该做个模式化的乖宝宝……而上了大学后，大家都是成年人，导师自然也不会再把你当成小孩子。

但徐超、华旺春这些老师，和他们完全不一样。

来到十三中以后，很多老师都让叶橙觉得没有架子——他们是认认真真，把这些学生当成自家"熊孩子"来对待的。

少了社会上的复杂和功利，多了象牙塔里的纯粹和温暖。

老师之外，当然还有那一群与附中的"学习机器"们截然不同的学生。尽管他们不完美，但却让人觉得很放松、很快活，拥有这个年纪的困惑和迷茫，爱犯这个年纪会犯的错误，是一群真真正正的人。

这是叶橙转学后第一次觉得，这个学校或许对他来说，除了陆潇，还有点其他方面的意义。

"好，谢谢老师。"叶橙对他点头道。

华旺春对他笑了笑，这才放心地离开。

晚上放学时，一群人浩浩荡荡地去给江怡蓉践行。她在学校人缘挺好，一说聚餐，亲朋好友来了好几桌。

这个姐也是个隐藏的富二代，大手一挥把那家店给包场了。

酒足饭饱，几个玩得不错的朋友又相约去唱歌。

　　江怡蓉心情愉快，把骰子摇晃得震天响，提议道："反正都是最后一次聚了，我们来玩真心话大冒险吧，我想听听你们的真心话呢。"

　　大家都说今天她做主，想玩什么玩什么。蒋进马上拿来一个空饮料瓶，放在桌上。

　　包间的桌子比较小，众人都是挨着坐的。江怡蓉看见陆潇和叶橙挤在一张椅子上，笑着说："你俩离得这么近，转到中间算谁的？"

　　"大冒险算我的，别欺负他。"陆潇抛了一颗花生米到嘴里。

　　谭晓琪和江怡蓉对视了一眼，同时会心一笑。

　　"那真心话都算他的？"江怡蓉说。

　　"也……可以算我的。"陆潇卡了一下。

　　大家都笑了起来。

　　叶橙也笑了："没事，我都可以的，开始吧。"

　　蒋进站起来，一手按住瓶子道："美女，要不要吹一口仙气？"

　　江怡蓉配合地往他手上吹了一口气，笑得很甜。

　　"这一波看谁最先当幸运儿。"蒋进手下用力，瓶子转了起来。

　　所有人都看着桌面，瓶口慢慢地停了下来，不偏不倚，指中了江怡蓉。

　　"我呸！"她立马翻脸，众人哄堂大笑。

　　"蒋进，你行不行啊？！"

　　"笑死了，还不如不吹。"

　　蒋进结结巴巴地说："我……我不是故意的。"

　　江怡蓉一撩头发："来吧，真心话还是大冒险。"

　　谭晓琪主动道："我来我来，真心话好了。"

　　她和江怡蓉交换了一个眼神，开口道："你马上就要转学了，从在座的人里，挑一个人和他说一句最想说的话吧。"

　　她刚说完，叶橙就感到靠着的陆潇的胳膊僵住了。

　　蒋进默默地低下头，喝着杯子里的酒。

　　江怡蓉果然没让大家失望，用手一指道："陆潇吧。"

　　"想对你说，祝你实现你的愿望，你是个很好的人。"她平静地说道。

　　没有告白，也没有惆怅，她很圆满地给自己和这个人的关系画上了句号。

　　陆潇松了口气，举起酒杯道："谢谢，你也一样，虽然我不怎么喜欢好人卡。"

江怡蓉笑着和他碰杯，一饮而尽。

正当蒋进准备开始下一轮时，她又说："可以再选一个吗？"

谭晓琪马上道："当然可以。"

江怡蓉说："那就选蒋进好了。"

蒋进的动作停了下来，愣在原地，呆呆地看着她。

"祝你以后成为一个画家，能办一场属于自己的画展。说好的，要给我画肖像，以后可别忘了。"

蒋进表情恍惚，眼眶突然红了，用力点了点头。

李俊晓一见这架势，生怕他哭出来，抢着去转瓶子道："来吧来吧，下一轮。"

大家又回到了游戏上，李俊晓用力一转，瓶子渐渐停了下来。

这次停在了陆潇和叶橙的中间。

其他人还没来得及说话，陆潇便道："我也问你个真心话吧。"

他一边说，一边把叶橙面前的杯子加满："可以不回答，我替你喝。"

谭晓琪暗自笑了起来，对江怡蓉做了个口型："看吧，我就说。"

叶橙笑着说："你这是强迫我回答呢。"

"你也可以不理潇哥，让他替你喝，反正他爱喝。"李俊晓看热闹不嫌事大地说。

陆潇舔了舔尖牙道："一个很简单的问题，你最想做的事是什么？"

"哇哦——"众人起哄。

在这种游戏上问一个人的理想，要么是在乎他，要么是很在乎他。

叶橙看向他："你想知道这个？"

陆潇收起笑容，点了点头。

他们靠得很近，尽管四周灯光昏暗，陆潇还是能看见那双漂亮的眼眸里带着一丝清明的笑意。

"已经实现了。"叶橙的语气忽然变得很轻快，"我最想做的事，我现在就在做。"

陆潇不明所以地一挑眉："具体说说看呢？考试考满分，还是帮华旺春做义工？"

叶橙没有中他的激将法，泰然自若道："这是第二个问题了。"

陆潇被他拿得死死的，只得自认倒霉："好吧，文字游戏我玩不过你。"

他们一直玩到十二点多，其间蒋进用脑袋顶着烟灰缸，对服务员大喊了十遍"我是傻×"，还被江怡蓉录下来发到了他们的临时小群里。

李俊晓被要求和谭晓琪抱抱，两个人积极踊跃，最后还是陆潇一脚把他们踹开的。

从包间出来后，众人去江边吹风散步。

临近深秋，街道两旁的梧桐落了一地，一群少男少女勾肩搭背地走着。蒋进醉醺醺的，拿着手机拉着陆潇说"要和潇哥合影留念"，仿佛陆潇是个景点。

江怡蓉穿着连衣裙，被江风一吹，忍不住打了个哆嗦。她靠在栏杆上，看着下面正在自拍的两个人，不知道是在看陆潇，还是在看蒋进。

突然，一件外套落在她肩膀上。江怡蓉回过头，看见了叶橙的侧脸。

她家里是做娱乐行业的，见过不少样貌精致的小明星。但很少会有一个人，让她看一次惊艳，第二次、第三次……每一次依然还会惊艳的。

"谢谢。"她说。

叶橙看了她一眼："不是说有话要和我说吗？"

今晚过得有点混乱，江怡蓉这才想起来这茬儿。

"不好意思，我被蒋进给影响了，差点忘了。"她理了理被风吹乱的鬓角道，"在说这些话之前，我能问问你对陆潇的看法吗？"

叶橙面向她道："什么意思？"

江怡蓉也不闪不躲地看着他："他对你而言，很重要吗？"

听见这个问题，叶橙不知道想到了什么。

他勾了勾嘴角，漫不经心地说："我转来十三中，就是为了他。"

江怡蓉微微愕然，不过看他不想多谈的样子，也没有追问下去。

她点了点头，像是下定了决心："好，那我就跟你直说了。我怀疑，陆潇的父亲有暴力倾向，而且对他母亲造成了身体和精神上的双重伤害。"

叶橙嘴边的笑意瞬间消失："你说什么？"

关于陆尧山这个人，过去叶橙了解得并不是非常详细，只知道他后来成了陆氏的大股东，也就是实际掌权人。

业内评价其手段雷厉风行，是个很有魄力的当家。

陆老爷子一共有三个儿子，其中陆尧山排名第二，养着儿子陆潇。老大有一个独生女，老三一直没结婚。

陆潇这两个叔叔伯伯，看起来人模狗样、彬彬有礼的，其实都不是省油的灯。为了讨老爷子欢心，私底下什么明争暗斗的勾当都做过。

在陆家这几个儿子当中，只有陆尧山是正房夫人生的。老爷子骨子里是个传统得要命的人，光是在血脉上，陆尧山就自动胜出了。

偏偏这个时候，叶橙出现了，辅佐陆潇给出了对集团内一系列的整改建议，并且让陆潇的实力和人望方面都隐隐有点压过他老子的风头。虽然没有正式打过照面，但不用想也知道，陆尧山对叶橙这个外人肯定是没有好感的。

但万幸的是，陆老爷子喜欢他、欣赏他，也发现陆潇在认识他之后改变了很多，这才没有让陆尧山插手有关叶橙的事。

而叶橙对孟黎的印象更是少之又少。

离她最近的一次，是他和陆潇去国外度假，路过了孟黎调养的山庄。陆潇找人带他在四周逛了一圈，自己则单独去看望孟黎。

虽然那时候他们关系已经很好了，但叶橙并没有在陆潇未主动提起的情况下，要求一同前行去拜访孟黎。

这其实也和他的性格有关，他从小很缺乏安全感，对人对事很难做到无保留的付出。

他俩一起相处了三年，依然保留着彼此的个人空间和自由。

以前叶橙不觉得有什么，可重新回到这个时代之后，他突然发现，或许那样的关系并不完美。

江怡蓉将他的注意力拉了回来："具体的情况我也不清楚，我只是在那次家长会的时候，偶然间听到了他们的对话。"

她郑重道："叶橙，陆潇这个人你也知道，他挺不喜欢别人多管闲事的。但我觉得，你不是'别人'。"

叶橙淡淡地看着她，没有泄露情绪。

"下次再见，也不知道是什么时候了。"她留恋地看向下面一群跑来跑去闹腾的人，有些感慨。

"会再见的，也谢谢你告诉我这些。"叶橙说。

江怡蓉说："但愿吧。"

叶橙像是想起了什么，问道："你玩游戏的时候，说祝陆潇早日实现的愿望，是什么？"

江怡蓉笑了起来："就知道你会问。那次我想把攒了很久的信都给他，他不仅没要，还回赠我一句'如果我实现你的愿望，那谁来实现我的呢'。"

她认真地注视着叶橙道："他的愿望很简单，也很纯粹。他只想和你考上同一所大学。"

怪不得江怡蓉说出"愿望"的时候，叶橙感到陆潇有些不太自然。

本来以为会是什么比较模棱两可的事，没想到却是那个他们"拉钩上吊"时许下的约定。

河堤下面吵吵闹闹。

蒋进抬头对他们喊道："下来玩滑板啊！这里地方好大！"

江怡蓉低声说："你下去和他们玩吧，我先回去了。"

"这就回去了，不和他们说一声？"叶橙诧异道。

江怡蓉撇了撇嘴："我不喜欢正儿八经地道别，省得蒋进哭鼻子。谢谢你的衣服，这天儿有点冷，借我披着吧，回头我让谭晓琪还你。"

她转过身，对叶橙挥了挥手。

这个姐，来也潇洒去也潇洒，一声招呼不打，就自己跑路了。

叶橙沿着台阶走下去，蒋进见他一个人，疑惑地问道："蓉蓉呢？"

"回家了。"叶橙说。

蒋进露出失望的表情："好吧。"说完默默地到江水边独自伤感去了。

看这架势，的确是当面告别会哭的样子。

陆潇踩着滑板滑了过来，他运动细胞发达，对于这类东西很容易上手。踩停的那一下利落而帅气，像极了一个街头又坏又酷的小混混。

他伸出手，做了个邀请的动作："这位小帅哥，要试试滑板吗？可以免费教你。"

叶橙对一切和平衡感有关的项目都没兴趣，不过受到如此诱惑，还是好笑地站了上去。

他的手搭在陆潇的手心上，陆潇没有握住，只是松松垮垮地托着。

"你的外套呢？手怎么这么冷。"他问叶橙。

陆潇只穿了一件卫衣，没法脱下来给他，想了想，将另一只手覆在了他的手背上。温暖的掌心包裹住凉凉的皮肤，下面的几根指头细长冰冷。

"你这样拽着我，我动不了。"叶橙看了一眼脚下，说道。

陆潇向前走了几步："你一只脚蹬，身体站直就好，我会跟着你的。"

他亦步亦趋地跟了几十米远，像那次教叶橙骑单车，也不嫌麻烦。

两人滑着滑着，渐渐远离了嘈杂的人群。

河岸线绵延漫长，在路灯下一眼望不到边，尽头处湮没在黑暗之中。

连着滑了很久，叶橙也没再有之前骑车的那种飘忽不定感。因为陆潇一直抓着他，并且跟在他目光可及之处。

他又玩了一会儿，便停了下来。

陆潇依依不舍地松开手，夸奖道："滑得真棒，我第一次可是摔了好几跤。"

叶橙知道他是在吹彩虹屁，笑着说："胡扯，明明是你扶着我我才没摔。"

"……这也是其中一个原因，我不是在鼓励你吗？"陆潇被他揭穿，稍微有点不好意思了。

像是小男孩想对一个人好，却又笨拙得不知道该怎样入手。

叶橙看了看他，轻叹一声道："本来还想寒假的时候跟你学一学滑板，不过应该没什么机会了。"

"为什么啊？我寒假有空的。"陆潇不解地问道。

"因为冬令营开始前，我爸要把我接到嵊州去。"叶橙的语气有几分低落。

陆潇马上道："你不想去吗？不想去就别去了。"

嵊州到南都又不是坐个地铁就到了，这么一来他得好几天看不见叶橙。

叶橙看向他，为难地说："那我去哪儿啊？奶奶是肯定要过去的，我一个人在那么大的房子里会害怕的。"

如果陆潇稍微清醒一点，就会反应过来。

叶橙这种人，怎么可能把"我害怕"三个字挂在嘴边，最多也就是找别的类似"不安全"的借口，而绝不会是"我害怕"。

可惜他不清醒。

"你可以来我家。"陆潇想也没想，脱口而出。

叶橙眨了眨眼睛，很纯良的样子："可以吗？不会不方便吗？"

陆潇犹豫了片刻，还是点头道："可以，没什么不方便的。"

叶橙试着问道："你和你妈妈住在一起，还是一个人住？"

"和我妈住，我爸……一般不会回来的。"陆潇说。

叶橙心里的石头落了下去，没想到他这么容易就答应了，他打算亲自去看看他家现在的情况，本来还在想要怎么说才不算唐突。

"那谢谢你了，我要交伙食费吗？"他故作轻松地问道。

陆潇嗤笑了一声："你给我当家庭教师吧，就当伙食费了。"

他笑着说："好啊，我严格起来你可别哭。"

"哼，到时候指不定谁哭呢。"

"……"

周一开学的时候，徐超终于回来了。他刚一迈入教室，就差点被震耳的欢呼声给吵聋了。

于坤和蒋进两个人，一人一边拿着礼花炮对着他狂喷，边喷边发出《猩球崛起》里那种猴子的欢呼声。

所有人大吼道："徐哥，欢迎回来——"

徐超被喷了一脸"蜘蛛网"，还没走上岗位就要被抬走了。

他哭笑不得地骂道："想造反呐你们，早自习这么吵，等下值日生过来扣分了，当心被隔壁班打小报告。"

"呜呜呜，徐哥我们想死你了！扣分吧，随便扣！"蒋进丢了礼花炮，扑进他怀里哀号。

李俊晓一把鼻涕一把泪地哭诉："你都不知道，你走的这段时间，我们过的是什么样的日子！"

徐超倒是过得红光满面，愈加精神焕发。他没有推开蒋进，只是顺手胡噜了几把他的锡纸烫，满脸嫌弃道："都一个多月了，你这毛就不能剪了去吗？"

蒋进很是委屈地说："不好看吗？"

"徐哥，你知道咱们班出了好几件大事不？"于坤立马通风报信。

徐超把蒋进拂开，看了一圈班级内部，像是在怀念每个人的脸。

"最大的事儿，难道不是你们座位换了吗？我一进门都懵了。"他笑着调侃。

陆潇本来事不关己地在后排刷那六百页题目，闻言抬起头提议道："那要不再换回来吧。"

徐超遥遥地看向他，嘲弄道："我看你就是想跟你的舞伴坐一起吧。"

大家纷纷哈哈大笑，没想到他还记得《没有明天》。

被这么多人笑，叶橙脸一红，忍不住反驳他："老师，你2G网多久了，怎么记忆还停留在文艺汇演。"

"不是我想停留，是压根在坑底出不去啊。"徐超老不正经地摇头晃脑道。

他回去之后添了个女儿，说话越来越像他们的同龄人了。

"谭晓琪呢，最近跟李俊晓怎么样？吵架没有？"徐超四处关心他的崽崽们，不，他的鸳鸯们。

起哄声更大了，谭晓琪咬着嘴唇道："老师，你是真的很闲，建议把你女儿带来上班。"

"哈哈哈哈，我家那个混世小魔王，要是带过来，其他老师能把我从办公室丢出去。"徐超朗声大笑。

他又言归正传地叮嘱："你俩高考之前别谈恋爱，忍个一年半载的又不会少块肉。"

谭晓琪哼了一声。

整个早自习，二十班都闹哄哄的。

早操时，其他班级的学生或鄙夷，或不屑地路过，徐超完全没当回事儿。

今天早上要举行升旗仪式，叶橙应了华旺春的要求，作为年级代表在国旗下发表讲话——其实就是做一下模考动员。

徐超乐呵呵地在底下搓着手，逢人就猛夸："这是我们班的顶梁柱，看看，这帅气的长相，这顺溜的口条，谁见了不说一句好苗子！"

陆潇插着兜站在队伍的末尾，听见旁边的女老师在说："这孩子简直太优秀了，老徐啊，你记得留个联系方式，以后等他上大学了，介绍给我家闺女。"

陆潇差点一个脏字脱口而出。

徐超笑得不行："你闺女才高一吧，这么着急干什么。"

女老师抱怨道："哎哟，你是不知道现在的单身率有多高。我大女儿都三十了，还没找着对象，可得先给小的物色好了。"

叶橙在上面侃侃而谈，她越看越顺眼，啧啧道："这个小叶，以后打算考什么学校啊？"

"按他现在的成绩，估计保重点985，说不定还能冲一冲清北。"徐超实事求是地说。

女老师立刻捂住嘴："不会吧，难道他要成为咱们学校第一个考上清华的？啊啊啊，你可一定记得和他常联系！"

陆潇实在是忍不住了，插嘴道："他不太适合当女婿，阿姨。"

徐超和女老师同时看向他，女老师的表情微微僵硬。

陆潇对她礼貌地笑了笑，十分恶毒地说："因为他奶奶非常夹生，会把未来孙媳妇儿气得吐血。"

"夹生"是本地话，大概意思是比较尖酸刻薄，斤斤计较。

"啊？你……认识他奶奶？"女老师听得一愣一愣的。

陆潇煞有介事地说："她每天早上要孙媳妇儿伺候吃饭喝茶，晚上要孙媳妇儿给她端洗脚水，还要求对方只能当家庭主妇，相夫教子，外出要向她打报告。另外，三年抱俩是基础……"

女老师后退了一步，颤抖道："够了，够了！这都什么年代了，居然还有这样的人！算了，真是晦气！"

她忙不迭地走了。

徐超疑惑地说："小叶的奶奶有这么坏吗？我怎么不知道。"

陆潇满意地耸了耸肩。

早操结束后，徐超把叶橙叫到办公室，详细聊了聊最近这段时间发生的事。

徐超看着手上的成绩单，难以置信地直摇头："没想到我走的这一个月，他们的学习热情变得这么高。陆潇居然都进年级前四百了，虽然这个英语和语文的成绩还是差得让人发指。"

叶橙说："一开始进步容易，后面就难了。"

徐超放下成绩单，看向他道："听说这次模拟考，你参与命题了？"

"只是给老师们提一些建议而已，算不上参与。"叶橙谦逊地说。

徐超摸了摸下巴："我看了你给华主任推荐的数学卷子，感觉不太行。"

他从最下面抽出一张模拟卷，拿给叶橙看："这种级别的难度，从第六题开始，估计就要全军覆没。"

虽然这次模考不考主科，但叶橙还是给华旺春发了些主科命题作为参考。华旺春在徐超面前，狠狠地表扬了他一番。

徐超无奈地说："虽然这比附中的期末考试卷简单了不少，但你不能用陆潇和于坤的视角去看所有人，毕竟偏科偏成那样的是少数。"

他们这一届其实挺惨的，会考难高考也难。

徐超道："我仔细想了想，不如这样，我昨天也和华主任商量了，建议先从教材入手。从下学期开始，在现有教材的基础上，额外增加一份六中的教案。并且针对高考，采取新的复习方案，你觉得怎么样？"

六中在全市排名属于中游，不像附中、一中和外国语中学那么强，但也不算很弱。叶橙觉得可行："我赞成，六中和我们的风格还是比较接近的。"

徐超点了点头："你能理解，那就行。还有，一会儿你替我在班上通知一下，这次模考考到三个A的同学，我请他们吃炸串儿。"

叶橙笑了起来："好，正好我这边班费还没怎么用。"

徐超摆了摆手道："不用动班费，我私底下请。以后我还会向学校申请期末奖金，看看能不能批下来。"

从徐超那里回来后，叶橙从后门走进教室。

平时下课的时候，班上都吵得不行。临近模考，教室里安静了许多，不少人都坐在座位上乖乖看书。

还真如徐超所说，这一个月来大家的变化太大了。

叶橙悄悄地绕到陆潇身后，背着手看他刷那六百页题。

李俊晓刚好回头看了一眼，那眼神惊悚得仿佛来的是朱玉芬。

这六百页并不全是简单题，排列顺序由易到难。做到后面，陆潇的速度越来越慢，但正确率也越来越高。

笔头已经快被他啃烂了，他一边做还一边揪自己的头发。

叶橙心疼那几根被他拔下来的头发，不由道："别扯了，再扯要秃了。"

陆潇一惊，扭头道："你做么子不出声，吓死个人了。"

他跟叶橙学了两句四川话，这几天不经意就会蹦出来几个词。

"我可不想你做完这套题，直接去买霸王防脱洗发水。"叶橙说。

陆潇怒道："狗屁，老子头发浓密，你看得见发缝吗？看得见吗？"

他把脑袋在叶橙眼皮底下拱来拱去。好吧，确实看不到。

叶橙哼了一声，背着手继续巡视前面的蒋进去了。

华旺春戴着红徽章巡逻，看见这场景，觉得自己也不用查岗了。

二十班这个班长，比他还能查。

除了班长坐班之外，晚自习还会有年级的值日生进行例行检查。连续几个晚自习，二十班的纪律都是满分。

于是第二周，他们就得到了二十班有史以来第一面流动红旗。徐超老泪纵横，把这面光鲜亮丽的红旗，挂到了班级最前面的电视机上——这台电视机是用来给他们放新闻联播的，虽然大部分时候都不会放。

蒋进拍下这面红旗，转手发在了班级群里。

蒋进：同志们，我们要奋勇前进！为班长争光，为班级争光，为老徐争光！模考加油，会考加油，高考加油！"

蒋进：老徐说了，本次模考最高分者，将获得班长的一个香吻！

谭晓琪：你个倒霉玩意活像个邪教头子。

于坤：笑死我了，最高分不就是班长自己吗？难道他要给大家表演一个，我亲我自己？

徐雨淮：哈哈哈哈，救命啊，我们家族群都没有这么尴尬的玩意儿。

说归说，闹归闹，到了模考的前一天，群里还是奇迹般地静默了。

叶橙临睡觉前，最后发了一遍注意事项，提醒大家带好0.5毫米的黑色签字笔和2B铅笔等等。

手机振了振。

嫌疑人X：第一真的能获得班长的吻？老徐这么变态？

克制一下：……这你也信。

嫌疑人X：是他自己说的，为什么不信。

克制一下：对了，我明天不参加考试。

嫌疑人X：？？？

嫌疑人X：我去，你不会真的要为第一名献身吧？！

叶橙怕他发现自己没去考场，考到一半就中途溜到白泽来找他，因此还是提前解释道："不是，有特殊原因，你不要在班上说。"

过了一会儿，陆潇回复道："什么特殊原因？和你晚自习第一节经常不在有关吗？"

这狗还挺聪明的。

叶橙想了想，决定偷偷告诉他："我给模考提了点建议，为了避嫌，还是不参加考试的好，这件事不要告诉其他人。"

陆潇见他这么毫无保留，立刻雀跃起来："所以这是我们的小秘密？"

叶橙满脸黑线："重点错了，你先发誓不能说出去。"

陆潇当即表态："说出去我单身一辈子。"他又灵光一闪，问道，"所以你给我做的那六百页，全都是模考题库的？呜呜呜，你对我真好！！"

叶橙的嘴角抽了抽："不，那都是题库之外，我辛辛苦苦筛选出来，且绝对不会出现在模考中的。"

嫌疑人X：？

嫌疑人X：？

嫌疑人X：？

克制一下：锻炼能力最重要，年纪轻轻的，功利心不要这么重。

嫌疑人X：￥#@%&*）

克制一下：不准骂人[微笑.jpg]

第二天模考，陆潇竟然感到了从未有过的紧张。

不知道是不是因为提前复习过了，这是他第一次在考场上全程无瞌睡、认真专注地答完整套卷子。

监考老师认得他，吓得以为自己得老年痴呆了，竟然看见这个校霸专心地拿着2B铅笔涂答题卡。

出于好奇，他还佯装路过，偷看了几眼。

没有全选"B"，也没有全选"C"，震撼他全家。

考完试之后，陆潇第一时间冲出考场，然后——

从书包里拿出课本，开始对答案。

蒋进傻眼了："潇哥，你在干吗？"

陆潇打断他道："选择题最后一题你选了哪个，'B'还是'D'？"

他看了眼蒋进，又拨开他道："算了，我问历史课代表。"

蒋进张了张嘴："喵喵喵？"

对完答案后，陆潇心情挺好，连带看路边枯黄的银杏叶，都觉得曼妙起来。

他想给叶橙发消息，告诉他自己考得不错。

但是怎么说呢？

"我好像能考一个A欸。"

不行，人家全A选手，肯定觉得just so so（不过如此），这也好意思找他说。

"按照你的方法复习，我觉得我进步挺多的，谢谢你。"

不不，这也太官方了。

"那个，不是第一的有奖励吗？"

嗯……

陆潇苦苦思索了大半天，没有结果。直到晚自习的时候，叶橙回来上课了。

徐超在上面坐班，陆潇见他在底下做题，没看手机，便写了张纸条。

"我好像考得不错，要不要出去庆祝一下？"

他写完之后看了几遍，揉成一团丢掉，又重新写了一个。

"有个好消息要告诉你，听不听？"

再次揉成一团。

最后，他选择了一个较为活泼的开场白。

"哈尼，聊五毛钱的？"

这样切入最为自然，聊着聊着不经意透露自己考得好的事，美滋滋。

陆潇得意地把纸团揉好，砸在了蒋进桌上。

蒋进回头看他，他对着叶橙的方向努了努嘴。

蒋进挠了挠头，打开纸条。

陆潇看见他的动作，登时瞪圆了眼睛。

几秒后，蒋进红着脸回过头，害羞地小声道："潇哥，你干吗叫人家哈尼啦，人家怪不好意思的。"

陆潇咬着牙低声怒道："哈你个头，傻×吗你？"

陆潇的小纸条最终也没能到达叶橙的手上，因为徐超很快就下来巡查了。自习下课后，蒋进因此遭到了一顿毒打。

第19章
舍不得

模考的阅卷没有正式考试那么严格，老师们很快就批改好了。

陆潇满怀期待地以为自己考了一个A，然而当模拟考成绩出来后，结果大大出乎他的意料。

——竟然有两个A！

他怀着激动的心，用颤抖的手从字典里面抽出一张折成两半的纸。

自从看见叶橙每天翻英语字典后，班上不少人都跟风买了一本。他这本虽然现在还是崭新的，不过偶尔翻开看一看，确实有助于词汇量的积累。

陆潇将那张纸摊开，摆在桌面上，页面的最上方印着"契约书"三个大字。

甲方：吃橙子

乙方：陆大帅哥

甲方、乙方本着互利互惠的原则，在遵守校规校纪的前提下，出于自愿签署该合约。

合约自签订之日起生效，至双方考上大学后终止或续约。

对于乙方现阶段要求:（1）两次模考至少取得两个A；（2）会考至少取得三个A；（3）高三总成绩排名稳定在年级前200名；（4）禁止抽烟、喝酒（少许可以）；（5）禁止打架、斗殴；（6）除非在甲方的陪同之下，否则禁止私自出入酒吧等娱乐场所。

对于甲方现阶段要求:（1）负责教学以及回答乙方在学习上的所有问题，不得不耐烦或者敷衍了事；（2）不得辱骂、人身攻击乙方，比如"你的英语菜得好像我学前班的水平"；（3）每次乙方有进步时，应适当给予乙方奖励（可以商量）；（4）除非在乙方的陪同之下，否则禁止私自出入酒吧等娱乐场所。

最下方，是"吃橙子"和"陆大帅哥"的签名以及红手印。

显而易见，对甲方的无理要求，是陆潇在对比叶橙撰写的条款之后强行添加上去的，字体非常丑陋。

他在第一条要求上面，狠狠地画了个勾。圆满达成！

那么，该让叶橙给什么奖励好呢？

给他免费买一周早餐？嘿嘿，那样的话，活像个天天给他送早饭的小女孩。

不错不错，既不会惹恼对方，又倍儿有面子。

显然在这方面，陆潇有着严重的知识盲区，"幼稚病"的病情也渐入晚期。

合约上除了成绩要求之外，还有其他可以换取奖励的加分项目。但陆潇对现状非常满意，还没有打起其他的主意。

确认完成绩之后，蒋进叫他一起去那个熟悉的角落吹风。两人走到过道处之后，才发现那扇门被锁了。

他们已经有一段时间没来了，也不知道门什么时候锁的。

不过二号楼被锁了，还有一号楼。

他们边说话边穿过走廊，径直去了一号楼的聚居地。刚到楼梯口的拐角处，就听见里面传来说话的声音。

"啧，就二十班那群小瘪三，均分也能干进前十？"

"可不，老郭今早还在班上发火，说我们班被超了，把大家骂得狗血淋头。"

"哼，当然了，还不是因为那个叶橙。"

最后一个人的声音，是周凯的。

陆潇和蒋进同时停了下来，站在拐角旁边没有动。

周凯啐了一口，骂道："那个装×的货，不嘚瑟能死。听说这次模拟卷就是他出的，你们说二十班能考得差吗？"

"我去，真的假的？他出模拟卷，你听谁说的？"

"不可能吧，他又不是老师。"

周凯愤愤道："我在老郭门口亲耳听见的，他说是一个副科老师说的。这个崽种，肯定给他们班的人透题了吧，一个垫底的班级能考得那么好，说出去谁信？对了，还有一个，为了帮他们班作弊，他这次甚至都没参加考试。"

陆潇的拳头慢慢捏紧，骨节发出"咯吱咯吱"的响声，额头青筋迸起。

周凯还在继续说："更搞笑的是，姓陆的居然也考了两个 A，知道吗，外面早就传说他俩……"

话说到一半，突然间，角落里冲出来一个人。还没等反应过来，周凯就被一只手掐住脖子，猛地按在了墙上。

陆潇把他整个提起来，双脚离开地面。所有的力量都集中在那只劲力十足的手上，周凯差点被掐得翻白眼，后脑勺嗡嗡作响。

另外两个人全都傻了，呆呆地站在原地。

其中一个结结巴巴地喊道："一，一哥……"

陆潇单手掐住周凯的脖子，盯着他涨得通红的脸，嘲讽道："说啊，怎么不继续说了？"

他的表情冷酷得瘆人，其余两人都在瑟瑟发抖。

周凯被掐得满脸通红，喘不上气来，挣扎着去扒拉他的手："一哥，我，我错了……咳咳，对不起……"

他说话断断续续，上气不接下气。

蒋进冷笑道："周凯啊周凯，你真是不见棺材不掉泪啊，还以为老琦能罩着你呢？"

周凯拼命地吸气，觉得自己快要窒息了。

正当他快不幸的时候，陆潇蓦然一松手，他砰的一声摔在了地上。

陆潇转过头，脸色阴沉地看着另外两个人："不想死，就给老子滚。"

两人对视了一眼，一溜烟儿跑路了。

陆潇对蒋进扬了扬下巴，用眼神示意。蒋进会意，转身离开了。

"咳咳咳……咳咳……"周凯倒在地上不住地咳嗽，眼泪鼻涕糊了一脸，害怕地哀求道，"一哥，求求你放过我吧。我该死，我不该在背后议论你。"

陆潇居高临下地看了他一眼："以后你再说一次'叶橙'这两个字，就给我打包从十三中滚出去。"

"我不敢了！我绝对不敢了！"周凯忍不住直哆嗦，伸手抓住他的裤脚哭道，"我能走了吗？一哥，你饶了我……"

"不能。"陆潇的嘴唇动了动，眼神中带着漫天的冷意，"待着。"

他不让周凯走，也不说要干吗。

周凯心里就跟热锅上的蚂蚁一样煎熬，恨不得时光倒回五分钟前，抽自己两个嘴巴让自己闭嘴。

陆潇不允许他走，他也不敢走，只能灰溜溜地缩在地上。

时间一分一秒地过去，上课铃已经响了，陆潇还是没有让他离开的意思。

周凯已经快要哭出来了，长久的心理折磨，比打他一顿还让他难受。

就在他快熬不住的时候，蒋进呼哧呼哧地跑了过来，手上拎着两个塑料袋。

陆潇见蒋进来了，对他点了点头。

蒋进把袋子里的东西拿出来的时候，周凯傻眼了。

里面是四盒榴莲，还有四盒臭豆腐。

他们这是……打算在这里野餐？

陆潇抱着手臂看着他道："既然嘴巴这么臭，那就让你更臭一点。"

他指了指那堆东西，语气很不讲道理："全部给我吃了，现在吃完，一滴都不准剩下。"

周凯如遭雷劈，大大地张着嘴巴，说不出话来。

"让你吃了，听不懂啊，还要爷亲自喂你不成？"蒋进给了他脑门一巴掌。

周凯忍着恶心打开盖子，光是闻那个榴莲味儿就已经想吐了，更别说要吃四盒。

蒋进笑嘻嘻地说："快吃啊，别浪费食物，花了你爹我好几百呢。"

周凯含着眼泪，一边抽泣一边往嘴里塞榴莲。

陆潇面色不善地看着他，如果换以前，他可能会狠狠揍他一顿，而不是用这种无聊的手段。现在有和叶橙的约法三章，他好像渐渐掌握了做事的尺度。

刚才听见叶橙的名字的刹那，他整个人都快疯了。

任何人，哪怕是天王老子，都不能在他面前说这个人一句不好。

否则他自己都控制不住发疯。

这也是他前所未料的，刚刚也是想都没有想过，就这么冲过来了。

——原来他已经这么在乎他了。

周凯吃到第三盒的时候，已经眼泪汪汪了，整个脑袋晕头转向的，觉得自己像一坨屎，有一百只苍蝇围着他转。

陆潇含着随身揣的薄荷糖，稍稍冷静了一些。

"真臭。"蒋进捏着鼻子，也问他要了一颗糖。

等到周凯吃完最后一口，止不住地伏在墙边干呕，抱着肚子眼泪直转，仿佛虚脱了一样。

陆潇把糖放进口袋里，对他说道："关于这次模拟考出题的事情，如果传了出去，看我怎么弄你。"

他半点不像是在开玩笑。

周凯慌忙道："我再也不说了！嗝……那两个人我……我也会告诉他们的。一哥，你相信我！我发誓！"

他站都站不稳，腿肚子拼命打战。陆潇阴冷地看了他一眼，这才让他滚回去上课。

等到周凯走后，蒋进挠了挠头，好奇道："潇哥，这次的卷子真是橙哥出的吗？他也真沉得住气，从来没在班上传过什么题库。"

只有二十班的人自己才知道，叶橙从来不曾有过"透题"的行为。他们的每一点进步，都是因为最近整体风气的改变。

陆潇沉默了一会儿，没回答他，兀自嚼着糖走了。蒋进疑惑地跟了上去，直觉他好像还是不太高兴。

回到班上之后，蒋进收到了谭晓琪的微信。

她发的是一条链接，点进去的标题是：【冬季火热派对，山海路五所高中联合举办，专为无趣的你而准备！】

宣传语：想在你朋友们面前一展风采让他们嫉妒吗？想享受放肆的青春不留遗憾吗？11月30日晚上8点，山海路3号晚会厅，我们不见不散！

蒋进：……？小姐妹，你几个意思？

谭晓琪：你不是失恋了吗，不如去碰碰运气。如果不想交朋友的话，也可以一起喝一杯嘛。

蒋进：你也去？你生活这么多姿多彩你还去？

谭晓琪：有什么问题吗？我给我们班每个人都发了。

他打了"你牛"两个字，还没发出去，就看见上方提示收到叶橙的消息。

克制一下：陆潇怎么了，感觉没精打采的。

蒋进往后看了看，陆潇果然趴在桌上，看样子不像在睡觉，可能就是发呆。

他把刚才的事简单地说了一遍，省去了周凯说的模考的事，以及陆潇逼他吃臭豆腐和榴莲的经过。

有时候他虽然不明白陆潇和叶橙的关系，但还是知道哪些话是能说的，哪些话是不能说的。

手机振了振，牵回他的注意力。

克制一下：所以是周凯骂了我，然后他不开心？他居然还这么善良，没有跟周凯动手？

蒋进微微心虚地打字道："真没有，他说他不打架了。"

叶橙若有所思，总觉得这不太像陆潇的作风。

下课之后，他去后排瞅了一眼，这回陆潇是真的睡着了，侧着脸面朝窗户。

他没有上前把他叫醒，而是直接去了十八班。

叶橙走到十八班后门口，刚好碰到一个戴着耳机摇头晃脑走出来的。

那个男生边走边唱："是谁的眼神锁定我……"

"同学，能不能麻烦你，叫周凯出来一下？"叶橙拦住他道。

那人抬头看见是叶橙，忽然眼神变得如同白日撞鬼。他一把扯下耳机，慌慌张张地举起手做了个起誓的动作："我……我保证没有乱传！我嘴巴很严实的，绝不会乱说！橙哥饶命！"

这个人正是楼道里和周凯混在一起的一员。

叶橙满头雾水，不知道自己什么时候变成和陆潇类似的存在了。他们班的人叫"橙哥"，大部分是为了抄他作业，叫着玩儿的。而这位仁兄明显不是在玩儿，是正儿八经把他当大哥了。

"你在说什么？"他刚刚问完这句话，那人就落荒而逃，跑到楼梯口，还自己左脚绊倒右脚，差点一个跟头摔下去。

"……"

叶橙不明所以，只得又找了个女生，让她把周凯叫出来。

三分钟后，周凯蔫儿吧唧、垂头丧气地出来了，随之迎面而来的还有一股子怪味。他看见叶橙站在面前，吓得眼睛都瞪圆了，以为又是来找自己麻烦的。

"橙……橙哥……"他小声地喊道，声音像蚊子哼哼。

叶橙被他熏得后退了一步，皱着眉道："你掉厕所里了？"

居然能臭成这样。

周凯见到这张美丽的脸上露出如此嫌弃的表情，登时情绪崩溃了。

他突然蹲下来，抱住叶橙的小腿呜咽道："我再也不敢了橙哥！你就当我是个哑巴，当我不存在！我绝对不会再说这件事！求求你，别和一哥告我状呜呜呜呜呜。"

走廊上人来人往，全都在看他们。叶橙尴尬地想把腿抽出来，然而这家伙使了吃奶的力气，死死地抱着他，他愣是挣脱不开。

"你他……松手！你有病啊？"叶橙忍无可忍道。

周凯哭成了一个泪人儿："我有病！我有病！我是畜生，我不是人！！"

叶橙："……"

路过的女生纷纷绕着他们走，对着两人指指点点。

"哎哟，这不是十八班的老大吗，怎么这么孬啊。"

"他抱大腿的那个，好像是咱们年级第一……二十班的班长叶橙。"

"什么意思？所以叶橙不仅是个学霸，还是个校霸？连周凯都这么怕他。"

"天哪，他看过来了！他脸都气红了，快走快走！"

叶橙很是崩溃，他费了不少力气才把周凯拖到没人的角落里，逼问出了事情的原委。

周凯一顿痛骂自己，最后抽抽噎噎地说："橙哥，我真的不会再传这件事了，你能不能让潇哥别找人盯着我了。"

"他找人盯你了？"叶橙问。

周凯抹了抹眼泪，打了个嗝："你不是都亲自来了吗？就是为了检查我有没有走漏风声吧？"

叶橙无语了，觉得跟他没法沟通，只得挥挥手让他滚了。

从十八班回来的时候，隔壁几个班都避着他走，仿佛叶橙是什么洪水猛兽。

等他到了教室，就看见陆潇醒了，正拿着笔在一张纸上乱写乱画。

叶橙把他同桌支开，在陆潇旁边坐了下来。

陆潇立即反手把纸盖住，转向他道："有事吗？"

叶橙平静地问："你让周凯吃臭豆腐了？"

陆潇眉毛一拧，条件反射地去看蒋进的方向。

"是我自己去问他的。"叶橙补充道。

陆潇不说话了，装聋作哑地盯着桌面。叶橙看见他压在手下的那张纸，觉得有点眼熟，便伸手去拿。陆潇像是已经破罐子破摔了，也没有阻止他，任凭他把那张纸翻了过来。

"契约书"上面，乙方的第五条要求打了半个勾，没打全。

叶橙没想到这人这么较真，他看了眼陆潇，问："笔呢？"

陆潇以为他要把那个勾划掉，但也不能反抗，于是闷闷不乐地将手上的笔递给他。

划掉就划掉吧，是他没有遵守约定，还是惹是生非了。

叶橙拿起笔，笔尖落在了纸面上。陆潇偏过头去，有点不想看了。

"沙沙沙沙"，旁边传来水笔和纸张摩擦的声音。

他又忍不住转过去偷偷看了一眼。只见叶橙把那个勾补全了，并着重描了几笔。陆潇呆呆地看着那个勾，反应不过来。

叶橙笑了一下说："表现得不错，竟然忍住了没揍他，值得夸奖。"

陆潇惊讶地看着他，感到猝不及防。

"他要是当着我的面那样说，我可能会把他的脑袋按在地上摩擦。"叶橙也望着他道。

足足过了好几秒，陆潇才领悟过来他的意思——他是在夸自己。

他的脸微不可察地红了红，好像第一次拿到本周小红花的幼儿园小朋友，背脊不由自主地挺直，嘴角也抿了起来，避免笑得太过显眼。

"不用你动手，我会收拾这些人的。"陆潇低低地说。

在他心里，叶橙的手白净纤长，一尘不染。

这双手适合批卷子，适合练书法，适合救死扶伤，适合做一切与知识、与艺术、与奉献有关的事情。

但唯独不适合打人。

这种事情，让他来就好了。

陆潇忍了一下，还是没忍住，对他道："你下次能不能别再帮他们出卷子了，任劳任怨的是你，被背后议论的也是你，那帮老废物是没你不行吗？"

一帮子二货，自个儿出不好题目，还要让叶橙来背锅。

听见他语气里的不爽，叶橙心里暗想，我才不是在帮他们。

如果这个学校没有你，我压根都不会来。

不过他也只是腹诽了几句，随即点了点头，哄道："命题风格我已经跟老师们说得很清楚了，下次模考我不会再参与出题。"

陆潇这才松了一口气。

叶橙想了想，说："看在你这么担心我的份上，我请你喝一杯吧。"

从"契约书"生效到现在，陆潇已经安分好几个礼拜了，包括江怡蓉走的那天，除了游戏输的时候没办法，他连酒精饮料都不会碰一下。

比起以前隔三差五的就得到各种不良场所去逮人，已经好了太多太多。

叶橙管理公司时讲究张弛有度，不会一味地让员工加班，压榨他们的休息时间；管理陆潇的时候也张弛有度，打一棒子给一颗糖。这招他向来使得得心应手。

果不其然，陆潇的眼睛立马变得亮闪闪的。

"你要请我喝一杯？不是在驴我吧？"

"没驴你，就后天好了。"

陆潇兴奋了："你说的啊，可别爽约。哥哥我要让你见识一下，什么是真正的海量。"

当天晚上，陆潇就失眠了。

一想到叶橙要和他单独去玩，他就激动得不行。

他在床上翻滚了一会儿，仍然毫无睡意，索性便起床去找搭配的衣服。

粉色衬衣……会不会太骚包了？

白色……算了，他讨厌白色。

剩下的就是黑色或者蓝色，选黑还是选蓝呢？

凌晨三点半，蒋进在指挥团队开荒。手机振动了好几下，他打着哈欠打开看了看。

嫌疑人X：[图片]

嫌疑人X：[图片]

嫌疑人X：[图片]

嫌疑人X：[图片]

嫌疑人X：哪件好看？

蒋进：你打算现在去嗨吗？嘤嘤嘤，不叫我，你礼貌吗？

嫌疑人X：不是现在，是后天。

蒋进：？？？

蒋进：后天去，你今天三点多挑衣服？约你的是什么绝世大美女吗？

嫌疑人X：是绝世大帅哥，快选一个。

蒋进：咳咳，咳咳，第二个吧。潇哥，你该不是……

嫌疑人X：没有，你想多了。

蒋进：好吧，你明天去哪里啊，我也有个约会嘿嘿，要不你也帮我挑一下衣服？

嫌疑人X：发过来。

两人各自帮对方选造型，瞎聊了一晚上。第二天上课的时候，双双被王莉莉点名扔到走廊外面站着去了。

陆潇嘴角含着笑意，仰望着外面湛蓝的天空。尽管走廊里视角有限，只能看见那一方天地，可他依然觉得很漂亮。

蒋进琢磨道："我昨天还见你在emo（抑郁）呢，今天怎么跟打了鸡血似的。"

"我明天晚上要去见一个重要的人，你不懂。"陆潇得意道。

蒋进说："巧了，我也要去见重要的人，如果可能的话，说不定还是我未来媳妇儿。"

陆潇看了看他："你加油。"

蒋进用力点头："你也加油！"

次日晚上七点半，陆潇提前了半个小时换好衣服到山海路。

十一月的南都已经很冷了，他硬是只穿了一件黑色衬衣，宽松的衬衣配上同色长裤，有一种介于男孩和男人之间的味道。

头发特地用喷雾抓过了，领口吊着锁骨链，食指戴指环，红魔换成了爱彼。处处透着小心机。

他往山海路3号的门口一站，立马就吸引了无数目光。

来来往往的女生都打扮得很漂亮，成群结队地路过他身边。每过去十个，就有五个停下来问他要微信。

陆潇一一拒绝了，又转身看了看背后。

这是一家餐吧，但是今天客人似乎多得有点不正常。

他怀揣着疑虑在门口等叶橙，直到看见了远远走来的一群人。

蒋进挥着手喊道："潇哥，你怎么也在这儿啊？我还以为你要去约会呢。"

他旁边站着几个人，李俊晓，谭晓琪，周敏豪，黄胜安。

以及叶橙。

陆潇呆住了。

"山海路3号"是一家富有情调的餐吧，按理来说应该非常适合约会。

它正式挂牌的名字，就叫"山海路3号"，而其真实地址是山海路117号。

平时这里的卡座都会用垂落的帘子半隔断起来，既保证了朦胧的陌生感，又可以保护客人的隐私。

而今天不一样，一楼和二楼都被改成了晚会厅的布景。大堂中间放着自助餐供应点，各个卡座之间的帘子也被取了下来。

每个入场的男生，都会被分发到一朵花。类型由他们自己挑选，有百合，有玫瑰，有康乃馨，是用来赠送给女生们的。大家一一在门口领取了花，陆续走进门。

陆潇满脸不爽，随手取了一支花店附赠装饰、藏在角落里的向日葵。向日葵花盘太重，整个垂下来，花柄又特别直，远看像根杆子。

他举着这根杆子坐下的时候，全桌人都不解地看着他。

叶橙觉得有点好笑："你这朵花，怕是到结束都送不出去。"

"我也没想送出去，你管我。"陆潇没好气地抬头看了他一眼，眼神带着几分不满。

这里的桌子都是长桌，两人面对面地坐着吃花生米。

叶橙支着下巴，上下打量了他一番，评价道："今天挺帅的。"看得出来收拾过了。

其实岂止是帅，简直是赏心悦目。他们刚一进来的时候，就有不少女生的眼睛被陆潇吸住了。

和陆潇刚好相反，叶橙今天穿得很"乖"。简单的白色卫衣配牛仔外套，看起来就像个误入歧途的初中生，嫩得仿佛能掐出水来。

他不提这件事还好，一提陆潇就想翻旧账。

"不是说好约我一个人喝酒吗，为什么来了这么多人？"他盯着对方问道。

两人的声音不大，没有引起旁边人的注意。叶橙睁大眼睛，似乎不明白他为什么不高兴。

叶橙把刚才从自助桌上拿来的无酒精饮料排成一排，两个托盘满满当当，旁边的冰桶里还放着一支大玻璃瓶。

他指着桌子，表情理所当然："人均两百，海量畅饮，我可没说是喝酒。"

叶橙以为的"喝一杯"就是单纯的"喝点东西"，和陆潇以为的南辕北辙。

陆潇被他气笑了，却又无法反驳，赌气地端起面前的饮料一饮而尽。

去他的"人均两百，海量畅饮"。合着这人真的觉得自己是个饭桶。

蒋进巡视了一圈回来，垂头丧气地在陆潇旁边坐下，说："没有美女，一个都没有。"

他对面的谭晓琪看了过来："你眼瞎啊，那一排不全是美女吗。"

"我看不见看不见，我只能看见蓉蓉，呜呜呜。"他更伤心了，拿起陆潇面前的杯子就灌了下去。

李俊晓安慰他道："别想了别想了，反正今天就是来放松心情的。我们来玩那个'吹牌'不？"

吹牌是他们常玩的一个小游戏，把各种饮料混合成桶那么大的一杯，上面放几张扑克牌。大家轮流去吹，尽量保证每次只吹掉一到两张。把最后一张牌吹掉的人，要将那桶暗黑"大满贯"全部喝下去。

陆潇也挺有兴致的，把空瓶一推道："来。"说着，顺手倒了一大杯诡异的紫色不明液体到桶里，那应该是某种鸡尾酒。

在座的都是成年人，对此非常不屑一顾。

"就这，我两口就能闷了。"蒋进讥讽道。

李俊晓被激起胜负欲："我一口就能闷了。"

陆潇冷冷道："我半口就能闷了。"

周敏豪不甘示弱地说："我用鼻子闷。"

谭晓琪和叶橙对视了一眼，不可思议地小声道："他们是犯病了吗？"

叶橙忍不住笑了笑，少年人的攀比心理，就是这么莫名其妙。

谭晓琪不屑道："死直男癌，我看你们能嚣张多久。"

他们决定先从叶橙开始，吹完给对面，然后传到下一个。

陆潇把一沓薄薄的扑克牌摞在杯口上，叶橙鼓起脸颊，对着陆潇的方向吹了一口气。他的嘴巴微微嘟起，冷淡漂亮的面孔配上这个动作，仿佛在朝某个人索吻，偏偏眼神还毫无波澜。

陆潇看得愣了一下，直到耳边响起蒋进的暴吼声。

"橙哥！你太不做人了吧，第一个居然吹掉了一半！"

周敏豪是最后一个，表情已经开始绝望了："橙哥，不带这么坑人的！下一把你是最后一个，你别逼我啊。"

叶橙的眼中闪过一丝得逞的笑意，把挂了一半的牌推给陆潇。

陆潇和他对视了一眼，心领神会，用力往上一吹。

"哗啦啦"，牌又掉了三张。

蒋进赶紧把杯子抢过来，杯子上还剩下五六张的样子，他很有技巧地从下往上吹过去。

"啊！"谭晓琪捂住脸，"你口水喷我脸上了！"

众人哈哈大笑，蒋进忙道："不好意思，我太激动了。"

他把杯子推给谭晓琪，在一顿谨慎操作之下，最终还是周敏豪轮到了最后一张牌。

眼见他就要喝了，大家纷纷敲着自己的杯子起哄。他满脸苦涩，只得认命地吹掉了最后一张，端起那个大玻璃杯"咕嘟咕嘟"喝了起来。

第一杯大家还比较拘谨，没有发挥出实力，第二杯才是堪称地狱级别。

蒋进笑嘻嘻地说："谁把这杯喝下去，不当场吐出来我喊他爸爸。"

叶橙万万没想到，周敏豪表面上大大咧咧的，玩游戏的时候却是个小气鬼。本轮从他开始，他立马就展开了报复，第一轮直接吹掉一大半。

"喂喂，你故意的？"叶橙喊住他道。

周敏豪下意识心虚地看了一眼陆潇。

谁知道，这次陆潇没打算帮叶橙。他舔了舔自己的尖牙，笑得很坏："不是要跟我'喝一杯'吗，就这杯吧。"

叶橙眯起双眼，看出他记仇了："你还真是小心眼子。"

陆潇扬起嘴角："过奖过奖。"

这一把，依旧开头的使坏，中间的自保。

到了叶橙，又是死局——只剩下两张。他憋住气轻轻一吹，果然不负众望，吹掉两张。

周敏豪咧着嘴喊道："喝！给我喝！一滴都不准剩下！"

"我还没怎么见过橙哥输在游戏上呢，这是滑铁卢啊。"蒋进笑着打趣。

陆潇看了看那杯"魔鬼混合物"，不经意地表示："喝得了吗你，叫声哥哥，我就帮你代喝。"

"不准代喝！潇哥你别来破坏规则。"周敏豪马上说道。

叶橙斜了他一眼，带着不屑，陆潇被他这一眼扫得浑身发热。

"做梦吧你。"他二话不说，直接仰起脖子开始喝。

这只玻璃杯是大号，足足有一千毫升，虽然里面的饮料没有倒满，鸡尾酒度数也不高，但混合起来的分量是相当惊人的。

他面不改色地一口接一口吞咽下去，旁边的谭晓琪都看傻了。

"我的妈，橙哥你这么拼啊？"

叶橙的喉结动了动，少许水液顺着嘴角流下来。放下杯子的时候，嘴唇被浸染得有些发红。唇瓣上传来麻麻的感觉，他伸出舌头舔了几下，把口中剩余的饮料尽数咽下。

陆潇从一开始就一直看着他，看得目不转睛。

蒋进带头鼓掌道："瑞思拜（Respect）！向你敬礼！我橙哥太牛了，果然人不可貌相。"

"你没事吧？"周敏豪举起手，朝着他晃了晃，问道，"这是几？"

叶橙淡淡地说："是手下败将。"

"我的妈呀！"周敏豪道。

其他人全笑了起来。

接下来的几局，力度稍微小了点，饮料比前两局的量少了约莫一半。

陆潇连着输了两次，李俊晓输了一次，蒋进输了三次。

叶橙全程都安静地当一张壁纸，含笑看着他们彼此报复来报复去。

最先发现他不对劲的，还是陆潇。

他起身叫叶橙去上厕所。在今天之前，他们俩还没有一起去过厕所。

走在过道里的时候，陆潇有那么一点忐忑，心想待会儿眼睛千万不能乱瞄，万一被抓住就尴尬了。

他走了几步，发现旁边没有脚步声，于是转过头。

距离他两米开外的地方，叶橙像一根面条似的贴在墙上，脸颊不知何时烧得通红。

混合酒精饮料上脸速度没那么快，往往要过十几二十分钟，才会上脸。

陆潇反应过来，赶紧走过去扶住他问道："你没事……"

他"吧"字还没说完，就被两只手缠了上来。叶橙像是被抽去了骨头一样，软绵绵地靠在他身上。

"陆潇，我头晕。"他哼哼唧唧地抱怨道，宛如一块黏黏腻腻的麦芽糖，浑身都散发着香气。

叶橙身上热得不行，唯独指尖还有点冰凉，像几个小冰块儿一样戳在陆潇的后脖颈上，激得他整个人一哆嗦。

"让你逞能，不能喝还非要喝。"陆潇低声骂了一句，手上却没有松开。

他试图把人扶正，拉开距离："你站好了，我先带你出去。"

可是叶橙根本站不好，他眼睛里的所有东西都是带重影的。

"不行，我走不动，你背我。"他蛮横地命令道。

陆潇说了个脏字。

"你干吗骂我?"叶橙皱起眉，语气有点委屈。

陆潇深吸一口气，忍耐道："原来你沾了酒精是这副德行，以后别给我在外面乱喝酒。"

叶橙觉得很不舒服，头晕得厉害，答应道："不喝了，再也不想喝了，难受。"

陆潇见他是真的走不动，便蹲下身来，一手扶着他的腿防止他摔倒。

"能自己上来吗?"陆潇问道。

叶橙的动作比平时要迟缓得多，慢腾腾地攀着他的肩膀爬上去，宛如一只树懒在爬树。

"上来了，驾驾驾，我们出发!"成功上去之后，他忽然蹬了两下腿道。

陆潇差点一个没托住，让他滑下去。

"'驾'你个头，老子是马吗?"他哭笑不得地说。

这家伙喝醉了，怎么会这么可爱?

没错，他居然不觉得一个醉鬼烦人，而是觉得他可爱。

如果换成蒋进或者周敏豪，早就被他一脚踹到厕所用冷水洗脸去了。

过道里，端着托盘的服务员观摩了五分钟，完全看呆了。

当陆潇把叶橙背起来往外走的时候，他才回过神来，急忙跟上去开门。

"两位先生，你们是找到有缘人了吗? 如果是的话，可不可以在大众点评上给我们店打个好评呢?"服务员一边推门，一边卖力地宣传道。

陆潇："……"

服务员见他不说话，继续请求："带图的话就更好啦! 如果没有图，我可以现在为你们拍一张!"

陆潇忍无可忍了，不耐烦道："让一让，我们要走了。"

"啊，那……那好吧，不打扰你们了。"

服务员遗憾极了，这俩帅哥原本可以当一波顶级广告的。唉，可惜了！

天色黑了下来，夜幕悄然降临。山海路华灯初上，车辆来回穿行。

夜风寒冷刺骨，路面上积了厚厚一层梧桐叶，犹如一条暗金色的华丽地毯。

陆潇本来想打个车的，但出门之后，又改变了主意。脚下的枯叶被踩踏着发出"咔嚓咔嚓"的声音，每走一步都会流淌出一阵音符，这样走着也挺好玩的。

背后贴着一个小暖炉，他竟然没有感受到一点来自夜晚的寒意。

唯一的不足，是背上的人太轻了，轻得他有点心疼了。

"你多重啊？"他开口问道。

叶橙虽然神志不清，但双耳还是灵敏的，他一手拿着向日葵晃悠，另一只手比了两个数："五十八公斤。"

"你一米八，只有五十八公斤？"陆潇惊了。

"我没有一米八哦，悄悄告诉你，上个月量了一下，一米七九点五。"叶橙附在他耳边，小声说。

他呼出的热气弄得陆潇耳垂痒痒，同时也笑了起来。

"你真是醉得不轻，有哪个一米七九的男生，会承认自己没有一米八啊？"

陆潇发出低沉的笑声，胸腔微微震动。

叶橙一本正经地说："所以悄悄告诉你啊，你不能告诉蒋进，不能告诉周敏豪，也不能告诉谭晓琪。"

陆潇快被他整疯了，笑得停不下来，故意问道："还有呢？除了这些之外，还不能告诉谁？"

他想看看，叶橙会不会把班上的人名都说一遍。结果，这家伙还真的全说了一遍，报菜谱似的流利，不愧是一班之长。

陆潇笑得眼泪都要出来了，十分后悔刚才没给他那一段录音。

提到那些人，他这才想起来，他和叶橙先走了，还没和他们说。

陆潇暂时停下脚步，说道："抱好，别掉下来。"

"嗯？"叶橙迷迷瞪瞪的，但还是选择听从他的话，马上收拢了手臂。

陆潇松开一只手，伸到裤子口袋里面去掏手机。

他明明可以把人先放下来再去拿，但偏偏不想这么做。

"给蒋进打个电话，说我们先回去了。"他看也不看就把手机往身后一递。

叶橙接过手机，陆潇顺势又把他背好，继续往前走。

"密码是……"

他刚说了几个字，身后就传来一声愉快的"我解开了"。

陆潇一愣："你解开了？"

叶橙带了点炫耀的口吻："不就是'314159'吗？"

陆潇震惊道："你怎么知道我用圆周率当密码的？"

"你不是一直都用圆周率嘛。"叶橙肆无忌惮地在他的手机上戳来戳去。

陆潇心下更奇怪了，不过问一个醉鬼也问不出什么来，只得作罢。

叶橙拨通了电话，对着那头道："喂，你好，请问听得到我说话吗？"

他认真的样子格外好笑。

那头不知道说了什么，他回答道："我不是潇潇的小朋友，也不是金丝雀，我是他的同学。"

陆潇越听越不对劲，扭过头道："你打给谁了？"

叶橙把手机贴在他耳朵上。

那边传来一个带着几分邪魅的醇厚男声："啧啧，潇潇啊，在哪儿鬼混呢？"

陆潇一看屏幕，上面写着"陆占阳"三个大字。

他登时头大如牛，忙解释道："表叔，我打错了，不好意思。"

陆占阳显然不相信："得了吧，你们在哪儿？要不要表叔去帮你擦屁股啊？"

"挂了挂了。"陆潇腾不出手来，一个劲儿低声指挥叶橙道。

叶橙是个有礼貌的孩子，他拿着手机挪回自己耳边，对那头说："表叔，潇潇让我挂了，那我挂啦。"

陆占阳疯狂地大笑起来，差点把自己给呛死过去。

"快！挂！"陆潇真的要疯了。

叶橙"啪嗒"按下红色按钮，听话地说："挂了。"

那架势，似乎陆潇还应该表扬他做得好一样。

陆潇黑着脸说："打给蒋进，蒋——进！你喝了酒就变成文盲了吗？还年级第一呢，三个字和两个字都分不清？"

他话音未落，手机屏幕就顶到了他脸上，两根手指头险些戳进他的鼻孔里。

"蒋——进——是这个吗？"叶橙生怕他看不清一样，把手机凑到他眼皮子底下给他确认。

陆潇真的服了他了："是！就是这个！叶大少爷，你手能不能别靠我鼻子这么近，很危险的知道吗。"

叶橙拨通了电话，顺手敷衍地摸了摸他的鼻子："抱歉，我不是故意的。"

不知道为什么，明明叶橙是比较傻帽的那一个，但陆潇总有一种他在把自己当狗哄的错觉。

这次总算没出差错，叶橙和蒋进说完之后，拿着手机用和刚才一样欢快的声调说："打完了。"

陆潇听出来了，他是真的想让自己夸他……

"你真棒。"他满脸无语地说。

叶橙嘿嘿一笑，手臂又收紧了一些。陆潇眼眸暗了下去，提了提腰，也把他背得更紧了点。

两人路过沿街的梧桐树，纷纷扬扬的落叶落了他们满身。

叶橙问他："我们要去哪儿？"

他从一开始就不知道陆潇要带他上哪儿去，但却没有丝毫的焦躁和不安，甚至山海路都要走到尽头了，才问出这个问题。

陆潇弯了弯嘴角，说："把你卖了。"

"把我卖了？"叶橙茫然地瞪着大眼睛。

"嗯，你就这么跟着我出来了，卖了你也会帮我数钱吧。"

"帮你数钱？那我能卖多少钱啊？"

被酒精侵占头脑的叶橙，只能理解他字面的意思，但那些话连成句子后，就不太能明白得过来了。

"多少钱啊，让我想想。"陆潇抬头看去。

茂密的梧桐叶缝隙里，透出月亮狡黠的身影。

"多少钱都不卖。"他黑漆漆的眼中倒映着那轮明月，平静而温柔，"我舍不得卖。"

尽管叶橙听不太懂，可还是觉得陆潇真好。

陆潇不卖他了。

他开心地又踢了两下腿，顺势靠在宽阔的后背上。

陆潇家在离山海路不远的地方，是一块闹中取静的别墅区。从进那扇雕花铁门开始，叶橙就好奇地东张西望。

"你喝成这个样子，送你回去奶奶会担心的，先在我家住一晚。"

陆潇以为他在疑惑，便对他解释。

叶橙没理他的话，趴在他背上一指前方道："陆潇，中间那个喷泉呢？"

"啊？什么喷泉？"陆潇看向他指着的秋千，不知道他在说什么。

叶橙又说："老头从杭州运来的假山石呢？池子里那两个百年王八呢？门口那对大红灯笼呢？"

陆潇："……你在说什么？"

叶橙有点生气了："谁让你把那俩丑不拉几的石狮子摆在那里的？那块地我让你种绣球，现在是什么？你种了一亩韭菜吗？！"

陆潇看着孟黎特地买回来镇宅的石狮子，以及她闲得没事种的韭菜，眼神逐渐变得十分困惑。

"不对，这到底是哪里？"叶橙待不住了，一巴掌拍在他后背上，"你放我下来！"

陆潇觉得他不像喝了酒，倒像是吃了没煮熟的菌菇，眼前已经开始出现幻觉了。

他哪里敢把他放下来，连声哄道："我们先进去，进去我给你冲一杯蜂蜜水，你需要醒醒酒。"

叶橙愤怒地不行："我没喝多！你以为我在说胡话吗？"

陆潇费了老大劲，把他从铁门背到入户门，又费了老大劲，一边按住他一边打开门。

当他背着拼命挣扎的叶橙走进去时，突然发现哪里不对——

客厅里，一个熟悉的女声响起："潇潇，你怎么现在才回来？哎，这是谁？"

叶橙停下了挣扎。

陆潇也慢慢地转过去，面色发白道："妈，你怎么回来了？"

母子二人面面相觑。

室内很暖和，不过孟黎还是裹得里三层外三层。十一月就穿上了厚厚的皮草，粉白毛边将她的脸衬得又小又白，一副病弱美人的样子。

陆潇谨慎地把叶橙放下来，眼睛看着她，却反手扶住叶橙，避免他站不稳摔倒。等到叶橙完全落地，他才松开手。

孟黎注意到他的小动作，眼神闪了闪，她的儿子什么时候这么细致过，简直闻所未闻。

"潇潇，不给妈妈介绍一下吗？"她温声细语道。

出乎意料，陆潇的脸色并没有变得轻松，反而显得更加紧绷了。

他扯了一把叶橙，将他拉到自己身后，硬邦邦地说："我同学，过来借住一晚。"

"你呢，为什么提前回来了？"他巧妙地把话题带了过去。

孟黎下意识地拨了拨鬓角，尽管那里并没有什么碎发，轻声道："他们说我已经基本稳定了，可以回来调养一段时间。"

她说话的时候，手上总是停不下来。要么忍不住摸头发，要么手指之间搓来搓去。

陆潇走近仔细观察她的状态，脸上带着不易察觉的担心，似乎想说什么，但还是忍住了。

叶橙晕乎乎的，从他身后探出一个脑袋来。

孟黎原本在儿子的注视下，感到有些坐立难安。在看见他后面突然冒出的毛茸茸的脑袋后，突然扑哧一声笑了出来。

"这孩子在干吗？快过来坐。"她拍了拍身边的位置，好奇地打量叶橙。

陆潇很少带朋友回家，原因她也是心知肚明的，毕竟家里有个这样的妈妈，挺让人难以启齿，为此她自责过很多次。

叶橙是除了蒋进之外，第一个留在陆潇家里过夜的。

陆潇张了张嘴，刚想说"我们先上去了"。下一秒，叶橙就越过他，一颠一颠地跑过去，一屁股坐了下来。

他喝醉以后，走路的姿势也和正常的时候不一样，歪来歪去的，像个蹒跚学步的不倒翁。

陆潇倒吸了一口凉气。

"咦，好漂亮的孩子，"孟黎近距离看见他，眼睛亮了亮。她情不自禁地摸了摸他的后脑勺，放轻声音询问道，"你多大啦？叫什么名字啊？"

叶橙将双手放在膝盖上，脖子上好似凭空生出了一条红领巾，乖乖回答道："我叫叶橙，叶子的叶，橙子的橙。大概……二十七岁，快二十八了。"

他除了脸色发红、说话不着逻辑，看上去根本不像已经混乱到连自己多大都不记得的样子。

陆潇："……"

孟黎以为他在说胡话，捂着嘴笑得乱颤："怎么喝成这样了，潇潇你也不拦着一点。小橙，一会儿我让王嫂给你做碗醒酒汤去。"

"谢谢婆婆。"叶橙彬彬有礼地说。

她笑得眼睛弯起来："我还没有那么老，你叫我阿姨就行。"

叶橙很懂事地点了点头道："谢谢阿姨。"

孟黎已经许久没有心情这么愉悦过了，她看着叶橙红扑扑的脸，终于想起来好像在哪里见过他。

"潇潇，小橙是你同桌吗？上次家长会的时候，我是不是和他说过话？"她问道。

陆潇嘲讽她道："你那时候没和人家说一个字。"

孟黎的记忆链总算是连接上了，像是没听见他的话一样，继续道："你说的那个要和你一起去冬令营的，应该也是他吧。"

陆潇每三句话都有两句在找茬儿："难为你还记得我要去冬令营的事，我以为那天，你一心琢磨着怎么搓根麻绳吊死自己呢。"

孟黎的脸终于沉了下来："你能不能别在外人面前说这些？难道你也觉得，这一切都是我的错吗？"

她的声音开始不稳，带着隐隐约约的激动。

如果换作平时，陆潇大概率已经和她吵起来了。

但今天叶橙坐在她身边，陆潇看了看他一脸茫然的表情，只能把到嘴边的话咽了下去。

孟黎却不依不饶，如同触碰到了情绪的开关，捂住脸哽咽起来。

"你跟你爸爸一个样儿，老是觉得我想太多，觉得我小题大做，你们在意过我的死活吗?!"

陆潇和她说不通，上前一步想把叶橙拉走。

孟黎的肩膀抽动着，忽然感到一只手在轻轻地抚摸自己的后背。

那只手很柔软，掌心温热，却并非灼伤人的滚烫，像是一针带有安抚性质的药剂，沿着脊柱注入胸口。

"阿姨，不要哭。"清亮的嗓音在耳畔响起。

孟黎怔怔地抬起头，脸上还挂着几滴泪珠。

叶橙顺便用手背擦了擦她的脸，动作很轻地拂去她的眼泪。

孟黎第一次被陌生人这么触碰，条件反射地向后缩了一下。但这孩子毫无攻击性，让她逐渐放下了警觉。

她眨了眨眼睛，忍住眼泪，觉得有些羞赧。

一把年纪了，居然还要一个喝醉的小孩儿来安慰。

"阿姨没哭。"孟黎胡乱擦了两下，抱歉地说，"对不起，让你见笑了。"

叶橙的思维仍然停留在字面，晕乎又认真地回答她道："我没笑。"

孟黎又被他逗笑了，一会儿哭一会儿笑，自己都觉得自己是个神经病。

陆潇看不下去了，把叶橙从沙发上拖起来，对她说道："我先带他上楼了，你早点睡。"

孟黎安静地看着他们转身，保持着刚才的姿势，一动不动地坐在原来的位置上。

陆潇走了几步，终究还是回头嘱咐了一句："别整天胡思乱想，睡不着就吃安眠药，少吃一点。"

然后，他就带着叶橙走了。

他们刚离开没多久，王嫂就端着一碗黑乎乎的东西，从厨房走了过来。

"夫人，该吃药了。"

她把那碗东西放在桌上，又从柜子里拿出一个药丸收纳盒，里面摆着五颜六色的各种胶囊，还有白色药片。

孟黎慢悠悠地走到桌前，脸色像夏季的雷雨，毫无预兆地变得凶狠起来。

她指着那些药，骂道："你给我吃的都是什么玩意儿？你也想害死我是不是?!"

她的表情和刚才温和的样子判若两人，简直就是个胡乱骂街的泼妇。

但王嫂没有震惊，见怪不怪地把药往前推了推："夫人，再不喝要凉了。"

"你们就是想弄死我！我死了，他就可以娶那个贱人进门了!"孟黎尖声喊了起来。

她端起药碗，用尽全身的力气，往旁边的壁炉上扔去。

叶橙跟着陆潇走到二楼，突然听见楼下一阵瓷器破碎的动静。

他哆嗦了一下。

陆潇握住他的手紧了紧，安慰道："别怕，没事的。"

叶橙小声提醒他："好像有人在吵架。"

"嗯，我家里经常有人吵架。"陆潇面无表情地说。

"……那你不怕吗?"

"不怕，我习惯了。"

他本来想带叶橙去客房，但犹豫了片刻，还是带他走进了自己的房间。

叶橙说："你好可怜啊。"

陆潇以为他要心疼自己了，结果他又补充了一句："长期生活在噪音环境中，是会降低智商的。"

"住嘴。别以为你喝多了，我就不会揍你。"陆潇手下微微用力，把他推进房间里，砰地关上门。

房间里没开灯，陆潇的手摸上开关，听见他尖叫了起来。

"啊啊啊!"叶橙被突如其来的黑暗惊得到处乱窜，一头撞在了门上，发出巨响。

陆潇赶紧开了灯，伸手去捞他："我他……你乱跑什么！撞到没有？让我看看。"

他掀开叶橙的刘海，果然，洁白的脑门上红了一块。

"我以为……这里是祠堂。"叶橙的眼神惊慌失措，不安地扭头看着周围的环境。

陆潇被他整得没了脾气，好笑道："我家没有祠堂，我爷爷家倒是有一个。"

叶橙没理他的解释，自顾自地说："犯错了就要被关进去罚跪，跪一晚上的那种。"

"你怎么知道我们家的规矩？"陆潇诧异地挑了挑眉，"等等，我觉得你思路还挺清晰的，你到底醉没醉啊？"

叶橙喃喃地重复："跪一晚上，跪一晚上……"

"好吧，我知道你醉了。"陆潇对他无语了。

他把叶橙安置在床上，弯下腰揉揉他的额头，注视着他的眼睛道："你可以自己在这个房间里待十分钟吗？我洗个澡就来。"

叶橙很干脆地点了点头，虽然还是一副没有骨头的样子，但已经勉强能坐得住了。

陆潇松了一口气，觉得他看起来挺困的，应该坐着坐着就会睡着。

他指了指房间角落里的一扇门道："里面是书房，有你喜欢的英语词典，无聊了可以过去背背单词。"

叶橙眨巴眼睛望着他，浅褐色的眸子清澈见底，头点得跟小鸡啄米。

陆潇眯了眯眼睛，直起身子，脱掉外套洗澡去了。

他晚上喝得不多，此时头脑分外清醒。

在陆潇有限的知识体系里，叶橙这个人，总会让他想到一句话。

——可远观而不可亵玩焉。

就和《爱莲说》里形容的一模一样，他看起来那么冷淡，那么矜贵。

绝不是可以随便触碰的人。

今天叶橙不小心打错的那个电话，对方是他的一个远房亲戚，开了一家娱乐公司，成天和手底下的小明星不清不白的。

陆占阳只比他大了几岁，因此跟他们这些小年轻比较玩得来。

他们那个圈子里的人，荤素不忌，但同时也只是玩玩而已，最后还是得找个门当户对的女人结婚生子。

偏冷的水源从头上浇下来，让陆潇的思绪更加冷静了。

他愈发觉得，和他身边的很多人比起来，叶橙对于他而言是不一样的。

正在他胡思乱想的时候，浴室的门突然被推开了。

陆潇猛地睁开眼睛，隔着透明磨砂的淋浴玻璃看了过去。

叶橙懒懒地靠在门边，有气无力地说："陆潇，我也要洗澡。"

这一吓太过凶猛，陆潇手一抖碰到了开关，热水烫得他嗷嗷地叫了起来。

"你……你怎么进来了？"

他连说话都破音了，手忙脚乱地伸手去够挂在墙上的浴巾，不料花洒掉下来砸在了他脑袋上，发出"砰"的一声。

陆潇捂住头，不动了。

隔着磨砂玻璃，叶橙看不真切，只听见里面一团混乱。

他觉得似乎做了什么错事，有些拘谨地问道："不可以吗？"

这人不是向来喜欢拉着他一起搓澡吗？

"不可以，当然不可以！你先出去，出去！"陆潇慌不择路地用浴巾围住自己，叫得像只被闯进窝的母鸡。

叶橙不甘不愿地说了声"好吧"，随后无所谓地转头出去了。

陆潇靠在滑溜溜的墙面上，心跳声大得他怀疑应该叫个救护车。

不会吧，不会有人因为心率过快猝死过去吧？

这家伙喝醉了简直无法无天，跟平时大相径庭，谁都不知道他会做出什么样的事来。

陆潇这辈子，除了自己爸妈和接生的医生，没在其他人面前裸体过……小时候和别人比大小不算。

他又拧开淋浴，冲了十分钟冷水，才算镇静下来。

深呼吸了几次后，陆潇穿好衣服，拉开浴室的门走了出去。

"我洗好了，你可以……"

他话说到一半，停了下来。

——房间里空无一人。

孟黎经过一番折腾，总算把心里头的不满宣泄了出来。

她在客厅里发疯，王嫂在一边看着，等她吵累了，就收拾碎片煮第二碗药去了。

她坐了一会儿，没人说话，觉得又累又渴，便打开冰箱倒了杯冰水，坐在桌边慢慢地喝。

王嫂把客厅的灯关掉了一半，只留下她头顶上一盏，周围光线都很暗。

孟黎喝了几口，忽觉身后有个人影。

她马上扭头看过去，正看见叶橙直愣愣地站在她后面，那束光从头顶洒落下来，把他照得分外瘆人。

"咳咳咳……"孟黎一口水呛进气管里，捂着胸口剧烈咳嗽起来。

叶橙垂着眼眸，波澜不惊地看她咳着。

孟黎满眼泪花，好半天才止住，擦了擦嘴角问他道："你……你怎么下来了，有什么需要的吗？咳咳，我让王嫂去给你准备。"

不知为何，她一见到这孩子，就有种焦躁不起来的感觉，甚至比对陆潇还要温和几分。

叶橙看着她眼角呛出来的眼泪，慢慢地说："婆婆，你又哭了。"

孟黎听见这个称呼，顿感哭笑不得，但她刚撒完泼，实在没力气去纠正了。

"是陆潇欺负你了吗？"叶橙问道。

他隐约记得，上楼之前，这母子俩的气氛不是很好。

孟黎无奈地说："那浑小子喜欢气我也不是一天两天了，我总是拿他没辙。"

闻言，叶橙的眉头深深地皱了起来，眉心出现一道褶皱。

孟黎看他脸蛋皱巴巴的，觉得好像看见了陆潇小时候的样子。

她刚想上手摸两下，告诉他自己没事。

楼梯处响起一阵脚步声，两人转头看去，只见陆潇从上面冲了下来，真的是用冲的。

他的头发还没擦干，滴的衣服上都是水，穿着居家T恤和短裤，脚上匆忙趿了双人字拖。

"你怎么跑下来了？害我找了半天！"他跑到叶橙面前，语气有点冲。

刚才发现叶橙不见了，他吓得一身冷汗，第一反应就是去看窗户，确定他没从窗户跳下去。

这人平时斯斯文文的，没想到喝醉了这么不让人省心。

孟黎正要解释，叶橙忽然抬起手，一把揪住了陆潇的耳朵。

他厉声责备道："谁让你欺负婆婆的？她都哭了，你还惹她生气。"

叶橙的声音充满"理直气壮"四个字，把这对母子当场震得一动不敢动。

陆潇更是整个人都傻了，耳朵被揪得生疼，大高个子硬生生被他压弯了，曲着膝盖一脸震惊。

几秒钟后，他才想起来捂住耳朵喊道："痛痛痛！轻点！"

孟黎慌乱地起身想制止："小橙，咱们冷静一点，别跟他一般见识……"

她倒是没有多心疼这个儿子，毕竟他从小到大打遍左邻右舍无敌手，皮糙肉厚的很经锤。

只是担心陆潇被惹恼的话，会给这细皮嫩肉的小孩儿一顿胖揍。

可是叶橙充耳不闻，甚至还推开她的手，义正辞严地说："我来教训他，您不用管，不尊重妈妈绝对不能忍。"

"你知道错了没有？"叶橙手下使了使劲，把他的耳朵扯得通红。

陆潇疼得差点跪下来了："知道了！我知道错了！下次不敢了还不行吗！"

孟黎："……"

她养了这个小杂碎十几年，从来没听他跟任何人道过歉、服过软。就连他爸扬言要打断他的腿，也没听他讨饶过一声。

叶橙转向她，双眼迷离但口齿清晰："婆婆，我带他上去，好好跟他讲讲道理。"

说罢，他拎着陆潇的衣领转过身。

陆潇被他拽得一个趔趄，佝偻着身子被牵走了。

孟黎眼神呆滞地看着他们，喃喃道："好……好啊，是该讲讲道理……"

叶橙拽着陆潇回到房间，进门的时候，不留神还把自己给绊了一下。

陆潇眼疾手快地搂住他的腰，才没让他摔个狗吃屎。

站稳之后的叶橙，即刻翻脸不认人了。

他把陆潇的手挪开，板着脸道："跪下。"

陆潇："……???"

叶橙再次揪住他的耳朵，很生气："让你跪下听不见吗？非得让我拿个搓衣板来？"

他喝醉了他喝醉了他喝醉了。

不要和他计较不要和他计较不要和他计较。

陆潇反反复复在心里催眠了自己十几次，额头上青筋乱跳，拳头握得死紧，然后忍辱负重地单膝跪了下去。

装装样子吧，反正单膝跪也不算跪。

谁知，叶橙十分严格："那条腿也弯下去，给我跪好了。"

陆潇任由脑海中一百条脏话飘过，只得两条腿并拢跪好。

"怎么，你看起来很不服气？"叶橙认真地在生气，"跟妈妈顶嘴很骄傲吗？我下去的时候她都哭了！"

陆潇冷笑："你确定她是在哭，不是在发疯？"

叶橙踹了他一脚："你还和我顶嘴？"

陆潇不吱声了。

叶橙噼里啪啦、引经据典地教育他，从孟母三迁说到岳母刺字，说累了还喝口水再继续。陆潇也不敢打断他，听到后来都快要精神恍惚了。

等把陆潇说得彻底蔫了下去之后，叶橙才闭上了嘴。

陆潇以为酷刑结束了，站起身打算哄他去睡觉，睡着了就安静了，睡着了就万事大吉了。

谁料叶橙自然而然地张开双臂道："帮我洗个澡，我困了。"

那姿势那神态，像个高高在上的帝王。

陆潇真是觉得这一个晚上，他就像是在坐过山车一样。心情随着蜿蜒的轨道上上下下下下下下，起起落落落落落落。

他委婉地表示："我带你去浴室，你简单洗把脸就好了，明天早上再洗澡。"

原因有两点：第一，他怕叶橙嫌弃；第二，他怕自己尴尬。

估计叶橙也是困得不行了，没再多为难他，点头答应了这个建议。

然而陆潇带着他走进浴室后，他又开始了。

"帮我刷牙。"叶橙坐在镜子前，懒洋洋地指挥道，"我刚才拎了你半天，手臂抬不动。"

陆潇快要晕过去了，认命地找了一把新牙刷，硬着头皮挤上牙膏，递到他嘴边。

他第一次做这种类似照顾小朋友的事情，虽然仗着比叶橙高了大半个头，可以轻松从身后环住他，但因为过于紧张，手还是有点发抖。在叶橙张开嘴之前，他不小心把牙膏蹭在对方嘴唇上了。

牙膏里有薄荷的成分，让唇瓣感到刺刺麻麻的，很不舒服。叶橙嫌弃地把那点白色卷进嘴巴里，微微张开嘴让他继续。

陆潇觉得自己又要心肌梗死了，这哪里是在刷牙，是在折磨他。

他视线闪躲着不敢看镜子，全凭感觉轻轻地刷洗这两排雪白的牙齿。

"唔，你好笨啊……"叶橙被连续戳了两下腮帮子，包着泡沫含糊不清地骂他。

陆潇被吐槽了，立即卑微地说："我第一次……不好意思，弄疼你了，下一次我会做得更好的。"

叶橙哼哼唧唧了两声，随意地吐掉泡沫，用他的杯子接水漱口。

陆潇在旁边看着他，见他唇边的泡沫没弄干净，又拿了洁面巾帮他擦拭。

虽然这些都是他这辈子也不可能给第二个人做的琐事，但做着做着，他竟然察觉到了一丝丝的乐趣。这样的叶橙好像什么都不能独立完成，什么都得依赖他、离不开他一样。

陆潇又主动帮他洗了脸，托着他的下巴仔仔细细地把水迹擦干。

"暂时没有换洗的衣服，你先穿我的可以吗？"他被折腾了一晚上，声音却缓和了好几个度。

叶橙自然是随他安排："可以。"

陆潇全然忘记了被揪耳朵和罚跪的事情，兴高采烈地跑去衣帽间，拿了一件宽大的白T和一条裤子给他。

陆潇不太喜欢穿睡衣，要么裸睡要么穿短袖睡。他把衣服放在床上后，还贴心地转过去道："你换吧，我不看。"

他的嘴角扬得老高，左边耳朵又红又肿，却浑然不觉得痛。

三分钟后，陆潇轻声问道："换好了吗？"

无人回答，房间里响起均匀的呼吸声。

陆潇转过头，在看见床上的景象后，差点没咬到舌头。

叶橙只把白T套好了，便四仰八叉地躺在床上呼呼大睡。

陆潇快被他整疯了，忙把被扔到床底下的裤子捡起来，爬上床试图给他穿裤子。

"你先别睡，穿好再睡，别着凉了！"

他上前摸索着把裤腿往光溜溜的腿上套，叶橙翻了个身转过来，手臂一伸。

陆潇猝不及防被他拉过去，鼻尖撞在绵软温暖的T恤上，一股海盐混合风铃草的味道。

叶橙迷迷糊糊道："乖，别闹了，快睡觉。"

第二天早上，叶橙一觉睡到了自然醒。

自从开始备战会考之后，他已经很久没有一天睡觉超过八个小时了。

睁开眼睛的瞬间，浑身的肌肉都像被打散重组过一样，酸软而无力。

他捂住宿醉疼痛的脑袋，勉强从陌生的大床上爬了起来。深灰色的真丝床单摩挲着腿部，他看了眼被子里，自己只穿了一件宽大的T恤。

叶橙和陆潇不一样，他喝多了基本不会断片，而且对一些细节还记得尤其清楚。

比如他一口一个"婆婆"地叫孟黎；

比如他当着孟黎的面，提着陆潇的耳朵训斥他；

比如他睡觉前嫌屋里地暖太热，拒绝陆潇给他穿裤子的提议。

……

叶橙深呼吸了几次，面无表情地拍了拍自己的脸颊。

没关系，只要你不觉得尴尬，尴尬的就是他们。

哈哈，不就是喝醉酒吗，谁还没醉过几次。

他花了二十分钟，做了充足的心理建设，正准备下床洗漱，陆潇就推门进来了。

"起来了？我还怀疑你是不是休克了。"不怀好意的声音响起。

叶橙抬头看去。

陆潇穿了件黑色低领毛衣，毛衣薄薄的，撑起好看的肩线，领口露出半截锁骨，宽松的长裤堆叠在脚边。

他双手插着兜，靠在门边懒洋洋地打量叶橙。

即使没怎么收拾，陆潇也足以把旁人帅得神清气爽，有如醍醐灌顶。

不过，他眼底的黑眼圈，彰显着主人似乎休息得不是很好。

叶橙慢腾腾地从床上滑下来，装作什么事都没发生似的，若无其事道："你起得好早。"

陆潇不咸不淡地笑了一下，竖起食指摇了摇："No，不是起得早，是我根本没睡。"

"啊？你失眠了吗？"叶橙疑惑道。

陆潇微笑着咬紧了牙关，说："叶橙，你知道你的睡相有多差吗？"

"把我从床上踹下去三次，把脚伸到我脸上五次，还说梦话，流口水，骂我是没脸没皮的王八蛋。"

他说起这些的时候，气得连鼻翼都在翕动，明显这些都不是杜撰的。

叶橙呆了呆，立刻抓住他的话反驳："怎么可能，你的床那么大，我能把你踹下去?"

卧室里这张King Size大床确实很大，几个人在上面翻滚都不会掉下去。

陆潇更生气了："你一直往我身上贴，把我逼到角落再一脚踢下床。哈，我怀疑你根本是醒着的吧? 你就是想趁机报复我对吧?"

叶橙心虚地避开他的怒视："我不知道你在说什么。"

他借着洗漱的名义，落荒而逃地把自己关进浴室，砰的一声将陆潇关在了外面。

唯一让叶橙庆幸的是，他们下楼吃饭的时候，孟黎已经出门了。还好不用面对她，否则宁可饿一天，叶橙也不想迈出这个房门半步。

王嫂再次祭出自己拿手的蟹黄小笼，热情地招呼他们吃早午饭。在陆潇的怒视之下，叶橙忍着腻味把小笼包统统吃光了。

吃完饭之后，叶橙稍微参观了一下这栋并不眼熟的房子。他之前从来都不知道，陆潇家曾在这一带居住过。

印象中他只去过陆家老宅，内里豪横大气，在夜深人静时，却总是透着一股阴森森的氛围。

当年他没管住陆潇，任由他逼得对手倾家荡产，后来遭人报复差点出事。老爷子就罚他俩在祠堂跪了一整晚，让他们面壁思过。

那座祠堂外面是连廊，悬挂着古色古香的灯笼，记得那天还淅淅沥沥地落着小雨。

陆潇跪在里头，自己跪在他旁边。

原本叶橙是不用跟着跪的，但为了让陆潇服软，老爷子不得不罚他一起跪。

昨晚他喝得神志不清，一度以为陆潇带他回到老宅了。

参观了一圈家里，陆潇便拖着叶橙给他补课。叶橙碍于昨天的放肆行为，只能随他提要求。

陆潇的会考课本总算翻得破烂不堪了，页面上全是抄的叶橙的笔记。叶橙吃着王嫂做的糕点，坐在书桌上翻看他做过的《优化28套》。

"这题错得也太离谱了。"他指指点点道。

陆潇看他翘着二郎腿吃点心，而自己还得抓耳挠腮地听他训诫，顿时心里不平衡起来。

是叶橙补偿他，怎么反过来了？

"我也要吃。"他不满地抗议道。

叶橙把点心全部掳走，语气不容商榷："做完就给你吃。"

"喂，这可是我家。"陆潇被他骑到头上欺负，却没感到特别愤怒。

"这可是王嫂做给我的。"叶橙也不怵他，"你天天吃，还要跟我抢。"

陆潇随口说："哪有天天吃，她才刚回来。"

叶橙问道："她不住在这里吗？"

一楼有专门的保姆间，而且看上去王嫂和他挺熟的，不像是钟点工或者临时阿姨。

陆潇沉默了片刻，看上去不太想回答这个问题。

叶橙也没再继续追问，像是想起什么，问道："对了，我寒假搬过来的话，会不会不方便？你妈妈都已经回来了。"

虽然他昨天头昏脑涨，但还是记得，楼下隐隐传来的吵闹的声音。

"没关系。"陆潇无所谓地说，"我妈每年冬天，都要去加州找我爸。今年不知道什么时候去，家里应该只有我们两个。"

叶橙试探道："你爸妈关系怎么样，为什么你爸爸不待在国内？"

陆潇冷笑了一声："关系？哼，死命撑着还没离婚的关系。他们是包办婚姻，生下我后就各玩各的，都没什么家庭观念。"

他如此直白地说出来，让叶橙有点不知道该怎么接了。

但他又感到有些不解，如果是各玩各的，那为什么陆尧山还要对孟黎施加暴力呢？

就昨天来看，孟黎的确很不开心，不过她浑身上下捂得严严实实，也看不出来什么伤痕。

难道是江怡蓉听错了？

陆潇看见他的表情，以为他只是好奇，便解释道："我妈表面看起来不在意，实际上内心还是膈应的。幸好我爸一年也就飞回来一两次，否则天天听他们吵架，我能疯掉。"

叶橙没有经历过父母吵架的事情，不过也能体会他的心情。

他摸了摸陆潇的头说:"别难过。"

"我不难过。"陆潇眼神怪怪地看着他,"你能不能别每次都像摸狗一样摸我?"

叶橙不自然地缩回手,他最近老是被一些习惯性的动作困扰,总是忘记自己面对的是十八岁的陆潇。

陆潇被叶橙盯着刷完一套题之后,被奖励了一块蝴蝶酥。当叶橙用两根手指头夹着蝴蝶酥给他时,陆潇又又又觉得他像是在喂狗了。

但这次他忍了下去,大概因为蝴蝶酥太好吃了。

算了,不和他计较。

第21章
好结果

很快，南都就步入了一月。

伴随着初冬第一场雪而来的，是轰轰烈烈的会考。

为什么说"轰轰烈烈"呢，是因为考试的时候可谓状况百出。

十三中的考场在比较偏远的七中，大家需要统一坐校车来回。而踩点的当天，校车把三个人落在了七中。

第二天考试的时候，全校又有好几个人的准考证没带，一个人的临时身份证丢了。

好在徐超有先见之明，觉得他自己手底下这帮小崽子不像是有生活自理能力的样子，于是在考试前一晚，把二十班所有人的准考证、身份证都收了上来。

考试当天，他站在一楼大厅挨个儿发放。每发到一个人，他都要大喊一声："加油！祝你马到成功！"

其他班级都没有老师护送，二十班形成了一道独特的风景线。

众人拿到证件后，又自发地聚成圈，把叶橙围在最里面，"嘶哈嘶哈"拼命吸气，企图沐浴学神的光辉。最后，每个人还都强行摸了他一下，沾了沾喜气，这才满足地各自去找考场。

别的班都投来羡慕的目光。

陆潇和蒋进被分到了一个考场，进去之前两人还在干架。

"再乱碰，把你手剁了。"陆潇给了他脑袋一拳。

蒋进刚才不小心摸到叶橙的腰，弄得后者差点跳起来。

蒋进委屈极了："又不是只有我一个人摸了！你有本事把他们的手都剁了啊！"

陆潇提起拳头："你个……你还有理了？"

"你想考好，你也去摸啊！"蒋进丢下一句话，一个猛子钻进考场去了。

……好像很有道理的样子。

陆潇进考场坐下后，无聊地转着2B铅笔。他坐在靠窗户的位置，看到外面飘起了小雪，细细碎碎地落在窗沿上。

临近年关，这里又地处偏远，考场里偶尔会远远地响起烟花爆竹的声音。

活了十八年，今年的冬天是最让他觉得兴奋的。

考完这两天以及期末，就要正式开始放寒假了。

叶橙说了，考完试去他家里住。如果会考拿下三个Ａ，随便他提任何要求。

而且过几天孟黎就要走了，他可以和叶橙单独待上好几天，嘿嘿。

一想到这些，陆潇就对这个冬天充满了期待。

他从小就没怎么好好过过年，都是跟着保姆阿姨去人家家里过，今年终于可以体会一把在自己家过年的气氛了。

他在窗边笑出了声，引得监考老师看怪物似的看着他。

"请各位同学看一下试卷袋的密封程度……"老师在讲台上说道。

陆潇收回注意力，逐一把证件摆放好。

笔袋里的笔，全都是叶橙用过的笔，是他千方百计地收集来的。

二十班有个不成文的习俗，那就是用了学神的笔，就会考出理想的成绩。

陆潇不是个迷信的人，但这一次忍不住信了。

直到拿到卷子开始答题，他才明白叶橙平时给他做的那些训练有多关键。

首先是熟练度——他做题的反应速度比以前快了接近两倍。时间还剩半个小时左右，他就已经把整张卷子写完了。

其次是针对性，他以为叶橙给他的是题海战术，广撒网的那种。实则不然，叶橙的笔记当中，几乎把考点全部覆盖到了。

考试结束之后，蒋进都快要疯狂了。

他把陆潇拉到后面，努力压低激动的声音道："我的妈！橙哥也太绝了！我昨天借了他的笔记本，想抱佛脚冲刺一下，居然押中了两道题！"

"还有倒数第三题，竟然是一模考过的！"蒋进眼泪都要出来了，"呜呜呜，橙哥是我爹，橙哥真牛。"

他还沉浸在押对题的狂喜之中，陆潇却像被勾了魂似的，直直地望着前方。

终于，蒋进发现没人回应他，懵懵懂懂地问道："潇哥，你怎么了？"

他看见陆潇的表情，顺着他的视线看了过去。

会考是不让穿校服的，大家都是穿的自己的衣服。

叶橙套了件浅色短款羊羔绒外衣，露出里面的白色高领毛衣。他站在飘着碎雪的走廊上，愈发显得眉目如画，漂亮得让人侧目。

那种感觉就像是山水画里的人，走了出来。

叶橙本打算到这边考场来找陆潇，却在中途被于坤拦住对答案。此时他正低着头和于坤说话，浅褐色的眼睛专注而认真。

陆潇快步走过去，挤进了他们中间。

叶橙的注意力立即被他吸引："你这么快就出来了，考得怎么样？"

"挺好的，去吃饭吧，饿死了。"陆潇把他翻转过去，勾着他的肩膀往楼梯口走去。

于坤呆愣地站在原地，自言自语道："不是吧，还来个截胡的，我问题都没问完呢。"

蒋进路过他，同情而真挚道："要不你问我吧，我觉得我能考个A。"

"……"

于坤从没见过如此厚颜无耻之徒。

由于今年过年比较早，期末考试安排在了会考的几天之后。

这个寒假应该是最忙碌的假期了。休息不了几天，两人就要去参加冬令营。

叶橙在家里把衣服装进行李箱，高秋兰也在装衣服。祖孙俩一块儿收拾行李的样子莫名有点搞笑。

高秋兰见他带了不少，奇怪道："你不是只去三天吗，怎么带这么多？"

"我去完陆潇家，就直接去冬令营了。"叶橙坐在行李箱上，终于把盖子压上了，"我懒得回来再收一趟。"

高秋兰嘱咐他："去了别人家里，可别给他们添麻烦。我把燕窝什么的都放在桌上了，你记得给孟阿姨带过去。"

叶橙点了点头："放心吧，奶奶。我爸几点来接你？"

高秋兰看了眼钟表："他说是一点就到，现在都快三点了，也没个人影儿。"

"我给他打个电话吧。"叶橙怕她担心，拿起手机道。

他才刚刚拨通，外面门铃就响了。

高秋兰赶忙过去开门，外头的风扑面而来，叶高阳满头满脸都是雪。

"妈，小橙。"他边进门脱下大衣，边和两人打了个招呼。

叶橙冷淡地叫了声"爸"，便转过去忙自己的了。

"你怎么这么晚才到，飞机晚点了吗？"高秋兰问他。

叶高阳叹了口气，像是很疲惫的样子："不是，俏俏突然发高烧，我只好改了航班。"

叶橙自顾自地把燕窝收起来，装进袋子里。

高秋兰看了一眼他的背影，不太好多问叶俏俏的情况，安慰他道："小孩子身体弱，大冬天的感冒发烧很正常。"

叶高阳摇头道："要是简单的感冒就好了，她这段时间还老流鼻血，去了几次医院也查不出毛病。"

"什么？这么严重吗？"高秋兰说，"那我要不还是不过去了吧，省得给你们添乱。"

要不是叶高阳苦苦哀求，她才不想去嵊州，现在刚好有个借口。

"别啊，妈，我这都大老远回来接你了。"叶高阳劝道。

叶橙转过头说："奶奶，你还是跟去看看她吧。"

他其实还挺不解的，据他不完全的了解，上辈子叶俏俏身体结实得跟头牛似的，这会儿怎么就成了个药罐子了。

"小橙，你也和爸爸一起去嵊州吧。"叶高阳趁机说道。

叶橙毫不犹豫地拒绝："我马上就出门了，朋友等着我呢。"

叶高阳困惑地看向高秋兰："什么朋友？小橙不待在家里吗？"

高秋兰知道他不待见陆潇，支支吾吾说不出话来。

叶橙拉着行李箱，潇洒地从他身边走过去，道："拜拜，祝你们玩得开心。"然后"砰"地把门带上了。

外面雪下得很大，鹅毛一般落下来。

叶橙走得干脆，出了门才想起忘记拿伞了。不过他实在不愿意回去再看见叶高阳，只得硬着头皮走进了大雪里。

他走得匆忙，帽子和围巾全塞在了行李箱里，忘记掏出来。狂风裹着雪花吹拂面颊，刺骨的冰冷让他打了个哆嗦，从头到脚像是被泼了一盆冰水。

陆潇这个货说好了来接他的，不知道跑哪儿去了。

叶橙拖着行李箱走出自家小区，才看见一个高大的身影，打着伞站在小区大门外。

陆潇一看到他，立马奔了过来。

"我去，你怎么不打伞啊？"他用最快的速度把伞举到叶橙头顶，呼出的热气凝结成了白雾。

"没……"

叶橙的"没来及"三个字还没说出口，就被劈头盖脸地围上了围巾。

棕色的羊绒围巾牢牢地将他的鼻尖遮住，扑面而来的暖气让他条件反射地闭了闭眼睛，整个人都松弛下来。围巾带着陆潇的体温，还有淡淡的橙花和檀木混合的味道。

"你找死是吧，忘了上次淋雨发烧了？"陆潇恶狠狠地把围巾扎好，那手法简直和高秋兰有的一拼。本来挺时尚的单品，愣是被他围得跟村口大爷似的。

"咳咳。"叶橙被他系得呛了一下。

陆潇立即抓住机会教训他："你看，都咳嗽了。"

"你还没完没了了。"叶橙把他的手扒拉开，忍无可忍道，"说好的到门口接我的呢，要不是你我会冻成这样？"

陆潇的声音瞬间小了几分："我看见你爸，就找了个地方躲起来了。"

叶橙这才想起来，家里还有个定时炸弹。

他不想让叶高阳找到机会指摘自己，于是推着陆潇赶快离开了。

第二次来到陆潇家里，比第一次要自然得多。

虽然叶橙只是借住三天，但孟黎还是特地请了米其林大厨过来准备晚餐。

她一改之前见面时的病容和疲态，头发松松地挽了个发髻，穿了件酒红色连衣裙，显得气色很不错。

"尝尝这个牛肉刺身，很好吃。"孟黎招呼叶橙道，"潇潇总是嫌弃我做饭不好吃，我只好请了别人来做。"

叶橙笑了笑，陆潇不爽地说："能不能叫我大名。"

在叶橙面前被亲妈叫"潇潇"，他总觉得哪里不太舒服。

孟黎没理他，继续说道："小橙，真的很抱歉，我明天就要去加州了，本来还想好好招待你的。"

"没事的，阿姨，是我叨扰你们了。"叶橙温和地说。

孟黎抿嘴笑了起来："这回不叫我婆婆啦？你叫完第二天，我连忙去做了个热玛吉。"

叶橙知道她误会了，脸"唰"地红了："您……不老，很年轻。"

孟黎不在意地说："我都四十多岁了，怎么可能不老。"

这时王嫂端着盘子来上菜，她叮嘱道："客房的被子都准备好了吗？一会儿你带着小叶过去看一下，要是不满意再换别的。"

"准备好了，夫人。"王嫂说。

陆潇立马放下刀叉道："谁说他要睡客房了？"

孟黎一脸责备："你们两个男孩子，住一间也不怕挤到人家。"

叶橙也想起来上次陆潇吐槽自己睡相不好的事，于是点了点头，说："我也担心打扰陆潇休息，有劳阿姨费心了。"

陆潇硬生生被这两人一唱一和的给气笑了，面向叶橙道："我说过你会打扰我了？你不和我一起住，我遇到不会的问题怎么办？"

"平时也没见你多爱学习，这会儿倒是来劲了。"孟黎打断了他，"大晚上的，你自己不睡觉，小橙还要休息呢。"

陆潇气得吃不下饭了，勺子一丢，汤也不想喝了。

"别管他，我们吃我们的。"孟黎对叶橙说道。

陆潇皱眉看着她，心想你怎么不现在就出发。

他数星星盼月亮地等到今天，就是为了和叶橙一起过寒假！

他甚至连投影放的电影、喝的汽水、吃的爆米花都准备好了，还在网上买了一堆小夜灯，把主灯关了，夜灯一开，房间里的氛围那叫一个高级。

即使不看电影不吃爆米花，什么都不干，和叶橙待在一个房间里，也足以让他觉得特别开心。

然而，准备了半个冬天的计划泡汤了。他愤恨地用叉子戳着牛排，面目狰狞地吃了下去。

晚上叶橙回房间后，才意识到陆潇安静得不正常，也不给他发微信，也不说话。

好像真的有点生气了。

这小子太幼稚了，不和他住一个房间就能气成这样。

叶橙躺在客房的床上辗转反侧，想了半天，还是决定去找人。

他轻手轻脚地打开房门，走廊上亮着几盏壁灯，非常安静。这间客房离陆潇的房间有一段相当漫长的距离。他们家二楼房间太多，就跟迷宫一样。

叶橙踮着脚，尽量轻手轻脚地，凭着记忆往陆潇的房间摸过去。

正当他经过一个房间时，忽然听见里面传来一声尖叫。

因为周围太过寂静，这声尖叫显得尤为明显，还伴随着玻璃砸碎的声响。

叶橙吓了一跳，紧接着认出了那是孟黎的声音。

他来不及多想，赶紧敲门道："阿姨，你没事吧？"

"你凭什么这么说？你让我来就来，让我走就走？凭什么，凭什么?!"

里面的叫喊更加撕心裂肺，"砰"的一声，似乎有什么东西落在地上。叶橙顾不上别的了，立刻去拧动门把。

出乎意料，卧室的门竟然没有锁，他一下子就拧开了。

"阿姨，发生什么……"

他刚准备迈入房间，话音未落，一个瓷瓶就正好砸在了他脚边。"哗啦"，瓷瓶在他脚下炸开来，瓷片零落地碎了一地。

室内很暖和，叶橙出来的时候只穿了一双凉拖。破裂的瓷器碎片蹦到他脚背上，将白皙的皮肤划了一道小口子，血液渗了出来。

卧室里的景象一片凌乱，浓烈的香水味钻入鼻子里，熏得人头晕。床帏被扯得掉在了地板上，床边散落着碎掉的香水瓶和化妆品。

孟黎穿着睡袍，头发乱糟糟地打着电话，眼睛红得快滴血了，嘴里呼哧呼哧地喘着粗气。

叶橙担心她一脚踩在玻璃上，谨慎地喊了一声："阿姨？"

孟黎没有任何反应，抓着手机的手也缓缓垂落。电话那头似乎已经挂了。

叶橙在门外站了几秒，最终还是决定进去看看。他刚抬起脚，身后突然伸出一只手拉住了他，猛地把他从那些瓷片中拽开。

"当心。"低沉的声音在耳边响起。

陆潇稳稳地扶着他的手臂，防止他踩到尖锐的碎瓷器。

叶橙抬头看向他，压低声音道："我听见屋里有动静，才过来看的。"

他想到江怡蓉说过，陆潇对自己家里的事情很避讳，有点担心他误会自己。

陆潇的眼眸里，情绪深不见底，却不含任何责备或者愤怒。

"你在门口等一会儿，我来处理。"他的语气中带着几分安抚意味。

叶橙怔怔地点了点头，看着他走进去，转身关上了房门。

门合上的那一刻，孟黎抬头看了过来，似乎刚刚才察觉到他们的存在。

不一会儿，里面就传来挣扎和尖叫声，还有东西落地的声音。

叶橙不由自主地感到一阵紧张，手心出了不少汗。他贴着门缝听房间里的动静，心里思绪万千。

陆潇似乎一直在说话，但听不清他说了什么，孟黎的叫喊逐渐变成了呜咽。叶橙隐约能听见她在哭，反反复复地说"他要我""他就是在故意的""我不要去了"。

陆潇的声音模糊不清："好，不去了，你哪儿都别去，就待在家里。"

他在里面待了快十分钟，才一边打电话一边走出来。推开门的时候，他对叶橙做了个"抱歉"的手势，叶橙对他点头示意。

陆潇关上房门，拿着孟黎的手机到旁边打电话去了。

"是的，黄院长，她这几天好像不太稳定。"

"嗯，我已经给她注射了镇静剂，今晚就去医院吗？"

"……好，那麻烦您了，明天我们等您。"

他又客套了几句，这才挂断电话。

当他喊出"黄院长"的时候，叶橙心里就咯噔了一下，瞬间全明白了。

原来陆潇在青山医院那个"生病的亲戚"，就是孟黎。

陆潇走到叶橙面前，声音有些沉："对不起，让你受惊了。"

他听见响动就仓促地跑了出来，连鞋子都没穿。

叶橙摇了摇头。这时，王嫂拿着打扫的工具走上来。她像是干这种活干了几百次一样熟练，连看都没看他俩一眼，径直推门走进房间。

两人的视线同时落在对方的脚上，一起脱口而出道："你没受伤吧？"

几乎同步的话音，他们都是一愣。随即，陆潇看见他脚背上的红色血点。

"划到了？"他蹲下身来，直接用手抓住了叶橙的脚背。

叶橙一惊，往后缩了缩，不自然道："没事，一点皮外伤而已。"

"皮外伤也得处理，要是感染就麻烦了。"陆潇说着，带他回到自己房间。

他让叶橙在床上坐下，翻箱倒柜地找来一个医药箱。那个口子并不深，只是没擦过的血糊在白色的皮肤上，让人觉得有点触目惊心。

陆潇蹲下来，将他的脚放在自己的膝盖上。这个姿势让叶橙感到很是别扭，不过也不好意思乱动。

陆潇用棉签一点一点把血迹擦干，动作放得极其轻，还不时地问一句"疼不疼"。最后，他挑了个最小的创可贴，把伤口仔细保护好。

见叶橙沉默不语，他主动开口道："你不是一受伤就哼哼唧唧吗，今天怎么这么安静。"

"我没有一受伤就哼哼唧唧好吧。"叶橙反驳道。

陆潇嗤笑了一声。

叶橙说："我只是在担心你。"

这回轮到陆潇安静了。他慢慢地收敛了笑意。

叶橙看着他把医药箱收好放回原处，脸上看不出任何表情。

他无所谓地说："没什么好担心的，我都习惯了。"

叶橙犹豫了一下，还是问道："阿姨的病，是从什么时候开始的？"

既然已经撞破了，而且陆潇看起来并不反感他知情，那他就得弄清楚到底怎么回事，保不齐这和他之后的退学有关。

陆潇站在床前看着他，轻描淡写地说："很多年了，以前没人当回事儿，总觉得她是被我爸逼的。后来有次她发病，抱着我硬要跳河，家里人才察觉到不对。"

叶橙愕然道："跳河？"

"别紧张，这不是没事儿吗？我们都还活着。"

陆潇似乎站累了，走过去靠着床沿坐下来。叶橙也从床上起身，挨着坐在了他旁边。

地暖让整个房间都保持着恒温，地板也透着暖意。

屋外下着大雪，两人肩膀靠着肩膀，彼此都觉得很放松。

陆潇慢慢地说："她跟我爸就没有和睦地过过一天，以前我爸在国内时，她整天怀疑他出轨，派私家侦探去跟他。

"后来他真的出轨了，我妈就发疯了。半夜在家里磨刀，搓绳子，说要把小三弄死。

"我妈的家族没有精神病史，这一切都是我爸一手造成的。"

叶橙倒吸一口凉气，他没想到孟黎发起病来这么瘆人。

"她不发疯的时候对我很好，一犯病就会攻击人。

"王嫂怕她伤害到我，就让人带着我搬到白泽去了，她自己留在这里照顾我妈。"陆潇很平静，像在说别人的故事一样。

"我小时候不懂什么精神病，只觉得我妈是个疯子。我就成天跟着一帮小混混到处打架，也没人管我。

"你不是问过我，为什么打架经验那么丰富吗？

"就是从那个时候培养起来的，因为别人笑我妈是疯子，我不服，我就挨个儿和他们干架。"

叶橙不说话了，心里忍不住有点难受。

原来他还在白泽住过，为什么没能早点遇见呢？要是小时候能认识他就好了，叶橙默默地想。

陆潇继续说："有一天，我们学校组织看电影，我坐在最后一排。突然间后门亮了起来，然后我妈走进来，找到我，她走过来坐在我旁边。"

叶橙看向他的侧脸，高挺的鼻梁和流畅的下颌线，倔强中带着一丝温情。

陆潇笑了起来："就跟做梦一样，你懂吗？

"我当时一边吃爆米花，一边抬起头说'妈，你来接我回家了吗？'，我妈当场就抱着我哭了。然后第二天，她就把我从白泽接回来了。"

叶橙不知道小时候的陆潇长什么样，过去老宅里也没有他小时候的照片。

但是他能想象得到，一个凶巴巴的、虎头虎脑的小男孩，却两眼期盼地问出这样一个问题，孟黎怎么可能忍得住不哭。

"她不犯病的时候，真的挺好的。"陆潇无奈地又强调了一遍。

叶橙忽然很想抱抱他，然后他也真的这么做了。他伸出手揽住陆潇的肩膀，尽量用一种比较兄弟的姿势抱了他一下，并拍了拍他的肩背。

陆潇的肌肉僵了僵，挑眉道："干吗，可怜我？"

叶橙心虚地放下手，说："不是可怜，只是觉得……你脾气这么坏，是有原因的。"他为了掩饰心情，故意找了个损人的理由。

陆潇果然笑了："别以为我不敢捶你啊。"

叶橙问他："你爸对你妈怎么样？有过吵架或者……打架吗？"

陆潇哂笑道："他不打女人，只打过我。"

叶橙心里疑惑更甚，所以江怡蓉真的误会了？

"而且他从来不回家，就算回南都也不会回家。"陆潇说，"哪怕他回来一次只为了跟我妈吵架，我妈都能高兴得吃下三碗饭。"

"懂了，冷暴力。"叶橙若有所思道，"那他们打算离婚吗？"

陆潇叹了口气："说实话，我每天都盼着他们离婚。但那是不可能的，我妈现在这个样子，根本离不了。"

叶橙点了点头，有精神问题的伴侣确实很难离婚。

两人短暂地安静了一会儿，房间里挂钟滴答滴答转动。虽然这一晚上鸡飞狗跳，但陆潇还是很喜欢这场对话的，这让他和叶橙的距离更近了一点。

他向来很不喜欢别人管自己的闲事，但如果是叶橙，那不一样。

他想了解这个人，也想让对方了解自己。

陆潇转向他道："不说我了，你妈妈呢？先别说，我来猜猜。"

他很专注地望着叶橙："能生出你这么好看的人，阿姨应该长得很漂亮吧，性格一定也很温柔。"

叶橙的嘴角扬了扬："猜对了，还有呢？"

"阿姨应该也是个学霸，英语一级棒的那种。"陆潇真的在很认真地推测。

"唔，她数学比较好，以前是南都大学的数学教授。"叶橙回忆道。

陆潇"嘶"了一声："真是……我说我怎么学不进去呢！敢情是遗传。我妈高中毕业就没读书了，我爸更菜，初中就辍学，后来硬是买了个大学文凭。"

叶橙笑得不行："不至于吧，叔叔好歹经营那么大的企业。"

他的印象中，陆尧山就是个心狠手辣的霸道总裁，从来不知道他竟然连高中都没正经读过。

"这年头，不是有几个臭钱就能做生意吗？再说他有军师，手底下可全是常春藤的高材生。"陆潇不屑道。

叶橙觉得他说得也有道理："难怪了，高学历的往往都是给别人打工的，我妈也得给学校打工。"

陆潇疑惑道："我上次去你家，怎么没看见阿姨？她住在大学宿舍吗？"

叶橙扯了扯嘴角："我妈去世很多年了。"

陆潇愣住了，好半天才张了张嘴巴"啊"了一声。

"我……我不是故意的……"他坐直了身体,磕磕绊绊地解释。

叶橙笑道:"没事,都快十二年了,我早就脱敏了。"

"所以你说阿姨去电影院接你的时候,我还挺触动的。"他说,"我对我妈都没什么印象了,完全不记得她去幼儿园接我的样子。"

之前陆潇一直都没什么表情,此刻听见叶橙说的这几句话,表情难过得都快哭了。

他拉着叶橙的袖子晃了晃,低声说:"以后我去接你。"

"放学我也等你,吃饭也陪你一起。"

"别不开心。"

叶橙没有不开心,相反他还有点想笑,又有点感动。

他刚想说话,陆潇又轻轻地问:"我可以抱你一下吗?"

不偏不倚,和叶橙刚才产生了一样的冲动。

陆潇略带紧张地望着他,似乎在害怕被拒绝。

毕竟在他的印象里,叶橙挺少主动和别人有肢体接触的,更别说拥抱了。

空气静了静,叶橙张开双臂道:"可以。"

陆潇深吸一口气,向前走了两步,轻颤着伸手抱了上去。

他本来想顺着叶橙张开手的空隙,环住他的腰;但又觉得这个姿势有点不妥,便改成把自己的手臂放在上面。

这一刹那的犹豫,显得笨拙而青涩。叶橙忍不住笑了出来。

这是他第一次完完全全把叶橙抱在怀里,用一种接纳和慰藉的姿态。

没有想象中那么软绵绵的。

他以为叶橙会是软绵绵的,毕竟这人皮肤白脸蛋软,看起来应该和那种毛绒玩具一样。

实际上完全不同。

男孩子的骨骼微微硌手,瘦得轻飘飘的,一只手就能整个环过来。

发丝间满是属于他的味道,淡淡的风铃草香。

从仲夏带到了初冬,从指尖带到了心口。

陆潇缓缓收拢手臂,将对方牢牢地禁锢在怀里。尽管感受到了他的用力,叶橙也未曾有一丝挣扎,任由他越抱越紧,把脸埋在了自己的肩膀上。

有人做过一个实验,证实两个人经过长时间的拥抱,会对对方产生信任感。

但陆潇觉得这个结论不够严谨。

他拥抱叶橙的那一刻，就觉得整个世界都是他了。

他完全地信任这个人，愿意把一切交给他。

他想了解他的快乐，体会他的痛苦，共情他的一切。

窗外落雪缠绵悱恻，晕染了一室朦胧。

他脑海里罕见地浮现出一句挺有格调的话——

我不是个喜欢努力的人，但如果努力的尽头是你，我愿意试一试。

（**本册 完**）

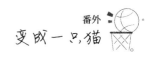

变成一只猫

"喂，醒醒。"

一道清亮的声音在耳边响起。

陆潇侧头枕着左臂，另一边脸被窗外的太阳晒得发烫。

他困得不行。昨晚跟蒋进酣战通宵，硬是把这个废物带上王者。这也导致他今天听徐超讲课就跟被催眠了似的，上下眼皮止不住地打架。

偏生他那位新同桌就爱多管闲事，一手肘给他捣醒了。

陆潇浓眉紧皱，以一种臭到极点的眼神杀向他。

叶橙目不斜视，对着黑板扬了扬下巴，压低声音说："老师要叫人上去做题。"那神色，就差把"还不感谢我"写在脸上了。

他的侧颜煞是好看。皮肤雪白没有瑕疵，睫毛比那些女生刻意刷的还要长。

右手握着黑色水笔，手背浮现出淡青色的血管。

陆潇没好气地瞥了他一眼，慢慢将那股火气压了下去。

算了，他前不久见叶橙被晒伤，秉着好心和他换了座位，也算是一种示好。刚修复的关系，弄僵了麻烦。

但他还是不甘心，带着刚睡醒的鼻音不屑道："装什么善人，三十个人，怎么可能刚好叫到我。"

"天真。"叶橙冷笑，"什么都有可能发生，何况概率是三十分之一。"

话音刚落，徐超说："陆潇，你上来做一下这道题。"

"……"

陆潇半死不活地吊了一上午，终于在午休时一头倒在桌上。困得太久了，反而无法秒睡。

他趴在手臂上，眯着眼看见叶橙在刷手机。

他同桌极度自律，学习起来可怕到不像个正常人，极少会在午自习或者晚自习看手机。

陆潇按捺不住好奇，扫到了屏幕上那只傻兮兮的金毛。"你的狗？"他略一挑眉。

叶橙这才察觉到他的窥视，若无其事地把手机倒扣在桌上，淡淡道："朋友的。"

这只金毛，看着挺像后来自己和陆潇一起养的那只，叶橙心想。

"你喜欢小动物？"陆潇打了个哈欠。

"还行。"

"那就养一只呗。"

叶橙看了看他，若有所思地说："小狗的话，一只就够了。"

陆潇脑袋昏昏，随口接道："你有狗了？那就养只猫好了，猫省事儿。"

"猫才不省事，又要铲屎又要洗澡，脾气还飘忽……"叶橙支着下颌，慢慢地吐露他对猫这种生物的不满。

他的声音逐渐远去，如同隐入浓雾当中，过了不知道多久，又逐渐变得清晰起来。

……

"这什么玩意儿？"

"看着像只流浪猫。"

"我去，就这东西在那儿'嘤嘤嘤'？害得老子鸡皮疙瘩都起来了。"

黄胜安一把提起那只脏兮兮、半死不活的流浪猫，递到叶橙面前道："喂，你看它是不是快挂了？"

叶橙嫌弃地后退了半步，皱眉道："离我远点。"

陆潇望着他近在咫尺的秀气眉眼，那双浅褐色琉璃似的眼珠里满满都是提防，一如今天数学课上他捅了自己一下之后的模样，好像在随时警惕他发作。

等等，数学课？

那他现在是在哪里？？

陆潇转动脖子，想观望周围的情况，却发现动不了。

——他被扼住了命运的后脖颈。

他又扑腾了两下四肢，没错，是扑腾，因为他发现自己是悬空的。

叶橙冷冷地瞅着他，面无表情地说："好像还没死。"

陆潇的脑子嗡地炸了。

啊啊啊啊啊啊啊啊！什么情况！这是什么情况？！

直到黄胜安提溜着他晃了晃，他才惊悚地发现了这个事实——他变成一只流浪猫，而且还被叶橙的那个倒霉发小提在手上！

十分钟后，徐记面馆。

叶橙和黄胜安面对面坐着，中间的桌子上放着一只废弃的牛奶盒。

"皮肚面和腰花面来咯，桌上有醋和辣油，随便放。"老板娘娴熟地托着两碗面过来，眼尖地发现了牛奶盒里面瑟瑟发抖的流浪猫。

"哎哟，这是什么？两位小哥哥，真有爱心。"

"我拿根火腿肠给它吧，小家伙肯定饿坏了。"

陆潇还沉浸在难以置信的悲愤当中，心里正盘算该怎么办。

听到老板娘的话，他用两只前爪搭住盒子边缘，探出个脑袋来。

旁边两个女生本来在偷看叶橙，在看见陆潇之后，纷纷捂住嘴小声尖叫。

"救命，好可爱！"

"眼睛好大啊，洗干净了一定很白。"

"天哪，它还冲我们龇牙，奶凶奶凶的。"

"它胆子好小哦，在发抖耶。"

陆潇气得连胡子都在颤。

可爱？

老子可爱？

你们怕不是瞎了。

老板娘拿了火腿肠过来，她见黄胜安埋头大吃，于是剥开包装递给了叶橙，想顺便逗一逗那只雪白但脏兮兮的猫。

陆潇看着她戴着金戒指的手伸过来，条件反射地发出哈气声。

下一秒，那根火腿肠结结实实敲在了他的脑门上。

"哈什么。"叶橙皱着眉，冷冷淡淡地瞅着他。

陆潇被打蒙了，一脸不相信地望向他。

他用火腿肠打他？！

叶橙将火腿肠掰碎了送到他嘴边，教训道："别人给你吃的还发火，不知好歹。"

不知好歹……

从来没人敢当面这么诋毁他。

陆潇简直想一口咬在他那洁白无瑕的手上。

黄胜安吃着面条，含糊道："它这么凶，不如送到动物保护站去吧，让工作人员训练训练再找人领养。"

陆潇一听要把他送到动物保护站，即将碰到叶橙指尖的獠牙立即收了回去。

被送到那个地方，意味着他将完全和人类社会脱节；意味着他会被关起来，真正成为一只猫；意味着他不可能有机会通过手机联系上家人。

他立马老实了，一边叼住叶橙手里头的火腿肠，一边小心翼翼地察看他的脸色。

他这个同桌，虽然看起来冷冰冰的，但关键时刻应该是靠得住的吧。

应该不会同意就这么把他送走吧。

叶橙说："可以。"

"……"

"不过今天太晚了，估计他们都下班了，要不明天再去？"黄胜安看了眼时间，已经晚上八点多了。

叶橙没什么异议。

陆潇开始有点紧张了，他顺着火腿肠想贴贴叶橙的指尖，吸引他的注意。

然而叶橙看都没看他一眼，喂完手就缩了回去，还扯下一张纸巾擦了擦手。

陆潇深吸一口气。

好吧，忍耐。谁叫这可能是你唯一的救命稻草呢。

他心里有了打算——

首先，跟着叶橙回家。

然后想办法通过手机、电脑、纸张，向他传达自己是他同桌的讯息，并让他想办法帮助自己找回身体。

然而，第一关就失败了。

叶橙甚至没让他进家门，到家后直接找了个以前养兔子的笼子，把他关起来丢在门口了。

陆潇傻眼了一分钟，立即开始不甘心地撕咬、怒号。

"喵呜——喵，喵喵喵！"

时值夏夜，他的叫声时而高亢，时而沙哑，声声泣血，没把叶橙引出来，倒是把邻居家的母猫引来了。

就在陆潇即将崩溃的时候，叶橙终于趿着拖鞋走了出来。

那一瞬间，陆潇仿佛看见救世主降临，连眼睛都在发光。

"叫什么叫，又饿了吗？"叶橙蹲下身，校服扣子解到一半，像是刚准备洗澡却被打断了。

这只猫实在太吵了，高秋兰让他出来看看什么情况。

他没养过猫，但养过狗，理所当然地认为小动物一旦嗷嗷号叫就是饿了。

于是他打开笼子，往里面添了点隔壁借来的猫粮和水，转身就要离开。

陆潇急了，难不成真要让他在笼子里过一宿。

"喵喵喵！喵呜——"他仰头急切地呼唤，发出的凄惨叫声把隔壁在墙头偷窥的母猫都给吓了一跳。

"又怎么了？"叶橙逐渐不耐烦。

这回他没花太多时间考虑，在看见陆潇凄凄切切的眼神后，明白了他大约是害怕一只猫独自待在外头。

"好吧，让你进来。"叶橙无奈地提起笼子。

那猫好似通人性，当场就不叫了，乖乖地蹲在笼子里。

他哭笑不得："不过你可不能乱尿，否则我还是会把你扔出去。"

"喵——"陆潇猛点头。

"……"

要命，他怎么觉得这只猫好像能听懂他说话一样。

叶橙把笼子放在客厅，打开门后，还不放心地观察了他一阵子。直到发现陆潇只是好奇地打量四周，并没有分毫要拆家的意思，这才转身去浴室洗澡。

客厅里一片安静。

不知道是不是变成猫之后，听觉变得灵敏了许多，陆潇能清晰地听见浴室传来哗啦啦的水声。

他踮着脚尖，肉乎乎的爪子无声地踩在地板上，悄悄朝着卧室走去。

他得找到叶橙的手机，用爪子在上面打出求救讯号。

万幸卧室门没锁，他轻而易举地进入了房间。

迎面扑来极淡的风铃草味道，陆潇愣在原地，这才反应过来是浴室里飘来的气味。这味道有点熟悉，似乎在午睡的时候闻到过。

陆潇歪着头站在门口嗅了一会儿，才讪讪地去翻找手机。

叶橙洗澡洗得慢，关掉水之后听见外面有些响动。

他很是警惕，心想那只猫该不会进房间来造反了吧。

以前他们养的那只金毛干过不少咬断数据线、咬穿拖鞋、在床上拉屎等等不堪事情。而且这只流浪猫指不定带病，这要是在他床上来一泡……

叶橙想想就无法忍受，连身体都顾不得擦，便冲出了浴室。

陆潇正埋头对付密码锁，抬起头的瞬间，彻底呆住了。

第二天，宠物医院。

陆潇被五花大绑地躺着做检查，愤怒得整只猫都在颤抖。

叶橙忧心忡忡地问医生："它没事吧？"

"没什么大毛病，身体健康，驱个虫就行了。"

"那它昨天为什么突然流鼻血，猫流鼻血真的不要紧吗？"

医生也很迷惑，戳了戳陆潇的蛋蛋，说："这个嘛，我也是第一次见猫流鼻血，不过一些常见病都给你排查过了。或者也有可能是因为他在发情期，激素分泌不正常导致的。"

叶橙怔了怔："发情期？"

"嗯，我看了一下，它还没绝育，今天要不要顺带割了？"

闻言，台子上的陆潇疯狂挣扎，拼命扭动身体。

叶橙犹豫道："不了吧，这不是我的猫。"

"哦，捡的流浪猫是吧，小同学你还挺善良的。"

旁边的护士使了个眼色，医生想起她让自己帮忙要叶橙微信的事，咳了咳道："要不然，你就好人做到底，干脆领养了它，我看它也挺喜欢你的。"

陆潇狂点头，两眼飙泪。

他只想快点离开这家该死的医院，千万不能还没变回人，蛋蛋就没了。

"我再想想。"叶橙说。

家里突然添一个新成员，这事儿得问过高秋兰才行。

而且如果要养的话，就得养一辈子，他目前都还不太清楚这只猫的脾性。

只知道昨天它凶了所有接触它的人，却唯独对自己很温顺，以及看见他从浴室出来，还喷出了两道鼻血。

这件事怎么说也有他一半的责任，他得考虑考虑才行。

趁着他愣神，护士忙道："不如你加一下我们医院的微信，如果以后你真的领养了它，也可以带过来打疫苗和做绝育，我们每隔一段时间就有绝育优惠套餐哟。"

陆潇开始翻白眼，四肢乱蹬，口吐白沫。

大家慌忙解开他，他一骨碌钻进叶橙怀里，留下个屁股给医生和护士。

"小帅哥，你看它多粘你啊。"

"是啊，你就收了它呗，这样它就不用到处流浪了。"

叶橙从来没被什么生物这么依赖过，他家金毛只会一屁股坐在他肚子上。这只小猫看起来好像确实很粘他。

被小动物信任是一种很奇妙的感觉，尤其这份信任是独独对他一个人的。

在众人的撺掇下，叶橙最终点了点头："好吧，我问问我家里人。"

他出去打了个电话给高秋兰，询问她的意见。高秋兰很痛快地答应了，她对这些没什么挑剔的地方。

叶橙折返回来，摸了摸陆潇的脑袋，对他露出这些天来第一个微笑："小猫咪，那你就跟我回家吧。"

他微微弯起唇角，眼底泛着柔和的光芒。陆潇抬头看着他，不知为何，刹那间有点想哭。

呜呜，终于不用绝育也不用被送到收留所了。

不能哭，他心想，太丢人，哦不，丢猫了。

护士七手八脚地给他驱虫、剪指甲，叶橙在旁边静静地看着，等他一收拾好，就要把他带回去。

那一刻，陆潇忽然觉得，如果实在无法找回肉身的话，似乎做他的猫也是一件不错的事呢。

……

"陆潇，要上课了。"

"陆潇，陆潇！"

真的烦人，陆潇欲哭无泪地想，为什么做猫还要上课?!

什么课啊，猫德教育吗?

一只温凉的手推了推他的额头，风铃草的味道愈发浓烈。

叶橙熟悉的嗓音拂过耳边："起来，你是睡神吗?"

陆潇犹疑着睁开眼睛。

医院的场景顷刻瓦解，教室里的桌椅出现在视线内。

同时映入眼帘的，还有他那位一脸不爽的同桌。

叶橙斜了他一眼，把一本"五三"丢过来："东西别堆我这里，老师要来了，你可真能睡。"

陆潇茫然地环顾四周，同学们都懒洋洋地爬起来，午休结束了。

他低下头，自己的肉垫也没了，还是一双骨节分明的手。

"喂，你没事吧?"

叶橙疑惑地打量他。陆潇这才意识到，这一切都是自己午睡时做的一场梦。

呼——太好了，他还是他，没有变成猫！

想到这一点，他的视线再度移向叶橙。

叶橙穿着和梦中一模一样的校服，领口处解开了一颗扣子。

不知道那颗扣子下的锁骨处，是不是也有一粒和梦里一样的黑痣呢……

夏梦，如同角落里悬挂的蛛丝，渐渐弥漫开来。

（**番外完**）